SINA MÜLLER

ACADEMY OF ARTS

Herzensmelodie

IMPRESS

© by Designstudio Ihmsen

Sina Müller lebt mit ihrem Sohn, ihrem Freund und ihren beiden Katzen im Süden Deutschlands. Hoffnungsvoll romantisch – das trifft nicht nur auf die Autorin selbst zu, sondern auch auf die Protagonistinnen ihrer gefühlvollen Romane, die sie neben ihrem Beruf als Marketingspezialistin in jeder freien Minute schreibt. Findet sich dann doch noch etwas Zeit, tanzt die Freiburgerin gerne auf Konzerten oder widmet sich allerlei kreativen Näh- und Bastelprojekten.

PROLOG

Treffen in Amsterdam

Toni

Hoppla! Was war das denn? Ungläubig starrte ich auf das Schloss, das mein schwarzes Leih-Fahrrad an das Gitter der Herengracht gegenüber dem Hostel kettete. *Verdammt.* Ich kickte gegen den Reifen und stemmte die Hände in die Hüften. Ratlos schaute ich mich um. Irgendjemand musste beim Abschließen seines Fahrrades nicht ganz bei Sinnen gewesen sein und die Kette auch noch um meinen Rahmen geschlungen haben. Bei der Masse an Rädern kein Wunder. Trotzdem: *Vollidiot!*

Vielleicht sollte ich zu Fuß laufen? Es war ein herrlich warmer Herbstabend und den kurzen Spaziergang ins pulsierende Zentrum Amsterdams könnte ich nutzen, um meine durchdrehenden Nerven zu beruhigen.

Ich atmete tief ein, zählte in Gedanken bis zehn und atmete wieder aus. Nach dem Vorspiel am Konservatorium sollte es mir doch eigentlich besser gehen. Ging es aber nicht. Die Prüfungskommission hatte undurchdringlich gewirkt. Nichts in ihren Gesichtern ließ darauf schließen, ob ich die Aufnahmeprüfung geschafft hatte und ab dem Sommersemester in Amsterdam Musik studieren durfte. Ich würde benachrichtigt werden, hatte mir eine steife, knochige Dame gesagt, deren streng zurückgebundenes Haar die Haut im Gesicht glatt zog. Ihr verkniffenes Lächeln werde ich wohl nie vergessen.

War es so, wie mir meine Geigenlehrer vorhergesagt hatten? War mein Spiel wirklich zu unkonventionell, meine Stückauswahl zu gewagt gewesen?

Tief in meinem Inneren wusste ich, dass ich stolz auf mich sein sollte.

Schließlich hatte ich mein Bestes gegeben und konnte nichts dafür, wenn die Leute hier zu konservativ waren, um Neuem eine Chance zu geben. Dennoch nagten die Selbstzweifel an mir.

Heute Abend hatte ich feiern wollen. Ein ausgiebiger Stadtbummel, ein oder zwei Cocktails und ein Nachtspaziergang über den Museumplein waren mir als passende Belohnung vorgeschwebt, schließlich war ich über meinen Schatten gesprungen und hatte an diesem Vorspiel teilgenommen. Gar keine so leichte Sache für mich. Ein letztes Mal wollte ich die vor Kreativität pulsierende Atmosphäre Amsterdams schnuppern, bevor es morgen in aller Frühe wieder nach Hause ging. Zurück in die erstickende Enge meines Heimatkaffs – wobei die Ansammlung von drei Höfen in dem dunklen Tal im Schwarzwald nicht einmal die Bezeichnung *Kaff* verdiente.

Nun hatte mir jemand mit seinem unachtsam angeketteten Fahrradschloss einen Strich durch die Rechnung gemacht. Trotzig wie ein kleines Kind stampfte ich auf und schnaubte verärgert. Ein paar Gäste kamen aus dem Hostel. Lachend zogen sie an mir vorüber und beachteten mich nicht weiter. *Fünf Minuten.* So lange würde ich noch warten. Vielleicht kam ja derjenige zufällig raus, um mein Rad freizugeben.

Ich zog mein Handy aus der Hosentasche und setzte mich auf die Stufen, die zur schweren Eingangstür des Jugendhotels führten. Den Geigenkoffer legte ich auf meinen Schoß und stützte darauf meine Ellenbogen ab. Meine Eltern waren sicher schon ganz gespannt, wie es gelaufen war. Sie verstanden zwar nicht viel von Musik und taten meine Leidenschaft für die Geige anfangs als Kleinmädchenspinnerei ab. Inzwischen hatten sie aber dank meiner Beharrlichkeit und der vielen Stunden, die ich mit dem Üben verbrachte, eingesehen, dass die Musik mir verdammt wichtig war. Bei meiner Studienplatzwahl fieberten sie jedenfalls intensiv mit.

Eines der unzähligen Rundfahrtboote, die in Amsterdams Grachten Menschenmassen umherschipperten, trieb in der Herengracht vorüber. Die Zeit war leider zu kurz gewesen, um eine Sightseeingtour zu unternehmen. Dabei wollte ich diese prachtvolle Stadt so gerne näher kennenlernen. Wehmut breitete sich in mir aus, vermischte sich mit den traurigen Tönen, die in meinem Inneren hallten und mich zu überschwemmen drohten. Etwas in mir wusste bereits, dass ich hier nicht studieren würde.

Ein Rempler in meinen Rücken holte mich unsanft aus meinen Gedanken. »Autsch«, empörte ich mich und konnte gerade noch mein Handy davor retten auf den Boden zu prallen und in tausend Einzelteile zu zerspringen. Als ich hochblickte, um zu schauen, wer über mich gestolpert war, hüpfte mein Herz aus einem unerklärlichen Grund für einen kleinen Augenblick.

»Whaaa, verdammt ... was ... Warum sitzt du auch hier mitten im Weg?«, polterte ein Typ Mitte zwanzig sogleich los und versuchte sich händeringend auf den Beinen zu halten.

Geschickt klammerte sich der Kerl am gegenüberliegenden Geländer fest und fand sein Gleichgewicht wieder. »Gott, das hat mir heute echt noch gefehlt ... wie doof hier einfach im Weg rumzusitzen.«

Ohne mich weiter zu beachten oder sich gar zu entschuldigen, quetschte er sich an mir vorbei und lief zielstrebig auf die Fahrräder zu. Ich sah ihm nach und stellte dabei erstaunt fest, dass er derjenige war, der mein Fahrrad versehentlich angekettet hatte. *Auch das noch.* Ich atmete tief ein.

»Ich würde sagen, wir sind quitt«, gab ich betont ruhig zurück, nahm den Geigenkoffer in die Hand und stand auf. Meinen Gymbag schulterte ich und ergötzte mich einen Moment lang an seinem schockierten Gesichtsausdruck. *Idiot. Süßer Idiot!*

Er hielt in seiner Bewegung inne, riss den Kopf herum und schaute mich zerknirscht aus seinen faszinierend grünen Augen an.

»Oh Gott, du sprichst deutsch?«

Das Fahrradschloss glitt ihm aus den Händen und schepperte anklagend an den Metallrahmen der Räder. Eindringlich musterte er mich. Sein Blick wanderte ungeniert von meinem Gesicht über meinen Körper, scannte mich förmlich und automatisch schlang ich meine Arme um den Oberkörper, damit ich mich nicht mehr so nackt fühlte. »Hey, ich kenne dich! Du warst doch heute im Konservatorium«, rief er schließlich.

Augenblicklich beschleunigte sich mein Herzschlag. Nach der ersten Verwunderung machte sich Freude in mir breit.

»Du warst da? Hast du auch vorgespielt?«

Vielleicht konnte ich mich ja mit ihm über die Kommission austauschen.

»Nein. Mir war nach etwas Entspannung. Die Aufnahmeprüfungen sind öffentlich«, erklärte er, als sei es eine gewöhnliche Nachmittagsbeschäftigung, sich im Konservatorium herumzutreiben und Prüflingen beim Musizieren zu lauschen. Wäre er ein weißhaariger Greis, könnte ich die Begründung ja glauben, aber der Kerl war nur wenige Jahre älter als ich. Er war gutaussehend, smart und ganz offensichtlich ähnlich durchgeknallt wie ich, wenn er auf Klassik stand.

»Du warst echt gut. Glückwunsch!« Der Blick aus seinen grünen Augen war durchdringend. Ich erschauderte.

»Ah, ich glaube eher, ich habe das Vorspielen verkackt«, kam es mir unwillkürlich über die Lippen. Warum vertraute ich ausgerechnet einem Fremden meine Zweifel an? »Vielleicht hätte ich Beethoven spielen sollen. Oder Mozart. Oder –« Im Orchester suchte man keine Menschen, die nur schwer in Schubladen passten. Man musste sich anpassen, sich akkurat einfügen und dem großen Ganzen unterordnen. Und fehlerfrei vom Blatt spielen können.

»Quatsch. Du warst fantastisch!«, versicherte mir der Unbekannte mit einem breiten Grinsen auf den Lippen und einem Strahlen in den Augen, angesichts dessen die Sonne blass vor Neid werden könnte. Und obwohl mir klar war, dass er mir nur schmeicheln wollte, freute ich mich, dass ich ihm offensichtlich gut genug gefiel, um mir Komplimente zu machen. Ich verzog meinen Mund zu einem zaghaften Lächeln.

»Von wem war das Stück? Ich kenne es nicht«, hakte er neugierig nach.

»Na, selbst wenn du dich mit Musik auskennst, wirst du wohl schwerlich alle Stücke dieser Welt gehört haben«, wich ich aus. Ich versuchte mich auf den Trubel in der nahegelegenen Gracht zu konzentrieren. Aber alles, was ich wahrnahm, war das viel zu laute Pochen meines Herzens. Das Dröhnen in meinen Ohren, das so scheppernd war, dass ich selbst zusammenzuckte. Ob er es wohl hören konnte?

»Komm, trau dich. Ich weiß ohnehin, dass du es selbst komponiert hast.«

Ein Touristenboot hupte, Wellen schwappten an die steinernen Mauern des Kanals. Aber das interessierte mich nicht. Die Worte des Kerls hallten in Dauerschleife in meinem Kopf. *Ich weiß ohnehin, dass du es selbst komponiert hast …*

Abwartend legte er den Kopf schief, als wollte er meine Reaktion ganz genau einfangen. Mir klappte der Mund auf, mein Herz galoppierte und ich spürte, wie Hitze in mir aufstieg. Sicher gaben meine Wangen inzwischen preis, wie unangenehm mir die Situation war. Automatisch senkte ich den Blick.

»Woher …? Oh Gott … du fandest es so schlecht, dass …« Ich legte meine Hände über die Augen, schüttelte den Kopf und lief los. Weg. Nur weg von dieser Blamage. *Argh!* Ich wollte im Erdboden versinken. Zu Staub zerfallen. Mich in Luft auflösen.

»Weil es brillant war.«

Diese Worte trafen mich unvorbereitet und ließen mich wie angewurzelt stehenbleiben. Unfähig mich zu bewegen, brachen sie mit der Kraft eines Tsunamis über mir zusammen. Ich schaute erstaunt hoch, als ich die Bedeutung greifen konnte. Flüchtig nur, aber es war ein Lob, das ich zuvor noch nie gehört hatte. Der Unbekannte war zu mir aufgeschlossen. Der Blick aus seinen grünen Augen bohrte sich in mich, nahm mich gefangen und ließ mich nicht mehr los. Als wollte er die Ernsthaftigkeit seiner Worte unterstreichen, lächelte er nicht. Sekunden verharrten wir. *Brillant* – welch großes Wort. Zu groß, als dass ich damit umgehen konnte. Zu mächtig.

»Ich würde dich gerne zu einem Kaffee einladen, ein bisschen mehr von dir erfahren. Hast du Zeit?«

»Ich …« Ich war es nicht gewohnt eingeladen zu werden und fühlte mich überrumpelt. Normalerweise machten die Leute einen Bogen um mich. Sie beachteten mich trotz meiner roten Haare kaum. Zugegeben, mit meinen schwarzen Klamotten versuchte ich auch nicht allzu sehr aufzufallen. Dennoch war ich den meisten einfach suspekt. Menschen spürten, wenn man anders war.

»Oder: Ich wollte gerade noch einen Abstecher ins Reichsmuseum machen. Vielleicht hast du ja Lust da mitzukommen, wenn Kaffee nicht so dein Fall ist«, setzte der Unbekannte nach, da ich noch immer nicht auf seine Einladung reagiert hatte. Mein Sprachzentrum war wie betäubt und dem Blick aus seinen unverschämt hübschen Augen nach zu urteilen, schaute ich ziemlich verwirrt aus der Wäsche.

Museum? Verführerischer Gedanke. Aber ich konnte doch unmöglich mit einem wildfremden Kerl ...

»Komm schon. Da ist nichts dabei«, bohrte er weiter und nickte einladend in die Richtung, in der die Innenstadt und somit die Museen lagen. Ich haderte noch einen Moment. Oft genug verbrachte ich besondere Momente alleine. Warum sollte ich den Abend meiner ersten Aufnahmeprüfung nicht mit einem Mann verbringen? Er war nett, er wollte sich mit mir über Musik unterhalten – meine Musik. Das konnte doch nicht schlecht sein.

»Okay, warum nicht?« Ich zuckte unsicher mit den Schultern und spürte ein unbekanntes Kribbeln in meiner Mitte. Spontan mit einem Fremden etwas zu unternehmen war nicht meine Art. Aber vielleicht würde es mich von diesem fiesen Gefühl in meiner Magengegend, dass mein Traum hier zu studieren durch meine Performance zu platzen drohte, ablenken.

»Prima. Weißt du was? Lass uns laufen. Durch die Stadt ist immer so megamäßig viel los.«

»Gibt es da, wo du herkommst, keine Fahrräder?«, neckte ich ihn und konnte mir ein Grinsen nicht verkneifen. Auch mir war die Fahrweise der Holländer zu wild und wenn ich mit meiner Geige unterwegs war, bangte ich ohnehin immer, ob ich heil ankam. Das wertvolle Instrument konnte ich allerdings keinesfalls in dem Hostel zurücklassen. Nicht auszudenken, wenn es geklaut würde.

»Da, wo ich herkomme, geht es zumindest nicht so kriminell zu«, entgegnete er belustigt, schloss wieder sein Fahrrad an und achtete diesmal offensichtlich darauf, kein anderes Rad in Gefangenschaft zu nehmen. Sein Tun unterstrich er mit einer zirkusreifen Geste auf sein Ergebnis und einem schiefen Grinsen. Dann lief er, ohne auf meine Zustimmung, tatsächlich mitzukommen, zu warten, los. Kurz schaute ich ihm hinterher, kämpfte meine Unentschlossenheit nieder und schloss zu ihm auf.

***

Ein bisschen seltsam war es schon mit einem wildfremden Typen durch Amsterdam zu schlendern. Ich lachte ungläubig auf und wusste einfach nicht, wohin mit meinen Armen. Schließlich umklammerte ich mit einer Hand meinen Geigenkoffer, die andere steckte ich in eine Hosentasche meiner Jeans und wagte einen unauffälligen Blick in die Richtung des Unbekannten. Er war einen halben Kopf größer als ich und somit kein Riese. Seine Gestalt war schlank und durchtrainiert, seine Finger waren lang und gepflegt. Ich schaute bei Menschen immer auf die Hände. Vielleicht lag es daran, dass ich selbst durch das Geigespielen sehr darauf achtete, dass sie ordentlich waren.

»Ich bin übrigens Toni. Eigentlich heiße ich Antonia, aber ...«, stellte ich mich aus einem inneren Drang heraus vor. Tat man das bei Fremden nicht so?

»Toni ...«, wiederholte er nachdenklich und ließ dabei meinen Namen auf seiner Zunge zergehen. Seine Stimme war warm und freundlich, ein bisschen rau vielleicht, was ihr einen interessanten Klang verlieh. »Das ... ich finde, das passt zu dir.« Er grinste vielsagend und zu gerne hätte ich gewusst, was er über mich dachte. »Meine Leute nennen mich ... Vincent.«

»Und wie heißt du wirklich?«, fragte ich neugierig nach.

»Vincent.«

Ich blickte ihn verwirrt an und lachte laut auf, als mir klar wurde, dass er mich drangekriegt hatte.

»Sehr kreativ, deine Leute!«, flachste ich, doch noch immer klebte dieses Lächeln auf meinen Lippen. Vincent. Der Name gefiel mir. Genauso wie der ganze Kerl. Schnell wandte ich meinen Blick ab.

Vincent lotste mich über eine Brücke, die mit unzähligen Blumenkübeln verziert war, in denen die buntesten Blüten um die Wette strahlten, und bedeutete mir in eine kleine Gasse abzubiegen. Er lief durch Amsterdam, als wäre er hier heimisch und kein Tourist. Aber vielleicht kam mir das nur so vor, weil ich mich selbst schon in einem Haus verirrte, das mehr als drei Zimmer hatte.

»Und? Wo kommst du her?«, fragte ich neugierig nach und versuchte damit den Smalltalk, in dem ich zugegebenermaßen nicht sonderlich geübt war, am Laufen zu halten.

»Aus Deutschland«, kam prompt seine Antwort, die mir ein amüsiertes Lächeln entlockte.

»Ach?«, spottete ich. »Aber woher genau?«

Es dauerte einen Moment, bis er antwortete.

»Von überall und nirgends«, druckste er schließlich herum und mied meinen Blick.

»Du magst es wohl geheimnisvoll, oder?«, neckte ich ihn, um die seltsame Stimmung, die plötzlich über uns hing, aufzulockern. Und doch erschauderte ich, denn ich vermutete mehr hinter seinen scheinbar dahergesagten Worten. Nur, was war es? Meine Neugier hatte er damit jedenfalls geweckt.

»Nein, nein! Es ist nur ... Meine Mutter ist gestorben, als ich vier war und mein Vater war viel unterwegs. Also bin ich schon früh viel herumgekommen. Ich war einfach nirgends wirklich zuhause. Das ist alles.« Er zuckte mit den Schultern, als würde ihm das nichts ausmachen. Aber das nahm ich ihm nicht ab. Sein Lächeln wirkte aufgesetzt und erreichte seine Augen nicht.

Doch bevor ich etwas Mitfühlendes entgegnen konnte, spürte ich seine Hand auf meinem Rücken. Bestimmt wies er mir die Richtung, in die wir gehen mussten. Nur für einen kurzen Moment. Aber der reichte aus, um mir eine Gänsehaut über den Körper zu jagen. Und mich für den entscheidenden Moment abzulenken.

»Was ist mit dir?«

»Was?«, fragte ich hirnlos, da die Berührung noch immer in mir nachhallte und mir das Denken unmöglich machte.

»Na, wo kommst du her?«, half er mir belustigt aus und grinste breit, wie ich aus den Augenwinkeln wahrnahm. Schnell heftete ich meinen Blick wieder auf die Pflastersteine der Amsterdamer Altstadt.

»Aus einem Kaff in Süddeutschland, in dem Kreativität ein Schimpfwort ist«, spuckte ich aus. Ich spürte förmlich die erdrückende Enge des dunklen Tals, die Schwermut, die einen dort unwillkürlich überkam.

Meine Gedanken wanderten weiter. Wie sehr ich mich nach einem Ort sehnte, an dem ich sein konnte, wie ich war. Einfach hundert Prozent ich. Doch wo sollte dieser Ort sein, wenn ich sogar in einer für ihre Kreativität bekannten Metropole wie Amsterdam offensichtlich aneckte? Vielleicht sollte ich einfach aufgeben, meinen Traum begraben und irgendeinen Job in einem Büro annehmen. Von neun bis fünf mein Hirn auszuschalten konnte doch nicht so schwer sein, oder?

»Toni?«, riss mich Vincent aus meinen Gedanken.

»Was?« Ich hatte seine Frage gar nicht gehört, so tief war ich in meiner Grübelei versunken.

»Wo genau du herkommst, wollte ich wissen.« Sein Lächeln war nachsichtig, so als kannte er den Zustand, in dem man das Außen nicht wahrnahm.

»Ach so. Aus der Nähe von Freiburg. Bei Himmelreich.«

Vincent nickte. Wir schlenderten über die große Rasenfläche, die von unzähligen Museen umrahmt wurde. Hier strotzte alles vor Entspanntheit. Paare, Gruppen, Familien saßen zusammen, spielten oder genossen die Nachmittagssonne. Ein paar Leute warfen Frisbees und lachten.

Vincent schob mich vorbei an dem großen Wasserspiel, hinter dem sich der berühmte Schriftzug »I AMsterdam« aus riesigen Buchstaben befand. Vincent überredete mich zu einem Foto vor dieser Attraktion und schob mich schließlich durch einen Torbogen.

»Nach dir«, raunte er und deutete auf die Drehtür, die ins Reichsmuseum führte.

Andächtig schaute ich mich in dem historischen Gebäude um, in das mich Vincent gelotst hatte. Es glich einem Kunstwerk. Das riesige Glasdach, das sich über eine Art Innenhof spannte, musste eine architektonische Meisterleistung sein und bildete einen tollen Gegensatz zu den historischen Mauern. Während ich noch immer die vielen Eindrücke aufsaugte und zaghaft über die alten Steine strich, kümmerte sich Vincent um die Eintrittskarten. Jetzt, da ein bisschen Raum zwischen uns war, traute ich mich ihn eindringlicher zu betrachten.

Er trug unspektakuläre Kleidung. Blue Jeans und ein weißes T-Shirt, das er unter ein kariertes Flanell-Hemd gezogen hatte. Seine dunklen Haare konnten mal wieder einen neuen Schnitt gebrauchen. Oder aber es war Absicht, dass sie etwas wirr von seinem Kopf abstanden. Ich fand es eigentlich ganz niedlich, auf diese glatt gebügelten Hipster stand ich sowieso nicht.

»Komm, ich will dir etwas zeigen.« Vincent lief mit einem breiten Lächeln auf mich zu und deutete auf den Eingang. Das Museum würde in rund zwei Stunden schließen. Dafür, dass es als Touristenmagnet galt, war ungewöhnlich wenig los. Vielleicht lag es am strahlenden Sonnenschein draußen. Oder daran, dass die meisten ihren Museumsbesuch auf den Vormittag legten? Mir sollte es recht sein. Mich vor einem Bild anzustellen und dann hin- und hergeschubst zu werden, während ich darin versank, war nicht mein Ding. Ich brauchte Zeit und Platz, um den Kunstwerken den Tribut zu zollen, den sie verdient hatten.

»Willst du deine Geige einschließen?«, fragte Vincent, als wir die Kartenkontrolle passiert hatten, und deutete auf die Garderobe.

»Niemals«, rief ich empört aus und umschlang automatisch den schwarzen Koffer. Die Geige war ein Vermögen wert und meine Eltern hatten einen Kredit aufgenommen, um die Summe eines Mittelklassewagens in meine Zukunft als Geigerin zu investieren.

»Okay.« Vincent zuckte mit den Schultern und ließ die Garderobe links liegen.

So zielstrebig, wie er sich durch die Flure bewegte, war er offensichtlich nicht zum ersten Mal hier. Ich hatte Mühe ihm zu folgen. Plötzlich blieb er stehen und ich rannte fast in ihn rein. Aufregung lag in seinem Blick, als er sich zu mir umwandte.

»Du musst die Augen schließen«, bat er mich. Verwirrt schaute ich ihn an. Wir standen mitten in einem Flur, der wohl ziemlich alt war. Er war schön, keine Frage. Aber nichts war hier besonders ausgefallen, nirgends war von Kunst auch nur ansatzweise etwas zu sehen. Deshalb zog ich unentschlossen die Schultern hoch. Doch Vincent plapperte weiter. »Wenn ich *Jetzt* sage, kannst du deine Augen wieder öffnen und zur Decke schauen.«

Automatisch wanderte mein Kopf in den Nacken, aber bevor ich einen

Blick erhaschen konnte, spürte ich kühle Hände auf meinen Lidern. Ich erschauderte. Dabei war die unerwartete Erfrischung auf meiner Haut durchaus angenehm.

»Gleich ist es so weit«, flüsterte Vincent. Sein Atem streifte über mein Gesicht. Nervös spielte ich an meinem Fingerring. Ich war es nicht gewohnt angefasst zu werden. Schon gar nicht von einem völlig Fremden.

»Jetzt«, sagte er erwartungsvoll und löste blitzartig die Finger von meinem Gesicht. Ich schaute zur weißen Stuckdecke hinauf und versuchte auszumachen, was für ein Spektakel sich über mir abspielte. Ich brauchte einen Moment, bis ich mich wieder an die Helligkeit gewöhnt hatte. Doch dann sah ich, was Vincent mir zeigen wollte.

Lautlos schwebte ein weißer, von warmem Licht beleuchteter Lampenschirm über mir. Als würde er aus seiner Verankerung plumpsen, fiel er auf mich zu, bauschte sich in seinem zarten, seidenen Kleid auf und stoppte abrupt, um sogleich wieder nach oben zu gleiten. Es war, als würde ich der Geburt einer wunderschönen Blume beiwohnen. Kraftvoll entfaltete sie ihre wahre Schönheit. Wieder veränderte die Lampe ihre Form. Zog sich zusammen zu einem Tropfen und verharrte einen kleinen, lautlosen Augenblick. Wie in einem einstudierten Tanz vollführte der weiße Traum seine Darbietung erneut. Immer und immer wieder wechselte er seine Form, schwebte und tanzte, hüpfte und bremste wieder ab. Nahezu geräuschlos vollführte er eine zarte Choreografie, die so wunderschön und elegant war, dass ich die Luft anhielt. Nur ein leises Rascheln, ähnlich einem Windhauch begleitete die immerwährende Verwandlung der Stoffblume. Dabei wechselte auch die Beleuchtung ihre Intensität. Tag und Nacht. Nacht und Tag.

Ein breites Lächeln schlich sich auf mein Gesicht und ich strahlte Vincent beeindruckt an.

»Schön, nicht? Komm, oben sind noch mehr davon.« Schon griff er nach meiner Hand und zog mich die breite ausgetretene Holztreppe hoch. Überfordert stolperte ich hinterher. Die Stufen knarzten unter unseren eiligen Schritten. Ich wusste gar nicht, wo ich zuerst hinschauen sollte. Auf die Finger, die meine Hand umschlungen hielten. Oder auf die durchscheinenden, hellen Lampenschirme, die zu einer stummen Musik an der Decke über uns tanzten.

Mein Herz hüpfte im tonlosen Takt der Schönheit dieses Moments. Ich schloss für einen Augenblick die Augen, versuchte das Gefühl, das so neu und wundervoll war, in seiner Gänze aufzusaugen. Wärme. Leichtigkeit. Und dieses Flattern in meinem Bauch, das mich wahnsinnig machte, mir aber ausgesprochen gut gefiel.

»Es ist ... unbeschreiblich schön«, wisperte ich benommen, als wir oben ankamen. Dabei wusste ich selbst nicht so genau, ob ich das Gefühl beschrieb, das mich durchströmte. Oder den Anblick der Lampeninstallation, die so zart und erfüllend war.

Mit einem kleinen Stich in meinem Herz stellte ich fest, dass Vincent meine Hand wieder losließ und sich voll und ganz dem Schauspiel über uns widmete. Ich hielt unwillkürlich die Luft an. Damit sich mein Herz etwas beruhigte. Damit nichts von dem nach außen drang, was mich so wohlig ausfüllte.

Ich tat es Vincent gleich, legte meinen Kopf in den Nacken und versank in der rhythmischen Formation. Je länger ich nach oben schaute, desto mehr Details konnte ich erkennen. Formen, die sich änderten, Muster in dem zarten Stoff. Es war, als könnte ich die Luft sehen, die durch den Tanz der Lampenschirme bewegt wurde.

»Was hörst du?« Ich zuckte zusammen, als ich Vincent dicht hinter mir spürte. Sein Atem streifte meinen Nacken und ich zog unwillkürlich die Schultern hoch. Was für eine seltsame Frage. Wir standen vor einem außergewöhnlichen Kunstwerk und Vincent interessierten die Geräusche, die um uns herum herrschten. Sollte er nicht eher fragen, was ich sah?

Ich brauchte einen Moment, bis ich antwortete. Schließlich räusperte ich mich, schloss die Augen und konzentrierte mich auf die Gegenwart. Gar nicht so einfach, wenn der ganze Raum von Kunst ausgefüllt war.

»Das Rauschen der Klimaanlage, das kaum wahrnehmbare Rascheln der Lampenschirme ...«, setzte ich an.

»Nein«, unterbrach mich Vincent. »Nicht, was du mit den Ohren hörst.

Dein Herz … welche Melodie spielt dein Herz, wenn du die Installation betrachtest?«

Entsetzt drehte ich mich zu ihm um und starrte Vincent an. Woher wusste er davon, dass besonders intensive Situationen, Kunstwerke, Bücher oder auch der Anblick von reizvollen Landschaften etwas in mir auslöste, das einer Melodie glich? Stimmungen klangen in meinem Inneren nach Musik. Mal waren sie düster. Mal fröhlich. Und manchmal waren sie alles durcheinander – wie jetzt gerade. Hoch und tief, dumpf und hell. Aufgeregt leicht und bedrohlich monoton. Bislang hatte ich dieses Geheimnis gehütet wie einen Schatz. Na ja, eher wie eine ansteckende Krankheit, denn ich fürchtete, andere könnten glauben, ich wäre nicht ganz normal. Nicht einmal meine Eltern wussten davon.

»Woher …?«, setzte ich an und schüttelte den Kopf. Langsam ergriff mich die Panik. Ich suchte Antworten in seiner Mimik. »Wer bist du? Woher weißt du all das über mich? Was mir gefällt? Was mir etwas bedeutet? Und was in mir vorgeht?« Einem inneren Drang folgend lief ich rückwärts, brachte Raum zwischen den Unbekannten und mich. Ich hätte vorsichtiger sein müssen, hätte nicht mit einem Fremden mitgehen dürfen.

»Schschsch«, säuselte er beruhigend und streckte seine Hände nach mir aus. Obwohl mein Herz stolperte und meine Alarmglocken ohrenbetäubend laut schrillten, ließ ich es zu, dass er zu mir aufschloss und mich berührte. Seine Finger brannten durch den Stoff meines Pullis, als er meine Oberarme zaghaft umschlang. »Was, wenn es eine Hochschule gäbe, in der du deine Kreativität voll und ganz ausleben könntest? Eine Akademie, wo dich niemand schräg anschaut, wenn du dich ausprobierst? Wo du dich der Kunst hingeben kannst, ohne Angst zu haben, als verrückt abgestempelt zu werden? Ein Raum, wo alle außerordentlich kreativ sind. So wie du.« Vincents Begeisterung sprühte aus jeder seiner Poren. Seine Wangen glühten. Seine Worte pochten gegen meine Schläfen. Wie Kanonenkugeln hinterließen sie tiefe Spuren in meinen Gedanken. In meinem Kopf tauchten Bilder all der biederen Musikhochschulen auf, in denen Musiker dazu getrimmt wurden die Stücke längst vergangener Epochen auf den Ton genau so zu spielen, wie es seit jeher getan wurde. Wo bitte sollte da Kreativität reinpassen? Als Musiker hatte man perfekt vom Blatt zu spielen. Oder etwa nicht?

»Träum weiter. Wo sollte es so eine Hochschule schon geben?«, wehrte ich mich dagegen, dass sich etwas wie Vorfreude in meinem Innern auftat. Allein die Vorstellung von so einem Ort war so abgefahren, dass ich Vincents Worten nicht glauben konnte.

Als könnte er in meinen Gedanken lesen, wie durchgeknallt ich seine Idee fand, legte er den Kopf schief. Ein enttäuschter Ausdruck lag um seine grünen Augen und ließ sie traurig erscheinen. Ein Mundwinkel zuckte resigniert. Er ließ die Arme sinken und augenblicklich verließ mich dieses prickelnde Gefühl, das sich in den letzten Minuten in mir eingenistet hatte.

»Ich hätte mehr Begeisterung von dir erwartet.«

Nach einem tiefen Blick in meine Augen wendete er sich ab und lief auf die Treppe zu, auf der wir gerade erst nach oben gestiegen waren. Er konnte mich doch nicht einfach so stehen lassen. Nicht mit all den Fragen in meinem Kopf.

»Vincent! Du musst nicht gehen ... es ... erzähl mir doch mehr über diese Idee.«

Tatsächlich hielt er für einen Moment inne, dann drehte er sich mit einem schelmischen Grinsen auf den Lippen zu mir um.

»Beim nächsten Mal. Mach's gut, Toni!« Schon steuerte er weiter auf die Treppenstufen zu.

Was? Wie konnte ich ihn aufhalten? Ich wollte nicht, dass er ging. Der Abend hatte doch erst angefangen. Jetzt, wo ich seine Gesellschaft genossen hatte, wollte ich nicht schon wieder allein sein. Ohne ihn.

»Warte!« Ich lief ihm hinterher und hielt ihn zaghaft an der Schulter fest. »Was ist mit meinem Kaffee?«, hakte ich in dem verzweifelten Versuch, ihn aufzuhalten, nach.

Vincent blieb stehen und hob verständnislos die Augenbrauen. »Na, du hast mein Fahrrad gekidnappt! Und mich auf einen Kaffee eingeladen.«

Das Rauschen meines Blutes vermischte sich mit dem Surren der Klimaanlage. Sekunden vergingen, in denen ich nur in diese grünen Augen schaute. In ihnen ertrank wie in einem Bergsee. Tief, kalt und doch so einladend.

»Das hole ich nach. Mitten im Nirgendwo.« Bevor ich auch nur ansatzweise die Bedeutung seiner Worte erfassen konnte, hauchte er mir einen zaghaften Kuss auf die Lippen, drehte sich um und lief die ausgetretenen Holzstufen nach unten.

Perplex starrte ich dem Unbekannten hinterher. Unfähig mich zu rühren. Unfähig zu erahnen, dass diese Begegnung mein ganzes Leben verändern würde. *Mitten im Nirgendwo.*

KAPITEL 1

Wo liegt Nirgendwo?

Toni

Unentschlossen drehe ich die schwarze Karte in meinen Händen. Silberne geschwungene Lettern zieren das edle matte Papier, das eher einer Einladung zu einem Maskenball gleicht als der Zusage einer Akademie für kreative Künste.

Sechs Monate ist es nun her, dass ich Vincent in Amsterdam kennengelernt habe. Bis diese Karte vor ein paar Wochen in meinem Briefkasten lag, habe ich gerätselt, ob es diesen Ort, von dem er schwärmte, tatsächlich gibt. Die Idee hat mich nie ganz losgelassen. Dass es sich bei der Hochschule um die *Academy of Arts* handeln soll, hat mich dennoch sprachlos gemacht. Denn auf diese Akademie schaffen es nur die Allerbesten. An dieser Hochschule kann man sich nicht bewerben – entweder man wird eingeladen oder kommt nie dorthin. Sie wird als Talentschmiede gehandelt und hat viele der heute berühmten Solokünstler hervorgebracht – dies haben meine stundenlangen Recherchen ergeben.

Es ist ein verlockendes Angebot, das mir natürlich schmeichelt. Aber auf der AcA – wie sie in Fachkreisen abgekürzt wird – zu studieren, fühlt sich so verdammt groß an. Was, wenn ich dieser Aufgabe nicht gewachsen bin? Wenn ich den Ansprüchen nicht genüge? Zweifel nagen an mir und werfen ihre Schatten auf meine Vorfreude.

Und dennoch sitze ich gerade auf gepackten Koffern in dem Wohnzimmer meines Elternhauses und warte darauf, dass es endlich losgeht. Doch jetzt, wo ich kurz vor der Abreise stehe, beginnen meine Selbstzweifel mich aufzufressen.

Was, wenn ich all den Erwartungen nicht gewachsen bin? Ich habe nicht den klassischen Lebenslauf, den man als angehende Berufsmusikerin mitbringt. Habe weder Unterricht bei hochrangigen Musikprofessoren genossen noch irgendwelche Wettbewerbe gewonnen, da ich nie an so etwas teilgenommen habe. Alles, was ich kann, ist ein bisschen Geigespielen. Gut, ich tue das aus vollem Herzen und glaube, dass ich nicht schlecht bin. Aber die AcA ...

Sie wissen kaum etwas über mich. Von mir gibt es keine aussagekräftigen Videos im Netz, wie es sonst für Bewerber auf Musikhochschulen üblich ist. Was also war es, das die AcA dazu bewogen hat, mir diese Einladung zu schicken?

»Bist du bereit?«, fragt meine Mutter mit einem schmalen Lächeln auf den Lippen. Sie streicht ihren geblümten Rock glatt und wirkt fahrig. Es ist ungewohnt sie in Ausgehklamotten zu sehen, trägt sie doch sonst bequeme Sachen, die sie in ihrer Arbeit auf dem Hof nicht einschränken. Aber sie wollte mich unbedingt gemeinsam mit meinem Vater zum Bahnhof begleiten. Das rechne ich den beiden nach all den Diskussionen über meine Schulwahl hoch an. Natürlich sind sie stolz, dass eine Talentschmiede wie die AcA auf mich aufmerksam geworden ist. Eine Hochschule in der Nähe wäre ihnen allerdings lieber gewesen.

»Das bin ich«, sage ich überzeugt, stehe auf und stecke die Karte der AcA in meinen Rucksack zu meinen Reiseunterlagen. Mein Blick huscht über mein spärliches Gepäck und ich gehe in Gedanken noch einmal durch, ob ich alles habe. Die Packliste, die ich mit der Karte und den Einschreibungsunterlagen bekommen habe, enthielt neben den üblichen Sachen, die man auf einer Musikhochschule wohl benötigte, auch zahlreiche Sportsachen. Mir graute schon jetzt vor dem Gedanken, dass wir offensichtlich Ausgleichssport machen würden.

Ansonsten habe ich nur das Nötigste eingepackt. Ein paar Klamotten, meine Lieblingsbücher. Meine Lieblingsfotos von meinem verstorbenen Opa und meinem Kater Florence und natürlich das Notizbuch mit all den Stücken, die ich in den letzten Wochen und Monaten geschrieben habe.

»Hast du genügend zu trinken dabei?«, fragt meine Mutter. Ich nicke brav. »Und was zu essen? Schließlich ist es eine halbe Weltreise bis …«

»Lieberose«, helfe ich ihr aus, da sie sich einfach nicht merken kann, wo für die nächsten Jahre mein Zuhause sein wird. »Jaaa!« Zugegeben, ich habe selbst noch nie von diesem kleinen Nest in Brandenburg gehört. Und wenn ich der Beschreibung der AcA Glauben schenke, liegt das Anwesen, auf dem die Akademie und die Unterkünfte untergebracht sind, auch nicht direkt in der – winzigen – Stadt, sondern ein ganzes Stück außerhalb. Weit weg von jeglicher Zivilisation, die die Kreativität ersticken könnte. Mir macht das nicht viel aus, ich bin es schließlich gewohnt in der Einöde zu leben. Und der Ortsname, der aus *Liebe* und *Rose* zusammengesetzt ist, gefällt mir deutlich besser als das verlorene Wort, das Vincent dafür genutzt hat: *Nirgendwo.*

Vincent. Unwillkürlich wandert meine Hand in die Tasche meiner Jeans und ertastet den kleinen Zettel, der auf den Studienunterlagen klebte. *Ich bin dir noch einen Kaffee schuldig,* steht in krakeliger Handschrift darauf. Keine Unterschrift – aber ich weiß auch so, dass er von ihm sein muss. Obwohl ich den Kerl nur wenige Stunden in Amsterdam kennengelernt habe, freue ich mich darauf ihn wiederzusehen. Langsam verblassen die Erinnerungen an unsere erste Begegnung. Sie werden unschärfer, verwaschener und bald kann ich nicht mehr genau sagen, was ich davon geträumt habe und was real ist. War er es, der ein gutes Wort für mich an der renommierten Kunsthochschule eingelegt hat? Bestimmt – alles andere wäre ein viel zu großer Zufall.

Ich werfe einen letzten Blick in die Wohnstube, streichle noch einmal meinen Kater Florence, der wohl spürt, dass ich ihn verlasse und mich mit Nichtachtung straft.

»Ich komme wieder, Süßer«, murmle ich sanft und richte mich wieder auf. Wehmut verspüre ich keine, denn seit siebzehn Jahren wünsche ich mir endlich diesem engen Tal zu entkommen, in dem sich selbst die Sonne nur an wenigen Tagen im Hochsommer blicken lässt. Jetzt ist es endlich so weit und ich kann es kaum erwarten die Weite des Landes zu erkunden. Atmen. Frei sein. Kreativ sein. Doch bin ich wirklich bereit dazu?

Mein Vater hat den Wagen schon vor dem Haus geparkt und ich bin dankbar, dass er mich nicht mit dem Trecker nach Himmelreich zum Bahnhof fährt.

»Taxi zum Studium für mein kleines Mädchen«, scherzt mein Vater mit einem stolzen Ausdruck im Gesicht, als ich aus dem Haus trete. Er streicht mir liebevoll über meine roten Haare, nimmt mir die Reisetasche ab und verstaut sie im Kofferraum. Dass ich meine Geige nicht aus der Hand gebe, weiß er inzwischen und kommentiert es noch nicht einmal, als ich den schwarzen Koffer und den Rucksack mit auf die Rückbank nehme.

Als sich der Wagen in Bewegung setzt und auf der schmalen Straße ins Tal fährt, schaue ich nicht zurück. Unter das bedrohliche dumpfe Brummen, das ich all die Stunden, Tage, Wochen, Monate und Jahre hier verspürt habe, mischt sich ein leises, aufgeregtes Zwitschern. Helle Töne weisen den Bass in seine Schranken und übertönen ihn schon bald. Dass ich meine eigene Aufregung nicht nur spüren, sondern auch hören kann, habe ich all die Jahre niemandem anvertraut – nicht einmal meinem Großvater, der bis zu seinem Tod so etwas wie mein bester Freund war. Woher also wusste Vincent, wie ich ticke?

Vincent – warum schleicht er sich ausgerechnet jetzt in meine Gedanken? In den letzten Monaten habe ich kaum an ihn gedacht. Gut, ab und zu hat er sich in meine Tagträume geschlichen, denn die Stunden in Amsterdam sind verwirrend und wunderschön zugleich gewesen.

Nach einem tränenreichen Abschied am Bahnhof von Himmelreich steige ich in den Zug. Die endlosen Stunden, die mich meinem Ziel im Osten Deutschlands näher bringen, überbrücke ich mit Lesen, Musikhören oder aus dem Fenster schauen. Die Landschaft ist so anders als zuhause. Gierig sauge ich die neuen Eindrücke auf.

***

Als ich nach rund neun Stunden Fahrt aus dem Zug steige, um in den Bus zu wechseln, dämmert es bereits. Hier wirkt alles größer, weiter, aber auch trostloser als daheim, wo bereits die ersten Blumen sprießen und den Frühling willkommen heißen.

Meine Aufregung steigt, als der Busfahrer die Haltestelle in Lieberose ankündigt, die als Treffpunkt für alle Neuankömmlinge der *Academy of Arts* in den Studienunterlagen vermerkt ist. Von hier werden wir abgeholt und zu dem ehemaligen Stift chauffiert, in dem die Akademie untergebracht ist. *Wir* – ich schaue mich neugierig in dem heruntergekommenen Bus um, sehe aber außer einem älteren Ehepaar, ein paar knutschenden Teenies und einer müde dreinblickenden Mutter mit Baby keine weiteren Fahrgäste. Niemand, der für ein Studium an der AcA in Frage käme. Also streiche ich das *Wir* gedanklich durch und ersetze es durch das kleine Wörtchen, das mich schon immer als Sonderling darstellt: *Ich*.

Kalte Luft strömt mir entgegen, als ich aussteige. Meine Mutter hat recht behalten – bis hierher war es eine halbe Weltreise. Ich bin hundemüde und da hilft auch die Vorfreude wenig, die mich bis in den kleinen Finger durchströmt.

Mit einem seufzenden Geräusch tuckert der altersschwache Bus in die nahende Dämmerung davon. Da stehe ich nun mitten im Nirgendwo, umklammere meine Geige und blicke mich ratlos um. Die kleine Bushaltestelle, an der ich ausgestiegen bin, sieht etwas heruntergekommen aus. Das Plakat ist vergilbt, die Scheiben sind verschmiert. Die Sträucher und Bäume daneben wirken trostlos. Unwillkürlich ziehe ich die Schultern hoch. Hoffentlich ist es nur meiner Müdigkeit geschuldet, dass alles wenig einladend aussieht.

Weit und breit ist niemand zu sehen. Kein Auto, kein Bus, nicht einmal eine Pferdekutsche oder ein Hubschrauber. Ich schüttle den Kopf, da meine Gedanken schon wieder beginnen sich selbstständig zu machen.

Ratlos setze ich mich auf die Holzbank an der Haltestelle und krame das sechsseitige Dokument aus meinem Rucksack hervor, in dem alles Organisatorische aufgeführt ist. Vielleicht hätte ich noch einmal anrufen und nicht nur vor Wochen die Ankunftszeit per Mail durchgeben sollen?

Doch noch während ich mich durch die Unterlagen wühle, hält ein schwarzer Kleinbus mit verdunkelten Scheiben und bringt mein Herz zum Stolpern.

Eilig stecke ich die Unterlagen zurück und raffe mein Gepäck zusammen. Ein älterer Mann um die fünfzig mit dunklem Haar steigt aus dem Auto. Er trägt Blue Jeans, dunkle Schuhe und eine schwarze Lederjacke, die ihn wohl smart und jünger aussehen lassen soll.

»Hey, ich bin Elio. Du musst Antonia sein. Willkommen am Ende der Welt.« Sein Lachen ist tief und warm und nimmt mir sofort meine Befangenheit. Ich ergreife seine ausgestreckte Hand und schrecke angesichts der Stärke seines Händedrucks kurz zurück. Wie immer durchzuckt mich die Angst mit meiner Hand könnte etwas passieren – die persönliche Horrorvorstellung einer Geigerin.

»Toni«, berichtige ich ihn automatisch. »Hallo, schön dich kennenzulernen.« Ein bisschen enttäuscht bin ich schon, dass es nicht Vincent ist, der mich abholt, denn wenn ich ehrlich bin, hatte ich genau darauf gehofft. Den Kerl, der mich so schnell durchschaut hat, möglichst bald wiederzusehen.

»Ist das alles an Gepäck?«, fragt Elio erstaunt und deutet auf die wenigen Habseligkeiten, die ich mitgenommen habe. Schüchtern nicke ich. *Hätte ich doch mehr einpacken sollen? Schickere Klamotten vielleicht? Meine Notenbücher? Eine zweite Geige? Was, wenn es hier so etwas wie eine Kleiderordnung gibt? Falle ich etwa schon wieder aus dem Rahmen? Nein, nein, nein! Vincent hat gesagt, dass man hier sein darf, wie man ist!*

Ich atme tief ein, versuche mich zu beruhigen und nicht aus der Ruhe bringen zu lassen. Ich bin ich und das werde ich auch hier auf der Akademie sein. Schließlich bin ich seltsame Blicke gewohnt. Und notfalls tauche ich in der Masse unter – wie ich es all die Jahre getan habe.

Elio hat meine Reisetasche bereits eingeladen und wartet nur darauf, dass ich auf dem Beifahrersitz Platz nehme.

»Wie war deine Reise?«, übt sich Elio in Smalltalk, als ich mich angeschnallt habe, und steuert den Wagen auf die Straße. Seit ich hier angekommen bin, habe ich außer Elio weder eine Menschenseele noch ein anderes Fahrzeug gesehen. Sollte Vincent recht behalten und wir befinden uns hier tatsächlich mitten im Nirgendwo?

»Gut«, murmle ich aufgeregt und versuche einen Blick auf den Weg zu erhaschen, der zur Akademie führt, zu jenem Ort, der für die nächsten Jahre mein Zuhause sein wird. »Ist ganz schön weit weg von daheim.«

»Du kommst aus Süddeutschland, oder?«

»Aus den tiefsten Untiefen des Schwarzwaldes«, scherze ich und lächle schief.

»Na dann wirst du dich hier in der Einsamkeit sicher schnell zurechtfinden. Großstadtpflänzchen haben anfangs eher ihre Probleme damit, dass hier weit und breit nichts ist außer bezaubernder, inspirierender Natur.«

Wie aufs Stichwort fahren wir durch Wälder, über Wiesen und von Kilometer zu Kilometer wird es dunkler. Hier im Osten dämmert es früher als zuhause. Selbst in dem engen Tal wird es später dunkel als hier. Ich spüre es deutlich und brauche dafür keine Uhr. Es ist, als hätte mir jemand Zeit geklaut – oder mich zurück in den Winter katapultiert, was auch die eisigen Temperaturen erklären würde. Ich fröstle.

»Ist dir kalt?«, fragt Elio, dem offensichtlich nicht entgangen ist, wie ich den Kragen meiner Jacke hochgeschlagen habe und mich tiefer in den Sitz kuschle.

Ich zucke mit den Schultern.

»Da wo ich herkomme, ist bereits Frühling.« Ein bisschen wehmütig denke ich an all die Blumen zurück, die im Beet meiner Mutter bereits sprießen. Ich mag das Erwachen der Natur. Das Herumstreunern von Florence durch die wachsenden Gräser. Das Zwitschern der Vögel, das den Frühling willkommen heißt. In meinen Ohren klingt das Summen der Bienen wie Musik.

Elio lacht und nickt wissend.

»Keine Sorge. Entgegen der landläufigen Meinung bist du hier nicht in Sibirien gelandet. In ein paar Tagen wird es wärmer und dann ist der Frühling auch bald nicht mehr aufzuhalten. Versprochen.«

Ich hoffe sehr, er behält recht.

Das Rauschen der Klimaanlage, die mir warme Luft ins Gesicht bläst, schmerzt in meinen Ohren. Ich sehne mich nach Ruhe, nach Geborgenheit. Nach einem Ort, an den ich mich zurückziehen kann. Ich bin reisen nicht gewohnt und entsprechend ausgelaugt.

»Wir sind gleich da«, sagt Elio leise, als würde er meine Müdigkeit spüren. Unwillkürlich gähne ich und lache auf. Nach wenigen Kilometern verlangsamt Elio tatsächlich das Tempo und biegt auf eine schmale Seitenstraße ein. Kies knirscht unter den Reifen. Ich umklammere meine Geige etwas fester, als das Auto zu ruckeln beginnt. *Wo bin ich hier nur gelandet?*, denke ich mit einem amüsierten Kopfschütteln.

Als der Wagen endlich steht und ich aussteige, klappt mir der Mund auf. Nebelschwaden wabern vor mir über das Gelände und tauchen ein majestätisches Gebäude in ein unwirkliches Licht. Ist es ein Schloss? Eine Kirche? Ein Hofstaat? Jedenfalls erinnert die malerische Kulisse an ein Gemälde längst vergangener Zeit.

»Willkommen in der ehemaligen Benediktinerabtei Lieberose.«

»Wow«, entschlüpft es mir beim Anblick der barocken Schönheit. Der Bau wirkt riesig. Die Fassade ist in einem hellen Gelb und Weiß gehalten, die durch den Nebel sehr zart anmutet. Ein von weißen Säulen gesäumter Torbogen gibt den Weg zu einem Innenhof frei.

»Sieht hübsch aus, nicht?«

Ich nicke wie hypnotisiert und starre weiter auf die filmreife Kulisse. Weiße Statuen thronen auf den Dächern, darunter entdecke ich goldene Inschriften, die schon so verblichen sind, dass ich sie in dem schummrigen Licht nicht entziffern kann.

»Es war ziemlich heruntergekommen, bis Phil de Breune es von der Kirche gepachtet und daraus die AcA gemacht hat«, erklärt Elio mit meinem Gepäck in den Händen und bedeutet mir mit einem Kopfnicken, dass ich ihm zum Eingang folgen soll. Ich laufe Elio hinterher, durch den Torbogen hindurch, und finde mich in einem riesigen Innenhof wieder. Wie groß diese Anlage wohl sein muss? Wie viele Schüler hier Platz finden?

»Phil de Breune?«, frage ich lahm nach und trete mir keinen Augenblick später selbst imaginär in den Hintern.

»Er ist der Gründer der Akademie.« Elio klingt freundlich, aber sicher denkt er, ich könnte nicht bis drei zählen. Wer bitte vergisst den Namen des Direktors?

»Stimmt«, murmle ich kleinlaut und atme tief ein. »Entschuldige, ich bin etwas nervös.«

»Musst du nicht sein.« Elio legt eine Hand auf meinen Rücken und schiebt mich weiter über den mit Kopfsteinpflaster gesäumten Platz. Wieder treten wir durch einen Torbogen und stehen dann in einer kleinen Kuppelhalle. Unwillkürlich wandert mein Blick nach oben. Wunderschöne Fresken breiten sich über mir aus. Blass und in schlechtem Zustand, aber mit einer so magischen Intensität, dass ich ihre Bedeutung förmlich spüren kann.

Elio gibt mir einen Moment, um die Schönheit des Raumes in mir aufzunehmen. Gebannt betrachte ich die hohen goldverzierten Säulen, die bis zur geschwungenen Decke hinaufragen.

»Wunderschön«, kommt es mir ehrfürchtig über die Lippen und ich drehe mich wie ein kleines Kind im Kreis, um alles zu entdecken. Elio scheint diese Reaktion gewohnt zu sein und wartet mit einem wissenden Lächeln, bis ich mich wieder eingekriegt habe.

»Komm«, fordert mich Elio schließlich auf und läuft schon eine dunkle ausgetretene Treppe nach oben. Die Stufen knarzen unter seinem Gewicht. Mit wild klopfendem Herz folge ich ihm. Jeder Schritt wiegt schwer, jede Stufe ist eine Hürde. »Alle freuen sich auf dich. Dir wird es hier sicher gefallen.«

Alle? Aber mich kennt doch keiner! Keiner – außer Vincent. Ob ich ihn gleich wiedersehen werde?

Elios Lächeln ist warm, einladend, und im Zusammenspiel mit seinen Worten dämpft es die bedrohlichen Töne, die in mir hallen.

Mit einem lauten Knarzen öffnet Elio eine riesige, prachtvoll verzierte Eichentür und wir stehen in einem schwach beleuchteten Flur. Kunstvolle Steinfliesen zieren den Boden, die Wände sind in einem matten Weiß gehalten.

»Eleonora Haaf erwartet dich bereits.«

Ich schaue Elio fragend an.

»Ist sie die ...« Ich zögere und krame indes in meinem Gedächtnis, ob mir der Name etwas sagen sollte. Aber darin herrscht gähnende Leere.

»Sie leitet neben Phil die Schule. Er ist viel unterwegs«, erklärt er. »Sei einfach ganz du selbst.«

Ich selbst sein – guter Rat. Wenn Elio nur wüsste, dass es manchmal ganz schön hart ist, ich selbst zu sein. Die Verlockung, sich zu verstellen und einen auf ganz normal zu machen, ist groß. Oft bin ich den vermeintlich einfacheren Weg gegangen. Nicht auffallen, in der Masse untertauchen und so tun als sei ich wie alle anderen. Normal.

Elio führt mich durch einen Gang und bleibt vor einer überdimensional großen, schweren Holztür stehen. Bevor er klopft, wendet er sich noch mal mir zu.

»Wenn du etwas brauchst ... Ich bin hier nicht nur Chauffeur, Hausmeister, Gärtner und für den ganzen technischen Kram zuständig. Ich hab auch immer ein offenes Ohr für euch Talents. Manchmal braucht man jemanden, der mit diesem ganzen kreativen Kram nichts zu tun hat, der ganz normal ist. Hier bin ich, scheu dich also nicht mich einfach anzuquatschen, wenn dir danach ist. Aber das wird dir Lee alles noch erklären, sie wird dich die nächsten Tage unter ihre Fittiche nehmen und dir alles Überlebenswichtige – und, wie ich sie kenne, noch jede Menge andere Dinge – zeigen.« Er zwinkert mir verschwörerisch zu und bevor ich weiter nachfragen kann, klopft er schon an die Tür von Frau Haaf und drückt die Klinke ohne auf ein Zeichen der Direktorin zu warten runter.

»Ah, unser Neuzugang ist da«, vernehme ich eine weibliche Stimme und schon im nächsten Moment läuft eine zierliche ältere Dame auf mich zu. Ihre silberweiße Kurzhaarfrisur ist akkurat geschnitten und das dunkelgraue Kostüm sitzt wie maßgeschneidert. Sie könnte spießig wirken, wären ihre Augen nicht so wach und lebendig und ihr gesamtes Auftreten so freundlich, dass meine Nervosität mit einem Schlag verschwunden ist. »Antonia, ich freue mich dich auf der *Academy of Arts* willkommen heißen zu dürfen. Ich bin Eleonora Haaf und die leitende Direktorin. Tritt ein.« Sie greift nach meiner Hand, schüttelt sie kurz und deutet dann auf einen Stuhl, während sie sich wieder hinter ihren Schreibtisch setzt. »Danke, Elio. Könntest du bitte Lee Bescheid geben, dass sie Toni gleich in Empfang nehmen kann?«

Mein Chauffeur nickt ergeben und schließt hinter sich die Tür. Ich atme einmal tief durch und setze mich mit der Geige auf dem Schoß auf den mir zugewiesenen Platz. Meine Hände fühlen sich kalt und gleichzeitig verschwitzt an, ich drehe sie nervös ineinander und hoffe, das sonore Brummen in meinem Kopf lässt gleich nach.

Die Direktorin blättert in einem Stapel Unterlagen und ich warte geduldig, bis sie das Wort an mich richtet.

»Also Antonia, ich muss zugeben, dass ich sehr gespannt auf dich bin und es kaum erwarten kann, dich spielen zu hören.« Ihr Blick wandert auf das Blatt Papier, das vor ihr liegt. »Unkonventionelles Spiel, eigenwillige Komposition, mutige Auswahl.« Sie hebt den Blick, den ich nicht deuten kann. Ihre Augenbrauen schnellen nach oben. »Nicht gerade Eigenschaften, die dich für einen Platz im Orchester qualifizieren.«

Mein Herz rast bei den Worten und ich merke, wie ich innerlich einige Zentimeter zusammenschrumpfe. Meine Finger krampfen sich um die Griffe des Geigenkastens. Genau diese Eigenheiten werden die anderen Musikhochschulen davon abgehalten haben mich aufzunehmen. Ich passe nicht ins Orchester und doch will ich mit meinem ganzen Herzen Musik machen. Ich habe keine Ahnung, ob ich gut genug bin, aber ich wünsche es mir so sehr, dass es fast schon wehtut. Vielleicht, wenn ich mich ganz arg anstrenge, wenn ich mich anpasse und der Masse unterordne, kann ich Teil eines Ganzen werden.

In Ermangelung einer Antwort senke ich den Blick. Lasse es zu, dass dieses Gefühl, einfach nicht in diese Gesellschaft zu passen, mich überschwemmt. Nicht gut genug – diesen Stempel werde ich wohl für immer auf meiner Stirn tragen. Dabei hatte ich so sehr gehofft, dass endlich jemand an mich glaubt.

»Aber du hast Glück. Wir suchen keine Klone, die perfekte Zahnrädchen eines Ensembles sind.«

Erstaunt schaue ich auf, blicke in strahlende Augen. »Wir sind auf der Suche nach Solisten. Nach Persönlichkeiten, die etwas Außergewöhnliches erschaffen, etwas Unkonventionelles, Unangepasstes. Und weil unser Scout Vincent genau das in dir gesehen hat, bist du heute hier.«

Bei der Erwähnung von Vincents Namen spüre ich ein kurzes Stolpern meines Herzens. *Scout.* Also hat er doch etwas damit zu tun, dass ich hier bin. Das erklärt einiges und beantwortet zahlreiche Fragen, die in meinem Kopf herumgeistern. »Wir werden dir nicht beibringen, wie man fehlerfrei vom Blatt spielt. Und auch nicht, wie man die Großen der Musikgeschichte bis ins kleinste Detail kopiert. Aber wir können dir einen geschützten Raum bieten. Einen Raum, in dem du dich ausprobieren kannst. In dem du deine Kreativität entdecken und auch trainieren kannst. Zu scheitern gehört dabei in unserer Akademie genauso dazu, wie deine Grenzen immer wieder aufs Neue zu verschieben und über dich hinauszuwachsen. Uns geht es darum, dass du dich kennenlernst. Mit all deinen Stärken. Und deinen Schwächen.« Sie lächelt sanft, als hätte sie mich schon komplett durchschaut und bereits eine Liste angefertigt mit all meinen negativen Eigenschaften. Doch im Gegensatz zu all den anderen Menschen, denen ich bislang begegnet bin, scheint Frau Haaf keine Angst vor mir zu haben. Sie scheint mich nicht einmal besonders seltsam zu finden. Beinahe wirkt es so, als sei sie furchtbar neugierig und gespannt darauf mich besser kennenzulernen. Ich erlaube mir ein leises Lächeln und nicke zaghaft als Zeichen, dass ich verstanden habe.

»Vincent hast du jedenfalls auf voller Linie von deinem Talent überzeugt. Wir vom Komitee waren zugegebenermaßen ..., sagen wir ... überrascht, als seine Empfehlung hier eintrudelte. Schließlich bist du ein unbeschriebenes Blatt.«

Ich lege den Kopf schief, weil ich aus ihren Worten nicht ganz schlau werde. Soll das bedeuten, sie stehen doch nicht hinter mir? Habe ich es einzig Vincent zu verdanken, dass ich hier bin?

»Versteh mich bitte nicht falsch, wir vertrauen Vincents Meinung zu hundert Prozent. Allerdings lag sein Schwerpunkt bislang auf anderen Bereichen. Seit ... na, egal.«

Sie wirkt plötzlich nachdenklich. Ihr Blick schweift in eine unbestimmte Ferne. Nur für einen winzigen Augenblick, und ich hätte zu gerne gewusst, was sich genau in diesem Moment in ihrem Kopf abspielt.

Sie räuspert sich. »Jedenfalls sind wir gespannt und freuen uns, dass du hier bist.«

Es klopft an der Tür und die Direktorin springt schon auf. Ich drehe mich um und sehe einen blonden Haarschopf, der sich durch einen schmalen Spalt drückt. Über der glatten Haarpracht erspähe ich so eine Art Plüsch-Horn. Es glitzert in Rosa- und Silbertönen. Fasziniert schaue ich auf die Verkleidung des Mädchens und frage mich unwillkürlich, was dieser Aufzug soll. Kommt sie etwa gerade aus einer Theaterprobe und hatte keine Zeit mehr sich umzuziehen?

»Lee, komm doch rein. Antonia und ich sind schon so weit. Außer du hast noch Fragen?«, richtet sie das Wort noch einmal an mich, läuft dennoch um den Schreibtisch herum und streckt mir die Hand zum Abschied entgegen, als sei meine Privataudienz bei ihr damit beendet.

Völlig überfordert nicke ich und schüttle ich den Kopf gleichzeitig. Tausend Fragen wirbeln darin unsortiert herum. Ich weiß noch nicht einmal, was von mir erwartet wird. Was auf mich zukommt.

Wo werde ich schlafen? Wann muss ich morgen aufstehen? Und wo gibt es etwas zu essen? Mein Magen knurrt lautstark bei dem Gedanken und ich schlage mir schnell die Hand auf den Bauch. Mit einem entschuldigenden Lächeln hieve ich mich aus dem tiefen Stuhl, schüttle Frau Haafs Hand zum Abschied und stehe schneller vor der Tür, als ich begreifen kann.

»Hi, ich bin Lee, deine Patin.« Die Stimme des kleinen Einhorns ist fast ein Flüstern. Glücklicherweise klingt sie sehr zart und ist weit von einem Wiehern entfernt. Sonst hätte ich wohl lauthals kichern müssen. Die blauen Augen des Mädchens strahlen erwartungsvoll. Sie ist ungefähr so groß wie ich und hat auch eine ähnliche schlanke Statur.

»Antonia, aber eigentlich nennen mich alle Toni.« Ich umklammere meine Geige und schultere meinen Rucksack und die Reisetasche.

»Toni – alles klar! Ich zeig dir erst mal dein Zimmer. Du teilst es mit Nia. Sie ist im zweiten Jahr und macht hier ihre Tanzausbildung. Ihr werdet euch bestimmt blendend verstehen. Hier lang.«

Sie deutet auf eine Treppe und lotst mich anschließend durch einen Flur, der wiederum zu einer Treppe führt. Bei meinem miserablen Orientierungssinn habe ich es schon lange aufgegeben mir den Weg merken zu wollen und vertraue einfach darauf, dass hier niemand verloren gehen wird.

Je weiter wir ins Innere des Klosters vordringen, desto kahler und einfacher werden die Wände. Glänzte im unteren Stockwerk noch alles und war mit Gold und schönen Malereien verziert, bröckelt hier bereits an der einen oder anderen Kante der Putz ab. Dennoch sieht es hier nicht heruntergekommen aus, sondern einfach nur bewohnt.

»Wir schlafen im ehemaligen Dormitorium der Mönche. Ist zwar etwas kahl und trist, aber es wird gemunkelt, dass es Absicht ist. Schließlich sollen wir uns auf unsere Studien konzentrieren und nicht im Luxus leben. Apropos Todsünden. Hier in der AcA gibt es ein paar Regeln, die du unbedingt befolgen solltest, wenn du nicht gleich die Heimreise antreten willst. Die Haaf ist echt cool und locker, aber bei einigen Themen versteht sie absolut keinen Spaß und greift knallhart durch.«

Wieder biegen wir ab und spätestens jetzt bin ich mir sicher, dass ich den Weg nach unten alleine niemals wiederfinden werde. Hoffentlich hat mein Zimmer eine Feuertreppe, sonst müsste ich im Notfall elendig verenden.

»Okay, schieß los«, ermuntere ich sie, weil sie nicht weiterredet. Aber Regeln sind überlebenswichtig. Sie helfen mir unterzutauchen, nicht aufzufallen und verhindern, dass ich durchs Raster falle. Regeln sind etwas, woran ich mich in Zeiten, in denen ich ins Straucheln komme, festhalten kann. Und wenn ich schon nicht alleine in mein Zimmer finde, will ich zumindest für alle Fettnäpfchen, in die ich treten könnte, gewappnet sein.

»Also, Regel Nummer eins – und das ist auf der AcA so etwas wie das oberste Gesetz: Mach dich niemals – und ich meine niemals! – über die Kreativität eines anderen Talents lustig. Mobbing wird mit Rausschmiss bestraft. Ohne Chance auf Wiedergutmachung. Und ohne die Chance in deinem Fachbereich jemals wieder Fuß zu fassen.« Lee schaut mich aus ihren wasserblauen Augen entsetzt an, als hätte sie mir ein Horrormärchen erzählt und warte darauf, dass ich zusammenzucke. Den Gefallen tue ich ihr allerdings nicht. Mit Mobbing kenne ich mich aus. Nicht aktiv – das würde ich niemals jemandem antun. Aber ich bin mein Leben lang selbst Opfer von Anfeindungen geworden. Ich habe gelernt damit zu leben, nichts an mich ranzulassen, was andere über mich sagen. Was sie über mich denken. Ich gehe meinen Weg.

Leise, unsichtbar und ohne groß nach links und rechts zu schauen. Das macht einsam, aber es ist – und es war – der einzige Selbstschutz, der all die hässlichen Kommentare über meine Andersartigkeit fernhält. Dabei finde ich mich noch nicht einmal besonders seltsam. Wenn ich mir Lee mit ihrem Einhorn im Haar so anschaue, finde ich mich sogar ziemlich normal.

»Hier sind wir.« Wir stehen in einem endlos langen Flur, der nur schwach von einem kalten Licht beleuchtet ist. Schwarze abgetretene Fliesen bilden einen krassen Gegensatz zu dem Weiß der Wände. Lee klopft an eine hölzerne Tür. Das Pochen klingt dumpf und lässt mich kurz zusammenzucken. Besonders heimelig ist es hier wirklich nicht.

Während wir warten, drehe ich mich kurz um. Von dem Flur gehen rechts und links dunkle unscheinbare Türen ab. Die, vor der wir stehen, ist die vierte auf der linken Seite. Vier, links – das sollte ich mir merken können. Ich wiederhole die beiden Worte wie ein Mantra, singe sie innerlich in Dauerschleife. Ich platziere gedanklich die Türen wie Noten auf der G-Saite meiner Geige und merke mir den Ton, in der Hoffnung mich später daran erinnern zu können. *Ein räumliches Gedächtnis wäre vielleicht lebensnotwendiger als die Begabung, meiner Geige ein paar wohlklingende Töne zu entlocken,* denke ich spöttisch. Aber da geht auch schon die Tür auf und ein zierliches Mädchen mit raspelkurzen schwarzen Haaren steht im Rahmen. Ihre nachtblauen Augen sind riesig und von dichten Wimpern umrahmt, ihre Haut ist blass und durchscheinend. Sie trägt bequeme, unspektakuläre Sachen und wirkt auf den ersten Blick ganz normal, was mich erleichtert aufatmen lässt.

»Du musst Antonia sein. Willkommen, ich bin Nia.« Bevor ich ihr die Hand entgegenstrecken kann, hat sie schon die Arme um mich geschlungen und begrüßt mich überschwänglich. Sie duftet nach Vanille und schenkt mir damit ein ganz wohliges Gefühl. Dennoch fühle ich mich überrumpelt, weil ich solche Körperlichkeiten nicht gewohnt bin.

»Komm rein.«

Ich folge Nia und Lee in einen winzigen Raum. Viel Platz für Möbel gibt es hier nicht. Die beiden Betten stehen vor dem einzigen Fenster, das glücklicherweise breit genug ist, sodass wir beide rausschauen können, wenn wir auf den Matratzen liegen. Zwei Schränke, ein winziger Tisch in der Mitte des Raumes und zwei Stühle – mehr passt hier nicht rein.

Die Spannung, die in der Luft liegt, ist förmlich zu greifen. Die beiden Mädchen schauen mich erwartungsvoll an und ich habe keine Ahnung, was ich sagen soll. Unbehagen breitet sich in meiner Mitte aus.

»Wo sind denn die Toiletten?«, frage ich, weil ich schon, seit ich in den Bus nach Lieberose gestiegen bin, das dringende Bedürfnis verspüre mich zu erleichtern.

»Auf dem Flur. Wir haben einen gemeinsamen Waschraum«, sagt Lee und drängt sich wieder an mir vorbei. »Deine Sachen kannst du dalassen, dann zeig ich dir alles.«

Nia hakt sich bei mir unter, nachdem ich meine Reisetasche und den Rucksack auf den Boden plumpsen lassen und den Geigenkoffer auf dem Tisch abgelegt habe. Wird das jetzt so ein Mädchen-Ding, dass alle gemeinsam aufs Klo gehen? Die Nähe und Freundlichkeit überfordern mich.

»Du hast nicht ernsthaft das Einhornding durchgezogen, Lee?« Nia kichert und bedeutet mir mit einem Tipp ihres Zeigefingers an die Schläfe, was sie von der Aktion hält.

Lee schüttelt sich vor Lachen. »Du hättest die Haaf sehen sollen. Keine Miene hat die verzogen, nicht einmal geschmunzelt hat sie. Ganz, als wäre es hier normal, dass wir hier so rumlaufen.«

Ich blicke zwischen den beiden hin und her und muss mich wohl erst noch an ihren Humor gewöhnen.

»Muss ich nicht verstehen, oder?«, murmle ich mehr zu mir selbst. Doch Nia legt gleich eine Hand auf meinen Oberarm.

»Wir sind hier angehalten ständig etwas Neues auszuprobieren und Lee nimmt sich dabei nicht so ernst. Sie nutzt das gerne, um andere Menschen aus der Reserve zu locken. Und peinlich scheint der Lady auch überhaupt nichts zu sein, wenn man sich das Ding auf ihrem Kopf so anschaut.«

Ich nicke, denn was soll ich auch sonst tun. Mit Mädchenfreundschaften kenne ich mich nicht aus. Und damit, dass auch andere aus der Norm fallen, habe ich ebenfalls keine Erfahrung. Also gilt es erst einmal herauszufinden, wie ich darauf reagieren und mich verhalten soll. Doch das muss warten, weil sonst meine Blase platzt.

»Hier sind die Toiletten«, sagt Lee und deutet auf einen weiß gefliesten Raum, in dem eine Handvoll Türen ein Mindestmaß an Intimsphäre versprechen.

Ich steuere auf eine der Kabinen zu und will darin verschwinden, doch Lee und Nia stehen noch immer im Waschraum und wollen offensichtlich auf mich warten.

»Äh, ihr bleibt da jetzt aber nicht stehen, oder?«, frage ich sicherheitshalber nach.

»Ach Baby, das mit dem alleine Pissen wirst du hier wohl nur erleben, wenn du den Feueralarm auslöst. Ansonsten ist hier immer jemand oder, Nia? Gewöhn dich also besser schnell dran.«

Die zierliche Tänzerin wackelt lustig mit dem Kopf und pflichtet meiner Patin bei, hakt sich aber dennoch bei ihr unter und zieht sie nach draußen auf den Flur. Ich atme tief durch.

Ein bisschen seltsam ist es schon, dass die beiden tatsächlich vor dem Waschraum auf mich warten und mich zurück zu meinem Zimmer begleiten.

»Also, Antonia, das hier ist dein Bett und dein Schrank.« Nia zeigt auf die linke Hälfte des Zimmers und lächelt mich freundlich an. »Fühl dich auf deinen zwei Quadratmetern ganz wie zuhause.«

Mit einem Plumps landet sie auf ihrem Bett und verknotet die Beine zu einem Schneidersitz. Lee macht es sich auf einem der kantigen Holzstühle gemütlich – wobei ich mich frage, ob die wirklich bequem sein können. Interessiert mustern sie mich. Soll ich jetzt etwa meine Sachen verstauen? Oder worauf warten sie?

»Du kannst mich gerne auch Toni nennen. Antonia hört sich für mich so fremd an«, gestehe ich.

Unsicher nehme ich meinen Geigenkasten vom Tisch und setze mich auf das Bett, das ich die nächsten Jahre mein Eigen nennen darf. Es ist erstaunlich bequem. Nicht zu hart, aber auch nicht zu weich. Und die Bettdecke fühlt sich flauschig an. Wie gerne würde ich mich jetzt hinlegen, die Augen schließen und ein bisschen träumen.

»Alles klar, Toni.« Nia zwinkert mir zu. »Du bist also im Musikzug. Violine? Bratsche?«, rät sie munter drauflos, deutet auf meinen Geigenkasten und lächelt freundlich. Ich nicke gequält. Das Verhör hat begonnen.

»Geige«, antworte ich knapp. »Kann ich denn irgendwo mein Instrument einschließen?« Beim Gedanken, dieses wertvolle Stück Musikgeschichte einfach so rumliegen zu lassen, ist mir nicht wohl.

»Oh keine Sorge, hier kommt nichts weg. Hat dir Lee die Regeln nicht erklärt?«

Ihr Blick wandert zu meiner Patin, die gerade versucht das glitzernde Einhorn aus ihren Haaren zu friemeln.

»Wir sind bei Regel Nummer eins stehen geblieben«, verteidigt sich Lee und verzieht den Mund. Mit einem letzten Ruck hat sie das Plüschding in den Händen und legt es vor sich auf dem Tisch ab. Ihre Haare sind nun ziemlich verwuschelt, was aber auch irgendwie niedlich aussieht und zu den frechen Sommersprossen passt, die um ihre Nase herumtanzen.

»Regel Nummer zwei: Es wird nichts geklaut. Beim leisesten Verdacht wirst du der Schule verwiesen. Regel Nummer drei: Du tust immer, was dein Mentor sagt. Und wenn er sagt: *Spring von der Brücke*, springst du von der Brücke«, rattert Lee die Regeln runter. »Gegessen wird drei Mal am Tag – aber wir haben gute Kontakte zu Mathilda in der Küche. Sag also Bescheid, wenn du Hunger oder Gelüste hast.« Nia und Lee kichern synchron. Ich denke an mein Loch im Magen, traue mich aber nicht gleich Ansprüche zu stellen. Es ist spät und die Küche sicher bereits blitzeblank geschrubbt. »Und um den Frühsport solltest du dich besser nicht drücken – da versteht die Haaf keinen Spaß.«

»Frühsport?«, hake ich ungläubig nach. Dass Sport als Ausgleich für die oft stundenlange monotone Haltung beim Musizieren gut ist, hat sich inzwischen herumgesprochen. Dennoch bauen die wenigsten Hochschulen Bewegung in den Lehrplan mit ein.

Die beiden giggeln und verdrehen die Augen, als hätte ich etwas ziemlich Lustiges gesagt.

»Sport ist gut für den Geist. Die AcA will dir beibringen, achtsam mit deinem Körper und deiner Seele umzugehen. Das alles fassen sie unter dem

Pflichtfach *Zukunft* zusammen. Sport, Meditation, Achtsamkeitstraining. Klingt vielleicht erst mal seltsam, aber du wirst bald merken, wie gut dir das alles tut.«

Ich nicke. So, wie Nia das erzählt, klingt es plausibel. Unwillkürlich dehne ich meine Nackenmuskulatur und merke, wie verspannt ich durch das viele Geigespielen im Allgemeinen und die Zugfahrt heute im Speziellen bin. »Am Anfang ist es hart, aber irgendwann macht es dir nicht mehr viel aus morgens um fünf in die Turnschuhe zu springen.«

»Um fünf?«, kreische ich entsetzt. »Da bin ich noch im Tiefschlaf!«

»Du gewöhnst dich dran. Ich kann dich ja einfach aus dem Bett schmeißen, wenn dir das weiterhilft.« Nia zwinkert mir zu und es ist deutlich zu erkennen, dass sie sich bereits darauf freut mich zu unchristlichen Zeiten zu foltern.

Wenn ich mir Nia so anschaue, scheint Sport tatsächlich ganz ihr Ding zu sein. Ihr Körper ist perfekt trainiert – ganz im Gegensatz zu meinem. Ich habe mich im Schulsport nämlich immer um die Dauerläufe und alles, was besonders anstrengend war, gedrückt. Vielleicht tut mir ein bisschen Bewegung tatsächlich gut.

Wir quatschen noch ein bisschen über die Dinge, die bei der AcA von mir erwartet werden. Die beiden scheinen wirklich nett zu sein und ich entspanne mich nach und nach. Immer wieder fallen mir fast die Augen zu, die lange Fahrt zollt ihren Tribut.

»Wer hat dich eigentlich gescoutet?«, will Lee irgendwann wissen. Inzwischen hat sie ihre Schuhe ausgezogen und die Füße auf dem zweiten Stuhl abgelegt. Nia liegt mehr, als dass sie sitzt, auf ihrem Bett und umschlingt ein weißes Plüschkissen, in das sie immer wieder die Nase drückt, als würde sie daran schnuppern.

»Vincent. Ich habe ihn in Amsterdam kennengelernt, als ich am Konservatorium vorgespielt habe. Kennt ihr ihn?« Mein Herzschlag kommt bei der Erinnerung an diesen Tag wieder in Schwung und ich fühle mich plötzlich hellglockenwach. Ich möchte so vieles über ihn wissen und vielleicht können mir die beiden ein bisschen was über ihn erzählen.

Mir entgeht nicht, dass Nia und Lee vielsagende Blicke wechseln. Auch nicht, dass sich die Stimmung schlagartig geändert hat und die beiden mich mustern, als wäre ich plötzlich zum Alien mutiert.

»Was? Stimmt etwas nicht mit Vincent?«

»Nein, nein, alles gut«, entgegnet Lee kurz angebunden, meidet aber meinen Blick. Ich schaue zu Nia und erhoffe mir eine ehrlichere Antwort.

»Es ist nur ... Na ja, Vincent ist der Sohn des Schulleiters.«

»De Breune?«, frage ich ungläubig.

Nia nickt.

»Okay, und das ist ... schlecht?« Ich bin mir unsicher, was ich mit der Information und vor allem der Reaktion der beiden anfangen soll.

»Nein.« Nia versucht sich an einem Lächeln. »Vincent ist hier so etwas wie der Akademie-eigene Superstar. Seit er selbst nicht mehr studiert, verdient er sein Geld als DJ und tingelt durch die In-Clubs in Europa. Ziemlich erfolgreich, wenn es stimmt, was man so über ihn hört. Er ist charmant, hat gute Kontakte und ist auch ein ganz guter Scout. Sein Näschen für gute Talents ist jedenfalls berühmt-berüchtigt. Immerhin hat er auch mich gescoutet.« Nia grinst und deutet auf sich selbst.

»Vincent scoutet auch Tänzer?«, frage ich ungläubig, weil zwischen Tanz und Musik ja eine ganze Welt liegt.

»Er scoutet vor allem Tänzer. Deshalb sind wir gerade auch etwas erstaunt. Es wird gemunkelt, dass Vincent der Sohn von Marielle Duffner ist. Sie war der aufgehende Star am Ballett-Himmel. Immerhin hat sie es bis auf den Broadway geschafft. Sie ist aber viel zu früh gestorben. Tja, und Vincent scheint es wohl im Blut zu liegen, dass er zumindest das Talent eines Tänzers gut einschätzen kann.«

Ich hänge an Nias Lippen und versuche mir ein Bild von Vincent zu machen. Ich erinnere mich an seine Worte, an die Info, dass er, seit er vier war, Halbwaise ist.

»Aber du solltest etwas vorsichtig sein. Vincent ist ...«

»Er ist ein Arschloch«, platzt es schließlich aus Lee raus. Sie lehnt sich weit nach hinten und verschränkt trotzig die Arme vor der Brust. Ihr Blick durchbohrt mich, als denke sie, ich würde auf meinen Scout stehen.

»Lee«, weist Nia ihre Freundin scharf zurecht. »Sei nicht unfair. Zu mir war er immer nett. Ich kann mich jedenfalls über nichts beschweren. Nicht während der Scoutingphase. Und auch nicht, seit ich hier bin.«

»Nett!« Lee spuckt das Wort verächtlich aus. »Er hat Coralins Herz gebrochen. Und das dutzender anderer Talents auch.«

»Das weißt du doch gar nicht. Du kennst nur Coralins Geschichte und sie ist – so leid es mir tut – eine Drama-Queen. Wenn du die Hälfte ihrer Ausführungen streichst, hast du annähernd etwas, das an die Wahrheit heranreichen könnte. Könnte – Konjunktiv!« Nia legt den Kopf schief und wendet sich an mich. »Coralin war Lees beste Freundin hier. Sie ist leider Vincents Charme erlegen und da stellte sich – oh Wunder – heraus, dass er statt der erhofften Beziehung nur ein paar Turnübungen im Bett veranstalten wollte. Tja, und genau das hat ihr weiches Herz nicht ganz so gut verkraftet. Wenn du mich fragst, hätte ihr das schon vorher klar sein müssen. Vincent ist nicht gerade für seine dauerhaften Beziehungen bekannt. Aber so ist das halt bei den jungen Kerlen ...«

»Das hast du jetzt aber höflich ausgedrückt«, neckt Lee den dunkelhaarigen Wirbelwind. »Scheiß Diplomatin.« Lee streckt Nia die Zunge raus und beide müssen kichern. Das Lachen kann allerdings die Worte, die sich wie ein Stachel in mein Herz bohren, nicht gänzlich ausradieren.

In Amsterdam hatte ich ein anderes Bild von Vincent. Er wirkte nicht wie ein Aufreißer. Seine Begeisterung galt der Kunst – nicht mir. Aber was sagen die paar Stunden schon über einen Menschen aus? Es war ein Blitzlicht in meinem Leben, eine Momentaufnahme, die nicht die Realität widerspiegeln muss. Und selbst wenn Vincent ein Macho ist – was hat das mit mir zu tun?

»Pass einfach auf dich auf und mach bitte nicht den Fehler dich in Vincent zu verknallen.« Sie lächelt mich versöhnlich an.

Vielleicht sollte ich ihr sagen, dass ich nichts von Vincent will. Dass er nur jemand ist, den ich eben in Amsterdam kennengelernt habe. Zugegeben, damals hat er mir gefallen. Aber verknallt bin ich deshalb noch lange nicht. Da braucht es schon mehr als einen schelmischen Blick aus seinen grünen Augen und das niedliche Lächeln, um sich in mein Herz zu schleichen.

»Magst du noch deine Sachen auspacken oder den direkten Weg in die Federn nehmen? Ich schätze, sonst wird das morgen nichts mit dem Fünf-Kilometer-Lauf. Du solltest fit sein, immerhin ist direkt danach die Willkommenszeremonie. Nicht, dass du wie ein Schluck Wasser in der Kurve herumhängst.« Nia lacht ihr niedliches Lachen und Lee verabschiedet sich.

Da ich kaum noch meine Augen offen halten kann, verschiebe ich das Einräumen meiner wenigen Habseligkeiten auf morgen und mache mich mit Nia im Waschraum fertig für die Nacht. Meine erste Nacht in der *Academy of Arts*.

KAPITEL 2

Studienstart für die Talents

Vincent

»Kommst du nicht mit?«, will mein Dad wissen und bleibt in der Tür stehen. Die anderen Scouts sind mit Eleonora bereits in Richtung des Marmorsaals, in dem die feierliche Willkommenszeremonie für die Neuen stattfinden wird, unterwegs. Meinem Vater zum x-ten Mal bei seiner Rede zu lauschen bringe ich wirklich nicht über mich. Jedes Mal die gleiche Leier. Seine Worte, wie wichtig ein freier Geist für die Gesellschaft ist, wie notwendig die Kunst für die Kultur, haben mich beim ersten Mal echt beeindruckt. Sie haben mich inspiriert, das Beste aus mir herauszuholen, mich frei zu machen von all den Erwartungen der anderen und ganz fest daran zu glauben, dass ich auserwählt war, um etwas ganz Besonderes zu erschaffen. Seine Worte haben mich berührt – aber inzwischen langweilen sie mich.

Ich sehe die leuchtenden Augen der Talents förmlich vor mir. Noch wissen sie nicht, dass sie hier an ihre Grenzen stoßen werden. Das Strahlen in ihren Gesichtern ist echt. Manche werden hier die beste Zeit ihres Lebens haben, werden über sich hinauswachsen und etwas ganz Neues, etwas Eigenes kreieren. Aber andere werden es nicht schaffen die Schranken in ihren Köpfen zu zerbrechen. Sie werden ewig Mittelmaß bleiben und ihren Platz woanders in der Gesellschaft finden müssen. Träume zu zerstören gehört zum Alltag der Belegschaft. Träume zu erfüllen allerdings ebenso.

»Diesmal nicht. Ich wollte noch in den Bunker. Etwas die Ruhe genießen, an neuen Songs basteln«, sage ich gelangweilt, gähne und strecke mich auf den harten Holzstühlen nach hinten. Wenigstens hier im Besprechungsraum hätten sie für bequemere Sitzgelegenheiten sorgen können. Reicht schon, dass die Talents wie Mönche behandelt werden. Ob diese spartanische Ausstattung tatsächlich dazu beiträgt, kreativ zu sein, wage ich zu bezweifeln.

Mein Vater nickt. Gegenwehr habe ich von ihm auch keine erwartet. Ich muss lediglich erwähnen, etwas mit Musik zu machen, und die Hoffnung keimt in ihm auf, dass ich meinen Weg zurück zur Klassik wiederfinde. Ich kann nur ahnen, wie sehr es ihn getroffen hat, als ich das Studium geschmissen habe. Dass ich seit diesem Tag keine Taste mehr auf dem Klavier angerührt habe, würde ihm das Herz brechen. Aber so ist es nun mal. In meinem Herzen ist absolute Stille. Nicht nur, wenn ich ein Instrument sehe.

Songs zu mischen mache ich auch nicht aus einem inneren Antrieb heraus, sondern mehr aus Langeweile. Als Alibi, damit mich mein Vater in Ruhe lässt. Aus bereits Vorhandenem Neues zu erschaffen, fällt mir seltsam leicht. Ein bisschen ist es wie ein gelerntes Handwerk. Es braucht Fingerspitzengefühl, aber ansonsten folgt es ganz einfachen Regeln. Regeln, mit denen sich ganz gut Geld verdienen lässt.

»Willst du dich nicht bei deinem Talent blicken lassen? Du hast auch eine Verantwortung, vergiss das nicht«, erinnert mich mein Vater. Der Blick aus seinen blauen Augen ist warm und weich. Ich weiß, dass er sich Sorgen um mich macht. Aber das muss er nicht – mir geht es gut.

»Mach ich schon noch. Nur eben nicht jetzt.« Ich verschränke demonstrativ die Arme vor meiner Brust. »Solltest du nicht langsam los? Deine Jünger warten auf dich.«

Er seufzt, aber ein leises Schmunzeln legt sich auf seine schmalen Lippen. Er mag den spöttischen Unterton nicht, den ich ihm gegenüber an den Tag lege. Böse sein kann er mir aber auch nicht. Mein Vater ist in den letzten Jahren älter geworden, aber noch immer ist er ein attraktiver Mann. Ein bisschen verstrubbelt vielleicht, aber ich kenne ihn nur so.

»Wie lange bleibst du? Sehe ich dich später noch?«

»Ein paar Tage«, antworte ich vage. Er kennt meinen Drang mich zu bewegen, unterwegs zu sein. Lange an einem Ort zu verharren behagt mir nicht. Da sind wir uns ganz ähnlich. Vielleicht liegt es daran, dass ich nie länger als ein paar Wochen am Stück an einem Ort war. Meine Kindheit habe ich dank Dads Beruf als Dirigent im Orchestergraben der renommiertesten Häuser auf der ganzen Welt verbracht. Ein klassisches Zuhause, wie es andere Kinder haben, war mir nicht vergönnt. Nicht, seit meine Mutter gestorben ist. Und das ist viel zu früh gewesen. Schnell wische ich die Erinnerungen an sie beiseite. Jetzt ist nicht der Zeitpunkt, um melancholisch zu werden.

»Gut. Wir müssen später noch ein paar Termine durchgehen.«

Ich nicke resigniert. Das gehört zu dem Deal, den mein Vater und ich vereinbart haben. Die *Academy of Arts* bei offiziellen Anlässen an der Seite meines Vaters zu repräsentieren, beschert mir viele Freiheiten, die andere Scouts ganz sicher nicht haben. Regeln, wie sie die anderen Angestellten zu befolgen haben, gibt es für mich kaum. Auch bei den Talents, deren Namen ich meinem Vater schicke, gibt es nie eine Diskussion. Er vertraut mir – auf voller Linie.

Als die Tür ins Schloss fällt, atme ich noch einmal tief durch. Meine Gedanken huschen kurz zu den Talents, die nun aufgeregt im prunkvollsten Raum des Klosters sitzen, der uns als Versammlungshalle und Konzertlocation dient. In diesem Jahr habe ich nur eine Schülerin im Grundstudium. Toni – meine Zufallsentdeckung aus Amsterdam. Kurz stolpert mein Herz, als ich an ihr Spiel denke. Diese eigenwillige Art, mit der sie ihr selbst komponiertes Stück vor diesem Haufen konservativer Experten vorgetragen hat, hat mir wirklich imponiert.

Dabei bin ich damals gar nicht mit dem Vorsatz, Nachwuchs für die AcA zu rekrutieren, ins Konservatorium gegangen. Vielmehr hatte ich hämmernde Kopfschmerzen und wollte nur bei klassischer Musik etwas entspannen. Dann drang diese Melodie in meinen Kopf, breitete sich dort aus und erfüllte mich mit einer wohltuenden Ruhe. Mit einem Schlag ging es mir besser und das war der Moment, in dem mir klar wurde, dass ich Toni hierherholen musste. Wie es wohl sein wird sie wieder spielen zu hören?

Als ich weit entfernt den Applaus höre, stehe ich auf. Mein Magen knurrt und ich nehme einen kleinen Umweg über die Küche, um mich mit ein paar Leckereien von Mathilda zu versorgen.

Das Klappern der Töpfe empfängt mich bereits im Flur und entlockt mir ein Lächeln.

»Wo gibt es was zum Essen? Ich sterbe vor Hunger!«, gebe ich großspurig von mir und bin mir der Aufmerksamkeit der Chefköchin gewiss.

»Vincent, mein Junge!« Mathilda säubert ihre Finger an einem Geschirrtuch und läuft eilig auf mich zu. Freudig umschließen ihre Hände meine Wangen. »Wie schön dich zu sehen. Wie geht es dir? Setz dich, ich bring dir was.«

Sie weist mir einen Platz an dem hölzernen Tisch in der Ecke zu, den sie eigens für Besuche der Studenten hier aufgestellt hat. Zwar sollen die Talents während der festgelegten Essenszeiten essen, wer aber gut mit Mathilda kann, wird hier nicht verhungern.

Es dauert keine zwei Minuten, bis ich einen Teller mit all meinen Lieblingsspeisen vor mir stehen habe. Mit einem glücklichen Grinsen setzt sich die Köchin zu mir.

»Ich will dich nicht von der Arbeit abhalten. Sicher hast du für das Festessen noch einiges vorzubereiten.«

»Ach, papperlapapp«, winkt sie ab. »Wenn mein Filho zu Besuch kommt, nehme ich mir Zeit. Und basta.«

Ich schenke ihr ein liebevolles Lächeln und stecke mir eines der Blätterteigröllchen in den Mund. »Mmhm«, mache ich und entlocke Mathilda damit ein glückliches Strahlen.

»Hast du dich mal wieder um die Feierlichkeiten gedrückt? Oder ist die Zeremonie etwa schon zu Ende?«, fragt sie frei heraus.

Ich zucke mit den Schultern.

»Du kennst das ja. Die Reden sind nichts für mich.«

»Aber du würdest deinen Vater glücklich machen, wenn du deinen Platz an seiner Seite einnehmen würdest. Schließlich wirst du die Akademie irgendwann übernehmen oder haben sich deine Pläne geändert?«

Ich seufze und schüttle unmotiviert den Kopf.

»Welche Pläne? Keine Ahnung«, wische ich ihren Einwand beiseite. Ich habe keine Lust mir Gedanken über meine Zukunft zu machen. Zumindest nicht über etwas, das so weit in der Ferne liegt wie die Nachfolge meines Vaters. Momentan habe ich mit dem Hier und Jetzt genug zu tun.

»Hast du die Neuen schon gesehen?«, wechselt sie das Thema, weil sie offensichtlich merkt, dass sie nicht weiterkommt.

Ich schüttle den Kopf. »Mich interessieren nur meine eigenen Talents.« Ich lasse zweideutig meine Augenbrauen wackeln und spiele auf all die Gerüchte an, die über mich kursieren und die mir selbst auch nicht verborgen geblieben sind. Mit Mathilda kann ich diese Späße machen, sie kennt mich und liebt mich wie ihren eigenen Sohn.

Wissend grinst sie. »Und? Wie ist sie?«

»Mathilda!«, weise ich sie zurecht, schnalze mit der Zunge und schüttle lachend den Kopf. »Was du schon wieder denkst. Aber gut, Toni ist ... keine Ahnung, sie ist irgendwie anders. Du musst sie wirklich mal Geigespielen hören. Grandios, sage ich dir. Da bekommst du Gänsehaut, versprochen!«

»Toni also ... Vorsicht, mein Junge, deine Augen leuchten!«, neckt sie mich. »Aber es freut mich zu hören, dass dich noch jemand überraschen kann.«

Ich zucke mit den Schultern. Ist es das, was mich an Toni fasziniert? Überrascht sie mich? Es ist nicht so, dass sie außergewöhnlich hübsch ist. Gut, ich mag ihre roten Haare, die grauen Augen, die blasse Haut, die mit niedlichen Sommersprossen gesprenkelt ist. Ich mag die Art, wie sie der Welt begegnet. Schüchtern, vorsichtig und weit davon entfernt arrogant zu sein. In unserer Branche wissen die meisten, was sie können und strahlen das auch mit jeder Pore aus. Arroganz ist etwas, das mir auf der AcA häufig begegnet. Viel zu häufig. Umso erfrischender ist Tonis Schüchternheit.

Aber um ehrlich zu sein, ist es weder ihr Äußeres, das mich interessiert, noch ihre Zurückhaltung. Sondern wie sie mit ihrer Geige verschmilzt, wie sie eins wird mit der Musik und etwas in mir zum Schwingen bringt, das ich lange nicht gespürt habe. Es ist wie ein leises Echo, das tief in mir hallt, kaum vorhanden und doch habe ich es in Amsterdam gefühlt. Dieser eine Moment, in dem mein Herz stolperte. In dem es aus seinem monotonen Trott, der mich am Leben hält, gerissen wurde und mich die Luft anhalten ließ.

»Deine Leckereien überraschen mich!«, lenke ich ab, weil ich nicht möchte, dass sie glaubt, ich hätte Toni neben ihrer definitiv vorhandenen Begabung aus rein egoistischen Gründen in die AcA eingeladen. »Wie kann man nur so unglaublich gut kochen? Die Schüler wissen das doch hoffentlich zu schätzen?« Ich wackle noch mal mit den Augenbrauen, stehe auf und drücke der guten Seele der Küche einen schnellen Kuss auf die Stirn. In all den Jahren ist Mathilda wohl die Einzige, die so etwas wie ein Muttersatz für mich war. Dabei war ich bereits siebzehn, als wir uns kennenlernten. Aber das hielt sie nicht davon ab, mich in ihr Herz zu schließen und nach Strich und Faden zu verwöhnen. »Ich muss los. Danke für das Essen. Und deine Zeit. Und ... ach, einfach danke!«

»Gern. Komm wieder vorbei, wenn du Hunger hast.«

Ich werfe ihr von der Tür aus noch einmal einen Luftkuss zu und eile nach draußen. Auf dem Innenhof sind bereits einige Schüler unterwegs, suchen sich einen Platz für ihre Pause oder stürmen zum Essensraum. Mist. Ich hatte gehofft, es zum Bunker zu schaffen, bevor die Zeremonie zu Ende ist.

Es ist nicht so, dass ich die Schüler nicht mag. Im Gegenteil, einige von ihnen schätze ich sehr. Ich liebe die kreative Atmosphäre, die gute Stimmung, die unter den Talents herrscht. Aber dennoch fühle ich mich als Fremdkörper. Ich bin keiner von ihnen. Nicht mehr.

Als Sohn des Gründers hatte ich ohnehin schon immer eine Sonderrolle inne. Jetzt, da ich auch noch als Scout agiere, schauen einige der Studenten zu mir auf, als wäre ich etwas Besseres, ein Halbgott, der es bereits in den Olymp geschafft hat. Dabei ist genau das Gegenteil der Fall. Ich bin im Untergrund gelandet, im Sumpf der Gefühllosen.

»Hey, Vince!« Gordon, ein Tanztalent, das ich gescoutet habe, läuft auf dem Hof auf mich zu und hebt seine Hand. Ich schlage in seine kräftige Pranke ein und klopfe ihm mit meiner freien Hand auf die Schulter. Seine Statur ist muskulöser als für einen Tänzer üblich. Aber ich weiß, dass er es draufhat und seinen Weg als Solist gehen wird.

»Gordon, alles gut bei dir?«

»Läuft, würde ich sagen. Und bei dir?«

»Wie immer. Hey, ich hab 'nen Termin«, blocke ich den unwillkürlich folgenden Smalltalk ab und wedle in eine unbestimmte Richtung. »Wir sehen uns.« Ich nicke ihm noch einmal zu und schiebe mich schnell durch die immer dichter werdende Menge. Den Studenten lächle ich freundlich zu und bedeute ihnen mit einem Tipp auf mein Handgelenk, dass ich es eilig habe. Zum Glück starren sie mich nur an und niemand hält mich weiter auf meinem Weg über den Hof auf. Atmen, einfach weitermachen. Wie an jedem anderen gottverdammten Tag.

KAPITEL 3

Kreativität gesucht

Toni

Ich werde es wohl nie pünktlich in einen Unterrichtsraum schaffen. Eine Woche bin ich nun schon auf der Academy und fühle mich noch immer wie in einem Labyrinth. Ein Flur gleicht dem anderen und das Wirrwarr an Gängen, Abzweigungen und immer gleich aussehenden Türen macht es nicht leichter. Wie haben es die Nonnen und Mönche früher geschafft sich hier zurechtzufinden?

»Entschuldigung«, murmle ich und ernte von Mattheo ein nachsichtiges Lächeln. Mattheo Cavallo, der Lehrer für kreatives Schreiben, der von allen nur *der Hengst* genannt wird. Ob das seinem Nachnamen geschuldet ist? Manche munkeln, es liegt an seinem kräftigen Unterkiefer, der dem eines Pferdes ähnelt. Andere behaupten, der Name wäre seinem wiehernden Lachen geschuldet. Lee allerdings ist davon überzeugt, dass ein ganz anderer Körperteil für seinen Spitznamen verantwortlich ist und allein der Gedanke treibt mir die Schamesröte ins Gesicht.

Suchend schaue ich mich im Zimmer nach einer Sitzgelegenheit um. Ich brauche wohl noch etwas Zeit, um mich daran zu gewöhnen, dass hier vieles anders läuft als an anderen Hochschulen. Unsere Unterrichtsfächer heißen unter anderem *Glück*, *Zukunft* und *Werte*. Das Musikstudium nimmt nur einen winzigen Teil der Unterrichtsstunden in Anspruch – im Grundstudium wird auf andere Dinge Wert gelegt. Auf Achtsamkeit beispielsweise. Und Kreativität. Entsprechend selten sitzen wir an Tischen, um zu arbeiten. Wild durcheinander gewürfelt stehen Sofas, Sitzsäcke und Sessel in den Unterrichtsräumen und bieten jedem die passende, immer entspannte Arbeitsatmosphäre. Oft vergesse ich sogar, dass ich in einer Hochschule sitze.

Ich steuere einen freien Ledersessel an, der etwas im Hintergrund steht und mir so die Gelegenheit gibt, das Treiben mit etwas Abstand zu beobachten. Kreatives Schreiben gehört nicht zu meinen Lieblingsfächern. Um genau zu sein, fühle ich mich in dem Kurs wie ein Wal im Goldfischglas. Meine Worte sind ungelenk, meine Gedanken sperrig. Wenn das so weitergeht, nehme ich doch Nias Vorschlag ernst und bitte Paulina um Nachhilfe.

»Ein herzliches Hallo in die Runde.« Mattheo räuspert sich und ich bin immer noch erstaunt, wie er es ohne strenge Ansage schafft, die allgemeine Aufmerksamkeit auf sich zu ziehen. »Gestern habe ich euch eine Aufgabe mitgegeben und mich würde brennend interessieren, wie ihr euch dabei gefühlt habt. Leonas, willst du uns an deinen Erfahrungen teilhaben lassen?«

Der Lehrer schaut den Blondschopf an, der sich etwas aufrechter hinsetzt und nickt.

»Tja, wie habe ich mich gefühlt?«, überlegt er laut. Nervös ruckelt er auf seinem Stuhl herum und sucht eine adäquate Sitzposition.

Ich hasse diese Seelenstrips vor der Klasse und hoffe, in anderen Kursen müssen wir nicht ständig über unsere Empfindungen sprechen.

»Es war ungewohnt die Worte im Kopf zu formen, aber dann, wenn man es mal zugelassen hat, gar nicht mal so übel.«

Leonas schaut sich mit einem Zucken um die Mundwinkel im Raum um. Er scheint Beistand zu suchen.

»Prima. Danke, dass du dich geöffnet hast. Willst du uns dein Gedicht vortragen?« Mattheo fährt sich mit den Händen durch seine Mähne und lächelt meinen Kommilitonen aufmunternd an.

»Okay.« Leonas scheint wenig begeistert davon zu sein, ruckelt auf seiner Sitzgelegenheit herum und räuspert sich. Ich versuche mich daran zu erinnern, in welchem Zug er ist. Im Kunstzug vielleicht? Musik? Ach, es sind einfach viel zu viele Menschen hier auf der Akademie, um mir alles merken zu können.

»Ich habe mir als Thema das Sterben vorgenommen«, sagt er fröhlich und mit einer Stimme, die so gar nicht zu seiner Auswahl passen will. Im Raum ist es plötzlich mucksmäuschenstill und unwillkürlich halte ich den Atem an.

»Dunkelheit.
Du gehst fort. Und lässt mich stehen. Einfach stehen.
Schmerz.
Er durchzuckt mich. Zerpflückt mich. Zerreißt mich.
Ich schreie.
Schreie.
Schreie laut.
Fange deinen Atem auf.
Er zerrinnt, zerfällt, verflüchtigt sich.
Jetzt bist du weg. Einfach weg.
Und ich?
Ich erinnere mich.
An dich.
An uns.
Das Wir.
Dunkelheit.«

Die Stimmung ist bedrückend. Ich kann die Angst förmlich fühlen, die Beklemmung, die Sehnsucht und Leere. In meinen Augen haben sich Tränen gesammelt und bevor sie sich einen Weg über meine Wangen suchen können, blinzle ich sie schnell weg. Ich bin beeindruckt, wie man mit Worten etwas so Bewegendes schaffen kann. Der Text ruft unzählige Emotionen in mir hervor. Leonas hat Talent, etwas, das ich in Bezug auf das Schreiben ganz sicher nicht habe.

»Du hast die Stimmung sehr gut eingefangen, Leonas. Ich denke, wir alle im Raum konnten deine Gefühle hautnah miterleben. Gut gemacht.« Matheo schenkt ihm ein anerkennendes Kopfnicken und schaut sich anschließend in der Gruppe um.

»Toni, was ist mit dir? Möchtest du deine Gedanken mit uns teilen?« Ein

Lächeln liegt auf seinen Lippen, aber es dringt nicht zu mir durch. Das Gefühl nicht zu genügen frisst sich durch meinen Körper, meinen Kopf, meine Seele. Es ist so umfassend, so vernichtend nah, dass ich mich schwer damit tue nicht einfach aus dem Raum zu stürmen.

Ich starre auf die Zeilen, die ich heute Nacht voller Verzweiflung niedergeschrieben habe. Stunden habe ich auf das weiße Blatt gestarrt. Stunden hat es höhnisch leer zurückgeblitzt. Nun finden sich wenige Worte darauf, Worte, die im Vergleich zu Leonas' Gedanken hölzern und sperrig klingen. Die nichts von der Tiefsinnigkeit haben, die hier ganz offensichtlich erwartet wird.

Stille, Leere, Nichts.
Kein Rauschen, kein Fauchen, kein Hämmern.
Kein Klopfen, kein Pochen, kein Wummern.
Kein Klimpern, kein Flüstern, kein Wimmern.
Stille. Leere.
Nichts!

Mein Mund ist trocken. Unmöglich kann ich das vorlesen. Nicht hier. Nicht jetzt! Nicht nach dem, was Leonas abgeliefert hat. Alle würden mich auslachen. Nein, stopp, das verbietet Regel Nummer 1. Aber sie würden sich fragen, was eine wie ich hier verloren hat. Ich atme also tief durch, meide Cavallos Blick und schüttle den Kopf. Schließlich hat er eine Frage gestellt – und da muss er auch mit einem Nein rechnen.

»Gut, Vanessa, wie sieht es bei dir aus? Wie kamst du mit der Aufgabe klar?«

Ich bin dem Hengst dankbar, dass er nicht weiter gebohrt hat. Die Scham sitzt dennoch tief. Immer wirbeln unzählige Gefühle in mir herum. Ich kann sie in Töne fassen, in Schwingungen. Aber Worte fallen mir dazu keine ein. Es ist, als würde ich eine andere Sprache sprechen als alle anderen hier Anwesenden. Und wieder bin ich diejenige, die aus der Norm fällt. Die, die anders tickt als andere. Neu ist für mich jedoch, dass ich mich ganz offensichtlich schwer mit den mir gestellten Aufgaben tue.

Vanessa liefert einen perfekten Vortrag ab und verstärkt mein Gefühl des Versagens noch mehr. Dabei hat niemand auch nur schief geschaut, weil ich mein Gedicht nicht vortragen wollte. Dennoch fühle ich mich mies.

Als die Stunde endlich vorüber ist, quetsche ich mich noch vor allen anderen aus der Tür. Ich brauche ein paar Momente für mich. Nichts, was mich daran erinnert, was seit der letzten Woche an der Tagesordnung ist. Denn nichts geht mir leicht von der Hand. In allen Fächern habe ich das Gefühl bereits jetzt den Anschluss zu verlieren.

Mein Weg führt mich in den Klostergarten. Erleichtert, dass hier keine Scharen von Studenten zu finden sind, lasse ich mich nahe der Kräuterbeete auf eine Sitzbank nieder. Der sonnengeküsste Stein schenkt mir etwas Wärme – die Kälte, die sich in meinem Inneren breitmacht, kann er allerdings auch nicht vertreiben.

Ich ziehe die Knie eng an meinen Körper, lege eine Wange darauf ab und umschlinge meine Beine. Unwillkürlich summe ich eine Melodie, die gerade übermächtig in mir vibriert. Nur ganz leise, denn ich möchte ja nicht, dass mich jemand hört. Ich schließe die Augen, blende alles um mich herum aus und versuche mich auf die Töne in meinem Kopf zu konzentrieren. Sie klingen so traurig, so zerstört, dass ich am liebsten aufschluchzen würde. Albern! Wie außerordentlich albern.

Jetzt habe ich mich so sehr darauf gefreut hierher zu kommen. Ich könnte sein, wie ich bin. Einfach ich. Hat mir zumindest Vincent versprochen. Doch er hat leider vergessen zu erwähnen, was hier von mir erwartet wird. Was, wenn ich einfach nicht gut genug bin für diese Talentschmiede?

Neben mir höre ich ein monotones kratzendes Geräusch. Krrrzzzzz, krrrrrzzzz, krrrrzzzzz. Ich öffne die Augen und drehe den Kopf auf der Suche nach dem störenden Lärm. Einige Meter entfernt sehe ich Elio, der den Kiesweg recht. In rhythmischen Bewegungen schwingt er das Gartengerät.

Kurz winke ich ihm zu und ringe mir ein schwaches Lächeln ab.

»Toni! Alles klar bei dir?«, fragt er freundlich und hält in seiner Arbeit inne. Er zieht ein Stofftuch aus seiner Hosentasche und wischt sich den Schweiß von der Stirn. Elio hatte recht behalten, denn die Temperaturen sind in den letzten Tagen mächtig gestiegen. Dennoch sind sie weit entfernt von meiner Definition von Frühling, aber Elio betätigt sich ja körperlich, da kann man schon mal ins Schwitzen kommen.

»Ja«, antworte ich knapp und kann ihm bei der Lüge kaum in die Augen sehen. Meine Mundwinkel zucken entschuldigend.

Er kommt zu mir rüber, setzt sich neben mich und verharrt einen Augenblick still neben mir. Schließlich seufzt er.

»Die ersten Wochen können hart sein. Halte durch, manche brauchen etwas, bis sie sich eingewöhnen. Du machst das schon.« Er zwinkert mir zu und kurz bin ich versucht all die Gedanken, die so drängend in mir pochen, herauszuschreien.

»Was, wenn ich es nicht schaffe?«, flüstere ich fast. Dabei ist das die wichtigste aller Fragen: *Was, wenn ich es nicht schaffe?*

»Das solltest du dich nicht fragen. Glaub an dich, Toni, lass diese Option noch nicht einmal in deinen Gedanken zu. Du bist hier, weil einer unserer Scouts etwas ganz Besonderes in dir gesehen hat. Und wenn ich mir dich so anschaue, dann kann auch ich das sehen. Dabei habe ich von diesen ganzen Kunstdingen keinen blassen Schimmer. Aber du bist ein tolles Mädchen. Trau dich auch anderen zu zeigen, was in dir steckt.«

Elios Hand landet auf meiner Schulter, als er sich ächzend erhebt. Sie wiegt schwer und ist dennoch tröstlich. Ich atme tief ein und wiederhole seine Worte in Gedanken. Vielleicht sollte ich wirklich darauf vertrauen, dass ich aus einem guten Grund hier bin. Nämlich, weil ich genau hierhergehöre. Aber das mit dem Vertrauen ist eben so eine Sache.

KAPITEL 4

Let me entertain you

Vincent

Die neuen Studenten haben die erste Woche geschafft und zur Belohnung gibt es wie in jedem Jahr eine Party, die die Abschlussklasse organisiert. Es gehört zum guten Ton, dass ich mir den Termin freihalte und eine exklusive Show abliefere. Viele der Studenten sind stolz darauf *Vince Vice* persönlich zu kennen und freuen sich schon Monate darauf, auf meine Songs zu tanzen. Entsprechend aufgeheizt ist die Stimmung.

Mein Bier ist halbleer, als ich hinter das Mischpult trete und die Turntables von meinem Support übernehme. Ich kenne den DJ nicht, aber er hat gute Arbeit geleistet und wird nach meinem Set wieder übernehmen und die Crowd die Nacht durchtanzen lassen.

Ich klopfe ihm anerkennend auf die Schulter.

»Gute Show. Ich bin Vincent.« Ich strecke ihm meine Hand zum Gruß hin und er schlägt bereitwillig ein.

»Sven.« Er freut sich offensichtlich über das Lob und brüllt über den Lärm hinweg, welch große Ehre es ist vor mir auflegen zu dürfen. Ich verziehe nur das Gesicht, denn so berühmt, wie er tut, bin ich auch wieder nicht.

Geübt räumt er seine Sachen zusammen und stöpselt die Kopfhörer und den Laptop aus. Das Stück, das gerade läuft, heizt der Menge ganz gut ein. Die Stimmung ist gut und ich werde nicht allzu viel zu tun haben, um den Leuten eine unvergessliche Zeit zu bescheren. In meinem Kopf stückle ich bereits die Setlist zusammen, entscheide, mit welchem Song ich starte und wie ich den roten Faden durch meine Show ziehe. Aufzulegen ist keine große

Kunst, sondern ein Handwerk. Ich weiß, dass ich mit diesem Statement vielen berühmten DJs auf den Schlips trete. Manche von ihnen sind auch wirklich kreativ, aber um eine Party zum Kochen zu bringen, genügt es die richtigen Songs zu spielen. Ein gutes Händchen und ein paar Antennen, ob man die richtigen Knöpfchen drückt, reichen meiner Meinung nach aus.

In den letzten Jahren habe ich meinen eigenen Stil entwickelt, etwas, das mich als DJ unverkennbar macht. Ich verbinde die aktuellen Charthits mit Stücken, die der Klassik zugeordnet sind. Mich reizt der vermeintliche Gegensatz des Alten und des Modernen. Kontraste, clever kombiniert, können sehr eingängig sein – und sie scheinen der breiten Masse zu gefallen, wie man an den Reaktionen der Clubbesucher merkt.

Als mein Vorgänger das Feld geräumt und ich mich eingerichtet habe, ziehe ich die Ohrmuschel meines Kopfhörers über ein Ohr. Ich mag es den Sound in der Halle mitzuerleben, die Stimmung aufzusagen, und vermeide es ganz in die Klänge der Turntables abzutauchen. So kann ich auch schnell reagieren und kriege mit, wenn die Stimmung abflaut.

Als ich meinen aktuellen Hit anstimme, jubelt die Menge. Mein Künstlername schallt durch die Katakomben. »Vince Vice, Vince Vice, Vince Vice!« Es ist surreal in solchen Räumlichkeiten, die im Krieg aus Angst vor dem Tod erbaut wurden, zu spielen. Und nun jubeln hier unzählige Menschen, sie tanzen und lachen und schreien. Aus Spaß. Aus Liebe. Und einfach aus Lust.

Ich dränge die Gedanken zurück, schließlich ist die Akustik hier bombastisch und das ist der einzige Grund, warum wir den Bunker als Partyraum nutzen. Das – und weil es hier sonst kaum Ablenkung von der Kunst gibt.

Ich heize den Tanzenden ein, lasse sie zappeln und treibe sie an. Immer weiter gibt das Wummern des Basses den Takt vor. Immer weiter schallt die Melodie von den Wänden. Ich wippe mit, eine Hand am Kopfhörer, die andere an den Reglern. Das kalte Licht des Stroboskops zuckt über der Menge und wirft im Rhythmus der Musik Blitze auf die tanzende Meute.

Die Bassline läuft in Dauerschleife, vibriert an meinen Magenwänden und gibt das Fundament für den Mitschnitt eines Klavierkonzertes, das ich früher einmal gegeben habe. Ich schließe kurz die Augen, als mich die Erinnerung durchzuckt. Sekundenbruchteile bin ich wieder der vierzehnjährige Junge, der die Wiener Staatsoper mit Mozarts Klaviersonaten eroberte. Meine Finger fliegen über die schwarzen und weißen Tasten, der Kragen meines schwarzen Smokings kratzt. Unwillkürlich rucke ich mit dem Kopf, um das unangenehme Gefühl abzuschütteln. Das Johlen der Menge holt mich zurück. Zurück in die Realität, in der ich Mozart nicht mehr spielen kann. In der ich nichts mehr spielen kann. Keinen Bach, keinen Beethoven. Und schon gar keine selbst komponierten Lieder.

Mein Blick huscht über die Menge, die sich mir zuwendet, die sich zum Takt bewegt und unter mir, wie eine Welle im Meer, hin- und herschwappt. Ich hebe einen Arm und schwinge ihn über meinem Kopf von rechts nach links und links nach rechts – die Menschen unter mir kopieren die Bewegung. Wie Marionetten spiegeln sie mich, imitieren mich. Ich bin ihr Meister und spiele mit ihnen, lasse sie zappeln, tanzen, jubeln. Mir macht es Spaß sie so in der Hand zu haben. Sie zu dirigieren und ihnen meine Sicht auf die Musik so mitzuteilen. Ich halte mich an dem Gefühl fest, ganz fest. Es fühlt sich anders an als damals in Wien. Nicht so intensiv, so ehrlich. Aber es ist okay. Es ist gut.

Nach und nach spule ich meine Hits ab. Tauche ein in die Symbiose aus Klassik und Pop, erfreue mich an den Klängen, die ich durch die Technik erzeuge. Der Bass hämmert in meinem Magen, die Melodien der beiden Tonspuren schwirren wie kleine Schmetterlinge um meinen Kopf. Ich schließe die Augen, lasse mich fallen, genieße es, dass außer der Musik nichts Platz in meinen Gedanken hat.

Mein Körper übernimmt das Kommando, ich lasse mich gehen, bewege mich zum Takt. Die Stücke kenne ich bis zur letzten Note in- und auswendig, so oft habe ich sie inzwischen gespielt. Ich variiere die einzelnen Passagen bei jedem Gig, baue Loops ein, experimentiere, was zusammenpasst. Ich liebe das Überraschungsmoment, das Neue, Unerwartete – auch für mich. Wenigstens das gelingt mir.

Ich werfe einen Blick auf die Party, die unter mir in vollem Gang ist, erspähe Leute, die ich aus den letzten Jahren auf der Akademie bereits gut kenne, sehe neue Menschen. Brünette, blonde, schwarzhaarige. Und plötzlich zucke ich für einen Moment zusammen, als ich einen feuerroten Haarschopf erspähe. Toni.

Ich lasse sie nicht aus den Augen, nehme sie gefangen in meinem Blick. Sie scheint mit der Musik zu verschmelzen, ihre Bewegungen sind weich und geschmeidig und auch verdammt anmutig. Und als sie sich in meine Richtung dreht und unsere Blicke sich für einen winzigen Augenblick verhaken, spüre ich einen dumpfen Stich in meiner Brust. Es tut nicht weh, es ist eher wie eine weit entfernte Erinnerung, der Hall eines lauten Knalls. Mein Herzschlag beschleunigt sich, pocht gegen meine Brust, und erst, als sie sich abwendet, finde ich die Konzentration, um wieder Luft zu holen.

Ich kneife die Augen zusammen, fixiere dieses Mädchen, hefte meinen Blick auf ihr flammendes Haar, während die Klavierklänge tief in mein Herz träufeln, sich dort festsetzen und mich seit einer Ewigkeit wieder ausfüllen. Es ist nicht wie früher, nicht so absolut und unverrückbar, sondern weicher, unscheinbarer. Fast wie Watte fühlt es sich an, durchlässig, formbar und so leicht.

»Hey«, ich winke Sven, den anderen DJ, heran, der sich auch in seiner Pause in meiner Nähe aufhält. Vielleicht meint er dadurch etwas zu lernen. Oder weiß nicht, wohin er sonst soll. »Kannst du kurz übernehmen?«

Ich schraube meine Wasserflasche auf und genehmige mir einen großen Schluck.

»Klar.« Er zuckt mit den Schultern, als wäre es keine große Sache, aber seine Augen leuchten. Als sei es eine besondere Ehre an meinen Kram zu dürfen, lächelt er mich glücklich an.

Ich schaue zurück auf die Tanzfläche, aber von Toni fehlt jede Spur. Wo ist sie hin? Suchend blicke ich mich um, scanne die Tanzenden unter mir, kann sie aber nicht finden.

»Das wäre super!« Ich nehme auf meinem Computer einige Einstellungen vor, um den Song in Schleife abzuspielen. »Ich bin auch gleich wieder da. Und wenn was ist, fühl dich frei den nächsten Song anzuspielen. Du kennst dich ja aus.«

Es fällt mir seltsam leicht die Macht über meine eigenen Songs an einen

Fremden abzugeben. Mit meinem Klavier bin ich da pingeliger gewesen und kann jeden Musiker verstehen, der sein Instrument hütet wie einen wertvollen Schatz.

Nachdem mir Sven mit einem Nicken zu verstehen gegeben hat, dass ich mich auf ihn verlassen kann, ziehe ich meine Kopfhörer aus und drücke sie ihm in die Hand.

Eilig stürze ich nach draußen. Auf der Suche nach einer Erklärung für diese unbekannten Regungen in meiner Brust. Auf der Suche nach Toni.

KAPITEL 5

Wiedersehen mit Vincent

Toni

Es ist, als würde ich ersticken. Ich ringe nach Luft, atme gierig die frische Luft ein. Dabei liegt es ganz sicher nicht an dem abgestandenen Mief, der in den Ecken des Bunkers hängt. Zumindest nicht nur. Ich bin es einfach nicht gewohnt rund um die Uhr von Menschen umgeben zu sein. Nia und Lee sind toll. Sie zeigen mir alles, erklären mir, worauf ich achten muss, und lassen mich keinen Moment aus den Augen. Ohne sie hätte ich mich schon hundertmal verlaufen. Aber diese Nähe verlangt mir einiges ab. Sie engt mich ein.

Flankiert von der einen auf der rechten Seite, der anderen auf der linken, ziehen sie mich vom Eingang der Partylocation weg und schnattern über meinen Kopf hinweg unentwegt miteinander. Ihre Worte fließen durch mich hindurch, ohne Sinn zu ergeben.

»Toni«, höre ich eine atemlose männliche Stimme hinter mir. Verwirrt drehe ich mich um, da ich außer meinen beiden Mädels hier noch niemanden wirklich gut kennengelernt habe. Nein, das stimmt nicht, Lee und Nia haben mich dutzenden Leuten vorgestellt. Mein Kopf ist aber von all den neuen Eindrücken so voll, dass ich mir die vielen Menschen nicht merken kann.

Unwillkürlich trommelt mein Herz schneller, als ich erkenne, wer mich gerufen hat.

»Vincent«, sage ich überrascht. Nachdem er sich bei der Begrüßungsfeier entschuldigen hatte lassen, rechnete ich nicht damit ihn bald wieder zu sehen. Natürlich habe ich auf den Plakaten, die die gesamte Schule zieren, gelesen, dass *Vince Vice* als Special Guest da sein würde. Aber wer konnte schon ahnen, dass sich mein Scout hinter dem Kerl verbirgt, dessen Pseudonym immer wieder in den Charts auftaucht? Entsprechend überrumpelt war ich, als ich ihn erst vor wenigen Minuten hinter dem DJ-Pult erkannt habe. Ihn nun hier draußen zu sehen überfordert mich.

»Hi, Nia, Lee«, begrüßt mein Scout meine Begleitung und nickt beiden zu. Dann schaut er mich an. Der Blick aus seinen stechend grünen Augen ist mir seltsam vertraut. Schon damals in Amsterdam hatte ich das Gefühl Vincent zu kennen. Daran hat sich bis heute nichts geändert. Seltsam. Augenblicklich beginnt mein Herz schneller zu pochen.

»Ich schulde dir noch einen Kaffee«, sagt er frei heraus und zieht einen Mundwinkel hoch. Vincents Haare sind etwas länger geworden, aber nicht mehr ganz so verstrubbelt wie damals. Die neue Frisur steht ihm gut. Durch die Hitze im Bunker sind sie feucht und ein paar Strähnen kleben ihm auf der Stirn. In einer filmreifen Bewegung streift er sie nach hinten. »Wie sieht es aus? Hast du Lust?«

»Jetzt?«, quietsche ich und schaue zuerst zu Nia, die mit den Schultern zuckt. Dann zu Lee. Sie schüttelt fast unmerklich den Kopf und wirft mir einen warnenden Blick zu.

»Na ja, ich müsste noch schnell die Turntables an Sven übergeben«, überlegt Vincent laut. »In 'ner Viertelstunde? Wir könnten … ich konnte neulich nicht zur Willkommenszeremonie kommen und eigentlich begrüßen die Scouts ihre Talents. Lass mich das heute nachholen, okay?«

»Klar, ich habe Zeit«, sage ich schnell und ignoriere Lees ungläubigen Blick. Sie zischt leise und schüttelt den Kopf.

»Okay, dann … treffen wir uns gleich hier?«

Ich nicke und unterdrücke ein breites Grinsen. Ich kann es ja selbst kaum glauben, wie sehr mich seine Einladung freut.

Überrumpelt blicke ich ihm hinterher, als er in den Katakomben verschwindet. Er schiebt sich eilig an den Grüppchen vorbei, die quatschend im Weg stehen. Hatte er auch in Amsterdam diese durchtrainierte Figur?

»Toni!«, reißt mich Lee scharf aus meinen Gedanken. »Das ist jetzt nicht dein Ernst, oder? Hast du uns denn neulich überhaupt nicht zugehört?«

Ich brauche einen Moment, um mich daran zu erinnern, dass mich Lee vor Vincent gewarnt hat. Verständnislos ziehe ich die Augenbrauen zusammen. Was ist so schlimm daran mit meinem Scout einen Kaffee zu trinken? Er hat mich ja schließlich nicht gefragt, ob ich mit ihm in die Kiste springe.

»Es ist ein Kaffee, Lee. Da ist doch nichts dabei.«

»Du hättest ihn auf morgen vertrösten können. Auf einen neutralen Ort. Tagsüber, wie es ein seriöser Scout vorschlagen würde. Aber doch nicht mitten in der Nacht! Wo wollt ihr denn um die Uhrzeit überhaupt hin? Kaffee ... dass ich nicht lache!« Langsam klingt sie wirklich hysterisch und ich frage mich ernsthaft, ob es tatsächlich ihre Freundin gewesen ist, die Vincent nicht sonderlich nett behandelt hat, oder nicht eher sie selbst.

»Jetzt beruhig dich, Lee. Toni ist erwachsen und kommt sicher gut alleine klar. Außerdem tust du ja gerade so, als würde Vincent jede Nacht eine andere vergewaltigen. Nur, weil er einer falsche Hoffnungen gemacht hat, heißt das doch nicht, dass er ein schlechter Mensch ist«, klinkt sich Nia ein und stellt sich vor mich. Der kleine Wirbelwind stemmt die Hände in die Hüften und schaut ihre Freundin herausfordernd an.

»Eine? Sag mal, kriegst du gar nichts mit, Nia? Coralin war nicht die Erste. Und bei Weitem nicht die Einzige. Willst du wirklich, dass Toni von so einem Arsch aufs Kreuz gelegt wird?« Sie holt tief Luft. »*Es ist nur ein Kaffee*«, äfft sie mich nach. »Ich schätze, unser Neuzugang hat ganz prima Argumente, um sich gegen Vincents Charme zu wehren.« Sarkasmus trieft aus jedem ihrer Worte und lässt mich sprachlos erstarren. Was habe ich ihr nur getan, dass sie mich jetzt so angeht?

»Du meinst es sicher nur gut, Lee«, schlucke ich meinen Ärger hinunter. »Ich passe auf mich auf, versprochen.« Zur Bestätigung schenke ich ihr ein Lächeln, obwohl mir gar nicht danach ist. Aber in all den Jahren, in denen ich angeeckt bin, habe ich gelernt, wann es besser ist seine Gegenwehr aufzugeben und einfach die Klappe zu halten. Lee werde ich heute Nacht nicht davon überzeugen können, dass ich das Recht habe meine eigenen Erfahrungen zu machen. Und ich muss es auch gar nicht.

Ganz offensichtlich hat sie mit einer anderen Reaktion gerechnet und schaut mich verwirrt an.

»Findest du denn überhaupt den Weg zurück in den Schlaftrakt?« Plötzlich ist ihre Fürsorge für mich zurück.

»Klar.« Ich nicke eifrig, um diese Lüge zu unterstreichen. Mit dem Problem kann ich mich später noch befassen, dann, wenn mein Hirn wieder einigermaßen normal funktioniert. Denn gerade herrscht da Ausnahmezustand.

»Leute, ich muss dringend ins Bett.« Wie auf Kommando gähnt Nia und zupft an Lees Ärmel. »Ist es okay, wenn wir schon mal vorgehen?«

»Ein paar Minuten werde ich schon alleine durchstehen.« Wenn die beiden wüssten, wie sehr ich mich danach sehne endlich allein zu sein.

»Ernsthaft?«, zweifelt Lee. Offensichtlich nimmt sie ihre Rolle als Patin sehr ernst.

»Oh Lee, was soll denn hier passieren? Wir sind auf dem Campus, da gab es noch nie, nie, nie Vorfälle! Und Toni wird schon nicht emotional zusammenbrechen, wenn sie mal etwas Ruhe hat«, kommt mir Nia zu Hilfe.

Sie zwinkert mir zu.

Hat sie etwa gemerkt, dass mir alles zu viel wird? Ich verziehe meinen Mund zu einem verschwörerischen Lächeln.

Lee wirkt dennoch nicht ganz überzeugt.

»Wir können doch warten, bis Vincent Toni hier abholt«, schlägt sie vor.

»Und dann? Willst du ihm etwa die Leviten lesen? Mensch, Lee. Lass das Toni alleine regeln.«

Lee grummelt etwas Unverständliches, aber Nia hakt sich schon bei ihr unter.

»Gute Nacht, Toni«, ruft sie über die Schulter hinweg und zieht eine maulende Lee neben sich her. »Und sei leise, wenn du nach Hause kommst.«

»Und wenn Vincent –« Weiter kommt Lee nicht, denn sie kassiert einen Rempler in die Seite und jault schmerzverzerrt auf. Ich lache und sehe den beiden Mädels hinterher. Dieses Freundschaftsding ist zwar extrem anstrengend. Aber irgendwie gefällt es mir auch, dass da jemand ist, der sich um mich Sorgen macht.

Seufzend lasse ich mich auf einem Mauervorsprung nieder. Meine Füße schmerzen von der Sporteinheit heute Morgen. Und von dem Tanzunterricht, der mich mehr fordert, als ich jemals gedacht hätte. Im Grundstudium durchläuft man alle Fachrichtungen, die an der AcA angeboten werden. Kunst, Musik, Tanz und Text. Jeder Tag steht unter einem anderen Motto. Nur am Montag haben wir Raum, um uns um unser eigenes Talent zu kümmern.

Für die meisten der Erstsemester scheint das voll in Ordnung zu sein. Ich für meinen Teil würde lieber die ganze Woche damit verbringen an meiner Technik zu feilen und Musik zu machen.

Ich schaue mich um. Die anderen, die vor dem Bunker stehen, haben entweder eine Kippe in der Hand oder ein Smartphone, auf dem sie ungeduldig herumtippen. Bei beidem muss ich passen. Rauchen fand ich schon immer eklig. Und in Ermangelung fester Freunde habe ich auch niemanden, mit dem ich um diese Uhrzeit texten könnte.

Also mache ich das, was ich in solchen Momenten immer tue: Ich schließe die Augen und spiele in Gedanken Geige. Inzwischen kann ich das, ohne die Haltung zu imitieren und nur, wenn ich ganz tief versunken bin, bewegen sich die Finger meiner linken Hand, um die Saiten auf dem Hals der virtuellen Geige zu greifen.

»Hey, schon eingeschlafen?«, holt mich Vincent aus meiner entspannenden Trance zurück. Mit einem amüsierten Lächeln auf den Lippen steht er vor mir. Über dem verschwitzten T-Shirt trägt er nun eine dunkelgraue Kapuzenjacke. Den Reißverschluss hat er bis ganz oben geschlossen und die Kapuze über seine verstrubbelten Haare gezogen. Er wirkt düster, fast schon gefährlich. Lediglich das freundliche Grinsen und die wachen Augen nehmen mir die Furcht, an Lees Warnung könnte doch etwas dran sein. Ich räuspere mich.

»Ruhe ist hier etwas sehr Kostbares«, sage ich und erhebe mich. Es ist seltsam dem Kerl gegenüberzustehen, den ich vor einem halben Jahr das letzte Mal gesehen habe. Er hat Eindruck auf mich gemacht in Amsterdam und sich all die Monate immer mal wieder in meine Gedanken geschlichen. Die Tatsache, dass Vincent ganz offensichtlich mehr in mir sieht als die meisten Menschen, dass er an mich glaubt und mir die Chance ermöglicht, hier an der AcA zu studieren, macht es mir nicht leicht unbefangen mit ihm umzugehen.

Ich mustere ihn, auch heute hat er nichts von seiner Anziehungskraft verloren. Im Gegenteil, mein Herz rast, als würde ich einem Star gegenüberstehen. Tue ich ja gewissermaßen auch. Immerhin hat er als Vince Vice einige Charthits gelandet.

Vincent nickt verständnisvoll. »In den Fängen von Lee und Nia wird dir jedenfalls nicht langweilig.«

»Lee ist meine Patin und Nia und ich teilen uns ein Zimmer.«

»Ich weiß.« Er zwinkert mir zu und augenblicklich will ich im Erdboden versinken. Was ist in mich gefahren? Natürlich kennt er die Konstellationen, schließlich arbeitet er für die AcA. »Lee ist immer noch sauer auf mich«, stellt er fest und streift sich die Kapuze aus dem Gesicht.

Ich nicke.

»Sie hat mir von der Sache mit Coralin erzählt und ...« Ich räuspere mich. »Na ja, von all den Gerüchten.« Keine Ahnung warum, aber ich finde es nur fair mit ihm Klartext zu sprechen. Vielleicht hält ihn das davon ab mit mir dasselbe Spielchen zu spielen. Schließlich bin ich vorgewarnt. Entschlossen, nicht sein nächstes Opfer zu sein, recke ich das Kinn und schaue ihn herausfordernd an.

»Und du bist dennoch hier?« Vincent wirkt überrascht. Er schaut mich an, als suche er etwas. Vielleicht will er nur herausfinden, was ich denke. Doch da kann er lange gucken. Meist sind meine Gedanken so wirr, dass es bisher niemandem gelungen ist mich zu verstehen. Es fällt mir ja selbst oft schwer mich zu verstehen.

Ich zucke mit den Schultern.

»Ich gebe nicht viel auf Gerüchte. Du etwa?«

Vincent lacht und sein Lachen klingt so ehrlich, dass diese seltsame Stimmung zwischen uns einfach verpufft.

»Nein, in den allermeisten Fällen ist ohnehin nichts dran an dem Geschwätz.«

»In den allermeisten? Und wie ist das bei diesem ganz speziellen Fall?«, necke ich ihn und hebe die Augenbrauen.

Gelangweilt zuckt er mit den Schultern.

»Find es doch selbst heraus.«

Sein Blick ist stechend. Herausfordernd. Und beschert mir Gänsehaut. Was hat der Kerl nur, dass er mich so aus der Fassung bringen kann. Mit einem Blick. Ein paar Worten. Und diesem Lächeln, das sich gerade auf seine Lippen stiehlt. »Also, Toni. Wir können entweder in die Akademie-Küche einbrechen und damit Mathildas Reich entehren. Oder aber du traust dich in die Höhle des Löwen und kommst in meinen Cube mit.«

Mir hallen Lees Worte in den Ohren. Mein Versprechen, vorsichtig zu sein, kommt mir in den Sinn. Was soll ich nur tun? Ich kann doch unmöglich mit Vincent mitgehen.

Prüfend schaue ich ihn an. Mein Gefühl sagt mir, dass ich ihm trauen kann. Was soll auch passieren? Lee sieht Gespenster und ist voreingenommen wegen der Sache mit ihrer besten Freundin. Aber ich bin nicht Coralin. Ich bin keine, die man sich für eine Nacht angelt – dafür bin ich zu seltsam, zu ungeschmeidig und zu wenig niedlich. Vincent wird schon nicht über mich herfallen, wenn ich mit zu ihm gehe. Und die Aussicht, diesem Trubel und dem Lärm für ein paar Augenblicke zu entgehen, ist verführerisch.

Also hebe ich betont gelangweilt meine Schultern.

»Meinetwegen. So lange *Cube* kein Synonym für einen Kerker ist, bin ich dabei.«

Wieder schallt dieses niedliche, warme Lachen durch die kühle Abendluft. Ich muss gestehen, dass ich es mag. Dass ich Vincent mag – daran hat auch die halbe Ewigkeit nichts geändert, seit ich ihn das letzte Mal gesehen habe.

»Da musst du dir schon dein eigenes Bild machen.« Vincent nickt in die Richtung, die von dem ehemaligen Kloster wegführt, hinein in den Wald.

Ich werfe ihm einen abschätzigen Blick zu.

»Ernsthaft? Wir reden von Kerker und Gerüchten und so. Und du schleppst mich in den Wald?«

»Ich präzisiere: in den tiefen, dunklen Wald, in dem man die Hand vor den eigenen Augen nicht sieht. In dem es spukt und böse Gestalten an jeder Ecke lauern«, wispert Vincent mit Grabesstimme und knufft mich auf den Oberarm. »Ich dachte, du kommst aus dem Schwarzwald. Ist man da nicht ganz anderes gewohnt? Schau, da vorne sind schon die ersten Häuser der Angestellten.« Vincent deutet auf ein paar Lichter, die zwischen den Baumstämmen hervorblitzen. Und mit diesem Anblick kommt auch die Erinnerung an die ultramodernen Rohbeton-Häuser in Würfelform zurück, die ich beim Akademie-Rundgang an meinem ersten Schultag gesehen habe. Erleichtert atme ich innerlich auf. Habe ich ernsthaft gedacht, Vincent könnte mir etwas antun?

»Du wohnst in so einem Würfeldings?«, frage ich ungläubig und spüre schon die Vorfreude in mir aufkeimen. Sicher sind sie sehr stylisch eingerichtet und geben damit einen krassen Kontrast zu den kargen ehemaligen Schlafstätten für Mönche, in denen wir Schüler untergebracht sind.

»Neidisch?«

»Sehr!«, seufze ich und folge Vincent auf dem schmalen Kiesweg in den Wald. Noch sind die Bäume blätterlos und lassen das Mondlicht durch ihr Dach sickern. Silbern blitzt es durch das Geäst und wirft unwirkliche Schatten auf den Waldboden. Unwillkürlich schlinge ich meine Arme um die Brust und erschaudere.

»Ich wusste nicht, dass du hinter *Vince Vice* steckst. Legst du schon lange auf?«, versuche ich mich im Smalltalk, da ich unbedingt mehr über Vincent erfahren möchte. Ich möchte alles über ihn wissen. Was er mag, was ihn antreibt …

»Eine Weile«, weicht er wortkarg aus, aber so schnell lasse ich mich nicht abwimmeln.

»Du bist gut. Ich mag die Art, wie du die Hits von früher und heute mixt.«

»Mozart würde sich im Grabe herumdrehen, wenn er seine Sonaten als Hits bezeichnet wüsste«, neckt er mich. Offensichtlich spricht Vincent nicht gerne über seine DJ-Erfolge.

»Da drüben ist es«, murmelt er und deutet auf einen betongrauen Kubus, dessen Fassade mit bodentiefen Fenstern versehen ist. Holzplanken lassen das ultramoderne Gebäude wohnlicher aussehen.

Der Bewegungsmelder schaltet das Licht für einen warmen Empfang ein, als wir nähertreten. Nervosität frisst sich durch meine Adern. Jetzt, da ich weiß, dass Vincent Scout für die Akademie – und somit so etwas wie ein Lehrer oder Vorgesetzter ist –, fühlt es sich seltsam an mit ihm zusammen zu sein. Befangen, irgendwie. So recht weiß ich nicht, wie ich mich verhalten soll.

»Hereinspaziert.« Vincent schließt die Tür auf und lässt mich in sein Reich eintreten. Automatisch streife ich meine Schuhe von den Füßen und folge ihm in einen großen Raum, der an einer Seite komplett verglast ist. Er ist fast so hoch wie breit. Ein schwarzer glänzender Flügel steht mittendrin. Beinahe komme ich mir vor wie ein Fisch im Aquarium, aber nach einem Klick auf eine Fernbedienung sausen helle Vorhänge aus den Ecken hervor und verdunkeln den Blick nach außen.

»Ich bin gleich wieder da«, murmelt Vincent und steigt eine Betontreppe hoch. Erst jetzt nehme ich die Empore wahr, die sich oberhalb des Raumes befindet. Ich nicke und schleiche auf Socken zu dem wundervollen Instrument. Ich wusste nicht, dass Vincent selbst spielt. Dass es ihm so wichtig ist und ihm praktisch sein ganzes Wohnzimmer widmet.

»Du spielst Klavier?«, rufe ich und streiche über den schwarzen Lack des Bechstein-Flügels.

Ehrfürchtig klappe ich den Deckel hoch und setze mich auf den samtbezogenen Hocker vor dem Flügel. Meine Finger legen sich auf die Tasten, obwohl ich es nie gelernt habe Klavier zu spielen. Aber es fühlt sich großartig an dieses Instrument zu berühren, auf dem bereits Vincents Finger lagen. Auf dem er gespielt hat – was sich ganz wundervoll angehört haben muss.

»Was?«, fragt Vincent, der aus einer Tür auf die Galerie tritt und mich offensichtlich nicht gehört hat. Anmutig läuft er mit nacktem Oberkörper Richtung Treppe und zieht sich ein frisches Shirt über. Ich starre ihn an, betrachte seine Tattoos, die sich über seine definierten Bauchmuskeln schlängeln. Unwillkürlich muss ich schlucken und schüttle schließlich den Kopf, weil ich auf diese Show ganz sicher nicht reinfallen werde.

»Du befeuerst wohl gerne die Gerüchte, oder?«, necke ich ihn trocken und konzentriere mich wieder auf das Instrument. Mein Herz klopft lautstark, als ich eine der Tasten drücke und dem Flügel einen glockenhellen Ton entlocke, der an den Wänden abprallt und in meinem Herzen nachhallt.

»Du willst doch Lee etwas zu erzählen geben, oder?«, grinst Vincent herausfordernd und kommt die Treppe herunter.

»Na ja, ich würde sie ja lieber vom Gegenteil dessen überzeugen, was sie von dir hält.«

»Ach ja? Mir ist eigentlich wichtiger, was du von mir hältst.« Vincent schleicht wie ein Tiger auf mich zu. Geschmeidig, so, als wäre ich seine Beute, die er ins Visier genommen hat.

Ich schlucke, schaue schnell weg und drücke eine weitere Taste, eine tiefe, die einen dunklen Ton erzeugt, der in meinem Brustkorb vibriert. Flirtet Vincent etwa mit mir? Plötzlich sitzt er neben mir auf dem schmalen Hocker. Nah. Viel zu nah!

»Kannst du denn Klavierspielen?«, fragt er sanft.

Ich schüttle den Kopf. Dabei entgeht mir nicht, dass er das Instrument nicht berührt. Wie himmlisch es jetzt wäre, wenn er etwas spielen würde. Nur ein paar Noten, die ich in Dauerschleife in meinem Herz abspulen könnte.

»Du könntest es mir zeigen«, wage ich einen Vorstoß und beiße mir unwillkürlich auf die Lippen. Ich hebe meinen Blick und ertrinke in diesen Augen. Diesen Augen mit dem seltsamen Ausdruck, den ich nicht deuten kann.

»Vielleicht. Irgendwann.« Vincents Mundwinkel zucken entschuldigend. Dann lässt er den Blickkontakt abreißen, klappt den Tastaturdeckel zu und steht auf. »Komm, wir gehen rüber.«

Abwartend bleibt er einige Meter vom Flügel entfernt stehen und nickt zu einer unscheinbaren Holztür in der Rohbetonwand, an der ein paar Schwarz-Weiß-Aufnahmen in Großformat hängen. Beim genaueren Hinsehen erkenne ich einen jungen Mann am Flügel.

»Bist du das?«

»Das war ich mal.« Etwas in seiner Antwort lässt mich aufhorchen, aber als ich in sein Gesicht schaue und sehe, dass seine Lippen zu einem schmalen Strich zusammengepresst sind, traue ich mich nicht weiter danach zu fragen.

Die Tür führt in einen schmalen Flur. Ich folge Vincent in die Küche, die wie aus einer Werbung für Küchen in einem Hochglanzmagazin aussieht. Sie ist in einem schlichten Grauton gehalten, der genau an den passenden Stellen von polierten Stahlelementen durchbrochen wird. Inmitten des Raumes befindet sich eine kleine Kochinsel, hinter der Vincent nun steht und mich betrachtet.

»Also, was darf ich dir anbieten? Kaffee? Oder magst du ein Bier? Wein?«

»Wasser reicht völlig.« Die Aussicht auf Alkohol ist verlockend, vielleicht werde ich dann lockerer. Aber was, wenn ich dann zu locker würde?

»Du bist also tatsächlich meiner Einladung gefolgt«, sagt er, füllt ein Glas mit Wasser und stellt es vor mir ab.

»Wer könnte mitten in der Nacht eine Einladung zum Kaffee ablehnen?« Ich versuche kess zu sein, aber so ganz will mir das nicht gelingen. Ich lächle schief. Vielleicht sieht er dann, wie seltsam sich das alles für mich anfühlt.

»Ich meinte, du bist auf die Akademie gekommen. Das freut mich.«

»Hättest du mir vorher gesagt, dass ich meinen Namen hier tanzen muss, hätte ich es mir vielleicht noch einmal überlegt.« Ich rolle mit den Augen. Aber auch diesmal geht mein lustig gemeinter Kommentar in die Hose. Das weiß ich, noch bevor Vincent mir antwortet.

»Müssen musst du auf der AcA gar nichts. Wir machen dir ein Angebot. Es ist so etwas wie ein Geschenk. Du kannst es annehmen und erhältst im Gegenzug vielleicht etwas, das sich als besonders wertvoll für dich herausstellen könnte. Oder du lässt es bleiben und wirst nie erfahren, was passiert wäre, wenn du es ausprobiert hättest. Liegt ganz bei dir.«

Ich schlucke, denn ich wollte ganz bestimmt keinen Vortrag darüber, wie ich mich hier zu verhalten habe.

»Tu dir selbst einen Gefallen, Toni. Und mach dich locker. Du bist hier, um das zu tun, was du schon immer tun wolltest.« Er lächelt sanft.

»Geigespielen?«, spucke ich aus.

»Kreativ sein«, kontert er. Ich seufze innerlich und trinke einen Schluck

Wasser, um nicht irgendetwas Blödes zu sagen. *Kreativ*. Im Moment fühle ich mich außerordentlich unkreativ. Vielleicht bin ich ja inselbegabt und sollte mich aufs Geigespielen versteifen.

»Na ja, um ehrlich zu sein, hatte ich nicht sonderlich viel Auswahl.« Es wurmt mich noch immer, dass es an keiner der anderen Hochschulen geklappt hat, bei denen ich mich beworben habe. Von Amsterdam kam eine Absage. Und auch alle anderen Hochschulen haben mich abgelehnt.

»Ich weiß.« Vincent zwinkert mir zu.

Mein Mund klappt auf und ich brauche einen Moment, um die Puzzleteilchen zusammenzufügen.

»Hast du ... habt ihr etwa damit etwas zu tun?«, hake ich ungläubig nach. Sind all die Selbstzweifel umsonst gewesen?

»Dazu werde ich ganz sicher nichts sagen!« Vincent hebt abwehrend die Hände und tritt einen Schritt zurück, bis er sich an die Arbeitsplatte der Küchenzeile lehnen kann.

»Hey, du kannst nicht so etwas raushauen und mich dann in der Luft hängen lassen. Los, sag schon!« Energisch stemme ich meine Hände in die Hüften und sehe ihn extra böse an.

»Nein, Toni, das werde ich ganz sicher nicht tun, denn egal, was ich sage, du wirst enttäuscht sein. Du bist auf der AcA bestens aufgehoben, das ist alles, was du wissen musst.« Sein Gesichtsausdruck ist bestimmt und hält mich davon ab nachzubohren. Vielleicht hat Vincent recht, vielleicht ist es besser die Antwort nicht zu kennen. Die Selbstzweifel nagen ohnehin in regelmäßigen Abständen an mir.

»Erzähl, wie gefällt es dir hier?«, fragt er dann.

Ich seufze. Bei seinen Worten spüre ich die Müdigkeit in meinen Knochen. Die Zweifel, die Unsicherheit. Unentschlossen zucke ich mit den Schultern.

»Vermutlich sollte ich auf die Frage mit *großartig* antworten, oder?« Fragend hebe ich die Augenbrauen.

»Wenn du sie mir ehrlich beantwortest, reicht es.«

»Na ja, es ist ... ich habe ja noch gar nicht viel von der Akademie gesehen. Es ist die erste Woche«, druckse ich rum. Vincent legt den Kopf schief. Ein amüsiertes Lächeln liegt auf seinen Lippen und da weiß ich, egal, was ich auch sage, er hat mich schon lange durchschaut.

»Okay, ich habe keinen blassen Schimmer, was das alles soll. Wir haben Fächer, in denen wir angeblich lernen glücklich zu sein. Das ist Wahnsinn! Glücklich bin ich, wenn ich Geige spiele. Dann und nur dann.« Ich atme tief ein. Doch auch das beruhigt mich nicht. »Dieser ganze Sport, das Meditieren, Achtsamkeit, Physiotherapie und der Zwang immer wieder etwas Neues zu machen. Das macht mich wahnsinnig! Den ganzen Tag habe ich zwei Fremde an mir kleben, die mir nicht von der Seite weichen und mir die Luft zum Atmen nehmen. Nicht mal aufs Klo kann ich alleine. Ich habe so viel gemacht heute, dass mir der Kopf schwirrt – aber meine Geige habe ich nicht einmal in der Hand gehabt und ich habe keine Ahnung, wann ich all das aufholen soll. Meine Finger fühlen sich schon ganz steif an. Ich bin doch hier, um Geige zu spielen oder etwa nicht?«, platzt es aus mir heraus. Ich vermisse mein Instrument, die Ruhe, die ich verspüre, wenn meine Finger über die Saiten gleiten.

Vincent legt seine Hände auf meine Oberarme, streicht sanft darüber. Es sind nur winzige Bewegungen und doch beruhigen sie mich. Nach und nach lässt die Anspannung nach, die ich schon seit Tagen in mir spüre. Die sich angestaut und mit meinen ehrlichen Worten endlich einen Weg nach draußen gefunden hat. Sanft drückt Vincent meine Arme und lässt schließlich seine Hände wieder sinken. Seine Finger ziehen eine Spur von Gänsehaut hinter sich her.

»Ich kann verstehen, wie du dich fühlst. Ich habe das alles auch schon mitgemacht. Es wird leichter werden, versprochen.« Ein sanftes Lächeln liegt auf seinen Lippen. Es ist zuversichtlich und gibt mir die Kraft seinen Worten zu glauben. Zumindest ein klitzekleines bisschen. »Lee und Nia werden sich ganz bald einkriegen und dir mehr Freiraum lassen. Sie freuen sich, dass du da bist und wollen dich nur kennenlernen. Sicher denken sie, sie helfen dir«, beruhigt mich Vincent. »Hab ein bisschen Geduld. Bald wirst du unsere Art zu unterrichten verstehen. Lass dich drauf ein, auch wenn es dir seltsam vorkommt. Unsere Methoden sind vielleicht unkonventionell, aber wenn du dich traust über deinen Schatten zu springen, wirst du viel lernen.«

»Ja, übers Tanzen und Zeichnen. Und über Sport vielleicht«, entgegne ich trotzig, ziehe aber einen Mundwinkel zu einem schrägen Lächeln hoch.

»Du wirst hier viel über dich lernen, wenn du bereit dazu bist.« Vincents Blick ist fest, als wolle er seinen Worten damit mehr Nachdruck verleihen.

Ich lasse seine Worte in Dauerschleife in meinem Kopf abspielen. Vielleicht hat er ja recht und ich sollte den Stunden in der AcA offener begegnen, mich darauf einlassen und vertrauen, dass die Professoren schon wissen, was sie tun. Besser als ständig dagegen anzukämpfen ist es allemal.

»Wenn du willst, kannst du gerne hier noch ein bisschen Geigespielen. Vielleicht geht es dir dann besser«, schlägt Vincent vor.

»Aber meine Geige ist im Kloster«, jammere ich und versuche in Gedanken den Rückweg zu meinem Zimmer zusammenzubekommen. Es gelingt mir nicht.

»Du kannst meine haben«, bietet Vincent an. Ich starre ihn mit offenem Mund an. Musiker verleihen ihre Instrumente nicht. Nicht an fremde Menschen, von denen sie nichts wissen.

»Du spielst auch Geige?«, frage ich lahm und mir wird bewusst, dass ich nichts über Vincent weiß. Den Kerl, von dem ich glaube, dass er mich besser versteht als die meisten anderen Menschen.

»Nein, nicht wirklich. Mein Großvater war erster Geiger des königlichen Orchesters in Amsterdam und hat mir seine Geige vererbt. Ich schätze, er hätte sich gewünscht, dass ich Geige spiele. Als Kind habe ich auch Unterricht gehabt. Aber letztlich ist es das Klavier geworden. Also, soll ich sie holen?«

Ich hadere, denn die Versuchung dieses Stück zu sehen, es anzufassen oder gar darauf zu spielen, ist groß. Aber ich schüttle den Kopf.

»Das geht nicht. Die Geige gehört dir.«

»Papperlapapp. Sie ist zu schade, um im Schrank zu vergammeln. Ich würde mich freuen, wenn du sie dir anschauen und was darauf spielen würdest. Ehrlich.« Aufmunternd nickt Vincent zur Tür. In meinem Magen poltert es.

»Frédéric de Breune war dein Großvater?«, frage ich beeindruckt. Ich habe Aufnahmen von ihm und seinem Orchester im Fernsehen gesehen. Ihn beim Spielen zu beobachten hatte mich damals tief beeindruckt. Die Intensität, mit der seine Finger über die Saiten flogen, die Präzision und Liebe habe ich selten bei einem Geiger gesehen.

»Tja, aus mir hätte echt etwas werden können.« Er grinst mich frech an, aber dieses Grinsen wirkt aufgesetzt und in Verbindung mit seinen bitter klingenden Worten ahne ich, dass mehr dahintersteckt, als er gerade bereit ist zu sagen. »Also, willst du?«

Ich zucke unentschlossen mit den Schultern.

»Darf ich sie vielleicht mal ganz kurz sehen?«, frage ich mit einem Kloß im Hals. Die Aussicht, so ein kostbares Stück in den Händen zu halten, lässt mich innerlich zittern. Der Klang dieser Geige ist sicher unglaublich.

KAPITEL 6

Der Klang meines Herzens

Vincent

Ich stehe vor dem Schrank, in dem ich den schwarzen Geigenkoffer meines Großvaters aufbewahre. Ob es richtig ist Toni darauf spielen zu lassen? Das Instrument war Opas größter Schatz, sein Heiligtum, das er niemals jemandem anvertraute. Das erste Mal durfte ich die von Hendrik Jacobs erbaute Geige an meinem achten Geburtstag in die Hand nehmen. Nur für einen kurzen Moment und unter der Aufsicht seiner strengen Augen. Noch heute erinnere ich mich an das Gefühl, das mich damals durchströmte.

Kurzentschlossen greife ich nach dem Instrument und gehe in den Wohnraum, in dem Toni auf mich wartet. Noch immer versetzt es mir einen Stich, meinen Bechstein dort stehen zu sehen. Mehr als einmal habe ich überlegt ihn zu verkaufen und stattdessen eine riesige Couch und einen Flatscreen hier reinzustellen. Oder Turntables mit fetten Lautsprechern. Aber etwas hält mich davon ab. Ist es die Hoffnung, dass ich doch irgendwann wieder zu spielen beginne? Oder die Furcht davor, was mein Vater dazu sagen würde?

Ich wische die Gedanken beiseite, konzentriere mich auf das Hier und Jetzt.

Was mich wohl gleich erwarten wird? Wird es Tonis Spiel erneut schaffen mich zu berühren? Oder lag es damals an den Umständen? Daran, dass mir Amsterdam so viel bedeutet und mich ihre unkonventionelle Art überraschte?

»Hier ist sie.«

Aus Ermangelung eines Tisches lege ich den Koffer behutsam auf meinem

Flügel ab. Toni behält einen Sicherheitsabstand zu mir. Als traue sie sich nicht so recht das Instrument anzusehen. Mit einem Klack öffne ich den Verschluss und hebe den Deckel an. Nun ist Tonis Neugier wohl doch zu groß und sie tritt näher an mich heran. Ich kann ihr Parfum riechen. Ganz dezent dringt es in meine Nase.

»Sie ist wunderschön«, haucht Toni andächtig. Ich trete beiseite, gewähre ihr einen Blick auf dieses Instrument, das bereits in den renommiertesten Häusern gespielt wurde.

»Das ist sie. Komm, trau dich. Nimm sie raus.«

Unsicher linst Toni zu mir und kann es wohl nicht so recht glauben, dass ich ihr tatsächlich erlaube auf so einer kostbaren Geige zu spielen.

Zögernd streckt sie ihre Finger aus, lässt sie andächtig über den Korpus gleiten, über die Saiten, den Bogen. Ich erlaube mir einen Scherz und lasse den Deckel etwas zuklappen, was sie zusammenzucken lässt, so vertieft war sie in den Anblick. Amüsiert lache ich auf, nehme die Geige aus dem Koffer und drücke sie Toni in die Hand.

Überfordert nimmt sie sie entgegen. Ihr ist anzusehen, dass tausend Emotionen durch sie hindurchströmen. Nach einer halben Ewigkeit hebt sie den Kopf. Ihr Blick ist wirklich niedlich. Fast wirkt sie, als hätte sie sich in dieses Stück Musikgeschichte verliebt.

Verliebt. Bei dem Gedanken hüpft plötzlich mein Herz. Aber schnell wische ich ihn weg. Blödsinn! Toni ist mein Talent – ich bin begeistert von ihrer Art zu spielen, überzeugt von ihrem Talent. Mehr nicht.

»Würdest du für mich spielen?«, bitte ich sie und bin selbst erstaunt, wie rau meine Stimme klingt. Um von dem Chaos in meinem Kopf abzulenken, drehe ich ihr den Rücken zu und nehme den Bogen aus dem Koffer. »Sie wird allerdings ziemlich verstimmt sein. Das letzte Mal hat mein Großvater darauf gespielt«, gebe ich zu bedenken.

Toni nimmt mir den Bogen ab. »Kein Problem. Du kannst mir einfach ein A geben.« Sie nickt in Richtung des Klaviers und klemmt sich schon die Geige unters Kinn. Panik durchströmt mich. Ich starre auf den schwarzen Lack, der im Schein des Deckenleuchters glänzt, spüre, wie meine Hände zu schwitzen beginnen. Das Blut, das in Höchstgeschwindigkeit durch meine Adern schießt, rauscht dröhnend laut in meinen Ohren. Ich schlucke, doch mein Mund fühlt sich plötzlich staubtrocken an.

»Was ist?«, fragt Toni und reißt mich aus diesem umfassenden und gänzlich unguten Gefühl.

»Ich muss noch mal …« Unschlüssig wedle ich mit den Händen Richtung Küche. »Das A ist hier.« Ich klappe den Deckel auf und zeige ihr die Taste auf dem Klavier. Wortlos stürze ich aus dem Raum.

In der Küche reiße ich das Fenster auf, sauge gierig die Luft ein und versuche wieder zu Atem zu kommen. Der Kloß, der in meinem Hals sitzt, schmeckt so bitter. Verzweifelt schüttle ich den Kopf. Warum habe ich so eine Angst davor zu spielen? Warum?

Ich lasse das Wasser laufen, bis es eiskalt ist, halte die Innenflächen meiner Unterarme darunter und spüre, wie die Kälte in mich dringt. Fühlen, endlich fühlen, selbst wenn es Schmerz ist. Nach und nach werde ich ruhiger, aber ich warte noch ein paar Minuten, lausche, wie Toni die Geige stimmt.

Die Töne dringen durch die dicken Betonwände. Wie Gift strömen sie hier herein, setzen sich fest und führen mir vor Augen, was ich verloren habe.

Ich lehne mich an die Arbeitsplatte, schließe die Augen und versuche an nichts zu denken. Leere. Einfach nur diese beschissene Leere, die mich seit einer Ewigkeit ausfüllt. An manchen Tagen ist sie verdammt tröstlich. Aber heute fühlt sie sich echt übel an.

Entschlossen stoße ich mich ab, presse die Lippen fest aufeinander und gehe zurück zu Toni. Sie soll nicht denken, ich wäre komplett durchgeknallt. Das bin ich nicht. Ich habe nur abgeschlossen mit der Musik.

»Sorry. Musste noch schnell telefonieren«, rede ich mich raus und merke erst, als mir die Worte schon über die Lippen gekommen sind, wie blödsinnig diese Ausrede ist. Es ist mitten in der Nacht – wen also sollte ich anrufen?

Toni nickt, doch ihr Blick ist wissend.

»Ich sollte jetzt ohnehin gehen. Es ist spät und irrsinnigerweise muss ich morgen früh schon wieder fünf Kilometer laufen. Danke *Zukunft*!« Sie stöhnt und ihre Schultern sacken einige Zentimeter nach unten.

»Aber … Willst du nicht noch etwas spielen?«

Toni schüttelt den Kopf und legt behutsam die Geige zurück in den mit rotem Samt ausgelegten Koffer. Ich schaue ihr wehmütig zu, denn zu gerne hätte ich herausgefunden, ob dieses Gefühl, das ich in Amsterdam empfunden habe, eine Eintagsfliege gewesen ist, oder ob es tatsächlich mit Tonis Art zu spielen zusammenhängt.

»Ich bringe dich«, biete ich an. Niemals würde ich ein Mädchen im Dunkeln alleine durch den Wald laufen lassen. Und außerdem kann ich so noch ein paar Minuten in Tonis Nähe sein. Vielleicht finde ich ja etwas über sie heraus, etwas, das mir weiterhilft. Das mir erklärt, warum mich ihre Musik berührt.

»Ich hatte gehofft, dass du ein Gentleman bist. Mein Orientierungssinn ist ungefähr genauso gut ausgebildet wie bei einem Goldfisch, der sich im Wasserglas verirrt. Wahrscheinlich finde ich nicht mal mein Zimmer, wenn du mich vor dem Kloster absetzt.« Sie hebt ihre Augenbrauen, verzieht den Mund zu einer schiefen Schnute und entlockt mir damit ein Lachen.

»Vielleicht solltest du dir noch mal die Strategie von Hänsel und Gretel anschauen«, schlage ich vor.

»Pah! Hat bei den beiden doch auch nicht geklappt. Brotkrumen«, spukt sie aus, klappt den Deckel des Geigenkastens zu und schaut mich herausfordernd an. »Also, was ist? Willst du die Geige erst noch zurücklegen oder können wir?« Sie nickt zur Eingangstür und bevor ich etwas erwidern kann, zieht sie schon ihre Schuhe an und öffnet die Tür.

Schnell werfe ich mir eine Jacke über, schlüpfe in die Sneakers und folge ihr.

»Bist du immer so … so … fordernd?«, frage ich atemlos, als ich zu ihr aufgeschlossen habe. Toni hat nur einen dünnen schwarzen Hoodie an. Ihre Hände hat sie in den Ärmeln des Pullis vergraben, die Schultern zieht sie so weit hoch, dass ihr Kopf fast im Ausschnitt verschwindet. Vielleicht hätte ich ihr noch eine Jacke anbieten sollen.

»Ich höre den Wecker jetzt schon klingeln. Und ich will ja nicht, dass Beschwerden zu meinem Scout durchdringen, weil ich ständig zu spät komme. Nicht, dass er denkt, ich war eine ganz fürchterliche Wahl.«

Ich zucke mit den Schultern und schmunzle. Woher soll Toni auch wissen, dass solche Dinge ganz sicher nicht zu meinem Job gehören.

»Hör mal, Toni, ich werde nicht allzu oft in der Akademie anzutreffen sein. Da sind die Gigs in den Clubs. Und wir sind ständig unterwegs, um neue Studenten zu rekrutieren ...«

»Ja. Gut«, murmelt sie. Höre ich da etwa Enttäuschung heraus? Nein, das wünsche ich mir wohl nur. Ich räuspere mich.

»Gib mir mal dein Handy.«

Sie bleibt stehen und schaut mich mit großen Augen misstrauisch an.

»Ich geb dir nur meine Nummer, dann kannst du dich melden. Für den Notfall.«

Ihr Blick durchbohrt mich. Dann streckt sie mir ihr Handy entgegen. In meiner Brust pocht es wild, als ich meine Kontaktdaten eintippe und ihr es dann zurückgebe. Hoffentlich versteht sie das nicht als Aufforderung mich mit Nachrichten zu bombardieren. »Ich meine, wenn du mit irgendetwas nicht klarkommst. Oder sonst etwas ist ...« Eilig schaue ich weg und laufe weiter.

»Danke.«

Dieses eine Wort ist so leise und doch hallt es in meinen Gedanken nach. Fast ist es, als wüsste sie, dass ich nicht allen meinen Talents meine Nummer gebe. Aus guten Gründen.

Schweigend laufen wir über den Kiesweg. Minutenlang ist das einzige Geräusch, das ich vernehme, das Knirschen unserer Schritte und das kaum wahrnehmbare Geräusch ihres Atems.

Als das Kloster in Sicht kommt, bleibt Toni abrupt stehen. Sie schaut zu Boden, ihr Gesicht wirkt nachdenklich. Nebel steigt um uns herum hoch, hüllt uns ein in eine zarte Hülle aus weißer Luft.

»Was ist?«, frage ich unsicher in die Dunkelheit. Ich kann kaum die Regungen in ihrem Gesicht ausmachen, dabei scheint der Mond und wirft ein silbriges Licht auf uns.

»Darf ich dich was fragen?«

»Klar.«

»Was Persönliches«, setzt sie leise hinterher und hebt den Blick. Er ist stechend und es ist, als würde er bis in meine Seele vordringen. Ich schlucke, unsicher, ob ich ihr zustimmen soll.

»Schieß los«, sage ich mutiger, als ich mich fühle und versuche meine Gesichtszüge im Griff zu behalten.

»Was war das vorhin? Warum bist du aus dem Zimmer gestürmt, als ich die Geige stimmen wollte?«

Neugier spiegelt sich in ihrem Blick. Nichts, was darauf hindeutet, dass sie sich lustig machen will. Oder dass sie diese Info sonst wie ausschlachten wird. *Vincent, der Sohn des Direktors, der Wunderknabe, dem von den schärfsten Kunst-Kritikern eine schillernde Zukunft vorausgesagt wurde, hat Angst vor seinem Flügel.*

»Ich musste telefonieren.« Ich schiebe die Mundwinkel ein paar Millimeter hoch und hoffe, es ähnelt einem Lächeln. Könnte Toni meinen rasenden Herzschlag hören, hätte sie meine Lüge gleich erkannt. Doch stattdessen ist nur das dumpfe Wummern des Basses aus dem Bunker in weiter Entfernung zu vernehmen.

»Verstehe.« Sie nickt und senkt enttäuscht den Kopf. »Weißt du, Angst zu haben ist nichts Schlimmes. Nichts, wofür man sich schämen muss. Manchmal hilft es darüber zu reden.«

Kurz bin ich versucht Toni das zu erzählen, was ich jedem sage. Dass es eine bewusste Entscheidung von mir ist, der klassischen Musik den Rücken zu kehren. Dass ich keine Lust mehr hatte, meine Abende im Konzertsaal zu verbringen. Klassik ist uncool. Nichts, womit man irgendwen beeindrucken könnte – außer einer Handvoll Menschen, von denen die meisten ihre Zähne nachts in einem Glas aufbewahren. Aber Toni ist nicht wie jede. Und sie hat es nicht verdient angelogen zu werden.

»Vielleicht hast du recht«, sage ich vage, nachdem ich tief durchgeatmet habe und mir halbwegs sicher bin, dass meine Stimme nichts von dieser Zerrissenheit preisgibt, die ich in mir spüre. »Aber nicht heute. Nicht jetzt. Du musst ins Bett, morgen früh klingelt der Wecker. Und du wolltest ja unbedingt Beschwerden vermeiden«, versuche ich zu scherzen.

Sie neigt den Kopf und lächelt schwach.

»Okay. Ich wollte dir auch nicht zu nahe treten. Wir kennen uns ja kaum.« Dann hebt sie die Augenbrauen und verzieht zerknirscht den Mund. »Es ist mir peinlich, aber kannst du mich noch bis zu diesem Flur bringen, in dem die Schlafräume sind? Ich fürchte, ich werde das heute nicht mehr finden.«

Ich lache leise auf und bin erstaunt, wie echt es sich anfühlt. Ich mag es, dass sie ihre Schwächen offen zugibt, das zeugt von Stärke.

Als wir die schwere Eichentür zum Klostertrakt öffnen, bedeute ich Toni leise zu sein. Schweigend führe ich sie durch das Labyrinth aus Fluren. Das silbrige Licht des Mondes sickert durch die bleiernen Fenster. Schaurig schön spiegelt es sich an den Goldverzierungen. Es ist lange her, dass ich hier nachts unterwegs war. Damals, als ich selbst noch auf der AcA studierte und daher auch in einem der Schlafräume wohnte, stromerte ich oft durch Gänge, wenn die anderen schliefen.

Als der Mädchenflur in Sichtweite ist, bleibe ich stehen und deute auf die Glastür.

»Schätze, ab hier findest du den Weg, oder?«, flüstere ich und spüre einen schwachen Stich in meiner Brust.

»Danke, Vincent.« Sie dreht sich zu mir und schaut mich an. Das Lächeln, das auf ihren Lippen liegt, gefällt mir und erinnert mich an diesen Tag in Amsterdam, als ich sie kennengelernt habe.

»Wofür?«

»Dafür, dass du mich nicht angelogen hast. Na ja, mal das mit dem Telefonat ausgeklammert.« Sie zwinkert mir zu, dreht sich um und läuft in Richtung ihres Zimmers davon. Ungläubig starre ich ihr hinterher. Ihre feuerroten Haaren glänzen im Mondlicht. Unwillkürlich schieben sich meine Mundwinkel ein paar Millimeter nach oben.

KAPITEL 7

Alles nur Show?

Toni

Obwohl der Drang schier übermächtig ist, schaffe ich es den Flur entlangzulaufen, ohne mich noch einmal nach Vincent umzudrehen. Er soll nicht denken, dass ich mehr in diesen Abend hineininterpretiere, als es tatsächlich war: ein ganz normales Zusammentreffen von Scout und Talent. Zugegeben, ich habe jede Minute genossen. Aber das werde ich ihm selbstverständlich nicht auf die Nase binden.

Meine Hand schnellt an meine Hosentasche, in der sich mein Smartphone befindet. Das Smartphone, in das Vincent seine Nummer eingespeichert hat. *Für Notfälle.* Klar. Und schon habe ich dieses verräterische Grinsen auf meinem Gesicht. Vergeblich versuche ich es wegzuwischen. Verdammt!

Ich zähle die Türen auf der linken Seite und bleibe vor dem Zimmer stehen, in dem ich Nia und mein Bett vermute. Durch den Türspalt sickert warmes Licht auf den dunklen Flurboden. Mist, ich hatte gehofft, Nia würde bereits schlafen.

Nach einem leisen Klopfen, um mich anzukündigen, schiebe ich die Tür auf und stecke meinen Kopf hinein. Erleichterung durchströmt mich, als ich Nia erspähe – es ist das richtige Zimmer. Doch die Freude währt nicht lange, denn Lee ist ebenfalls da und scheint nur auf mich gewartet zu haben. Eilig springt sie von meinem Bett auf und schaut mich an. Ich denke schon, dass sie mir gleich wieder erzählt, wie furchtbar Vincent ist. Etwas, das ich jetzt ganz sicher nicht hören möchte.

Doch sie kommt auf mich zu, schlingt die Arme um mich und schnieft.

»Es tut mir so leid! Ich war eine ganz furchtbare Freundin und hätte nicht so mies über Vincent reden sollen. Ich wollte dich nur beschützen und bin vollkommen übers Ziel hinausgeschossen. Bist du mir böse?« Sie löst sich etwas von mir und schaut mich mit einem so tieftraurigen Ausdruck auf ihrem hübschen Gesicht an, dass ich ihr unmöglich sagen kann, was ich von ihrer Aktion halte. Stattdessen schüttle ich den Kopf und es fühlt sich sogar ehrlich an.

Ich kenne Lee und Nia gerade einmal ein paar Tage und obwohl mich ihre Nähe manchmal erdrückt, wünsche ich mir so sehr, dass wir Freunde werden können.

»Nein, ich bin nicht böse – nur müde. Gibt es am Tag nach der Willkommensparty keine Ausnahme beim Morgenlauf?«

Nia und Lee lachen synchron, als hätte ich einen besonders witzigen Witz gerissen. Nach Scherzen ist mir allerdings gerade nicht zumute. Ich gähne herzhaft und spüre, wie nach all den Eindrücken des Tages die Müdigkeit über mich hereinbricht. Ich sehne mich nach meinem Bett. Nach Schlaf. Und Ruhe. Und danach etwas zu träumen. Von diesem Abend. Und vielleicht auch ein klitzekleines bisschen von Vincent.

»Das ist wohl mein Stichwort. Ich sollte ohnehin mal rüber zu Paulina und ihr den Strom abdrehen. Sonst schreibt sie wieder die komplette Nacht durch und ist morgen zu nichts zu gebrauchen.« Lee wirft Luftküsschen in den Raum. »Gute Nacht, ihr Süßen. Und träumt was Schönes.« Ihr Blick streift mich nur einen winzigen Augenblick, aber Neugier blitzt in ihm auf. Sicher musste sie sich unglaublich beherrschen, um mich nicht nach Vincent auszuquetschen. Aber vielleicht weiß sie auch, dass ich ihr ohnehin nichts erzählt hätte.

Eilige husche ich in den Waschraum, putze mir die Zähne und wasche mir notdürftig das Gesicht.

Mit einem Stöhnen lasse ich mich auf mein Bett fallen und streife mir die Schuhe von den Beinen.

»Wenn ich jetzt einschlafe, werde ich niemals wieder aufstehen«, murmle ich schlaftrunken.

Ein Kissen landet auf meinem Kopf.

»Da wäre mindestens einer ganz schön traurig.«

Ich wische mir den Stoff aus dem Gesicht und schaue sie fragend an.

»Na, wie war es mit Vincent? Erzähl schon!«

Ich hadere, schließlich kenne ich Nia kaum. Kann ich ihr vertrauen? Zudem bin ich echt unerfahren, was Freundschaften angeht. Was erzählt man sich? Und was bleibt für immer in meiner Seele verschlossen? Wie oft habe ich mir gewünscht meine Gedanken mit einer Freundin zu teilen. Das erste Mal, als ich in einen Kerl verknallt war, bin ich schier geplatzt, weil ich es niemandem erzählen konnte. Außer Florence – und seine Maunzer haben mich nicht wirklich weitergebracht.

Ich stöhne und knalle mir erneut das Kissen aufs Gesicht, aus Furcht, Nia könnte das verräterische Grinsen sehen. Als ich glaube, mich wieder im Griff zu haben, wende ich mich ihr zu.

»Es war …« Ich ringe nach den passenden Worten. »Wir haben nur geredet.«

»Geredet.« Ihre Augenbrauen hüpfen amüsiert. »Über was?«

»Über die Akademie, Musik … er hat mir seine Geige gezeigt.«

Nia kichert.

»Was?«, frage ich irritiert.

»Na, so lange er dir nicht seine Briefmarkensammlung gezeigt hat, ist alles okay.« In ihre Wangen graben sich tiefe Grübchen und sie muss sich offensichtlich schwer beherrschen, dass sie nicht laut losprustet.

»Haha«, maule ich.

»Wenn ich es nicht besser wüsste …«, säuselt sie und lässt den Satz in der Luft hängen. Frech grinst sie mich an.

»Was?«

»Ich würde tippen, du bist verknallt!«

Augenblicklich sprintet mein Herz los. Panik steigt in mir auf. *Verknallt.* Heißt das seltsame Gefühl, das ich in mir spüre, so? Nein, nein, nein! Das kann nicht sein. Das darf nicht sein! Vincent ist mein Scout. Er ist der Sohn des Direktors.

»Quatsch!«, sage ich entschlossen und versuche mit diesem Ausspruch vor allem mich selbst davon zu überzeugen, dass an Nias Vermutung nichts dran ist. »Er hat mich gescoutet, weil ich Geigespielen kann. Uns verbindet die Musik. Nicht mehr und nicht weniger. Und jetzt: Lass uns schlafen.« Als wollte ich meine Worte unterstreichen, gähne ich herzhaft und kuschle mich in die flauschige Decke ein. »Gute Nacht, Nia.«

Es raschelt kurz, aber ich bin zu müde, um nachzusehen, was sie macht. Kurze Zeit später löscht sie das Licht und ich schließe endlich meine Augen. Unwillkürlich schiebt sich Vincents Gesicht in meine Gedanken. Schnell wische ich es beiseite und verschließe mein Herz und meine Seele vor ihm. Ich will nicht, dass er sich in meine Träume schleicht. Und vor allem will ich nicht, dass er sich in mein Herz stiehlt.

»Toni?«, flüstert Nia.

Kurz bin ich versucht vorzugeben, dass ich bereits schlafe, aber ich gebe dann doch einen grunzenden Laut von mir.

»Passt du auf dich auf? Bitte!«

»Mach ich«, nuschle ich und nehme mir fest vor mein Versprechen auch in die Tat umzusetzen.

KAPITEL 8

Die Neuen

Toni

Der Frühsport wird noch mein Untergang sein! Ich hasse laufen. Heute mehr denn je. Die zweite Woche neigt sich dem Ende zu und ich bin so unendlich müde und kann mich noch nicht einmal aufraffen vom Klo aufzustehen. Die Tage seit der Willkommensparty sind hart gewesen. Sport, Meditation, Kreativitätstechniken. Dazu die unzähligen neuen Leute, deren Namen ich mir einfach nicht merken kann. Die schier endlosen Wege, die ich noch immer nicht selbstständig finde. Und dann sind da all die Aufgaben, die sich wie ein schier unüberwindbarer Berg vor mir auftürmen. Dabei wollte ich doch einfach nur Geigespielen.

Ich vergrabe den Kopf in meinen Händen. Natürlich erinnere ich mich an Vincents Worte. Und an mein Vorhaben, der Akademie Vertrauen zu schenken und mich auf alles einzulassen, was auf mich zukommt. Aber das würde mir deutlich leichter fallen, wenn ich endlich mal wieder ausschlafen dürfte.

Draußen tuscheln irgendwelche Mädchen sinnloses Zeug und machen sich hübsch für den Akademie-Alltag. Sinnlos, wenn man mich fragt, denn außer den rund hundert Studenten und den Angestellten, gibt es hier niemanden, der darauf Wert legen könnte.

»Und du hast ernsthaft die Semesterferien mit ihm verbracht?«, höre ich eine aufgeregte Stimme. Der Wasserhahn läuft und jemand spuckt etwas – vermutlich Zahnpasta – in das Waschbecken.

»Nicht die ganzen! Aber wir waren zwei Wochen gemeinsam an der Côte d'Azur im Landhaus meiner Tante.«

»Oh! Oh!«, vernehme ich gleich zwei beeindruckte Ausrufe. »Und? Wie war er? Habt ihr …?«

Ich verdrehe die Augen, da die Mädchen synchron kichern. Vielleicht sollte ich einfach aufstehen, spülen und die Dreier-Gang damit überraschen, dass sie hier nicht alleine sind, bevor die eine ihre intimen Bettgeschichten ausplaudert, die ganz sicher nicht für meine Ohren bestimmt sind.

»Eine Lady genießt und schweigt. Also, seid ihr bereit?«

Ich höre drei Reißverschlüsse synchron zischen, als die Unbekannten ihre Waschbeutel mit Schminkutensilien schließen und im Gleichschritt aus dem Waschraum staksen.

Erleichtert endlich allein zu sein, atme ich tief aus und stehe vom Klo auf.

Mit meiner Badetasche bewaffnet wage ich mich zu den Waschbecken.

»Oh, hi Toni«, nuschelt Nia mit der Zahnbürste im Mund und lächelt mich im Spiegel an, während ich meine Hände wasche.

»Ich dachte, jetzt wo das Dream-Team weg ist, wäre ich endlich mal alleine«, gestehe ich und gähne. Ein Blick in den Spiegel bestätigt meine Vermutung: Ich sehe noch zerknitterter aus, als ich mich fühle. »Wer waren die?«

»Ach, das waren nur Melissa und ihre Gefolgschaft. Die wirst du schon noch früh genug kennenlernen.« Nia zwingt sich ein Lächeln auf die Lippen, aber es ist unverkennbar, dass sie die Mädels nicht sonderlich mag. Nach den paar Sätzen, die ich gehört habe, kann ich es ihr nicht verübeln. Zumindest die Anführerin klang etwas hochnäsig.

Schweigend verrichten wir unsere Morgenroutine und stiefeln nebeneinanderher in unser Zimmer. Ich bin dankbar, dass Nia Rücksicht auf meine Morgenmuffligkeit nimmt und ihre fröhliche und immer positive Art erst nach dem ersten Kaffee auf mich einprasseln lässt.

Sie lotst mich in den großen Speisesaal, in dem bereits Lee auf uns wartet. Neben ihr sitzt ein dunkelblondes Mädchen, das sich nicht sonderlich herausgeputzt hat, deren wache Augen aber die Mitmenschen mustern.

»Morgen, Lee, guten Morgen, Paulina! Hey, bist du endlich aus den USA zurück? Ich habe dich schon vermisst!« Freudig sprintet Nia um den Tisch herum und schließt das schüchtern dreinblickende Mädchen in die Arme.

»Toni, das ist Paulina, Lee teilt das Zimmer mit ihr. Sie war die letzten zwei Monate in Amerika und hat ihren Mentor auf Lesereise besucht. Argh, du musst mir unbedingt bald alles über deinen Trip erzählen, ja?«

Ich nicke dem unscheinbaren Mädchen zu und strecke ihr lächelnd die Hand entgegen.

»Hey Paulina, schön dich kennenzulernen.«

Das Mädchen schaut mich aus ihren großen intelligenten Augen an und ringt sich ein schmales Lächeln ab. Ich schlucke, da ich die unterkühlte Begrüßung seltsam finde. Aber Nia lässt mir keine Zeit und schiebt mich zur Theke, um unser Frühstück zu ordern.

»Was ist mit ihr? Ist sie immer so ... so ... so abweisend?«, frage ich Nia flüsternd, als wir in der Schlange anstehen. Vielleicht habe ich ja auch etwas falsch gemacht?

»Paulina ist Mutistin.«

Fragend ziehe ich die Stirn kraus. Mutistin? Was soll das sein?

»Sie hat Mutismus – Angst davor mit fremden Menschen zu sprechen.«

Ich schaue sie verwirrt an, da ich noch nie von dieser Krankheit gehört habe.

»Lass ihr einfach Zeit. Irgendwann, wenn sie dich besser kennt und dir vertraut, blubbern die lustigsten Sachen über ihre Lippen. Sie hat einen total feinen Humor und eine extrem tolle Fantasie. Sie ist im Textzug und hat schon ein Fantasie-Epos geschrieben. Das musst du unbedingt einmal lesen, wenn sie dich lässt. Und wenn sie mal voll abwesend wirkt, hat das nichts mit dir zu tun, dann steckt sie in ihrer Geschichte fest und ist einfach tief in ihre ganz eigene Welt abgetaucht.«

Nia versichert sich mit einem Blick, ob ich die Kurzzusammenfassung über Paulinas Wesen verstanden habe. Doch wie soll man einen Menschen in drei Sätzen erfassen? Sicher ist ihre Persönlichkeit viel vielschichtiger als diese Beschreibung, die mir nur einen kurzen Einblick geben kann, eine Idee davon, wer an unserem Tisch sitzt.

»Warum sind alle so aufgeregt?«, frage ich, während wir die Tabletts auf den Tisch stellen und uns gegenüber von Lee und Paulina setzen. Die Stimmung ist heute anders, aufgedrehter als die letzten Tage.

»Die Mentoren kommen«, flüstert jemand mit Grabesstimme und im ersten Moment verstehe ich *Dementoren kommen* und schaue mich unwillkürlich nach den schwarzen schemenhaften Todbringern aus Harry Potter um. Erst als ich checke, dass ich mich verhört habe, mache ich mich auf die Suche nach dem Erzeuger dieser Silben. Da Lee und Nia wieder kichern wie siamesische Zwillinge, liegt die Vermutung nahe, dass Paulina gesprochen hat. Vielleicht ist sie ja tatsächlich ganz lustig, und wenn sie ihre erste Scheu abgelegt hat, kann sie eine gute Freundin werden – jemand, mit dem man gut über Bücher reden kann.

»Die Promi-Dichte ist auf der Akademie nie so hoch wie an dem Tag, an dem die Neuen ihre Mentoren zugeteilt bekommen«, klärt mich Lee auf. »Ich bin schon so gespannt, wen sie für dich gefunden haben.« Lees blaue Augen leuchten. Ob sie von irgendwelchen Berühmtheiten träumt? Von smarten jungen Kerlen, die ihr Herz zum Schmelzen bringen? Die Enttäuschung ist vorprogrammiert, denn in der Klassik tummeln sich vorrangig Silberschweife und Langweiler. Ich hoffe, mein Mentor hat keinen Stock im Arsch, wie es die Mitglieder der Prüfungskommissionen der meisten Konservatorien und Musikhochschulen hatten.

»Wer ist denn dein Mentor?«, frage ich, um die Unterhaltung weiter am Laufen zu halten. Noch immer blickt Lee in eine weite Ferne und grinst selig vor sich hin. Doch schlagartig landet sie wieder in der Realität und verdreht die Augen.

»Ach der ... Das ist so ein Kauz. Manchmal denke ich, er ist selbst aus Stein.« Missmutig beißt sie in ihr mit Orangenmarmelade beschmiertes Vollkornbrot und zieht die Augenbrauen zusammen.

»Max Bergmann, Bildhauer«, souffliert Nia leise, die offensichtlich gesehen hat, dass ich nur Bahnhof verstehe. Ich weiß, dass Lee im Kunstzug ist und sie gerne die unterschiedlichsten Materialien bearbeitet. Stein, Holz und Metall. Unter Bildhauerei kann ich mir herzlich wenig vorstellen.

»Spannend«, unke ich und halte mich an meiner Tasse heißen Kaffees fest. *Kaffee* – kommt es mir wie ein Blitz in den Kopf geschossen. *Streng genommen hat Vincent neulich sein Versprechen nicht eingelöst.* Schließlich habe ich Wasser getrunken. Ob ich ihm das schreiben sollte? Wo er wohl gerade ist? In den letzten Tagen habe ich oft nach ihm Ausschau gehalten. Vergeblich. Es ist, als sei er vom Erdboden verschluckt worden.

Er hatte mich zwar vorgewarnt, dass er viel unterwegs sein würde. Dennoch hatte ich gehofft, dass er mir zumindest zu Beginn meines Studiums den Rücken stärken könnte.

Seine Mobilnummer habe ich tausendfach angeschaut. So oft, dass ich sie inzwischen auswendig kann. Aber immer wenn ich überlegt habe, Vincent eine kurze Nachricht zu schicken, habe ich die Idee letztlich verworfen. Nias Worte hallten zu deutlich in meinem Kopf. *Du bist verknallt!* Nein, das stimmt nicht. Und ich werde auch ganz sicher nicht das nächste Opfer sein, das auf ihn hereinfällt.

Während des Frühstücks unterhalten wir uns über mögliche Mentoren, über die im ganzen Frühstücksraum wild spekuliert wird. Es sind waschechte Rockstars im Gespräch für die Sänger, berühmte Tänzer, Schauspieler, Fotografen und eine Handvoll Maler, von denen ich noch nie etwas gehört habe. Im Grundstudium sind wir rund zwanzig Talents, die in die unterschiedlichsten Züge eingeteilt wurden. Wobei das im ersten Jahr kaum von Bedeutung ist, da wir alle Fachrichtungen kennenlernen. Für mich steht also neben Tanzen, Schauspielern und Fotografieren auch Malen, Schreiben und Singen auf dem Plan. Dinge, von denen ich keine Ahnung habe und in denen ich nur versagen kann.

»Fertig?«, vergewissert sich meine Patin und steht schon vom Tisch auf, während ich mir den letzten Bissen in den Mund schiebe und ihn mit einem letzten Schluck inzwischen kaltem Kaffee hinunterspüle. »Bis später, Mädels.«

Lee wirft Luftküsse in die Runde und bedeutet mir, dass ich ihr folgen soll. Nachdem wir unsere Tabletts in die Geschirrwägen verräumt haben, trotten wir im Strom der Studenten nach draußen und versammeln uns mit den anderen Neuankömmlingen und ihren Paten im prunkvollen Marmor-Saal. An die pompöse Schönheit dieses Raumes werde ich mich wohl nie gewöhnen. In mir schwirren so viele Töne umher, dass es sich fast anhört, als würde ein Orchester seine Instrumente stimmen. Ich versuche mich zu konzentrieren, aber Lees Nervosität schwappt auf mich über.

Inzwischen weiß ich, dass die Mentoren eine große Rolle spielen und maßgeblich für die Ausbildung der Studenten verantwortlich sind. Der Mentor setzt die Akzente, gibt Einblick ins Künstlerleben und arbeitet intensiv daran gemeinsam mit dem Talent einen eigenen, passenden Stil zu entwickeln.

Was, wenn ich jemanden abbekomme, der mit mir herzlich wenig anfangen kann? Zwar werden die Größen der Kunstszene nicht allzu viel Zeit hier auf der Hochschule verbringen. Aber der Kontakt wird via Videokonferenzen recht intensiv sein und mit etwas Glück laden die Mentoren ihre Talents auch ein. Einige Studenten durften ihre Mentoren schon auf Tournee begleiten, andere besuchten die Künstler im Studio. Oder verbrachten einfach Zeit mit ihren Mentoren in deren Zuhause. Da wünscht man sich doch einen Menschen, mit dem man gut kann. Mir graut schon vor so einer grauen Eminenz, wie ich sie im Laufe meiner Musikkarriere schon zu oft angetroffen habe.

Als Erstes betritt Frau Haaf den Raum. In ihrem mausgrauen Kostüm schreitet sie strammen Schrittes zum Stehpult. Die Absätze ihrer hochhackigen Schuhe klackern laut auf dem Echtholzparkett. Das Gemurmel verstummt und die Anspannung ist schier greifbar. Die Absätze ihrer hochhackigen Schuhe klackern laut auf dem Echtholzparkett. Ich schaue mich um. Niemand folgt ihr, nirgends sehe ich prominente Menschen.

»Vergiss es!«, zischt Lee, die offensichtlich genau weiß, wonach ich Ausschau halte. »Die provozieren hier doch keine Massenhysterie, indem sie hier zwanzig Promis mit ein paar Dutzend Studenten in einen Raum pferchen. Du wirst aufgerufen und dann bringe ich dich zu dem Raum, in dem dein Mentor auf dich wartet.«

Frau Haaf erzählt indes davon, wie förderlich die Kooperationen zwischen den Künstlern, die es bereits geschafft haben, und dem Nachwuchs sind. Dass die Grundidee der Akademie darauf beruht voneinander zu lernen. Wie bereichernd es auch für die angesehenen Künstler sein kann mit Studenten zu arbeiten, halte ich persönlich zwar für übertrieben, aber sie scheint davon überzeugt zu sein.

Dann endlich werden die Namen aufgerufen. Ich gebe vor die Ruhe selbst zu sein, rede mir ein, dass es schon nicht so schlimm werden wird. Gespielt gelangweilt schaue ich auf meine Hände und erst als Lee mich anrempelt, dringt zu mir durch, dass ich an der Reihe bin. Meine Patin führt mich aus dem Saal, lotst mich durch das Gewirr an Fluren und dann stehen wir vor einer Holztür, die vom Kreuzgang abgeht. Sie lässt mir keine Zeit für Panik. Auch nicht für all die Fragen, die in meinem Kopf herumwirbeln.

Wie läuft das jetzt alles ab? Soll ich meine Geige holen? Was wird von mir erwartet? Wie soll ich ihn begrüßen? Was, wenn er und ich uns gar nicht verstehen? Wer ist es überhaupt? Hätte ich mich hübsch machen sollen? Was, wenn er mich seltsam findet? Unwillkürlich schaue ich an meinen Alltagsklamotten runter. Schlicht, unscheinbar und schwarz.

Lee drückt die Klinke und öffnet schwungvoll die Tür. Meine laut kreischenden Gedanken scheint sie nicht gehört zu haben und so schiebt sie mich energisch in den kleinen Raum.

Am Fenster erspähe ich eine zierliche Frau, die uns den Rücken zugewandt hat. Sie trägt eine lockere Jeans, die an den Beinen hochgekrempelt ist und einen schwarzen Hoodie. Ihre dunklen Haare hat sie zu einem unordentlichen Dutt am Oberkopf zusammengebunden.

Unwillkürlich schaue ich mich um, auf der Suche nach meinem Mentor. Doch als sich die Frau umdreht, wird mir schlagartig bewusst, dass ich sie bereits gefunden habe. Cindy Abebe ist keine Geigerin aus dem Bilderbuch. Mit ihrer cappuccinobraunen Haut, ihrem Nasenring und den Tattoos an den Armen fällt sie sogar ziemlich aus dem Raster. Aber keine andere Geigerin entlockt meinem Lieblingsinstrument virtuoser die Töne. Soweit ich weiß, steht sie sogar im Guinnessbuch der Rekorde, weil sie ein Stück schneller als jeder andere Mensch auf der Welt gespielt hat.

»Oh, hallo«, sagt sie überrascht, als sie Lee und mich sieht. Ihre Stimme klingt kraftvoll. »Wer von euch ist denn Antonia?«

Mit einem breiten Grinsen und Leuchten in den Augen deutet Lee auf mich. Ob sie die Stargeigerin kennt, die als *Rockstar der Klassik* bezeichnet wird?

»Du bist also mein Talent«, schnurrt die Schönheit und bewegt sich auf ihren weißen stylischen Sneakers auf uns zu. Ich nicke, trete einen Schritt vor und strecke meine Hand aus.

»Antonia. Aber alle nennen mich Toni. Ich freue mich, Sie –«

»Schnickschnack. Mit so einem Käse fangen wir gar nicht erst an.«

Ich ziehe scharf die Luft ein und weiche unwillkürlich einen Schritt zurück. Doch meine Mentorin ist schneller und schlingt schon die Arme um meinen Nacken, um mich in eine Umarmung zu ziehen. »Ich bin Cindy. Und wenn du mich noch mal siezt, dann fresse ich dich!«

Ihr Lachen ist kehlig, nimmt mir aber ein bisschen die Anspannung, die ich schon den ganzen Tag verspüre und einfach nicht loskriege.

»Okay«, murmle ich, als sie mich aus der Begrüßung entlässt, und ringe mir ein schüchternes Lächeln ab.

»Braucht ihr noch etwas, sonst würde ich verschwinden«, fragt Lee unentschlossen nach. Ihre Augen mustern meine Mentorin noch immer interessiert und ich wüsste zu gerne, was sie denkt. Das werde ich sie nachher ganz sicher fragen.

»Toni und ich werden miteinander klarkommen.« Cindy schenkt meiner Patin ein verbindliches Lächeln und wartet darauf, dass sie geht.

»Brauche ich meine Geige?«, frage ich zaghaft. Bevor sich Lee aus dem Staub macht und ich den Schlaftrakt niemals wieder finde, nutze ich lieber die Chance.

»Keine Ahnung. Es ist deine Zeit – was möchtest du denn machen? Wir könnten auch einfach rausgehen, uns in die Sonne setzen und ein bisschen quatschen. Was hältst du davon?«

Ich nicke. Dabei wäre es mir fast lieber ihr etwas vorzuspielen. Die Gefahr, da etwas falsch zu machen, ist deutlich geringer. Zumindest für mich.

»Also Toni, wo geht es nach draußen? Und wo finden wir eine kleine Lichtung, auf der wir die ersten Frühlingsstrahlen genießen können?« Cindy hakt sich schon bei mir unter und zieht mich nach draußen. Mir wird heiß und kalt und völlig überfordert stolpere ich ihr hinterher. Hoffentlich finden wir jemals den Weg zurück zum Kloster, wenn wir jetzt in den Wald laufen.

»Wir könnten in den Klostergarten gehen«, schlage ich daher vor und entlocke Cindy ein zustimmendes Jauchzen.

Mir fällt auf, dass die kleine Lady neben mir mehr hüpft, als dass sie läuft. Ihre Energie ist elektrisierend. Sie springt förmlich auf mich über und vertreibt die Müdigkeit, die ich dank des Frühsports seit Tagen nicht abschütteln kann.

»Erzähl, was hat dich auf die Akademie verschlagen? Was erhoffst du dir? Und was wünschst du dir von mir? Wo sind deine Vorlieben? Bei was kann ich dir helfen?«

Ich lache, weil ich ihr bald schon nicht mehr folgen kann.

»Nicht so schnell«, bitte ich sie schmunzelnd. »Oder willst du, dass mein Kopf explodiert?« Ich hole tief Luft und versuche mich an ihre Fragen zu erinnern. »Also, Vincent hat mich hierhergeholt. Und ich schätze, es waren seine Worte, sein Versprechen, dass ich hier sein kann, wie ich bin. Ich meine, die Akademie gilt als Talentschmiede. Wer will nicht hier hin?« Ich spüre, wie mir die Röte ins Gesicht steigt. Schnell senke ich den Blick. »Argh, und um bei der Wahrheit zu bleiben: Keine andere Hochschule hat mich genommen. Ich hatte also nicht sonderlich viel Auswahl, um meinen Traum zu erfüllen.«

»Dein Traum ... erzähl mir davon.«

Wir schlendern über den Kiesweg, vorbei an akkurat gestutzten Rosenbüschen und Lavendelsträuchern, und setzen uns schließlich auf eine Bank nahe dem Kräutergarten. Ein kleiner Brunnen plätschert in der Nähe. Das Geräusch des Wassers vermischt sich mit dem sonoren Brummen, das sich in den letzten Minuten in mir ausgebreitet hat und in Dauerschleife in meinem Kopf hallt. Ich schlucke, versuche mich zu konzentrieren und atme schließlich ein.

»Ich will Musik machen.«

»Ach.« Cindy lächelt amüsiert. Sie dreht sich zu mir und überschlägt die Beine zum Schneidersitz. Ihre Haltung ist extrem lässig und so fühle ich mich gleich nicht mehr ganz so, als wäre das ein Gespräch zwischen Lehrer und Schüler.

»Na ja, mein Leben lang habe ich davon geträumt in einem Orchester Geige zu spielen. Das macht man doch so, oder? Wenn man Geigerin wird, dann spielt man in einem Orchester.«

Ich hebe meinen Blick und schaue in Cindys Gesicht, in dem ein schiefes Lächeln sitzt. Sie zuckt mit den Schultern.

»Macht man das so? Ich habe keine Ahnung. Für gewöhnlich schere ich mich nicht darum, was andere machen. Oder denken. Oder meinen, was man tun müsste.«

Ich seufze. »Mir fällt das schwer einfach meinen Weg zu gehen. Und nicht nach links und rechts zu schauen. Mein Leben lang haben mich alle behandelt, als wäre ich nicht richtig. Als würde ich durch das Raster fallen – und glaub mir, niemand fand das besonders toll. Im Gegenteil. Die meisten hatten regelrecht Angst vor mir und haben mich als Freak abgestempelt.« Ich erschaudere bei der Erinnerung an meine Schulzeit. Da gab es die eine oder andere Begebenheit, von der ich nicht einmal erzählen möchte.

»Einen Weg muss man nicht kennen, um ihn zu gehen. Die Hauptsache ist, dass du losläufst, dass du dir die Chance gibst dich zu bewegen. Die Richtung ändern kannst du immer, wenn es dich woanders hinzieht.«

Ich nicke.

Nach einer Weile platzt es aus mir raus.

»Die Haaf ist der Ansicht, dass ich fürs Orchester nicht tauge.«

»Die Haaf?« Cindy zieht amüsiert ihre Augenbrauen hoch. »Wenn das Orchester dein Traum ist, dann können wir gemeinsam daran arbeiten, dass du ihn leben kannst. Aber vielleicht gibt es ja einen anderen Platz, für den du bestimmt bist. Einen, von dem du dir nicht einmal erlaubst zu träumen.«

KAPITEL 9

Falsche Erwartungen

Vincent

Keuchend komme ich vor dem Hotel zum Stehen. Die Hände auf die Knie gestützt ringe ich nach Atem. Meine Lungen brennen, dabei bin ich gar nicht einmal schlecht trainiert. Nur das mit den Bergen ist neu für mich, die Höhenluft.

Oft bin ich im Flachland unterwegs, doch jetzt hat es mich nach Bozen verschlagen – später werde ich ein Tanzfestival besuchen und hoffe darauf, neue Talents für die Akademie zu finden. Ich mag die kleineren, unscheinbaren Veranstaltungen, auf denen man nicht die üblichen Klone sichtet. Nicht diejenigen, die schon einen langen, von Kindheit an perfektionierten Weg hinter sich haben und auf Leistung getrimmt wurden. Mir geht es um Leidenschaft. Um Kreativität. Um den Mut anders zu sein. Nicht um eine perfekte Technik – die kann man lernen. Talent muss man allerdings mitbringen.

Im Hotelzimmer angekommen reiße ich die Fenster auf, um die kühle Morgenluft hereinzulassen. Ich genieße den Ausblick auf die Berge, die die Stadt umgeben. Sie sind so ursprünglich, so massiv und unverrückbar, dass mich ihre Größe irrsinnig beeindruckt.

Ich schalte das Radio an und werfe, bevor ich unter die Dusche gehe, noch einen Blick auf mein Handy. Tatsächlich habe ich eine Nachricht von Melissa. Ungelesen klicke ich sie weg und lege das Smartphone zurück auf den Nachttisch. Das Mädchen geht mir gehörig auf die Nerven und das ist einer der Gründe, warum ich meine Nummer nicht gerne rausgebe. Wäre sie nicht Eleonoras Nichte, hätte ich ihr schon längst eine Abfuhr erteilt, die eindeutiger nicht sein könnte. Aber mein Vater hat mich eindringlich gebeten nett zu dem Gör zu sein. Nett – der kleine Bruder von Scheiße. Krieg ich hin.

Nach der Dusche schlüpfe ich in meine Jeans und mein T-Shirt. Hier in den Bergen ist es noch recht frisch, doch ich kann den Frühling schon riechen. Die Apfelbäume blühen und versprühen einen einzigartigen Duft. Ich beschließe, durch die Straßen zu laufen und die Atmosphäre dieser Bergmetropole voll in mich aufzunehmen. Auf dem Weg genehmige ich mir noch einen Kaffee und ein Brötchen auf die Hand. Da ich auf meinen Reisen durch ganz Europa meistens alleine unterwegs bin, habe ich mir angewöhnt auf das Frühstück in den Hotels zu verzichten. Alleine zu essen ödet mich an. Und so habe ich auch die Chance die regionalen Köstlichkeiten kennenzulernen.

Als ich meinen Kaffee geleert habe, checke ich auf dem Smartphone noch einmal, ob ich auf dem richtigen Weg zum Südtiroler Kulturinstitut bin. Doch ein eingehender Anruf vereitelt mein Vorhaben. Mein Vater verlangt nach mir. Ich stöhne auf, denn seit ich mit dem Klavierspielen aufgehört habe, meint er sich ständig und immer nach meinem Befinden erkundigen zu müssen.

»Hey Dad«, begrüße ich ihn widerwillig und lasse mich auf einer Bank nieder, von der aus man auf einen Brunnen schauen kann, auf dessen Rand eine Horde Wasser kotzender Frösche sitzt.

»Vincent. Wie läuft's?«

»Keine Ahnung, das Festival hat noch nicht begonnen«, gebe ich lustlos Auskunft. Langsam sollte er wissen, dass solche Veranstaltungen erst spät am Vormittag starten und gerne bis tief in die Nacht gehen. »Ich gebe dir Bescheid, wenn jemand mit Potenzial dabei ist.« *So, wie ich es immer tue,* setze ich in Gedanken nach. Keine Ahnung warum, aber seine Kontrollanrufe nerven.

»Gut. Gut. Hast du schon jemanden im Auge?« Es ist üblich, dass wir die potenziellen Kandidaten über eine längere Zeit beobachten. Deshalb gibt es auch keine Bewerbungsphase auf der AcA, während der Studenten vorspielen oder vortanzen. Wir suchen uns die Talents aus und gehen direkt auf sie zu, um sie für unsere Hochschule zu begeistern. So Schnellschüsse wie kürzlich bei Toni sind eher die Ausnahme. Die Gefahr, dass sich eine andere Schule dieses Talent krallt, war allerdings zu hoch.

»Nein, ich lasse mich einfach treiben«, gebe ich ehrlich zu. Es kann auch sein, dass ich erfolglos abreise, aber das nehme ich in Kauf. Klasse ist wichtiger als Masse. Deshalb haben wir auch immer nur rund zwei Dutzend Studenten pro Semester. Und selbst davon schaffen es nicht alle bis zum Abschluss.

»Mach ein paar Videos und schick sie Lucinda, wenn du jemanden hast, ja?«

»Klar. Was machen die Neuen?« Schon in den ersten Wochen zeigt sich, ob unsere Auswahl klug gewesen ist und die Studenten unseren Anforderungen gerecht werden. Schaffen sie diese Grundausbildung nicht und sperren sich ihre Kreativität auszuleben, war's das. Bislang ist jedes meiner Talents problemlos durch diese Sichtungsphase gekommen und es gab erst später die eine oder andere Schwierigkeit, die so manche Studentin zum Aufgeben bewogen hat. Zugegebenermaßen war ich daran nicht immer ganz unschuldig gewesen.

»Du kennst das. Einige tun sich schwer. Es ist noch zu früh, um Konsequenzen zu ziehen. Aber vielleicht solltest du dich zukünftig doch besser wieder um den Tanzzug kümmern. Dafür scheinst du ein besseres Händchen zu haben.«

Ich schlucke und schüttle verwirrt den Kopf.

»Was?«, hake ich ratlos nach. Was soll das bedeuten? Neben mir hält ein Bus und das Pfeifen der Hydraulik, als sich die Türen öffnen, geht mir mächtig auf die Nerven. Ich stehe auf und laufe auf die andere Seite des Brunnens.

»Dein Talent ... Die Geigerin ...«

»Toni. Ja, was ist mit ihr?« Ich kneife die Augen zu Schlitzen zusammen, presse den Daumen und Zeigefinger meiner freien Hand auf meine Nasenwurzel und versuche mich auf die Worte meines Vaters zu konzentrieren. Der Lärm um mich herum macht es schier unmöglich.

»Nichts, es ist nur ... bislang hält sie sich sehr bedeckt. Vielleicht schlummert da etwas in ihr – etwas, das du in Amsterdam gesehen hast. Ich vertraue auf dein Urteilsvermögen, Junge. Aber vielleicht stehst du im Moment mit der Musik einfach auf Kriegsfuß. Wie dem auch sei, wir arbeiten weiter dran es aus ihr herauszukitzeln. Mach dir keine Gedanken«, versucht mich mein Vater zu beruhigen.

Ich nicke.

»Lass ihr einfach etwas Zeit. Sie wird ihren Weg gehen, davon bin ich überzeugt«, lasse ich ihn wissen. »Ich muss jetzt langsam los. War noch etwas?«

»Wir müssen noch über die Gala reden, aber das können wir auch, wenn du wieder in Lieberose bist.«

Abschiedsfloskeln fliegen durch den Äther und dann lege ich auf.

Um mich wieder hinzusetzen, bin ich zu aufgewühlt, also steuere ich den Weg zum Festival an. Von Tonis Talent bin ich mehr als überzeugt. Amsterdam wollte sie haben. Und die Berliner. Sogar Zürich hatte die Fühler nach ihr ausgestreckt. Es hat mich einige Überzeugungsarbeit und Absprachen gekostet, dass die anderen ihr abgesagt haben. Ich weiß, dass ich damit über ihre Zukunft entschieden habe. Aber an keiner der Hochschulen wäre sie glücklich geworden. In ihr schlummert mehr als ein durchschnittliches Talent, das fürs Orchester gefordert wird. Sie hat das gewisse Etwas, das wir suchen, da bin ich mir sicher.

Manche brauchen eben etwas Zeit und für gewöhnlich geben wir diese unseren Talents auch. Was sollte also Vaters Unterton? Traut er mir tatsächlich nicht mehr zu, dass ich heraushöre, ob jemand besonders ist? Dass ich selbst nicht mehr spiele, heißt doch nicht, dass ich taub bin!

Langsam staut sich Wut in mir auf. Wut, dass mein Vater an mir zweifelt. Das mit dem Klavierspielen klappt vielleicht nicht so, wie ich es mir vorgestellt habe und er es sich gewünscht hat. Aber meine anderen Fähigkeiten zieht diese Blockade doch nicht automatisch in Mitleidenschaft.

Kurz überlege ich und ziehe schließlich wieder das Smartphone aus der Tasche. Ich weiß, dass ich das nicht tun sollte, aber etwas in mir schreit danach es meinem Vater zu zeigen.

Tonis Nummer habe ich offiziell gar nicht, aber sie stand in den Anmeldeunterlagen und so ist sie in meinen Speicher gewandert. Man weiß ja schließlich nie, wann man sein Talent dringend erreichen muss. Wie jetzt zum Beispiel.

Mit geübten Fingern entsperre ich das Smartphone und öffne den Messenger.

Hey, wie läuft es bei dir? Bist du mit deiner Mentorin zufrieden? CU
Vincent

Nachdem ich die Nachricht abgeschickt habe, geht es mir besser. Keine Ahnung, was ich mir davon erwarte. Dass Toni endlich auf Spur läuft, wenn ich mich mehr um sie kümmere? Neulich schon habe ich gespürt, dass sie sich gegen unsere Methoden sperrt. Normalerweise gibt sich diese ablehnende Haltung in den ersten Wochen. Nun, wie es aussieht, kann ich Toni diese Zeit nicht geben. Das muss nun schneller gehen.

Endlich kommt das Gebäude in Sicht, in dem das Tanzfestival stattfindet. Vor den Hallen haben sich schon einige Jugendliche versammelt, stehen in Gruppen zusammen und quatschen. Die Stimmung ist ausgelassen und gut.

Statt mich wie üblich unter die jungen Leute zu mischen, gehe ich schnurstracks ins Innere und frage mich bis zu den Organisatoren durch. Ich habe gute Erfahrungen damit gemacht mich vorzustellen und nicht nur als Besucher mit besonders kritischem Blick aufzufallen. Ich überfliege das Programm. Manche der Coaches kenne ich bereits. Schließlich entscheide ich mich für einen Improvisationskurs bei Malcolm Menner, einem US-amerikanischen Trainer, von dem ich extrem viel halte. Ich habe ihn schon öfter auf Veranstaltungen in ganz Europa gesehen und das eine oder andere Mal mit ihm gequatscht. Vielleicht hat er ja bereits jemanden gesichtet, den ich unter die Lupe nehmen kann.

Ich suche den Kursraum und trete noch vor Beginn der Stunde ein. Malcom und ich begrüßen uns mit Handschlag. Nach ein paar Floskeln erlaubt er mir, dem Kurs beizuwohnen.

Die Tänzer und Tänzerinnen machen sich gerade warm, dehnen sich, lachen und quatschen. Ich lasse meinen Blick über die Anwesenden gleiten, mache mir ein Bild von ihrer Physiognomie, lote aus, wer die körperlichen Voraussetzungen hat, um Profi-Tänzer zu werden. Dabei schaue ich nicht darauf, wer von der Größe und Statur her in ein Ensemble passen würde. Mir geht es um Ästhetik, um muskuläre Feinheiten. Und ganz besonders geht es mir um eine einzigartige Ausstrahlung.

Heute habe ich mich für einen Impro-Kurs entschieden. Improvisation folgt ihren ganz eigenen Regeln. Nichts ist vorgegeben außer der Musik – alles andere kommt von innen heraus. Jede Bewegung existiert nur für den Augenblick, sie ist vergänglich und genau das macht diese Art des Tanzens auch so attraktiv. Es ist keine einstudierte Show, keine technisch perfekte Darbietung. Es ist etwas, das von Herzen kommen muss. Man braucht Gefühle: Liebe, Wut, Hass, Trauer, Glück ... Nirgends sieht man deutlicher, ob es ein Tänzer draufhat. Ob er Talent für die Bewegung hat. Ob er die Musik in all ihren Facetten hört, ob er sie spürt und liebt. Ob er Gefühle transportieren und sichtbar machen kann.

Ich liebe diese Momente, in denen man nicht weiß, was auf einen zukommt. Manchmal endet es in einem großen Durcheinander aus verknäulten Körpern, deren Bewegungen nicht zueinander passen. Aber es gibt auch Stunden, in denen etwas ganz Großartiges passiert. In denen man die absolute Freiheit der Kunst erkennen kann.

Ich lasse mich auf dem Tanzboden nieder, beachte die neugierigen Blicke der Tänzer nicht und ziehe mein Smartphone hervor, um bereit zu sein, falls es Szenen gibt, die ich für Lucinda, die Trainerin für Tanz an der AcA, auf Video festhalten will. Diese Dokumentation der Arbeit erleichtert es den Coaches der AcA darüber zu entscheiden, mit wem sie arbeiten wollen. Wobei es bislang keine Empfehlung meinerseits gab, die mein Vater oder die Kommission abgelehnt hat. Nach dem Telefonat bin ich mir allerdings nicht mehr sicher, ob ich mich weiter darauf verlassen kann.

Als ich das Handy entsperren will, erspähe ich eine Nachricht von Toni. So schnell hatte ich mit keiner Antwort gerechnet. Neugierig klicke ich sie an.

Hey du. Ja, ich quäle mich durch den Frühsport, die Kreativitätstechniken, Improvisationen und Schauspielkurse. Hoffentlich stolpere ich bei all den Sachen nicht über meine eigenen Füße und breche mir etwas. Horror! Und meine Mentorin – wow! Wie hast du es geschafft Cindy Abebe für mich zu verpflichten? Bin schwer beeindruckt. Das Geigespielen fehlt mir. Grüße ins Nirgendwo oder wo auch immer du steckst. Und ich habe immer noch keinen Kaffee bekommen! Toni

Wow, am Handy scheint sie tatsächlich gesprächiger zu sein als in natura. Ich starre mit einem amüsierten Lächeln auf die vielen Buchstaben.

Brauchst du Hilfe?

Ich starre auf die drei Wörter, die ich soeben geschrieben habe. Ich weiß, dass Toni es auch alleine schafft. Dass irgendwann der Knoten platzt, wenn sie denn loslässt und sich traut. Aber in ihrem Kopf scheinen die Schranken fest verankert zu sein. Und ich fürchte, mein Vater wird ihr nicht die Zeit geben, um diese Blockaden selbst einzureißen.

Sag du es mir. Ich habe keine Ahnung, was von mir erwartet wird. Wenn ihr aus mir eine Tänzerin oder Sängerin machen wollt, kommt wohl jede Hilfe zu spät.

Hinter die Nachricht setzt sie einen schief lachenden Smiley, dem Tränen runterfließen. Ich grinse unwillkürlich. Malcolm klatscht laut in die Hände und trommelt damit seine Schüler zusammen. Kurz wohne ich den Aufwärmübungen bei, bevor ich meine Aufmerksamkeit wieder der virtuellen Unterhaltung mit Toni widme.

Vielleicht sollte ich Toni etwas den Druck nehmen. Sicher hat sie das Gefühl überall außerordentlich gut sein zu müssen. Ein Vorhaben, das nur in die Hose gehen kann. Kurzentschlossen schieße ich ein Foto von dem Probenraum und schicke es ihr.

Keine Sorge. Für Tänzernachwuchs ist gesorgt – verbiegen musst du dich nicht.

Wo liegt Tonis Problem? Hat sie so große Angst zu versagen? Warum sperrt sie sich? Bei ihrem Talent hätte sie allen Grund dazu ein überdimensionales Selbstvertrauen zu haben. Weiß sie denn nicht, dass sie etwas Besonderes ist?

»Und jetzt eine Reihe Pirouetten«, höre ich Malcom über den Beat der Aufwärmmusik brüllen. »Und eins, zwei, drei, vier.« Mit den Händen dirigiert er die Tänzer durch den Raum. Ich nicke im Takt, verfolge die kraftvollen und gleichzeitig geschmeidigen Bewegungen der Gruppe. Es ist faszinierend, wie die meisten eine individuell ganz stimmige Variante einer Drehung finden. Manche bauen Sprünge ein, andere machen sich ganz klein. Nur ganz wenige haben ganz offensichtlich eine klassische Ballettausbildung und kreiseln in vollendeter Ballett-Manier durch den Raum.

Wo bist du denn gerade?

Kurz überlege ich, ob ich mich auf den Smalltalk einlassen soll. Ich will nicht, dass sich Toni falsche Hoffnungen macht. Zu plaudern liegt mir nicht. Und nach der letzten Misere mit Coralin möchte ich nicht den nächsten Fehler begehen. Toni hat zu großes Potenzial, als dass ich sie für ein paar amüsante Stunden opfern möchte.

In Bozen auf einem Tanzfestival.

Sollte sich Toni als Nervensäge herausstellen, kann ich den Chat immer noch auf stumm stellen. Ich krame meine Wasserflasche aus dem Rucksack und verfolge das Geschehen im Raum. Malcom arbeitet gerade mit einer kleinen Gruppe und zeigt ihnen unterschiedliche Bewegungen. Die anderen improvisieren zum Percussion-Beat, der in Dauerschleife von den Wänden widerhallt.

Südtirol? Oh, ich vermisse die Berge. Hab viel Spaß – ich muss jetzt zum Schauspielunterricht. Bin gespannt, was da diesmal auf mich zukommt.

Toni schickt einen Affen hinterher, der sich die Hände vor die Augen hält. Ich kann mich noch gut an meine Grundausbildung erinnern. Auch wenn sie sehr anstrengend war und mir viel zu wenig Zeit zum Klavierspielen blieb, habe ich das Jahr sehr genossen. Ich wünsche es Toni, dass sie ihre Augen endlich aufmacht, die Schönheit der verschiedenen Kunst-Arten erkennt und sich dafür öffnet.

Denk dran: Mit einem Lächeln macht es gleich doppelt Spaß!

Es dauert keine zwei Sekunden, da poppt ein Foto im Posteingang auf. Darauf ist Toni mit so einem schiefen, unwilligen Lächeln zu sehen, dass ich laut auflache und mir seltsame Blicke der Tanzschüler einhandle.

Entschuldigend hebe ich eine Hand.

Na, das sieht doch schon mal sehr vielversprechend aus! Hochmotiviert – wie ich es mir von meinen Talents wünsche. Dafür gibt es auch bald den versprochenen Kaffee …

Bevor ich es mir anders überlegen kann, schicke ich die Nachricht los und stecke anschließend das Handy in meine Tasche. Vielleicht ist es gar keine schlechte Idee, Toni ein bisschen Privatunterricht zu geben.

Wie zur Bestätigung nicke ich und stehe schließlich auf. Ich verabschiede mich kurz von Malcolm. Vielleicht werde ich am Nachmittag noch einmal vorbeischauen, aber für den Moment habe ich genug gesehen. Keiner der anwesenden Tänzer hat meine Aufmerksamkeit ausreichend fesseln können. Zugegeben, ich war ziemlich abgelenkt, aber genau das hätte den Unterschied gemacht. Wenn mich das Talent eines Menschen anspringt, vergesse ich selbst die wichtigsten Sachen um mich herum. In diesem Fall galt meine Aufmerksamkeit aber Toni.

KAPITEL 10

Wiedersehen

Toni

Ich. Hasse. Diesen. Wecker! Mit einem lauten Fluchen werfe ich mein Kissen zu Nia.

»Mach dieses verdammte Ding aus!«, fluche ich und vergrabe meine Hände in den Haaren. Warum nur zwingen sie eine Eule dazu eine Lerche zu werden? Das hat doch nichts mit Kreativität zu tun. Aber so rein gar nichts!

Erbarmungslos knipst Nia ihre Nachttischleuchte an und beginnt schon sich zu dehnen. Ich werde nie verstehen, wie man so schnell aus dem Bett hüpfen und sich dann auch noch mit Freude bewegen kann. Ich brauche Stunden dazu und reize jede noch so kleine Millisekunde aus, um noch einmal in den erlösenden, friedlichen Schlaf zu gleiten.

»Aufstehen, du Schlafmütze.« Sie klingt so fröhlich und auch dafür könnte ich sie erwürgen. Gerade hatte ich so einen süßen Traum. Er war nicht sehr konkret – zumindest kann ich mich nicht daran erinnern. Aber ich habe mich gut gefühlt. Unbeschwert und endlich mal nicht traurig. Die Schwermut drückt mir die letzten Tage ganz schön aufs Gemüt und ich bekomme sie einfach nicht abgeschüttelt. Ich bemühe mich, bemühe mich wirklich. Aber egal in welchem Kurs, ich stoße dauernd an meine Grenzen und habe das Gefühl, alle anderen sind besser. Anders zu sein ist kein Problem für mich – das bin ich gewohnt. Aber schlechter zu sein frustriert mich.

Mechanisch klappe ich die Bettdecke zur Seite und ergebe mich meinem Schicksal. Wie in Trance tapse ich in den Waschraum. Inzwischen macht es mir nichts mehr aus mich im Schlafanzug unter die anderen Schülerinnen zu mischen. Notdürftig mache ich mich frisch, kämme meine Haare und binde sie zu einem hohen Pferdeschwanz zusammen. Viel Auswahl bei den Sportklamotten habe ich nicht, deshalb greife ich nach einem schwarzen Ensemble und schlüpfe anschließend in die Sportschuhe.

Die Luft ist kühl und feucht und ich fröstle in meinem dünnen Laufshirt, das die Kälte kaum abhalten kann. Das muss so sein, hat mir Nia schon tausend Mal erklärt. Schließlich bewegt man sich ja. Deshalb spare ich mir jegliches Gemaule und lasse meine Schultern kreisen. Nia plappert mit Lee. Mich und Paulina lassen sie in Ruhe. Sie scheinen verstanden zu haben, dass halb sechs Uhr morgens nicht unsere Zeit ist und wir alles an Energie benötigen, um nicht auf der Stelle wieder einzuschlafen.

Langsam traben wir los, entfernen uns von dem hell beleuchteten Gebäude und steuern auf die Dunkelheit zu. Hier im Osten wird es noch mindestens eine Stunde dauern, bis man die Sonne erahnen kann. Meine Muskeln fühlen sich steif an, aber inzwischen haben sie sich an die Bewegung gewöhnt. Und ich weiß, dass ich spätestens nach drei Kilometern in einen Zustand abdrifte, in dem ich nur noch funktioniere. Dann bewegt sich mein Körper von selbst und ich muss nicht mehr diese unendliche Kraft aufbringen, um einen Fuß vor den anderen zu setzen.

Nias und Lees Unterhaltung rauscht an mir vorbei. Ich halte mich hinter ihnen, laufe neben Paulina, die wie immer schweigt. Ihre Gedanken sind gefangen in ihrem Kopf. Nur zu wenigen Menschen fasst sie so viel Vertrauen, dass sie mit ihnen spricht. Mit Worten. Aber sie weiß sich auch so verdammt gut auszudrücken. Zumindest kann ich inzwischen gut ausmachen, wie es ihr geht, ob sie traurig oder glücklich ist. Ob sie in ihrer aktuellen Geschichte festhängt oder die Gegenwart in all ihren Facetten aufsaugt. Ich mag ihr Lachen und habe das Gefühl, dass sie sich auf der AcA ziemlich wohlfühlt. Dennoch stelle ich es mir schwierig vor im eigenen Kopf gefangen zu sein, unfähig all die Emotionen mit Worten zu teilen.

Du teilst deine Emotionen auch nur in Tönen, schießt es mir durch den Kopf. Und ich erinnere mich daran, dass ich eine absolute Niete im kreativen

Schreiben bin – ganz im Gegensatz zu Paulina, die es durchaus versteht mit Worten umzugehen. Nur eben nicht mit gesprochenen.

»Hey, guten Morgen.« Ich stolpere fast, weil sich meine Gedanken plötzlich so real anhören. Mein Kopf schnellt zur Seite, aus der das Geräusch gekommen ist, und ich brauche einen Moment, um zu realisieren, dass ich nicht halluziniere. Vincent joggt breit grinsend neben mir. Seine braunen Haare hat er unter eine schwarze Cap gezwängt und ich muss zugeben, dass er in seinem Sportoutfit wirklich gut aussieht.

»Vincent«, schnaufe ich erstaunt. »Was machst du denn hier?«

Mein Puls rast – was nicht nur an der verhassten Anstrengung liegt.

»Mal nach dem Rechten sehen.« Er zwinkert mir mit einem süßen Lächeln zu und fast hätte es mich auf die Schnauze gehauen, weil wir in diesem Moment auf einen unebenen Abschnitt unserer Morgenrunde abbiegen.

»Hey, Paulina.«

Meine stumme Begleitung quittiert Vincents Begrüßung mit einem Lächeln.

»Aha«, mache ich und habe keine Ahnung, was ich mit dieser Info anfangen soll. Nach dem Rechten sehen ... Ich trabe weiter und nehme erstaunt wahr, dass Paulina zu Lee und Nia aufschließt und somit Vincent und mich alleine lässt. Wie aufmerksam! Doch ich weiß nicht so genau, ob ich mich darüber freuen soll, denn das macht dieses unverhoffte Aufeinandertreffen noch unrealer.

»Hast du heute Abend schon etwas vor?«

Ich muss mich sehr konzentrieren, damit meine Füße nicht ihren Dienst versagen und einfach stehen bleiben. Vincent – der Sohn des Chefs, mein Scout und der Hauptdarsteller meiner Tagträume – lädt mich ein?

»Ist das ein Date?«, platzt es aus mir heraus. Zum Glück hören sich meine Worte nicht schmachtend, sondern fast schon spöttisch an. Neckend.

Vincent lacht. Es klingt fröhlich, wach – so viel wacher, als ich mich jemals um diese Uhrzeit fühlen werde. Aber dieses Lachen weckt etwas in mir. Mein Herz beginnt schneller zu pochen. Und meine Finger kribbeln ungewohnt.

»Na ja.« Vincent wirkt etwas verlegen, der Blick, den er mir unter dem

Schild seiner Cap zuwirft, ist ziemlich niedlich. »Meine anderen Talents werden auch da sein.«

»Ah, okay«, stammle ich. *Also kein Date. Gut. Gut! Das ist gut, oder?* Ich wollte mich doch ohnehin von Vincent fernhalten. Nicht, dass Nias Prophezeiung doch noch wahr wird und Vincent sich in mein kleines dummes Herz schleicht. Dennoch fühlt es sich nach einem Korb an.

»Und? Hast du Zeit? Wir schauen bei mir zuhause Filme und es wird ein paar Leckereien von Mathilda geben.«

»Klar«, sage ich matt und konzentriere mich darauf nicht allzu enttäuscht zu sein. Vincent lädt seine Talents ein – das ist doch ein Grund zur Freude, oder?

»Mir ist es wichtig, dass ihr euch untereinander kennt. Kontakte kann man nie genug haben. Und später wird euch das weiterhelfen, wenn ihr andere Profis kennt. Besonders über euer Fachgebiet hinaus.« Er klingt schon wieder so geschäftsmäßig, dass ich mich sofort für bescheuert erkläre, weil ich auch nur eine Sekunde überlegt habe, ob mich Vincent daten möchte. »Ich mache das eigentlich immer zum Start des Semesters. Tja, und da du in diesem Sommer mein einziges neues Talent bist, bist du so etwas wie mein Ehrengast.«

»Toll«, presse ich hervor. Sollte ich mich etwa geehrt fühlen? Gerade jetzt fühlt es sich so beliebig an. Eine Ehre, die jedem zuteilwird, der aus Zufall – oder was auch immer Vincent dazu veranlasst uns zu scouten – hier landet.

»Also, um zwanzig Uhr startet die Party. Wenn du magst, komm doch etwas früher, dann können wir uns noch unterhalten, ja?«

Ich nicke, obwohl ich keine sonderlich große Lust verspüre, unter diesen Umständen mehr Zeit als nötig mit Vincent zu verbringen. Ihm geht es ums Geschäft. »Mal sehen«, antworte ich vage.

»Okay, cool. Wir sehen uns, Toni, ja?« Mit diesen Worten zieht er das Tempo an und lässt mich einfach hinter sich. Mit diesen Gedanken, die in meinem Kopf herumwirbeln. Und den Gefühlen, die ich nicht haben will.

***

Auch tagsüber kann ich die Gedanken nicht abschütteln. Ich funktioniere, wie ich es an anderen Tagen auch tue. Aber meine Nervosität steigt, je später es wird. Schließlich mache ich mich nach dem Abendessen auf den Weg, versuche mich daran zu erinnern, welches der Betonklötze Vincents Zuhause ist.

Ich atme tief ein und aus. Vielleicht sollte ich umdrehen. Was mache ich hier? Ich hätte auf Nia hören und einfach in einer Stunde mit ihr hier aufschlagen sollen. Ganz unverfänglich. Ganz so, wie es ein Talent machen würde.

Bevor ich es mir anders überlege, klingle ich an der Tür und streiche noch einmal über meine Haare, die ich heute offen trage. Warum nur bin ich so nervös? Vincent hat unseren Beziehungsstatus mehr als deutlich klargestellt. Er ist mein Scout. Und ich sein Talent. Nicht mehr. Nicht weniger. Und jetzt, jetzt will er sich eben mit mir unterhalten. *Unterhalten. Pfff.*

»Toni.« Vincent steht in Socken vor mir und schaut mich irritiert an.

Habe ich etwa etwas falsch verstanden?

»Hey. Bin ich zu früh?«, hake ich unsicher nach. »Du sagtest, ich soll eher kommen.«

»Ja, klar, komm rein.« Er stößt die Tür auf. »Du kennst dich ja aus. Willst du was trinken?« Vincent begibt sich schon auf den Weg in die Küche. Ich streife meine Schuhe ab und entledige mich meiner Jacke.

»Was hast du denn da?«, rufe ich ihm hinterher und folge ihm in die Küche. Auf der Arbeitsplatte sind unzählige Köstlichkeiten aufgebaut und ich frage mich, wen Vincent alles eingeladen hat. Von diesen Leckereien werden mindestens fünfzig Leute satt.

»Was du magst«, sagt er vielversprechend und öffnet seinen Kühlschrank. »Bier, Wein, Sekt ... Ich könnte dir auch 'nen Cocktail mixen.«

»Das heben wir uns besser für später auf«, murmle ich. »Ich bleib erst mal beim Wasser. Du wolltest mit mir reden?«

Vincent nimmt ein Glas aus dem Schrank und lässt es unter dem Wasserhahn volllaufen. Dankbar, etwas in den Händen zu halten, nehme ich es ihm ab.

»Wollte ich das?«, hakt Vincent erstaunt nach und nimmt sich ein Bier aus dem Kühlschrank. »Komm, wir gehen hoch. Dort ist es gemütlicher.«

Ich folge Vincent auf die Empore und bin sehr gespannt darauf weitere

Räume seines Zuhauses kennenzulernen. Er führt mich in ein geräumiges Zimmer mit einer riesigen Eckcouch, die fast die komplette Fläche einnimmt. An der Wand hängt ein monströser Flatscreen, der fast schon als Kinoleinwand durchgehen würde. Ich schätze, Vincent mag Filme.

Als wäre ich schon tausend Mal hier gewesen, fläzt sich Vincent auf das Sofa, schiebt sich ein Kissen in den Rücken und macht es sich gemütlich.

»Boah, ich bin sowas von am Arsch«, stöhnt Vincent, klemmt sich die Flasche Bier zwischen die Knie und fährt sich mit den Händen übers Gesicht.

»Bist du heute aus Bozen zurückgekommen?«, frage ich höflich nach und setze mich auf die Sofakante. Ich habe keine Ahnung, was das Ganze hier soll. Warum hat mich Vincent hierher bestellt? Sicher nicht, um mit mir über seine Talent-Reisen zu quatschen.

»Letzte Nacht, ja.« Er nimmt einen großen Schluck aus der Flasche und mustert mich dabei.

Irgendwie fühle ich mich unwohl, weiß nicht so recht, was von mir erwartet wird. Will er mit mir über das Studium reden? Ist es bis zu ihm durchgedrungen, dass meine Leistungen unterirdisch sind? Ich versuche in Vincents Gesicht zu lesen, was er denkt, was er von mir hält. Aber ich sehe darin nur ein freundliches Grinsen. Panisch krame ich in meinem Kopf nach einem Thema, das ich anschneiden könnte. Smalltalk fiel mir schon immer schwer. Daran hat sich nichts geändert, obwohl ich das Reden mit Vincent bislang immer als Selbstläufer empfunden habe. Wir verstehen uns, sprechen dieselbe Sprache, lachen über dieselben Dinge. Ich hatte schon in Amsterdam das Gefühl, dass er direkt in meine Seele schauen kann und dass er mehr darin sieht als die meisten anderen Menschen. Dass er *mich* sieht.

»Und? Warst du erfolgreich? Hast du jemanden für die Akademie gefunden?«, purzelt es aus meinem Mund und ich bin froh, dass es eine halbwegs intelligente Frage ist.

»Vielleicht.« Er grinst. »Ich spreche eigentlich nicht so gerne über meinen Job. Das Scouting ... es ist ... lass uns über etwas anderes reden«, schlägt er vor und grinst niedlich. Er setzt sich auf, legt einen Arm auf der Rückenlehne ab und wendet sich mir zu.

»Und über was?«

»Wie geht es dir?«

»Gut!«, sage ich eilig. Vielleicht zu eilig, denn in Vincents Gesicht spiegelt sich Argwohn. Glaubt er mir nicht? »Na ja, es geht mir … okay.«

Ich lache auf und schaue schnell weg. Um diese blöde Situation zu überspielen, trinke ich einen Schluck Wasser.

»Okay ist besser, als ich erwartet habe«, sagt er sanft. Mein Blick schnellt zu ihm und ein leises Lächeln umschmeichelt sein Gesicht. »Sie fehlt dir, oder?«

»Wer?«

Nachsichtig legt Vincent den Kopf schief.

»Die Zeit mit deiner Geige. Willst du jetzt noch etwas spielen? Mein Angebot steht – du darfst die Geige meines Großvaters gerne haben.«

Plötzlich spüre ich dieses unbändige Kribbeln. Fast ist es, als wäre ich auf Entzug und Vincent würde mir meine Lieblings-Droge direkt unter die Nase halten. Ich weiß, ich sollte widerstehen, schließlich ist das Instrument viel zu wertvoll. Aber ich kann nicht. Ich will es so unbedingt. Mein Blick schnellt zur Uhr. Eine Dreiviertelstunde bleibt mir noch. Nicht viel, aber lange genug, um ein paar meiner Lieblingsstücke durchzuspielen.

Also nicke ich begeistert, springe auf und verschütte dabei etwas Wasser.

»Ups, sorry.« Schnell wische ich es weg. Ich kichere, als hätte ich statt Wasser Alkohol getrunken. »Könntest du … na ja: Beeil dich. Okay?«, rufe ich aus.

Jetzt, da die Aussicht darauf, gleich spielen zu können, greifbar ist, gibt es kein Halten mehr. Keine Scham. Ich begleite Vincent sogar in das Zimmer, in dem er die Geige lagert, und nehme sie ihm ehrfürchtig ab.

»Wo das A ist, weißt du noch?«, fragt Vincent mit einem breiten Grinsen und nickt auf den Raum, der sich unter uns auftut.

Kurz überlege ich, ob ich mich dumm stellen soll.

»Es würde schneller gehen, wenn du den Ton anstimmst. Würdest du?«, frage ich und stürme schon aus dem Zimmer, die Treppe nach unten und warte ungeduldig darauf, dass mir Vincent folgt. Doch das tut er nicht. Er bleibt auf der Empore stehen und beobachtet mich wie ein Zuschauer. Die

Arme hat er lässig über das Geländer gelegt und sein Blick verfolgt jede meiner Bewegungen. Plötzlich durchzuckt mich ein Gedanke und ich weiß, dass ich mich weit aus dem Fenster lehne. Vielleicht zu weit. Aber ich befinde mich wie in einem Rausch und kann nicht anders.

Ich zeige Vincent die Geige und den Bogen, die ich inzwischen aus dem Koffer genommen habe.

»Ich spiele für dich. Wenn du mir dieses gottverdammte A anschlägst.«

Herausfordernd funkle ich ihn an, doch er rührt sich nicht. Alles an ihm scheint angespannt zu sein, selbst das sonst so niedliche Lächeln ist ihm auf den Lippen gefroren. Es vergeht eine halbe Ewigkeit, in der die Stimmung zum Zerreißen gespannt ist, während ich die Luft anhalte und fürchte zu weit gegangen zu sein.

Doch dann richtet sich Vincent auf. Unsere Blicke weiter ineinander verhakt läuft er auf die Treppe zu, kommt die Stufen herunter und tritt auf mich zu. Ich bleibe stehen. Ganz still. Einzig mein Herz rast, als wolle es davonlaufen. Habe ich den Bogen überspannt?

Ganz ohne Eile steuert Vincent auf mich zu. Was er wohl gerade denkt? Sein Blick ist verschlossen und ich habe keine Ahnung, ob er im nächsten Moment loslachen oder mich zurechtweisen wird.

Ich suche schon nach einem coolen Spruch, etwas, das diese Stimmung, die bleischwer in der Luft liegt, auflockern kann. Ein paar Worte, die ihn vergessen lassen, dass ich ihn gerade herausgefordert habe. Doch da ist nichts. Zumindest nichts, was ich ihm sagen könnte.

»Ich kann nicht«, kommt er mir zuvor und schaut mich mit zusammengepressten Lippen an. Sein Blick ist fest und doch an Traurigkeit kaum zu übertreffen.

Ich schlucke und merke, dass ich zu weit gegangen bin.

KAPITEL 11

Der erste Ton

Vincent

Nun stehen wir da. In meinem Wohnzimmer hängt eine dröhnende Stille, die sich über uns legt. Ich mustere Toni, erstaunt darüber, dass sie mich tatsächlich erpresst.

Sie scheint selbst etwas überrascht über ihre eigene Courage zu sein, meidet meinen Blick und schleicht im Schneckentempo zum Klavierhocker. Offensichtlich weiß sie selbst nicht, wie sie mit der Situation umgehen soll, in die sie uns gerade eben manövriert hat.

»Du weißt schon, dass das Erpressung ist?«, sage ich möglichst ruhig und lasse mir nicht anmerken, wie sehr es mich stört, dass sie dieses Thema schon wieder anschneidet. Jeder hackt darauf rum, dass ich ein Problem habe. Jeder will mir helfen. Ganz besonders die Mädchen, die glauben mich retten zu können. *Welch romantische Vorstellung*, spucke ich stumm in meinen Gedanken aus.

»Mhm, ich würde es eher eine dringende Bitte nennen.« Vor dem Klavier bleibt sie stehen und klappt den Tastaturdeckel auf. Wieder spüre ich ein Ziehen in meiner Brust. Ich mag es nicht, wenn jemand anders meinen Flügel berührt. Dabei habe ich es ihr sogar erlaubt. Sie setzt sich auf den Hocker und legt die Geige auf ihrem Schoß ab. »Erzähl mir, was passiert ist. Warum hast du Angst vor deinem Instrument? Es tut dir doch nichts.« Als wolle sie ihre Worte unterstreichen, streichelt sie sanft über den schwarzen Lack.

Ich schnaube auf und schüttle den Kopf. Wenn sie wüsste, wie recht sie hat.

Es tut mir nichts – nichts Böses, aber es rührt sich auch nichts in mir, wenn ich darauf spiele. Nichts!

»Es ist nur ein verdammter Ton, Toni. Warum machst du ein Drama draus?«, verteidige ich mich und verschränke die Arme vor meiner Brust. Ich mag es nicht, wenn man mich in eine Ecke drängt. Druck funktioniert bei mir nicht. Davon hatte ich in meinem Leben schon genug. Und wenn ich mit meiner eigenen Diagnose richtigliege, hat er alles kaputtgemacht. Träume zerplatzen eben wie eine Seifenblase, wenn man zu fest darauf drückt.

Doch anstatt selbst auf Konfrontation zu gehen, lächelt mich Toni an. Sanft, fast schon zärtlich. Es ist, als wolle sie mir sagen, dass sie mich versteht. Und vielleicht ist sie damit der einzige Mensch, der den Sturm sieht, der in mir tobt. Ich weiß nicht genau, wie sie es macht, aber ich entspanne mich. Plötzlich stehe ich vor ihr, schutzlos und mit einem Gefühl in der Brust, das sich ganz fern anfühlt, so als hätte ich es vor einer halben Ewigkeit bereits schon einmal gefühlt.

»Es ist so viel mehr als nur ein Ton, Vincent. Du weißt das. Komm«, flüstert sie. »Wir schaffen das zusammen.«

Ihre Einladung klingt verführerisch. Ich will es so sehr, dass es wehtut. Und doch stehe ich mir selbst im Weg. »Komm!«, lockt sie mich erneut und schenkt mir ein Lächeln. Ein Lächeln, das so warm und herzlich ist, dass ich meine Angst für einen winzigen Moment beiseiteschieben kann.

Mein Herz hämmert gegen meine Brust, als ich mich neben sie setze. Der Hocker ist viel zu klein für zwei Personen. Eigentlich. Doch Tonis Nähe ist tröstend, sie ist motivierend und elektrisierend. Als wüsste sie nicht so recht, was sie mit der Geige anfangen soll, springt sie auf, um sie mitsamt dem Bogen in den Geigenkasten zurückzulegen. Dann gibt es nur noch Toni, das Klavier und mich.

Ich überlasse Toni das Kommando, versuche weiter ruhig zu atmen. Mein Blick ist auf die schwarzen und weißen Tasten geheftet.

»Okay«, murmelt Toni und atmet tief aus, als müsste sie sich Mut zusprechen. Dabei bin ich es doch, der diese Tasten nicht berühren kann.

Kurz zucke ich zusammen, als ich Tonis Finger auf meiner Hand spüre.

Erschrocken schnellt mein Blick zu ihr, da die Berührung so unvermittelt kommt, so unverhofft. Einer ihrer Mundwinkel zuckt entschuldigend, dennoch hebt sie meine Hand ein paar Zentimeter an und schiebt ihre Finger darunter.

Tonis feingliedrige Hand verschwindet unter meiner. Sie fühlt sich kühl an, so viel kühler als meine überhitzte Haut. Es ist ein schönes Gefühl sie zu berühren und fast übertönt die Aufregung dieser plötzlichen Nähe all die anderen Emotionen, die in mir brodeln. Ich konzentriere mich darauf, schiebe alles andere beiseite.

Wie sehr sie mir vertrauen muss, dass ich ihr kostbarstes Gut – ihre schutzlosen Finger – einfach so berühren darf.

Vertrauen, durchzuckt es mich plötzlich. Vielleicht ist es genau das, was mich mit Toni verbindet. Auch ich vertraue ihr und begleitet von einem heftigen Pochen meines Herzens gebe ich mir einen Ruck. Ich springe. Nur einen winzigen Millimeter, aber es ist die richtige Richtung. Hinaus aus meiner selbst gewählten Blockade.

Langsam dirigiert sie das Tandem unserer Hände in Richtung der Tasten.

»Bereit?«, fragt sie sanft. Ihr Blick ist so aufmunternd, dass mir gar nichts anderes übrigbleibt, als zu nicken. Ich schlucke, schlucke diesen bitteren Geschmack hinunter. Es ist nichts dabei, rede ich mir immer und immer wieder ein. Dann liegt ihre Hand auf den Tasten – meine darauf. Ich habe keinen Kontakt zu dem Instrument, berühre es nicht. Nicht direkt. Dennoch hämmert mein Herz so laut. So unendlich laut. Und bevor ich einen Rückzieher machen kann, übe ich einen ganz sanften Druck auf einen ihrer Finger aus und der Ton, den diese Bewegung erzeugt, hallt wie ein Donnerschlag in meinem Haus wider.

Es ist nicht so, dass in mir ein Feuerwerk an Gefühlen explodiert. Auch kein Jubeln und Jauchzen. Und schon gar kein Drang nun alles beiseitezuschieben und munter auf die Tasten zu hauen, als sei nichts gewesen. Es ist ein leises Gefühl, ein zerbrechliches, das kaum wahrnehmbar ist. Und das ist okay. Es ist da und damit ist so viel mehr erreicht, als ich zu wünschen gewagt habe.

Glücklich strahlt mich Toni an. Fast so, als würde sie sich über meine Fortschritte mehr freuen als ich selbst. Ich presse meine Lippen zusammen und lasse zu, dass meine Mundwinkel ein leises Lächeln andeuten. Nur für den Moment, dann wische ich es weg und stehe auf.

»Du weißt ja jetzt, wo das A ist. Ich bin oben und bereite noch alles vor«, verabschiede ich mich. Meine Stimme fühlt sich rau an und ich räuspere mich, um diese seltsame Stimmung endlich abzuschütteln. Toni nickt verständnisvoll.

»Danke«, murmelt sie. Ich halte kurz inne und nicke zum Zeichen, dass ich verstanden habe. Dann steige ich die Treppen nach oben. Mit einem breiten Grinsen auf den Lippen und einem Gefühl, das ich wie einen Schatz hüte, weil ich es seit Jahren nicht mehr wahrgenommen habe.

***

Ich werde das Gefühl auch dann nicht los, als die anderen Studenten eintreffen und sich nach einem großen Hallo die Bäuche am Buffet vollschlagen. Ich versuche mich abzulenken. Mit Gesprächen und schließlich mit dem obligatorischen Film, den die Studenten aufsaugen, als wären sie am medialen Verhungern.

Immer wieder huscht mein Blick zu jenem Mädchen am anderen Ende des Wohnzimmers, das mir so vertraut ist – und mir gleichzeitig wie ein riesengroßes Rätsel vorkommt. In Tonis Nähe fühlt sich alles so viel einfacher an. Leichter. Bei ihr kann ich sein, wie ich bin. Manchmal eben auch schwach und das ist wirklich erfrischend. Ich brauchte etwas Zeit, um das zu erkennen. Nun weiß ich es.

Ob mir gefällt, dass sie für mich etwas anderes, etwas Besonderes ist, kann ich noch nicht ganz einordnen. Lieber wäre mir, das Ganze auf einer professionellen Ebene zu belassen. Aber das ist leichter gesagt als getan.

Seit der kurzen Geigeneinheit ist dieses irrsinnige Grinsen auf mein Gesicht getackert. Tonis Musik zu hören hat mich mit einer tiefen Zufriedenheit erfüllt. Und auch Toni wirkt ausgeglichener und fröhlicher. Es ist, als sei eine große Last von ihr abgefallen. Vielleicht ist das der Schlüssel. Vielleicht funktioniert sie wirklich und ausschließlich über die Musik.

Gerade liegt sie eng an Nia gekuschelt, wie es Mädchen für gewöhnlich tun. Ich bin froh, dass sich die beiden gut verstehen. Nia ist mir gegenüber immer fair geblieben und ich weiß, dass sie mich schon oft genug vor Lee verteidigt hat. Sie ist besonnen und doch besitzt sie die Fähigkeit, ihre Gedanken mit ihrem Körper und ihren Bewegungen so grazil auszudrücken, dass man einfach nicht wegsehen kann. Neben Toni ist Nia ganz sicher eines meiner erfolgversprechendsten Talents.

»Will noch jemand was zu trinken?«, frage ich in die Runde, da ich mich ohnehin nicht auf den Film konzentrieren kann, und stehe schon, um zu signalisieren, dass ich gerade im Begriff bin nach unten zu gehen. Ich muss dringend auf andere Gedanken kommen. Nicht, dass eines meiner anderen Talents noch checkt, dass ich viel zu oft in Tonis Richtung starre.

»Wenn du noch ein Weizen hast, sag ich nicht nein«, erwidert Darius, ebenfalls ein Tanztalent, das im nächsten Jahr seinen Abschluss machen wird. Derzeit bemühe ich mich, in ein paar Tanztheatern seine Solorolle klarzumachen. Mit seinem Talent hat er gute Chancen auf eine Anstellung in einem renommierten Haus.

»Mit oder ohne?«, hake ich sicherheitshalber nach. Ich weiß, dass die meisten Sportler eigen sind, was Alkohol angeht, und habe immer genügend Alternativen im Haus.

»Ohne natürlich.« Er kann seinen Blick kaum von der Mattscheibe abwenden, auf der ein Actionstreifen flimmert. Ich kann es ihm noch nicht einmal verübeln. Oft genug werden bei den Kinoabenden auf der AcA künstlerisch wertvolle Filme gezeigt. Opernmitschnitte der Metropolitan Opera, Zirkusdarbietungen kreativer Truppen oder experimentelle Kurzfilme, deren Sinn sich mir oft genug nicht erschließt. Ich bin der Meinung, dass man auch mal Pause von der Kunst benötigt. Dass man den Studenten die Gelegenheit geben muss auch mal ganz normal zu sein – obwohl das Wörtchen *normal* hier wohl eher als Schimpfwort gilt.

»Noch jemand?«, hake ich nach und bin schon fast aus der Tür raus, als sich Nia von Toni löst und aufspringt.

»Ich komm mit und hole mir noch ein paar Leckereien von Mathilda.« Der kleine Wirbelwind hüpft mir schon freudestrahlend entgegen und hakt sich bei mir unter. Kichernd zieht sie mich aus dem Zimmer.

»Nicht so eilig, kleine Lady«, weise ich sie sanft zurecht, muss aber selbst lachen. »Schön, dass du Spaß hast.«

»Deine Semesteranfangspartys sind legendär«, sagt sie schulterzuckend und läuft im Eiltempo die Treppe hinunter.

»Sind sie das?« Ein Schmunzeln legt sich auf meine Lippen. Ich halte Nia die Tür zur Küche auf. Sie macht sich sogleich über das Buffet her und stopft sich ein paar Häppchen in den Mund. Das eine oder andere genüssliche Seufzen entschlüpft ihrem Mund. Währenddessen hole ich zwei alkoholfreie Weizen aus dem Kühlschrank und beginne das schmutzige Geschirr zusammenzuräumen. Schließlich kann ich Nia nicht einfach so hier stehenlassen.

Als ich weitestgehend Ordnung geschaffen habe, lehne ich mich an die Arbeitsplatte, öffne mein Bier und beobachte Nia beim Essen. Sie war noch nie eines der Mädchen, die penibel darauf achten, was sie zu sich nehmen. Schließlich treibt sie so viel Sport, dass die Kalorien gar keine Chance haben anzusetzen. Ihre Figur ist perfekt. Und dennoch ist sie einfach nicht mein Typ.

»Im letzten Jahr hast du Coralin abgeschleppt. Wird sich dieses Drama mit Toni wiederholen?«

Ich verschlucke mich an meinem Bier und ziehe scharf die Luft ein. In Nias Stimme schwingt kein Vorwurf mit. Dennoch sind ihre Worte hart und anklagend.

»Ich habe Coralin nicht abgeschleppt!«, stelle ich richtig. Ich weiß, dass mir ihre Freunde nicht glauben. »Bei allem, was ich getan habe, ging es mir immer und ausschließlich um die Academy. Sie hatte Talent – und all meine Bemühungen dieses Talent auch hervor zu kitzeln, hat sie wohl falsch gedeutet. Aber egal, was sie euch auch erzählt hat, da lief nichts. Okay?«

Ich atme tief ein, weil ich selbst merke, wie sehr ich aufgedreht habe. Mich nerven all die Gerüchte, die Falschaussagen. Die Vermutungen und die Tuscheleien hinter vorgehaltener Hand. Coralin zuliebe habe ich es nicht an die große Glocke gehängt, dass sie sich mir regelrecht an den Hals geworfen hat. Ich mochte das Mädchen, so wie ich Nia mag. Wie ich Toni mag. Plötzlich halte ich in meiner Bewegung inne. Toni und Coralin sind so dermaßen verschieden, dass ich die beiden schwerlich vergleichen kann. Verwirrt schüttle ich den Kopf.

»Hey, alles klar bei euch?« Toni steht plötzlich in der Tür, streckt ihren roten Haarschopf in die Küche und deutet auf den Kühlschrank. »Darf ich?«

Ich nicke und nutze die Gelegenheit, einen großen Schluck aus meiner Flasche zu nehmen.

»Klar, bedien dich«, sage ich in möglichst neutralem Tonfall und wende mich wieder Nia zu. Aber jetzt, wo Toni im Raum ist, habe ich keine Lust mehr über Coralin zu reden.

Toni nimmt sich eine Limo aus dem Kühlschrank und als wären wir ein eingespieltes Team, strecke ich schon meine Hand aus, um ihr die Flasche zu öffnen. Als mir bewusst wird, dass ich ihre Bewegungen viel zu offensichtlich und aufmerksam beobachte, wende ich mich schnell ab und schiebe ein paar Blätterteigröllchen auf eine andere Platte.

»Ist der Film schon zu Ende?«, fragt Nia hinter meinem Rücken.

»Nein. Aber das Abgemurkse wird mir gerade etwas zu barbarisch.«

Ich grinse. Kann Toni etwa kein Blut sehen?

»Oh, den Showdown will ich nicht verpassen. Komm mit, Toni, ich halte auch dein Händchen.« Nia kichert. Vielleicht hat sie ein bisschen zu viel getrunken. Wobei ich das Mädchen nur fröhlich und aufgedreht kenne.

»Geh ruhig schon vor«, murmelt Toni und tauscht mit ihrer Freundin vielsagende Blicke.

»Okay. Aber schön anständig bleiben.«

Ich kenne Nia gut genug, um zu wissen, dass sie Toni gerade die Zunge rausstreckt. *Freches Biest.* Ich schmunzle und drehe mich schließlich zu ihr um.

»Verschwinde, Nia.« Mit meinem Küchentuch schlage ich gespielt nach ihr. Erfolglos, weil ich es natürlich nicht darauf anlege sie wirklich zu erwischen. Kichernd rennt sie aus der Küche und lässt Toni und mich mit all den unausgesprochenen und doch so klaren Andeutungen zurück.

»Soll ich dir helfen?«, bietet Toni sogleich an, weil ich nichts Besseres mit mir anzufangen weiß, als das gebrauchte Geschirr in die Spülmaschine zu räumen.

»Das musst du nicht.«

»Weiß ich, aber ich helfe gerne.«

Also nicke ich. Mit geübten Griffen geht sie mir zur Hand. »Geht es dir gut? Ich meine ... na ja, wegen vorhin. Ich hätte dich nicht zwingen sollen Klavier zu spielen.«

Sie hält in ihrer Bewegung inne und schaut mich mit einem Ausdruck, der zwischen zerknirscht und entschuldigend schwankt, an.

»Es ist alles okay, Toni. Mach dir keine Gedanken.«

Was in den Momenten vor der Party in mir vorgegangen ist, kann ich unmöglich in Worte fassen. Ich versuche es daher mit einem beschwichtigenden Lächeln und hoffe, Toni versteht auch so.

»Na ja, vorhin, beim Filmschauen hast du so oft zu mir geschaut und wirktest echt sauer. Ich will nicht, dass es seltsam zwischen uns wird.«

»Sauer?«, hake ich verständnislos nach. »Ich bin nicht sauer, wirklich nicht! Du hast eine Grenze übertreten, das weißt du. Aber sind wir nicht alle aus genau diesem Grund hier? Um unsere Grenzen immer und immer wieder zu verschieben?«

»Unsere eigenen, ja. Aber ich habe nicht das Recht, an deinen zu rütteln«, gibt sie leise zu und wirkt so zerknirscht, dass ich sie am liebsten schütteln würde. Merkt sie denn nicht, wie sehr sie mir hilft?

»Mensch, Toni! Es ist wirklich alles okay. Ich hätte das nicht mit mir machen lassen, wenn ich es nicht gewollt hätte. Also entspann dich und genieße den Abend.«

Meine Hand schnellt zu ihrem Gesicht, will eine verirrte Haarsträhne aus ihrer Stirn streifen, aber im letzten Moment halte ich inne. Die Geste kommt mir viel zu vertraut vor. Zu intim für Scout und Talent, und mir kommen Nias Worte wieder in den Sinn. Ich sollte keine falschen Signale aussenden. Nicht, dass Toni doch wie Coralin ist und das Ende geschrieben ist, bevor es einen Anfang gab. Und so lasse ich meine Hand wieder sinken.

Toni lacht auf, dann schaut sie zu mir hoch und durchbohrt mich mit diesem viel zu intensiven Blick aus ihren grauen Augen.

»Ich soll das Abschlachten von Aliens genießen? Ernsthaft?« Ihre Mundwinkel zucken amüsiert, doch ihr Blick spricht eine andere Sprache. Eine Sprache, die mir gänzlich neu ist und für die ich wohl noch eine Weile brauchen werde, um sie zu verstehen.

KAPITEL 12

Farbkleckse

Toni

Ich tunke den Pinsel in die zähe rote Farbe, die wie Blut daran kleben bleibt. Die Leinwand, an der ich seit gut einer Stunde arbeite, sieht aus wie ein Schlachtfeld. Ich habe keine Ahnung, wie ich da noch etwas retten kann. Bei den anderen abschauen zu wollen habe ich mir abgewöhnt – das frustriert mich zu sehr, weil selbst ich, die von Kunst keine Ahnung hat, den Unterschied sehe.

»Buh«, macht es hinter mir und ich zucke so sehr zusammen, dass ich Farbe auf die Leinwand spritze. Hätte ich ein Kunstwerk vor mir, wäre ich sicher sauer über die Störung. So lache ich nur amüsiert auf und drehe mich um.

»Vincent!«, rufe ich erstaunt aus und frage mich gleichzeitig, ob es mir peinlich sein soll ihm einen Blick auf diese Schmiererei zu gewähren. Andererseits habe ich ohnehin keine andere Wahl.

Nachdenklich betrachtet er das Gemälde, legt seinen Zeigefinger aufs Kinn und zieht die Augenbrauen zusammen.

»Welchen Titel würdest du diesem ...«, er räuspert sich, bemüht ernst zu bleiben. Seine Augen funkeln belustigt. » ... äh, *Kunstwerk* geben?« Sein Blick ist herausfordernd, seine Mundwinkel zucken verräterisch. Offensichtlich amüsiert er sich köstlich über meine Schmiererei. Vielleicht sollte ich beleidigt sein, dass er meine Kunst nicht ernst nimmt. Da ich das allerdings auch nicht tue, beschließe ich einfach das Spiel mitzuspielen und drehe mich wieder der Staffelei zu.

»Ich nenne es *Meuchelei auf dem Maisfeld*«, sage ich überzeugt, da ich über die gelbe Grundierung viel zu viel rote Farbe geschmiert habe. Aber woher soll ich auch mit Acrylfarbe umgehen können? Ich habe das nie gelernt, meine gesamte kreative Kraft habe ich dem Geigespielen gewidmet.

»Interessant«, sagt Vincent und kann sich das Lachen kaum noch verkneifen. Ich kichere, während sein Blick weiter auf der farbigen Leinwand verweilt, die an manchen Stellen so dick beschmiert ist, dass ich Angst habe, die Farbe könnte auf den Boden tropfen.

Plötzlich scheint Vincent eine Eingebung zu haben, läuft davon und kommt mit einer neuen Leinwand zurück. Entschlossen stellt er meine missglückte Arbeit in eine Ecke und befestigt die neue Leinwand auf der Staffelei.

»Ich würde gerne etwas ausprobieren. Vertraust du mir?«

Ich starre Vincent an. Es ist eine einfache Frage, aber keine, die er mir einfach so stellen kann. Nicht, wenn er eine ehrliche Antwort erwartet. Vertrauen ist etwas Wertvolles, etwas Kostbares, das ich nicht jedem entgegenbringe. Etwas, das man sich erst verdienen muss.

Vincents grüne Augen sprühen voller Erwartung und lassen nur eine Antwort zu. Also nicke ich schließlich und nehme erstaunt wahr, dass es sich ganz und gar ehrlich anfühlt.

»Okay«, sagt er zufrieden und kramt in seiner Hosentasche. »Schließ die Augen.«

Fragend ziehe ich die Augenbrauen hoch.

»Vertrauen, Toni!«, erinnert er mich und zerknirscht verziehe ich meinen Mund, tue aber, was mir gesagt wird. Mein Pulsschlag verdreifacht sich, weil ich keine Ahnung habe, was auf mich zukommt.

Vielleicht vertraue ich Vincent. Ganz sicher sogar. Aber es sind noch so viele andere Leute in dem Atelier, in dem wir Kunstunterricht haben. Was, wenn uns jemand beobachtet? Wenn jemand fiese Sachen über mein mangelndes Talent sagt?

Nein! Regel Nummer eins, erinnere ich mich. Sagen würde niemand etwas, aus Angst von der AcA zu fliegen. Aber denken vielleicht. Ich atme tief ein und erinnere mich daran, dass ich das Denken anderer nicht beeinflussen kann. Dass es ganz alleine ihre Sache ist und ich weder etwas dagegen tun kann noch mich darum scheren sollte.

Einer meiner Sinne beraubt zu sein fühlt sich seltsam an. Ich spiele oft mit geschlossenen Augen Geige. Weil ich dann besser höre. Weil ich mehr fühle und mich besser konzentrieren kann. Aber wie soll ich so bitte malen? Blind!

Ich zucke zusammen, als Vincent mein Gesicht berührt und öffne augenblicklich die Augen wieder. Zwischen seinen Fingern hält er einen weißen In-Ear-Ohrstöpsel. Ich halte still, während Vincent meine Haare zur Seite streicht und mir anschließend einen der weißen Stecker ins Ohr friemelt – den anderen steckt er sich selbst ein.

Ich versuche still zu stehen, aber mein gesamter Körper ist durch diese winzige Berührung mit Gänsehaut überzogen. Ich erschaudere und ziehe automatisch die Schultern hoch.

Mit einem Klick startet Vincent die Musik. Zum Takt meines Herzens strömen Töne in mein Ohr, füllen mich aus und endlich werde ich etwas ruhiger. Ich kenne den Song nicht, den Vincent ausgewählt hat, aber er gefällt mir. Es ist ein langsames Stück, die Melodie ist eingängig und doch so besonders, dass ich unwillkürlich genauer hinhöre. Eine Frau singt in einer mir unbekannten Sprache. Aber auch so berührt mich das Stück. Ich spüre die Bedeutung des Songs. Wehmut durchströmt mich und meine Brust wird ganz eng. Die raue Stimme der Sängerin ist so ungewöhnlich, so intensiv, dass es mir unmöglich ist nicht ganz tief abzutauchen. Gebannt lausche ich dem Stück.

»Augen zu«, bittet mich Vincent erneut und tritt näher an mich heran. Ich folge seiner Aufforderung und versuche dabei ruhig zu atmen, etwas, das mir wirklich schwerfällt. Ich spüre ihn ganz nah, sein Oberkörper berührt fast meinen Rücken, seine linke Hand landet auf meiner Taille. Augenblicklich zucke ich zusammen. Dann greift er nach meiner rechten Hand, in der ich noch immer den farbgetränkten Pinsel halte. Zaghaft schiebt er seine Finger zwischen meine, verwebt sie miteinander, bis sie eine Einheit bilden. *Atmen*, denke ich – *ich muss unbedingt weiter atmen* – und halte mich am Takt der Melodie fest.

Fast kann ich Vincents Wange an meiner spüren, als er meine Hand Richtung Leinwand dirigiert, sanft, ohne großen Druck. Er zeigt mir nur, wo ich hin soll, den Rest überlässt er mir.

»Lass einfach los«, murmelt er und summt leise das Lied mit. Erst muss ich kichern und ziehe unwillkürlich meine Schultern hoch, weil seine Nähe so ungewohnt ist. Sie gefällt mir – keine Frage. Aber ist das, was Vincent gerade macht, als mein Scout noch in Ordnung? Sollte er nicht mehr Abstand zu mir halten? Meine Gedanken rasen schon wieder, aber Vincent gibt nicht nach und mit seiner Hilfe landen ein paar Striche auf der Leinwand. Ich spüre sie durch das Kratzen auf dem rauen Untergrund, rieche sie durch den Geruch, den die Farbe verströmt.

Nach und nach entspanne ich mich, schiebe die Gedanken an das, was um uns herum geschieht, weit weg. Ich gebe mich der Stimmung hin und bewege meine Hand im Einklang zur Musik. Immer wieder dirigiert mich Vincent zur Farbe und anschließend zurück zur Leinwand, auf der der Pinsel mal kratzt, mal sanft drüber streift. Ich variiere den Druck, experimentiere mit der Größe meiner Schwünge. Bei manchen habe ich das Gefühl, ich streiche mit dem Bogen über meine Geige. Dann zupfe ich an den Saiten. Irgendwann löst Vincent seine Hand und legt sie auf meine Taille. »Mach weiter«, bittet er sanft.

Ich nicke und traue mich noch immer nicht meine Augen zu öffnen. Bestimmt sieht das Ganze furchtbar aus. Wieder konzentriere ich mich auf die Musik, auf die Basslinie, die im Hintergrund das Fundament für die Melodie bildet. Meine Hand dirigiert die Band, imitiert die Bedeutung der Lyrics. Immer und immer tiefer tauche ich ein in das Lied, das in Dauerschleife auf Vincents Smartphone läuft.

»Nicht schlecht, Toni«, höre ich Eugen, den Kunstlehrer, neben mir. Ich zucke zusammen, lasse den Pinsel sinken und reiße die Augen auf. »Vincent«, begrüßt er meinen Scout, dessen Hände noch immer auf meinen Hüften liegen. Die Musik hallt in meinen Ohren. Jetzt, da ein Fremder in diese kleine Welt getreten ist, kommt es mir unpassend vor, in ihr abzutauchen. Ich ziehe den In-Ear-Kopfhörer aus meinem Ohr und winde mich aus Vincents Berührung. Entschuldigend schaue ich zu meinem Lehrer. Keine Ahnung, ob das, was wir hier gerade abgezogen haben, erlaubt ist.

»Toni funktioniert über die Musik«, sagt Vincent in einem Tonfall, den ich noch nie an ihm gehört habe. Fast schon abgeklärt klingt er, so analytisch, dass er der Situation in keinem Fall gerecht wird. Denn das, was ich gerade erlebt habe, war unglaublich intensiv, fast schon magisch. Und auf eine seltsam unschuldige Art auch recht intim. Wie kann er keine Minute später all das beiseiteschieben und einen auf Oberboss machen? »Vielleicht solltest du dir über deine Lehrmethoden Gedanken machen, wenn du das bis heute noch nicht herausgefunden hast.«

»Im Grundsemester sollen sich die Studenten ausprobieren – ohne dass wir ihnen zu viel vorgeben«, verteidigt sich Eugen Herford, der Vincent durch seine runde Brille fixiert. Seine sonst so entspannten Lippen hat er zu einem Strich zusammengepresst. Keine Frage, es gefällt ihm nicht, dass sich Vincent mit ihm anlegt.

»Falsch. Im Grundsemester sollen sich die Studenten ausprobieren – und mit unserer Hilfe herausfinden, wie sie ihre Kreativität einsetzen können. Sie sollen über sich hinauswachsen und erkennen, welche Talente in ihnen schlummern. Schau dir das an.« Er deutet auf die Leinwand und als ich seinem Finger folge, ziehe ich erstaunt die Luft ein. Das Bild ist gar nicht mal so übel. Weit entfernt von einem Kunstwerk, aber es gefällt mir, denn es spiegelt die Stimmung der Musik wirklich gut wider.

»Wow«, entschlüpft es mir und ich kann gar nicht glauben, dass ich das gemalt haben soll. Gut, mit Vincents Hilfe, aber dennoch war ich daran beteiligt.

»Gib Toni etwas, womit sie arbeiten kann«, sagt Vincent bestimmt und tritt einen Schritt zurück. »Wir sehen uns, Toni.«

Und bevor ich etwas erwidern kann, ist mein Scout auch schon verschwunden. Ungläubig starre ich ihm hinterher.

Er kann mich doch jetzt nicht einfach hier stehen lassen. Nicht nach diesen magischen Momenten, die wir gerade gemeinsam erlebt haben. Nicht mit diesem Chaos in meinem Kopf, das sich niemals ohne seine Hilfe lichten wird.

Doch meine Bitten bleiben ungehört. Den Rest des Vormittags verbringe ich ohne Vincent. Und mit einem flauen Gefühl im Bauch begebe ich mich schließlich in die Mensa.

***

Ich schaufle gerade die superleckeren Pfannkuchen in mich hinein, als eine aufgeregte Lee ihr Tablett neben mir auf den Tisch knallt.

»Mann!«, maule ich, weil sie mich aus meinen Tagträumen gerissen hat. Noch immer bin ich völlig von der Rolle und habe keine Ahnung, wie ich das gerade Erlebte einordnen soll. Ich weiß, ich sollte vorsichtig sein. Aber Vincent macht es mir mit seinen völlig verwirrenden Signalen nicht leicht.

Sie grinst mich erwartungsvoll an, bleibt aber weiter hinter ihrem Stuhl stehen, als benötige sie eine Extraeinladung.

»Was?«, hake ich nach und nehme einen weiteren Bissen.

»Du hattest Besuch in Kunst?«

Genervt verdrehe ich die Augen, kann mir aber ein dümmliches Grinsen nicht verkneifen. Dabei weiß ich ganz genau, was gleich kommen wird.

»Kann schon sein«, murmle ich. »Woher weißt du davon? Das ist gerade einmal ein paar Minuten her.«

Sie hebt die Arme zur Decke, als würde ich einen absoluten Schwachsinn reden. »Mensch Mädel, in der AcA bleibt so etwas ganz gewiss nicht geheim.« Geräuschvoll zieht sie den Stuhl über den Fliesenboden und setzt sich hin. Statt sich ihrem Essen zu widmen, stützt sie die Ellenbogen auf den Tisch und legt den Kopf in ihren Händen ab. »Erzähl. Was läuft da zwischen dir und Vincent? Ich will jedes noch so schmutzige Detail wissen.«

Ich spüre, wie mir bei der Frage die Hitze ins Gesicht schießt. Um Zeit zu gewinnen, schaufle ich mir einen extra großen Bissen in den Mund und kaue ihn ausgiebig.

»Nichts.« Ich finde, ich bin echt überzeugend, denn das ist genau das, was ich selbst glaube. Schließlich hat sie mich nicht danach gefragt, was ich mir wünsche.

»Aha«, macht Lee enttäuscht. »Und was hatte er dann im Atelier zu suchen?«

»Keine Ahnung. Er wollte vielleicht …« Mein Kopf sinkt in den Nacken. »Ich schätze, er wollte meine katastrophalen Kunstergebnisse sehen.« Wieder laufe ich rot an, als ich mich daran erinnere, wie nah er mir war. »Und na ja, er hat mir ein bisschen geholfen.«

»Ein bisschen geholfen?!« Sie zieht die Augenbrauen hoch.

»Warum interessiert dich das überhaupt? Du hast doch ohnehin etwas gegen Vincent. Und deine Warnung habe ich ganz sicher nicht vergessen.«

»Ach Schnickschnack. Ich bin einfach viel zu neugierig. Und wenn es eine neue Romanze auf der Akademie gibt, will ich hautnah dabei sein. Du wirst schon wissen, was du tust. Und wie man sieht, nimmst du meine Ratschläge ohnehin nicht ernst. Da kann ich doch auch gleich mitfiebern, statt mich zu ärgern, oder?«

Ich zucke mit den Schultern. Von solchen Mädchendingen verstehe ich nichts.

In dem Moment kommen Nia und Paulina zu uns an den Tisch und setzen sich. Nias Tablett ist vollgeladen mit Leckereien, die für eine ganze Fußballmannschaft reichen würden. Wie all das Essen in das zierliche Persönchen passen soll, ist mir ein Rätsel.

»Boah, ich hab vielleicht 'nen Kohldampf«, stöhnt Nia und bevor wir auch nur einen guten Appetit wünschen können, nimmt sie den ersten Bissen Pfannkuchen in den Mund. »Mmmmh. Mathilda gehört ein Orden verliehen.«

»Ich kenne da noch jemanden, dem ein Orden verliehen gehört«, säuselt Lee und hat schon Sternchen in den Augen. Ich trete ihr unter dem Tisch gegen das Schienbein. »Vincent hat Toni geholfen.«

Mein Kopf sinkt in den Nacken und ich schüttle ihn unkontrolliert. Auch das noch. Jetzt erzählt meine Freundin auch noch brühwarm den Klatsch und Tratsch weiter. Und das, obwohl ich am Tisch sitze.

»Und? Vincent hilft seinen Talents immer«, antwortet Nia mit vollem Mund.

»Er hat ihr *geholfen*!«, wiederholt Lee fassungslos, als hätte sie Nias Worte gar nicht gehört.

Nia knallt das Besteck auf den Tisch, wischt sich in aller Ruhe den Mund mit ihrer Serviette sauber und schaut Lee herausfordernd an.

»Für dich zum Mitschreiben, Lee: Vincent hilft seinen Talents, weil es ihm um die AcA geht. Bei allem, was er tut, geht es ihm um die AcA. Er ist der Sohn des Gründers, falls du es vergessen haben solltest. Die Idee der Akademie wurde ihm quasi mit der Muttermilch verabreicht. Er lebt die Philosophie bis in den hinterletzten Winkel seiner Seele. Er glaubt daran, dass die Methoden funktionieren. Und wenn es irgendwo hakt, dann nimmt er sich eben der Talents an. Er hilft ihnen ihren Weg zu gehen. Das war bei Coralin so. Das ist bei mir so. Und bei Toni ist das auch nicht anders.«

Ich schlucke und würde mich am liebsten verkriechen. Nias Worte machen Sinn und vielleicht bin ich ja tatsächlich naiv, wenn ich glaube, dass Vincent mehr in mir sieht. Ich will es mir selbst nicht eingestehen, aber tief in mir hoffe ich dennoch, dass ich für Vincent etwas Besonderes bin.

»Mach nicht den gleichen Fehler wie bei Coralin. Setz Toni bitte keine Flausen in den Kopf«, setzt sie deutlich sanfter hinterher und lächelt Lee versöhnlich an.

Dann wendet sich Nia mir zu, greift über den Tisch und nimmt meine Hände in ihre. »Vincent ist wirklich niedlich und seine Bemühungen können zuckersüß sein. Ich weiß das, er hat mir auch schon in schwierigen Zeiten beigestanden. Aber denk bitte immer daran, dass es ihm nur und ausschließlich um die Akademie geht. Immer. Und ganz ohne Ausnahme.« Sie zieht einen Mundwinkel zu einem schiefen Grinsen hoch. Ihre Augen schimmern mitleidig, als stünde auf meiner Stirn bereits geschrieben, was ich für Vincent empfinde. Dabei beginne ich doch selbst erst zu verstehen, dass da Gefühle in mir brodeln, die nur darauf warten an die Oberfläche zu dringen.

Vielleicht sollte ich Nias Warnung ernst nehmen und diese Emotionen gleich im Keim ersticken. Aber vielleicht sollte ich auch einfach nur mir selbst vertrauen und herausfinden, was das zwischen Vincent und mir ist.

KAPITEL 13

Einblicke

Vincent

»Hey Lu, ist mein Vater da?« Ich stütze beide Hände auf dem Schreibtisch der grauhaarigen Sekretärin ab und beuge mich mit einem verschmitzten Lächeln zu ihr. Sie blinzelt mich über ihre randlose Brille hinweg an. Als sie mich erkennt, werden ihre Gesichtszüge augenblicklich weicher und ihre schmalen Lippen verziehen sich zu einem Lächeln. Ludmilla ist eine gute Seele, die meinem Vater seit Beginn der Academy als Vorzimmerdrache dient. Ich habe sie schon erlebt, wie sie Leute abwimmelt, und bin froh, dass sie einen Narren an mir gefressen hat und mir nichts abschlagen kann.

»Oh, ich weiß nicht, ob er gerade Zeit –«

»Ich schau mal nach, ob er mich empfängt. Bleib du ruhig sitzen mit deinem Rücken.« Ich lächle mitfühlend und bewege mich schon in Richtung der massiven Holztür, die ins Büro des Direktors führt. »Hübsche Frisur übrigens. Warst du beim Friseur?«

Ihre Hand ruckt zu ihrem Kopf. Schüchtern lächelnd schiebt sie ihre grauen Haare zurecht.

»Steht dir gut.«

Schon drehe ich mich um und drücke mich durch den Türspalt.

Drinnen brennt Licht, was bedeutet, dass mein alter Herr da sein muss. Er blickt irritiert von seinem Schreibtisch auf und legt den Stift beiseite, als er mich sieht.

»Vincent«, sagt er erstaunt und zwinkert ein paar Mal. Die Lesebrille, die ihn älter wirken lässt, als er ist, zieht er in aller Seelenruhe aus und behält sie zwischen den Fingern. »Was verschafft mir die Ehre?«

Ich hebe die Augenbrauen und schlendere zu seinem Schreibtisch. »Du hattest mich hergebeten, vergessen?«

Der schwere Lederstuhl kratzt über den alten Dielenboden, als ich ihn ein Stück nach hinten schiebe und mich darauf niederlasse. Meine Beine strecke ich weit von mir und seufze genüsslich auf. Endlich sitzen. Die stundenlange Arbeit an den Turntables ist großartig, aber auf Dauer nicht gut für den Rücken.

»Stimmt.« Er kratzt sich an seinem Kinn, öffnet die Schreibtischschublade und holt zwei Cognacschwenker und eine Glasflasche heraus, in der sich eine bernsteinfarbene Flüssigkeit befindet.

In Zeitlupe gießt er einen Daumen breit in ein Glas und hebt fragend den Blick. Kurz überlege ich, hebe dann aber abwehrend die Hand und schüttle den Kopf. Hartes um diese Uhrzeit ist nichts für mich. Ich will nachher noch an neuen Songs arbeiten und in Anbetracht der Konzentration von Energy-Drinks in meinem Blut sollte ich wohl nicht noch Alkohol drauf kippen.

»Also, Vincent. Wie läuft es mit deiner neuen Freundin?« Er steckt den Korken wieder auf die Flasche, verstaut sie in der Schublade und wendet den Blick wieder mir zu. Während er einen genüsslichen Schluck trinkt, fixiert er mich, als wolle er keine meiner Gefühlsregungen verpassen.

»Seit wann interessierst du dich dafür, mit wem ich ausgehe?« Ich habe keinen blassen Schimmer, von wem er spricht. Meine Freiheiten genieße ich in vollen Zügen, aber momentan date ich niemanden. Nicht einmal auf meinen Reisen gönne ich mir etwas Entspannung. Bislang hat mein Vater nie nachgefragt, mit wem ich mich so vergnüge. Warum jetzt?

»Seit du das Wohl deiner kleinen Freundin über das der Akademie stellst.«

Verständnislos schüttle ich den Kopf. »Was?«

»Dein Talent, die Geigerin. Ich dachte ja zuerst, du hättest einfach einmal einen schlechten Tag gehabt und jemand in die AcA geholt, der nicht das Zeug dazu hat. Passiert ja allen Scouts mal. Aber jetzt, nachdem du Eugen –«

»Wow! Stopp!«, unterbreche ich meinen Dad und stehe schon, weil ich unmöglich weiter stillsitzen kann, während diese Vorwürfe auf mich einprasseln.

»Willst du jetzt doch einen Cognac?«, bietet er mit hochgezogenen Augenbrauen an und hält sich sein Glas an die Lippen.

Ich nicke und lasse mich wieder auf den Sitz sinken. Das Glas nehme ich ihm dankbar ab. Der Alkohol brennt in meiner Kehle und ich verziehe unwillkürlich den Mund.

»Okay. Hier geht es ganz offensichtlich um Toni. Dann reden wir über sie. Zum Beispiel darüber, dass bislang keiner deiner ach so tollen Coaches ihr Potenzial erkannt hat.« Ich leere das Glas und knalle es auf den Schreibtisch. Die Flüssigkeit rinnt meine Kehle hinunter und entfacht ein Feuer in meinem Bauch.

»Vielleicht, weil es kein Potenzial gibt, das man entdecken könnte.« Er legt den Kopf schief und fixiert mich. »Vincent. Verrennst du dich da nicht in etwas? Ich glaube dir ja, dass sie vielleicht ganz gut Geigespielen kann. Aber das können viele.«

»Hast du …« Ich raufe mir die Haare und schüttle den Kopf. *Tief durchatmen!* Meinen Vater kann ich nicht überzeugen, wenn ich rasend vor Wut bin. »Schau dir die Bilder an, die Toni heute in Eugens Kurs gemalt hat. Das eine ist absoluter Müll. Würde ich das alleine sehen, müsste ich dir beipflichten. Aber Toni kann es – man muss nur wissen, wie sie funktioniert.«

»Und du weißt das natürlich.«

Ich haue mit der Faust auf den Schreibtisch. Mein Vater zuckt noch nicht einmal zusammen. Mein Ausbruch scheint Bestätigung für seine Vermutung zu sein, Toni wäre einzig aus dem Grund hier, weil mir irgendwelche Gefühle für sie die Sinne vernebelt haben. Aber so ist das nicht.

»Hörst du mir überhaupt zu? Die Idee der *Academy of Arts* ist darauf gegründet, dass Kreativität viele Gesichter hat. Die Menschen, die eine außerordentliche Kreativität besitzen, funktionieren nicht nach Schema F. Damals hast du die AcA genau aus diesem Grund mitgegründet. Weil du Menschen wie Toni, die in keine Schublade passen, helfen wolltest. Menschen, die es an normalen Hochschulen mit ihren Eigenheiten und Begabungen schwer hätten, weil sie nun mal andere Bedürfnisse haben. Bedürfnisse, die wir bedienen können. Niemals wolltest du Menschen beurteilen oder gar bewerten. Wo ist dieser Mann hin? Der Mann, der genau hinsieht und in dem ein Feuer brennt, eines, von dem ich fürchte, dass es in dir schon längst erloschen ist.« Herausfordernd funkle ich ihn an. »Und ausgerechnet du willst mir Vorwürfe machen? Alles, was ich getan habe, habe ich zu hundert Prozent für die Akademie getan. Im guten Glauben einem Menschen dabei zu helfen über sich hinauszuwachsen.«

Mein Vater überlegt. Ich sehe es an der in Falten gelegten Stirn. Zweifel schimmert in seinen Augen. Er ringt mit sich und in diesem Moment weiß ich, dass er meine Widerworte nicht beiseite wischen wird. Diese Runde geht an mich. Als er schließlich nickt, atme ich erleichtert aus.

»Ich rede mit Eugen, dass er seine Unterrichtsmethoden nochmals durchleuchtet, damit so etwas nicht mehr vorkommt. Vielleicht sollte ich mir diese junge Dame tatsächlich einmal selbst anschauen.« Sein Blick durchbohrt mich. »Und du bist sicher, dass da nichts zwischen euch läuft?«

Ich stöhne und schüttle entschlossen Kopf. Warum drängelt er denn nur so? Ihm kann nicht verborgen geblieben sein, dass ich schnellen Abenteuern nicht gerade abgeneigt bin. Schließlich habe ich mir keine sonderlich große Mühe gegeben das zu verheimlichen. Ist er etwa der Meinung, dass ich mit Mitte zwanzig meine Freiheiten zur Genüge ausgekostet habe? Und dass es Zeit wird ihm eine feste Freundin zu präsentieren? Mit Druck wird das ganz sicher nichts.

»Gut. Melissa wäre sonst sicher zu Tode betrübt. Eleonora hat mir erzählt, wie gut ihr euch an der Côte d'Azur verstanden habt.« Er lächelt und da wird mir endlich klar, woher der Gegenwind so plötzlich aufzieht. Die beiden haben uns in Gedanken schon miteinander verkuppelt. Aber das kann er glatt vergessen. Melissa ist der Typ Mädchen, der mich absolut kalt lässt. Sie ist zickig, eingebildet und gefühlskalt. Sie hat nichts, was ich an einem Mädchen schätze. Ihr fehlt das Besondere, das Außergewöhnliche. Aber das werde ich meinem Vater hier und jetzt ganz sicher nicht auf die Nase binden. Jetzt, da er erst mal von Toni abgelassen hat, will ich ihr ihre Chance nicht durch irgendwelche Spielchen im Hintergrund vermiesen. Hier darf sie sein, wie sie ist – das habe ich ihr versprochen. Und meine Versprechen halte ich. Immer!

KAPITEL 14

Probe für den Ernstfall

Toni

»Pass doch auf«, kreischt jemand im Vorbeigehen und schubst mich fast um. Ich greife an meine schmerzende Schulter und starre einem blonden Mädchen mit einem Duo als Gefolgschaft hinterher. Ihre glatt gebügelten Haare wippen zum Takt ihres beschwingten Ganges.

»Hey«, schreie ich hinterher, weil ich es nicht in Ordnung finde sich hier so rabiat durchzuquetschen, obwohl auf dem Weg in den Theaterkurs gar nicht so viel los ist und genügend Platz gewesen wäre, ohne Rempelei an mir vorbei zu kommen.

»Melissa«, stöhnt Paulina. Ich bin immer wieder erstaunt, wenn ich ihre zarte Stimme höre, und schaue sie verwirrt an. Doch das ist schon wieder zu viel Aufmerksamkeit und sie verstummt.

»Das ist unsere Schul-Diva mit Sonderstatus«, spuckt Lee aus und jedem ihrer Worte kann man entnehmen, wie sehr sie das blonde Gift hasst. Heute scheint ein Rückwärtslauf-Tag zu sein. Lee veranstaltet immer so seltsame Sachen, um ihren Blickwinkel zu verändern. Wir sind angehalten jeden Tag etwas völlig Neues zu tun. Ich mache eher so unspektakuläre Sachen wie mir die Fingernägel blau zu lackieren oder auch mal mit dem linken Fuß zuerst aufzustehen. Kleine Dinge, die nicht allzu sehr auffallen. Aber vielleicht hat Lee das längst hinter sich und muss zu gewagteren Sachen greifen. So kann ich zumindest während des Laufens in ihr Gesicht sehen und nehme in ihren Augen ein Blitzen wahr.

»Sonderstatus?«, hake ich nach und laufe mit meinen Freundinnen weiter durch den Kreuzgang zum Theaterraum, der etwas außerhalb des quadratisch angelegten Hauptgebäudes liegt. Ich erschauere, da wir ins Freie treten und heute ein eher grauer kühler Tag ist. Frühling im Osten hat nichts mit den sommerlichen Temperaturen gemein, die ich aus der Toskana Deutschlands gewohnt bin. Kurz korrigiere ich Lees Richtung, da sie sonst gegen eine der Säulen gelaufen wäre.

»Na ja, sie ist in keinem Zug. Böse Zungen behaupten, dass sie kein Talent hat.« Sie schlägt sich die Hand vor den Mund, als wollte sie verhindern, dass noch mehr herauspurzelt.

»Lee!«, weist Nia sie zurecht, die wie aus dem Nichts aufgetaucht ist und etwas mitgenommen aussieht. Eilig fährt sie sich durch die schwarzen kurzen Haare, die gerade wie Igelstacheln von ihrem Kopf abstehen. Sicher kommt sie gerade von ihrem Tanztraining. Wenn wir nicht gerade Pflichtkurse haben, ist sie die meiste Zeit des Tages im Tanzraum anzutreffen und studiert die wildesten Tänze ein. Wie sehr ich sie darum beneide, dass sie jederzeit ihrer Passion nachgehen kann. Während uns Studenten des Erstsemesters untersagt ist, Räume des weitläufigen Areals in unserer Freizeit zu nutzen, steht das den älteren Studenten jederzeit frei. Offensichtlich sollen wir uns ein Jahr lang auf alle Facetten der Kunst konzentrieren und indem uns der Zugang zu geeigneten Probenräumen verwehrt bleibt, soll wohl vermieden werden, dass wir uns zu sehr auf das Talent einschießen, dem wir unser Leben lang schon unzählige Stunden gewidmet haben.

»Melissa hat eben viele Talente.« Sie verdreht die Augen. Dann wendet sie sich an mich. »Sie macht so eine Art Studium Generale auf der AcA. Ihre Tante ist die Haaf.« Das scheint alles zu erklären, jedenfalls führt Nia ihre Erklärung nicht weiter aus. Ich erinnere mich daran, dass Nia und ich schon einmal über das eingebildete Mädchen gesprochen haben. Sympathischer ist sie mir durch den Auftritt gerade nicht geworden.

In den ehemaligen Stallungen ist es kühl. Während der Sommermonate dienen sie den Schauspielkursen als Probe- und Aufführungsraum, da es hier genügend Platz für die fest eingebaute Bühne und die vielen Requisiten gibt. Vielleicht wird es hier in ein paar Wochen ja auch kuschelig, aber bei den jetzigen Temperaturen wünschte ich mir, wir würden weiter in dem beheizten Raum im Kloster proben, in dem während des Winters der Schauspielkurs stattfindet. Ich hätte mir definitiv etwas Wärmeres anziehen sollen. Unwillkürlich ziehe ich die Ärmel über meine Hände und vergrabe die Finger in den Bündchen meines Hoodies.

Cecylia Claire erwartet uns schon und klatscht in die Hände, um alle zusammenzutrommeln. Ihre von dichten Wimpern umrahmten blauen Augen sprühen vor Erwartung. Ich mag ihre euphorische Art. Bislang war sie eine der wenigen Lehrerinnen, die mir von Anfang an das Gefühl gegeben haben, hierher zu gehören. Und das, obwohl mein schauspielerisches Talent ganz sicher nicht hollywoodlike ist.

»Okay! Okayyy!«, verschafft sich Cecylia Gehör. »Schön, dass ihr alle hier seid. Wie ihr vielleicht schon wisst, führen wir zum Ende des Semesters ein Stück auf, in dem alle ihre Fortschritte zeigen können. Aber um das passende Stück auszuwählen und besonders die Neuen unter euch besser kennenzulernen, werden wir in den nächsten Wochen Partnerübungen machen. Das ermöglicht mir eure Fähigkeiten besser einzuschätzen, euch zu fordern, aber auch zu fördern. Heute werden wir uns in Zweiergruppen spiegeln.«

Ein Raunen geht durch die Menge und Nia hakt sich schon bei mir unter. Dankbar lächle ich sie an.

»Und da ich möchte, dass ihr euch auch untereinander besser kennenlernt, werde ich die Paare zusammenstellen.«

Niemand wagt es offen zu protestieren und Cecylias Methoden in Frage zu stellen, aber allen ist anzumerken, dass sie wenig begeistert sind. Cecylias hohe Absätze klappern auf dem Steinboden, als sie durch die Menge läuft.

»Carolina, du bildest ein Tandem mit Vivienne.« Sie tippt im Laufen auf die Schultern der Benannten.

»Louisa, dein Partner wird Vitus sein. Kian, du trainierst mit Francesca.«

Nach und nach verteilt sie Rollen und die Aufgerufenen stellen sich in Paarungen zusammen.

»Lee, heute ist Christine deine Partnerin.«

»Aber Paulina!«, begehrt meine Patin auf und erntet einen erstaunten Blick der Lehrerin. Unsere mutistische Freundin schrumpft einen gefühlten halben Meter in sich zusammen und schüttelt kaum merklich den Kopf.

»Paulina wird sich mit Jeremy ganz prima verstehen.« Sie zwinkert Paulina zu und legt beruhigend eine Hand auf ihre Schulter. Ich weiß, dass Paulina es nicht mag eine Sonderrolle einzunehmen. Alle nehmen Rücksicht auf ihr Problem, aber vielleicht ist es einfach richtig, ihr gar nicht zu viel Aufmerksamkeit zu schenken. Mit gesenktem Blick stellt sich das dunkelblonde Mädchen zu ihrem Sparringpartner.

»Melissa, du wirst mit Antonia zusammenarbeiten.«

Ich schaue mich auf der Suche nach der bemitleidenswerten Kreatur um, als Cecylias Hand auf meiner Schulter landet und mir klar wird, dass ich gemeint bin. *Oh nein! Das kann sie mir unmöglich antun.*

»Da mach ich nicht mit.« Blondie verschränkt die Arme vor der Brust und schaut die Lehrerin herausfordernd an. Diese kneift erstaunt die Augenbrauen zusammen. Sie scheint es nicht gewohnt zu sein so viele Widerworte zu kassieren.

»Und warum nicht, Melissa?« Cecylia bemüht sich um einen freundlichen Tonfall, es ist ihr aber deutlich anzumerken, was sie von Melissas Einwand hält. Und zugegeben, mich würde es tatsächlich auch interessieren, was die Diva gegen mich hat.

»Sicher wird ihr Scout hier auftauchen, um ihren Arsch für ein paar weitere Wochen zu retten. Auf einen flotten Dreier stehe ich aber ehrlich gesagt nicht.«

Herausfordernd reckt sie das Kinn. Ich kann nicht ausmachen, wer genau sich empört, aber es ist deutliches Räuspern und Husten zu vernehmen. Offensichtlich sind einige aufgebracht, dass Melissa gegen Regel Nummer eins verstößt, indem sie so offen mein Talent anzweifelt. Ich dagegen könnte ihr ins Gesicht springen, weil die Eifersucht, dass mich Vincent besucht hat, auf ihre Stirn tätowiert ist.

»Sieh es so, Melissa: Wenn Vincent hier wegen Toni auftaucht, hast du doch auch was davon. Du läufst ihm doch schon seit Ewigkeiten hinterher. Aber an dir scheint er ja kein gesteigertes Interesse zu haben. Deine Chance, dass er dich mal wahrnimmt.« Lee tritt einen Schritt vor und funkelt Melissa herausfordernd an.

Diese schnaubt nur theatralisch.

»Die durchgeknallte Lee. Warum war es mir klar, dass ausgerechnet du dich mit dem neuen Spielzeug vom Baby-Boss gut verstehst?«

Mein Mund klappt auf und ich habe keine Ahnung, wie ich auf diese außerordentlich freche Formulierung reagieren soll.

»Bald hat Vince genug von der roten Zora und widmet sich wieder ernsthafteren Beziehungen.« Sie schmeißt sich eine Strähne ihrer blonden Haare über die Schulter und pfeffert einem Kerl, der dummerweise zu nahe steht, ihre Haarpracht ins Gesicht.

»Schluss jetzt!«, geht Cecylia dazwischen. »Melissa, es bleibt dabei: Du und Antonia, ihr werdet heute zusammen trainieren.«

Widerwillig stelle ich mich zu der blonden Furie und kann mich nicht so ganz entscheiden, ob ich sie ignorieren oder besonders freundlich zu ihr sein soll. Am liebsten würde ich ihr die blonden Zotteln vom Kopf reißen. Aber dann würde ich ganz sicher von der AcA fliegen.

Meine Freundinnen werfen mir mitleidige Blicke zu, während Cecylia die verbleibenden Studenten in Zweiergrüppchen einteilt und uns die Aufgabe erläutert.

In der nächsten Stunde werden wir unsere Partner spiegeln. Ohne Worte. Nur die Mimik, die Gesten und Bewegungen. Dabei wechseln wir alle fünf Minuten die Rollen. Cecylia gibt das Signal und obwohl sich alles in mir sträubt, lasse ich mich darauf ein, kopiere die zickigen Allüren meiner neuen Widersacherin und nehme mir fest vor aus diesem Duell nicht als Verliererin hervorzugehen. Ich bin dieser Möchtegern-Schönheit überlegen, denn ich habe es nicht nötig über Menschen zu urteilen. Aus Unwissenheit oder aus Eifersucht. Zumindest in dieser Hinsicht kann ich mit Fug und Recht behaupten, etwas Besseres zu sein.

***

Die Schauspiel-Einheit hat mich geschlaucht und ich bin froh, als ich am späten Nachmittag ein paar ruhige Minuten finde, die ich in meinem Zimmer verbringe.

Ich hätte viel lieber noch ein bisschen auf meiner Geige gespielt. Es fehlt mir so sehr, zu jeder Tages- und Nachtzeit meine Stimmung über die Musik auszudrücken, mich trösten zu lassen, wenn ich traurig bin und Freude zu zeigen, wenn ich glücklich bin. Aber Nia ist da, liegt auf ihrem Bett und blättert in einer Zeitschrift. Der Raum ist zu klein, um hier zu spielen. Ich möchte sie nicht stören, jede von uns genießt die wenige Freizeit und sehnt sich nach Ruhe. Aber Alternativen gibt es keine – außer ich gehe in den Wald.

Erstaunt nehme ich das Klingeln meines Handys wahr und lege das Fernglas weg, das ich mir von einem meiner Kommilitonen ausgeliehen habe. Mein Blick schweift über das Display. Wer mir wohl schreibt? Meine Eltern sind noch oldschool und würden eher anrufen, als zu texten. Auf dem Sperrbildschirm wartet eine Nachricht von Vincent. *Was will der denn?*, frage ich mich unwillkürlich und nehme das Smartphone in die Hand.

Seit dieser viel zu intensiven Begegnung im Kunstatelier habe ich ihn nicht mehr gesehen. Es ist, als sei er schon seit Tagen vom Erdboden verschwunden. Und nachdem Nia mir so deutlich gesagt hat, dass ich mir auf seine Hilfe nichts einzubilden brauche, habe ich dem Drang ihm zu schreiben nicht nachgegeben. Das ist mir verdammt schwergefallen. Zumal ich ihm zu gerne von meiner Begegnung mit Melissa erzählt hätte. Davon, dass sie ganz offensichtlich scharf auf ihn ist.

Ich weiß nicht, was genau ich in den letzten Tagen vermisst habe. In Vincents Gegenwart fühle ich mich stärker, freier und ich habe das Gefühl ich selbst sein zu können. Ich mag ihn. Auf eine ganz besondere Art. Es aber unter den Deckmantel der Romantik zu packen, wäre zu einfach. Das, was Vincent und mich verbindet, ist mehr als ein bisschen Herzflattern. Ich bin nicht verliebt. Nicht direkt. Schließlich denke ich nicht rund um die Uhr an ihn. Seine wuscheligen Haare. Seine grünen Augen und das niedliche Grinsen, das ich sehr mag. *Mist, jetzt pocht auch noch mein Herz wie wild, als ich die Nachricht anklicke. Mache ich mir etwa selbst etwas vor?*

Hey, alles gut bei dir? Habe gehört, du hast Melissas Bekanntschaft gemacht.

Ein Lächeln stiehlt sich auf meine Lippen.

Stalkst du mich?

Sagen wir: Ich habe ein Auge auf meine Talents.

Dahinter setzt er einen Zwinkersmiley und nimmt mir damit die Chance, die wahre Bedeutung der Worte zu erfassen. Geht es, wie Nia behauptet, tatsächlich nur um die Akademie? Wäre das nicht zu einfach? Vielleicht versteckt er sich auch nur dahinter.

Hast du heute Abend schon etwas vor?

Ich starre auf Vincents Nachricht, die hinterhergeschossen kommt. Ist das etwa eine Einladung? Ein Date? Mein Blick huscht zu Nia, die glücklicherweise in einen Artikel vertieft ist und mich nicht beachtet. Kurz überlege ich, was ich antworten könnte, schließlich sollte Vincent wissen, dass die Freizeitaktivitäten auf der AcA rar sind.

Ich wollte später noch mit Freunden ins Kino. Oder vielleicht gehen wir eine Runde bowlen oder Cocktails trinken. Was man hier halt so macht, mitten im Nirgendwo.

Für gewöhnlich gehe ich mit Nia, Lee und Paulina nach dem Abendessen noch etwas spazieren. Oder wir spielen mit ein paar Freunden aus den höheren Kursstufen irgendwelche Kartenspiele. Nichts, wobei man nicht auch mal einen Abend fehlen kann.

Vollgepacktes Freizeitprogramm also. ;-) Falls du doch noch ein Stündchen für mich erübrigen kannst, würde ich gerne etwas ausprobieren.

Mein Herzschlag beschleunigt sich – falls das unter diesen Umständen überhaupt noch möglich ist. Ich überlege, was ich Sinnvolles schreiben kann und lege mich auf den Rücken.

Von Farbkleckssereien habe ich erst mal genug. Es wird ohnehin schon genug geredet.

Offensichtlich hat Vincent schon davon Wind bekommen. Woher sonst sollte er von Melissas Zickerei gehört haben. Gerüchte verbreiten sich schnell an der Akademie.

Lass sie reden. Hast du Lust? Komm einfach nach dem Essen in den Bunker. Und bring deine Geige bitte mit, ja?

Aha, daher weht der Wind. Ich habe schon geschnallt, dass es Vincent mag, wenn ich für ihn spiele. Ich weiß nicht, was es mit ihm macht, aber irgendetwas muss ihm besonders gefallen, dass er mich immer und immer wieder darum bittet.

Und was habe ich davon?

Ich beiße mir auf die Unterlippe. Der Vorstoß ist gewagt, aber ich schätze, Vincent und ich sind in unserer Freundschaft schon so weit, dass solche Neckereien nicht gleich zum Kontaktabbruch führen. Hoffe ich zumindest.

Einen Abend mit mir allein. In einem riesigen unterirdischen Bunker mit einer Akustik zum Niederknien.

Ich verdrehe lächelnd die Augen und schüttle kaum merklich den Kopf. An Selbstvertrauen mangelt es Vincent jedenfalls nicht.

Bringst du mir noch etwas vom Buffet mit? Ich sterbe vor Hunger. Freue mich. Bis später!

Ich starre auf die Zeilen. Hey, ich habe noch nicht einmal zugesagt und Vincent geht fest davon aus, dass ich seinem Angebot nicht widerstehen kann. Würde nicht ein weiterer Abend in gähnender Langeweile auf mich warten, hätte ich gute Lust ihn zappeln zu lassen. Ich mag es nicht, wenn jemand nach mir pfeift. Andererseits schmeichelt es mir, dass Vincent den Abend mit mir verbringen will. Mit mir! Und nicht mit Melissa.

KAPITEL 15

Im Bunker

Vincent

Das Gute an meiner Zeit in Lieberose ist, dass ich den Bunker Tag und Nacht nutzen kann, um neue Songs zu mixen. Meine Plattenfirma drängelt bereits, die nächsten Gigs in Edel-Clubs stehen an und meine Fans erwarten neues Material. Ich nutze die Tage, um mich hierher zurückzuziehen. Während die Studenten an ihren kreativen Fähigkeiten feilen, wühle ich mich durch die Charts, probiere verschiedene Mixes aus und dröhne mich mit Energiedrinks zu, bis ich kaum noch geradeaus schauen kann.

Abends, wenn die Studenten Freizeit haben, verbarrikadiere ich mich in meinem Haus, schaue fern oder klicke mich durch Youtube und Vimeo auf der Suche nach neuen Talents.

Doch egal, was ich auch tue, immer wieder schiebt sich Toni in meine Gedanken. Seit meinem Besuch im Atelier habe ich sie nicht mehr gesehen. Dabei brenne ich darauf sie hierher einzuladen und sie wieder spielen zu hören. Mit ihrer Geige erweckt sie etwas in mir zum Leben und gibt mir damit Hoffnung, dass ich irgendwann einmal wieder selbst musizieren kann. Vielleicht werde ich nie wieder vor Publikum spielen, aber darum geht es mir nicht. Wichtig ist, dass ich für mich spielen kann. Für mich allein.

Aber ganz so einfach ist das leider nicht. Mein Besuch im Atelier hat für viel Gesprächsstoff gesorgt. Überall wird gemunkelt, dass ich etwas mit Toni hätte. Das Gespräch mit meinem Vater hallt noch viel zu laut in meiner Erinnerung nach und ich will ihm keinen Grund geben an meinen Worten zu zweifeln. Also halte ich mich bedeckt, doch der Wunsch sie endlich wiederzusehen und dieses Vibrieren in meiner Brust zu spüren, lässt sich nicht mehr länger unterdrücken.

Seit Tagen überlege ich hin und her und heute ist mir die passende Idee gekommen, wie ich es anstellen kann. Ohne ihr falsche Hoffnungen zu machen. Und ohne, dass es die halbe Schule mitbekommt und wieder getuschelt wird.

Meine Augen brennen, mein Kreuz schmerzt. Ich weiß, ich sollte eine Pause machen, aber die muss warten, bis Toni hier unten aufschlägt. Alles soll vorbereitet sein, damit ich nur noch ihre Tonspur einspielen muss. Nervosität überflutet mich, als ich meine heutige Arbeit abspiele. Mit beiden Händen presse ich die Kopfhörer auf die Ohren. Der Beat, der wie Elektroschocks durch meinen Körper jagt, lässt mich kaum stillstehen und ich kann mir schon gut vorstellen, wie das Endergebnis klingen wird. Dann, wenn Toni ihren Part geleistet hat. Ich hoffe so sehr, dass sie sich auf dieses Abenteuer einlässt – für jemand, der Klassik liebt, ist es nämlich gar nicht so einfach ins kommerzielle Business einzusteigen.

Ich setze die Kopfhörer ab und streame Musik auf die Boxen. Nur ganz leise, schließlich will ich hören, wenn Toni eintrifft. Unwillkürlich schaue ich auf die Uhr und überlege, wann sie wohl kommt. Beim nächsten Mal sollte ich unbedingt eine Uhrzeit ausmachen, diese Warterei bringt mich noch um.

Mein Magen knurrt lautstark. Vielleicht hätte ich doch in der Mensa essen sollen. Alle Angestellten können das Schulessen in Anspruch nehmen. Und obwohl ich Mathildas Kochkünste liebe, nehme ich das Angebot viel zu selten in Anspruch und koche mir lieber selbst etwas in meiner Küche – dabei hasse ich es allein zu essen.

Allerdings mag ich die Blicke der anderen Studenten nicht, die aufgezwungenen Gespräche. Zuerst drehte sich alles um die Frage, warum ich das Studium abgebrochen hatte. Später lieferten dann meine Erfolge als DJ genügend Gesprächsstoff. Beides sind allerdings Themen, über die ich nicht sonderlich gerne spreche. Zumindest nicht mit Fremden.

Meine Freunde haben längst ihren Abschluss gemacht und tingeln als Solisten durch die Lande. Ab und zu treffe ich auf einen meiner ehemaligen

Kommilitonen, wenn ich ein Talent scoute. Aber die Gespräche bleiben meistens oberflächlich, enge Freundschaften habe ich auch während meiner Studienzeit kaum geknüpft.

»Hallo?«, erlöst mich endlich Tonis Stimme aus meinen Gedanken und ich drehe die Lautstärke noch tiefer. Ich könnte die Anlage auch gleich ausmachen, aber die Atmosphäre hier in den Katakomben ist seltsam, wenn die Stimmen von den Steinwänden widerhallen.

»Hey, Toni!« Ich schlendere ihr vom DJ-Pult aus entgegen und finde keine Antwort auf die Frage, wie ich sie begrüßen soll. Seit dem seltsamen Gespräch mit meinem Vater bin ich unsicher. Ich will nicht, dass es so wirkt, als sei ich in Toni verknallt. Vor allem soll sie nicht denken, ich wollte mehr von ihr, als ich bereit bin zu geben. Noch bin ich mir selbst nicht sicher, was das zwischen uns sein soll. Sie ist mein Talent, das ist klar. Aber was, wenn da mehr ist?

Also bleibe ich mit Abstand vor ihr stehen, hebe die Hand und lehne mich an den Tresen.

»Hier.« Sie streckt mir einen Teller entgegen. »Ich wusste nicht, was du gerne magst, also habe ich von allem etwas draufgeschaufelt. Ich hoffe, das ist okay?«

Ein köstlicher Duft lässt das Wasser in meinem Mund zusammenlaufen und ich kann es kaum erwarten meinen knurrenden Magen zu füllen.

»Setz dich doch«, bitte ich Toni und deute auf einen Barhocker am Tresen. Ich nehme ihr den Teller ab und stelle ihn auf die blankpolierte Theke. »Willst du was trinken? Bier?«

Ich nehme mir schon eine Flasche aus dem Kühlschrank an der Wand, der von den Clubabenden noch gut gefüllt ist, und halte sie ihr fragend entgegen. Sie nickt und so komme ich mit einem weiteren Getränk in der Hand zu ihr zurück.

»Willst du auch noch etwas?« Ich deute auf den Berg Essen, der sich vor mir auftürmt und den ich unmöglich alleine verdrücken kann.

»Danke, ich bin schon vollgefuttert.« Sie lächelt nachsichtig. Offensichtlich mache ich einen ziemlich zerstreuten Eindruck.

Ich lache auf.

»Richtig. Sorry.« Eilig fahre ich mir durch meine Haare und hoffe, dass sie nicht allzu zerzaust sind. Vielleicht hätte ich vor unserem Treffen doch noch einmal nach Hause gehen und duschen sollen.

»Also, was hast du auf dem Herzen?«, startet Toni und dreht nervös ihre Hände ineinander.

»Du scheinst nicht gerade auf Smalltalk zu stehen, oder?« Ich grinse und schaufle mir das Essen in den Mund.

»Ich weiß gerne, was Sache ist«, gibt sie zu. »Schlimm?«

»In manchen Kreisen wirst du mit deiner direkten Art sicher Schwierigkeiten bekommen. Aber ich mag das Rumgeeiere auch nicht. Gibst du mir noch eine Minute, um zu essen?« Ich deute auf den Teller und warte auf ihr Nicken. Ich mag nicht unhöflich sein, aber mit vollem Mund erklärt sich mein Anliegen schwer.

Toni gibt mir Zeit, um meinen Heißhunger zu stillen. Doch als der letzte Bissen hinuntergeschluckt ist, hebt sie die Augenbrauen.

»Also?«

Ich strapaziere absichtlich ihre Nerven und trinke in aller Seelenruhe einen Schluck aus meiner Flasche. Dabei fixiere ich sie, versuche auszuloten, wann ihre Geduld am Ende ist. Da ich aber selbst darauf brenne ihr meinen Plan zu erläutern, stelle ich mein Bier ab, stehe auf und strecke ihr meine Hand entgegen. Entgeistert schaut sie drauf.

»Komm!« Ich schenke ihr ein aufmunterndes Lächeln und endlich bewegt sie sich. Ich kann ihren Argwohn spüren, ihre Unsicherheit. Hier im Bunker scheint sie sich nicht sonderlich wohlzufühlen. Ich kann es ihr nicht verübeln. Die Location ist klasse, wenn viele Leute hier für Stimmung sorgen. Aber so ganz alleine ist es doch etwas gruselig.

Zögernd nimmt sie meine Hand und sobald ich ihre zarten Finger spüre, ziehe ich sie mit mir zum Mischpult, an dem immer noch mein Laptop angesteckt ist. Kurz überlege ich, ob ich das Stück über die Lautsprecher schicken soll, entscheide mich dann aber für die Kopfhörer. Das Klangerlebnis ist noch einmal deutlich intensiver und ermöglicht es Toni, sich voll und ganz darauf einzulassen.

Also lasse ich ihre Hand los, reiche ihr einen Kopfhörer, drücke ein paar Tasten auf meinem Computer und drehe ein paar Regler auf dem Mischpult.

»Mich würde deine Meinung interessieren.«

Ohne mich aus den Augen zu lassen, streift sie sich den Bügel über den Kopf und gibt mir mit einem Nicken zu verstehen, dass sie bereit ist. Meine Finger kribbeln, als ich den Song starte und mir selbst einen weiteren Kopfhörer schnappe, um parallel mitzuhören.

Es war für mich noch nie ein Problem in Tonis Mimik zu lesen. Sie trägt ihre zugegeben manchmal wirren Gedanken offen in ihrem Gesicht. Als wüsste sie nicht, dass es klüger wäre Geheimnisse für sich zu bewahren. Mir soll es recht sein.

Das, was ich sehe, gefällt mir nämlich ausgesprochen gut. Also nicht nur ihre helle, fast schon durchscheinende Haut, die von kleinen Sommersprenkeln geküsst wird. Oder ihre feuerroten Haare, die mich immer wieder aufs Neue faszinieren. Und die grauen Augen, in denen sich die Emotionen spiegeln und mir zeigen, wie gut ihr das, was ich schon vorbereiten konnte, gefällt. Erleichterung durchströmt mich, denn das macht es mir leichter sie darum zu bitten für mich zu spielen.

»Nice! Ist das ein neuer Song, den du gemischt hast?«, fragt sie und zieht den Kopfhörer ab.

Ich nicke eifrig. »Er ist noch nicht fertig. Na ja, um ehrlich zu sein, fehlt noch ziemlich viel. Ich hatte mir nämlich gedacht ...« Ich presse die Lippen aufeinander und ziehe die Augenbrauen hoch. *Verdammt. Was, wenn sie nein sagt?* »Na ja, das Stück, das du in Amsterdam gespielt hast –«

»Du meinst bei der Aufnahmeprüfung?«

»Exakt. Würdest du es noch mal spielen?«

»Jetzt?« Ihre Stimme überschlägt sich. Sie wirkt entsetzt und ich schenke ihr ein beruhigendes Lächeln.

»Ich würde gerne ausprobieren, was passiert, wenn ich die beiden Stücke zusammenmixe. In meinem Kopf klingt es großartig.«

Toni kneift fragend die Augenbrauen zusammen.

»In deinem Kopf?«, fragt sie ungläubig nach. »Kannst du dich denn überhaupt noch an das Stück erinnern?«

»An jeden einzelnen Ton.«

Sie starrt mich an, als hätte ich den Verstand verloren. Unbewegt steht sie da und ich sehe schon die Panik in ihren Augen aufblitzen.

»Es ist einzigartig. Großartig! Ich würde es gerne noch einmal hören. Und, wenn es für dich okay ist, nehme ich es auch auf«, rede ich schnell weiter aus Angst, dass sie gleich dichtmacht. Denn der Zweifel steht ihr ins Gesicht geschrieben.

»Aufnehmen?«, quietscht sie und schaut sich um. Dann steuert sie einen Stuhl an und lässt sich darauf plumpsen, als hätte sie eine schlimme Nachricht zu verkraften.

Die Aufmerksamkeit ist ihr zu viel. Wäre es ein Stück von Chopin oder Mendelssohn, hätte ich wohl leichteres Spiel gehabt. Wobei, selbst dann hätte sie es sich wohl nicht zugetraut.

Aber so schnell gebe ich nicht auf. Toni ist ein Star. Und mit diesem Stück wird das auch der Rest der Welt erfahren.

»Lass es uns einfach ausprobieren«, sage ich sanft und laufe auf sie zu. Meine Hand landet auf ihrer Schulter. Unwillkürlich bewegt sich mein Daumen, streift über den kühlen Stoff ihres Hoodies. »Wir schauen einfach was passiert und hören es uns im Anschluss an.«

»Mein Lied? Ernsthaft, Vincent? Du arbeitest mit Stücken von Mozart, Rachmaninow. Von Mendelssohn und Händel. Und dazwischen willst du etwas von mir reinpacken? Von mir?!«

Sie hebt den Blick und schaut mich an. Ganz so, als würde sie erwarten, dass ich gleich loslache und zugebe, dass ich sie nur drankriegen wollte.

»Ja! Warum auch nicht? Das Stück gefällt mir. Und es passt irre gut zu dem Beat. Lass mich nicht betteln, Toni. Das letzte Wort hast du. Wenn du den Mix grauenhaft findest, dann lösche ich ihn sofort wieder.«

Dieses Versprechen kann ich getrost geben, denn das wird nicht passieren. Ich habe ein gutes Gespür dafür, was zusammenpasst. Und das, was ich vorhabe, wird bombastisch werden.

»Na los, trau dich. Hier sind nur wir beide. Und wenn du es dann grauenvoll findest, wird es niemand außer uns jemals hören. Versprochen.«

Ich lächle sie aufmunternd an, aber ich sehe den Zweifel, der an ihr nagt. Sehe, dass sie noch nicht ganz überzeugt davon ist mir zu helfen. Also seufze ich kaum wahrnehmbar.

»Mensch, Toni. Du vermisst doch das Geigespielen. Und ich biete dir gerade eine gigantische Gelegenheit, den ganzen Abend in einem super Ambiente zu spielen. Gib dir 'nen Ruck!«

Ihr Blick flackert im Raum umher, bleibt an ihrem Geigenkasten hängen und ein winziges, schmales Lächeln breitet sich auf ihren Lippen aus.

»Okay«, höre ich sie schüchtern sagen. »Was muss ich tun?«

Ich erkläre Toni alles, begeistere sie für die Idee, Klassik und Rock miteinander zu kombinieren. Denn für mich sind es keine Gegensätze. Nur Kontraste. Und Kontraste machen das Leben erst interessant.

»Okay, spiel einfach drauflos, ich kümmere mich um den Rest«, beruhige ich sie und hoffe, sie entspannt sich etwas.

Toni streift ihre Haare nach hinten, nimmt ihre Geige und klemmt sie unters Kinn.

»Okay.« Sie atmet tief ein, versucht sich zu konzentrieren und lässt die Geige wieder sinken. Eine Weile schaut sie ins Leere und scheint zu überlegen. »Ich kann nicht!«

»Warum nicht?«

»Keine Ahnung, es ist so ... ungewohnt.«

»Gewöhn dich lieber dran, das wird dir noch oft passieren.« Ich lache auf. »Komm, wir versuchen es einfach noch einmal. Entspann dich, vergiss, dass ich da bin, dass Mikros auf dich gerichtet sind.«

Sie kichert.

»Na schönen Dank auch, dass du mir gerade so detailliert beschreibst, was ich vergessen soll. So klappt das bestimmt.«

Ich schenke ihr ein versöhnliches Lächeln und kann es kaum erwarten, dass sie endlich spielt.

Wieder konzentriert sie sich, hebt die Geige und den Bogen und diesmal beginnt sie tatsächlich das Stück zu spielen. Doch nach den ersten Tönen bricht sie ab.

»Sie ist verstimmt«, murmelt Toni und eilt zurück zu ihrem Geigenkoffer, um mit dem elektronischen Stimmgerät nachzustimmen. »Okay, noch einmal.«

Diesmal kommt sie über den ersten Takt hinaus und nach den ersten Tönen entspannt sie sich, so wie auch ich.

Ton für Ton tröpfelt die Melodie wie süßes Gift in mein Inneres, weicht es auf und bringt es dazu sich zu öffnen. Nur ein winziges bisschen, aber das reicht aus, um mir ein glückliches Grinsen ins Gesicht zu zaubern.

Toni spielen zu hören, erfüllt mich mit so viel Wohlgefühl, dass ich erschauere. Das, was ich in Amsterdam erlebt habe, wiederholt sich gerade, es vervielfacht sich, denn in diesem Moment spielt Toni nur für mich. Ihr Blick streift mich immer wieder. Nur ganz flüchtig, als hätte sie Angst, dass sie darin ertrinken könnte.

Ich schlucke, spüre das Chaos, das sich in mir ausbreitet. Das mich zu verschlingen droht. Bald weiß ich nicht mehr, ob ich ihr Spiel genieße oder ob es mir zu sehr zusetzt. Denn es führt mir so bitterlich vor Augen, was ich verloren habe.

Ich starre sie an, versuche ruhig weiter zu atmen und lasse ihre tiefe Liebe zur Musik in mich strömen. Ganz so, als würde sie für uns beide ausreichen.

Zwei-, dreimal bitte ich sie das Stück zu wiederholen und gebe vor, dass die Aufnahmen noch nicht perfekt seien. Dass sie zu angespannt sei, der Takt nicht passe.

Als ich keine weitere Ausrede finde, klatsche ich in die Hände und bedeute ihr, dass ich zufrieden bin. Hier, bei dieser phänomenalen Akustik hat sich ihre Komposition noch einmal besser angehört und ich bin gespannt darauf, wie es sich in Kombination mit dem rockigen Beat macht, den ich den ganzen Tag über vorbereitet habe.

»Wow, das hat Spaß gemacht!«, ruft sie begeistert aus und legt ihre Geige und den Bogen in den Kasten. Sie neigt ihren Kopf und dehnt ihre Nackenmuskulatur.

»Ich mixe das mal zu einem ersten Demo zusammen, dann kannst du es dir anhören.«

»Oh Gott. Ich weiß nicht, ob ich das ertrage.« Sie schlägt die Hände vor die Augen und schüttelt den Kopf.

»Was? Du wirst dich doch schon mal auf einem Band gehört haben, oder?«, hake ich verwundert nach. Es ist nicht ungewöhnlich, dass Lehrer mit dieser Methode arbeiten. Meist hört man seine Fehler im eigenen Spiel ganz deutlich.

»Doch, schon«, wiegelt sie ab. »Aber nichts, was ich selbst komponiert habe.«

»Mensch, Toni! Das Stück ist toll. Jetzt entspann dich, nimm dir was zu trinken aus dem Kühlschrank und lass mich an die Arbeit gehen.«

Sie verzieht ihren Mund zu einer niedlichen Schnute.

»Okay, ich verschwinde mal eben.« Sie wedelt mit ihrer Hand in die Richtung, in der die Toiletten sind, und läuft schon los.

»Lass dir ruhig Zeit«, rufe ich ihr hinterher. Ihre roten Haare wippen im Halbdunkel. Bislang hatte sie ihre Haarpracht meistens zu einem hohen Pferdeschwanz zusammengebunden. Ich mag es, wenn sie sie offen trägt. Dann wirkt sie noch wilder, noch außergewöhnlicher, als sie es ohnehin schon ist.

Ich reiße den Blick los und vertiefe mich in meine Arbeit, lasse die beiden Tonspuren parallel ablaufen, verändere das Tempo von Tonis Spiel etwas, damit es besser zum Beat passt. Es ist, als hätte Toni ein Metronom verschluckt, ihre Performance ist exakt und passt perfekt auf den bereits vorgefertigten Beat. Nacharbeiten muss ich kaum etwas.

»Und?«, meldet sich Toni zurück. Aus einem unbändigen Drang heraus umschließe ich ihr Gesicht mit meinen Händen und drücke ihr einen Kuss auf die Lippen.

»Brillant!« Ich wende mich wieder dem Laptop zu, filtere noch etwas das Rauschen heraus, das von der eher unprofessionellen Aufnahme herrührt, und hebe dann erwartungsvoll den Kopf. »Bereit?«

Ich hatte erwartet, dass Toni genauso darauf brennt den Song zu hören wie ich. Doch sie scheint verwirrt zu sein und schaut mich mit diesem seltsamen Ausdruck auf ihrem Gesicht an.

»Was ist?«, frage ich unsicher nach. Abwartend hebe ich die Augenbrauen.

»Du …«, sagt sie schließlich und ein leises Lächeln huscht über ihre Lippen. Es wirkt neckend und ist schon verschwunden, bevor ich es richtig deuten kann. Sie räuspert sich und senkt den Blick. »Du hast mich geküsst!«

»Was?« Ich schüttle den Kopf. »Nein!« Als mir klar wird, dass sie recht hat, blinzle ich nervös. Mein Herz rast. *Fuck!* »Ja. Ich … Toni, du bist großartig. Das Stück ist großartig. Ich wollte …«, winde ich mich. »Hör es dir an, dann verstehst du es.«

Ich strecke ihr einen Kopfhörer entgegen. Meine Hände zittern. Vor Aufregung. Und weil ich so verdammt durcheinander bin.

Toni betraut mich wieder mit diesem seltsam wissenden Blick. Ich schlucke, denn es fühlt sich an, als könnte sie etwas sehen, das mir verborgen bleibt. *Was ist nur in mich gefahren?*

Ohne ein weiteres Wort setzt sie sich die Hörer auf und ich bin dankbar, dass sie das Thema ruhen lässt. Ich klicke die Musik an, froh darüber ein paar Minuten ihrer musternden Aufmerksamkeit zu entgehen.

Als die ersten Töne erklingen, schließt sie die Augen, taucht ab in dieses Parallel-Universum, das ich zu gut kenne. Sie wippt im Takt. Nicht bewusst, es ist eher so eine Art innerer Drang. In ihrer Miene kann ich lesen, dass es ihr gefällt, und langsam entspanne ich mich.

»Wow!« Toni befreit sich von dem Kopfhörer und streckt ihn mir entgegen. »Es ist ungewohnt mich spielen zu hören, aber irgendwie … es gefällt mir.«

»Mir auch. Sehr sogar.«

»Awww, ich kann gar nicht glauben, dass ich das gespielt haben soll. Es ist so so so …«

»Gut?«, helfe ich ihr aus.

Sie legt den Kopf schief und verdreht die Augen.

»Ungewohnt.«

Unsere Blicke verhaken sich und beide lächeln wir uns an. »Ich wusste nicht, dass Klassik und Rock so gut zusammenpassen.«

Sie wirkt ehrlich begeistert und dieses Lob bedeutet mir viel.

»Ich finde es ohnehin schade, dass die Klassik so einen schlechten Ruf hat«, gebe ich schulterzuckend zu und wickle das Kabel um den Kopfhörer, um ihn wieder zu verstauen. »Ich versuche nur sie etwas populärer zu machen.«

»Na ja, Chopin hat so ungefähr den Coolnessfaktor von eingelegten Sardellen. Zumindest in der normalen Welt.« Sie verdreht wieder die Augen und entlockt mir damit ein breites Grinsen.

»Dann bin ich froh, dass ich nicht in der normalen Welt lebe. Frédéric Chopin ist nämlich so ziemlich mein liebster Komponist. Und ihn mit Sardellen zu vergleichen ...« Ich schüttle tadelnd den Kopf. »Das grenzt schon echt an ein Schwerverbrechen. In *meiner* Welt.«

»Oh, das sollte keine Beleidigung sein.« Sie zwinkert mir frech zu. »Ich für meinen Teil stehe total auf Sardellen.«

»Ernsthaft? Boah, Toni, jetzt werde ich dich wohl niemals wieder küssen können«, rutscht es mir heraus und ich rümpfe angewidert die Nase.

»Ich dachte, das eben war kein Kuss.« Wissend verzieht sie ihr Gesicht und wartet auf eine Antwort. Ich fühle mich ertappt.

»Touché!« Ich fahre mir durch die Haare, habe keine Ahnung, was ich dazu noch sagen soll. Schließlich zucke ich mit den Schultern. »Dieses ganze Gequatsche übers Küssen macht mich ganz kirre. Ich schätze, dieser Bunker-Mief vernebelt mein Gehirn. Vielleicht sollte ich mal an die frische Luft. Kommst du mit?«

Meine Zerstreutheit scheint Toni wirklich zu amüsieren. Ein Lächeln umspielt ihre Lippen, aber schließlich nickt sie zum Ausgang, dreht sich um und schlendert mit den Händen in den Hosentaschen vorneweg.

KAPITEL 16

Ausblick

Toni

Es fühlt sich seltsam an mit Vincent über den Campus zu laufen. Die Hände tief in die Taschen vergraben lotst er mich vom Bunker weg, am Hauptgebäude vorbei über die Feldwege, die wir morgens oft für unsere Joggingrunde nutzen. Ein komisches Gefühl hat sich in mir eingenistet. Eine Mischung aus Nervosität und Sehnsucht, aus Unruhe und Vorfreude.

Was ist nur mit Vincent los? Er schien gerade eben ziemlich neben sich zu stehen. Die Euphorie über den gelungenen Song scheint ihn in andere Sphären katapultiert zu haben, wenn er nicht einmal mitbekommen hat, dass er mich geküsst hat. Mir wäre der Boden der Tatsachen lieber gewesen.

Gänsehaut verteilt sich über meinen gesamten Körper. Obwohl die Temperaturen tagsüber deutlich zugelegt haben, ist es abends noch recht frisch, Nebel zieht von den nahegelegenen Seen aufs Land und bedeckt den Boden mit einem feinen milchig-weißen Schleier. Ich mag die Stimmung, die ich vom Schwarzwald besonders aus dem Herbst kenne.

Ich mumle mich tief in die schwarze Fleecejacke, froh darüber, dass ich sie vorsichtshalber mitgenommen habe. Dennoch ist mir kalt, denn Vincents distanziertes Verhalten kühlt mich ziemlich ab.

Seit wir den Bunker verlassen haben, schweigt er. Meistens macht mir Schweigen nichts aus. Aber jetzt klingt es anklagend. Habe ich etwas falsch gemacht? Will mir Vincent zum wiederholten Male klarmachen, dass ich von ihm nichts zu erwarten habe, das über seine Tätigkeiten als Scout hinausgeht? Sicher denkt er, ich bin schwer von Begriff. Aber wie soll ich auch damit umgehen, dass er immer dann widersprüchliche Signale aussendet, wenn ich akzeptiert habe, dass er nur mein Scout ist.

Wir laufen im spärlichen Licht des Mondes durch einen schmalen Weg, der auf eine Lichtung führt. Ich staune nicht schlecht, als ich sehe, dass wir uns auf einer kleinen Anhöhe befinden und sich in einiger Entfernung ein kleines Dorf unter uns befindet.

»Ist das Lieberose?«, frage ich zaghaft nach und versuche mich daran zu erinnern, ob ich bei der Fahrt mit Elio bergauf gefahren bin. Es gelingt mir nicht und erst da wird mir bewusst, wie viel ich in der kurzen Zeit, die ich jetzt hier bin, schon erlebt habe.

»Als ich noch studiert habe, bin ich oft hierhergekommen. In den kleinen Zimmern habe ich einfach keine Luft bekommen.« Vincent steuert auf einen Felsen zu, der sich dunkel vom Gras abhebt, und setzt sich darauf. Ich sauge den Anblick in mir auf. Vincent wirkt in sich ruhend, ganz anders als gerade noch im Bunker. Still sitzt er da und schaut in die Weite, als wäre er in Gedanken woanders.

»Warum hast du das Studium abgebrochen?«, frage ich mutig nach und hoffe, ich übertrete mit meiner Frage nicht schon wieder eine unsichtbare Grenze. Vincent redet nicht gerne über sich, das habe ich schnell verstanden. Dennoch bin ich neugierig.

Langsam schlendere ich auf ihn zu, setzte mich mit etwas Abstand neben ihn und lausche seinem Atem. Ich krame in meinem Kopf schon nach einer anderen, einer unverfänglicheren Frage, doch da höre ich, wie er tief einatmet und seine Worte mit Bedacht über die Lippen kommen.

»Was fühlst du, wenn du auf deiner Geige spielst? Wenn deine Finger das Holz berühren. Wenn sie über die Saiten streichen.«

Kurz will ich mich beschweren, ihm sagen, dass es unhöflich ist eine Frage mit einer Gegenfrage zu beantworten. Andererseits wird er mir keine Auskunft geben, wenn er es nicht selbst möchte.

»Glück. Und Liebe. Und den Sturm der Noten. Ich weiß nicht genau, es kommt auf das Stück an, würde ich sagen.«

»Mhm. Aber egal, was die Musik mit dir macht, es ist ziemlich intensiv, oder?«

Ich nicke.

Er stützt seine Ellenbogen auf den Knien ab und legt seinen Kopf in die Hände. Seine Haltung hat etwas Trauriges, etwas Resigniertes und ich würde zu gerne meine Hand ausstrecken, um ihm über die Wange zu streicheln und ihn zu trösten. Doch das kann ich nicht. Da ist diese Grenze, die er zwischen uns gezogen hat. Talent – Scout. Scout – Talent.

»Ich fühle nichts.«

Unwillkürlich halte ich die Luft an. Drei Worte, die so viel Schmerz in sich tragen. Passend zur Bedeutung klingt seine Stimme emotionslos. So, als würde er einen Einkaufszettel vorlesen. Nur hat das, was er da von sich gibt, so viel mehr Gewicht. Es erklärt alles.

Ich schlucke.

»Was ist passiert?«, flüstere ich und male mir schon die wildesten Geschichten aus. Vielleicht hat ihn eine unerfüllte Liebe in eine emotionale Krise gerissen. Das würde auch erklären, warum er mich auf Abstand hält.

Vincents tiefer Seufzer durchschneidet die Stille der Nacht. »Nichts.« Er lacht auf. »Ich hatte alles, Toni! Meine Vita liest sich wie aus dem Bilderbuch: Vincent de Breune debütierte nach seiner Ausbildung bei den renommiertesten Pianisten – mit gerade einmal achtzehn bei The Prom in der Royal Albert Hall. Er gab zahlreiche Konzerte in den geschichtsträchtigsten Residenzen. Von den schärfsten Kritikern wurde er als Wunderkind gehandelt«, rezitiert Vincent mit einer seltsamen Stimme. Dann ist es eine Weile still. Ich gebe ihm Zeit, bin einfach nur da und höre zu.

»Eines Abends in New York war alles weg! Ich habe in der Carnegie Hall ein Stück von Yiruma gespielt. Technisch perfekt, wie so viele Mal zuvor. Mein Vater saß an diesem Abend im Publikum und er war so verdammt stolz auf mich! Aber ich fühlte nichts. Absolut gar nichts. Ich habe *Kiss the rain* einfach nur abgespult, habe perfekt geliefert, wie es alle von mir erwartet haben.« Wieder legt er eine Pause ein.

In der Nähe zirpt eine Grille. Die Erde dreht sich weiter. Immer weiter, egal was um uns herum passiert. Was uns passiert.

»Erst dachte ich, das wäre eine Phase. Habe weiter täglich geübt, mich dazu gezwungen weiterzumachen. Aber jede Note war ein Kampf. Und irgendwann … habe ich einfach aufgehört. Ich konnte nicht mehr. Bevor ich mich an die Tasten gesetzt habe, hatte ich so entsetzliche Angst. Angst davor nichts zu fühlen. Und jedes Mal hat mich dieses Nichts verschlungen.«

Vincents Atem geht ruhig und doch kann ich deutlich spüren, wie sehr es ihn anstrengt mir einen Blick in seine Seele zu gewähren und das alles zu erzählen.

»Hast du …« Ich drehe mich zu ihm, sehe in sein Gesicht, um keine seiner Regungen zu verpassen. »Hast du mich deshalb vorhin geküsst? Um etwas zu fühlen?«, presse ich kaum hörbar die Frage hervor, die dröhnend laut in mir pocht.

Vincent lacht, doch es wirkt aufgesetzt. Ich verziehe meinen Mund, weil es mich viel Überwindung gekostet hat das zu fragen. Ich möchte es nur verstehen. Ich möchte Vincent verstehen.

Der Blick, den er mir zuwirft, ist dunkel und wild. Ich erschaudere.

»Wie oft muss ich es noch wiederholen, Toni? Das vorhin war kein Kuss.« Vincents Stimme ist rau und ich will schon beschämt wegschauen, will mich verkriechen, unsichtbar werden, mich auflösen, da spüre ich seine kühlen Finger auf meiner Wange, die in der Helligkeit sicher in den knalligsten Rottönen schimmern würde. »Wenn ich ein Mädchen küsse, dann sollte sich das so anfühlen.«

Und bevor ich registriere, was er vorhat, nähern sich seine Lippen meinem Gesicht. Sein Atem streift über meinen Mund. Unbewegt starre ich in diese grünen Augen, die so nah sind, dass ich darin ertrinken könnte. Dass ich darin ertrinken möchte. Unbedingt! In meinem Kopf herrscht das pure Chaos. Eine liebliche Melodie, die klebriger nicht sein könnte, hallt in meinem Schädel. Ein kitschiger Soundtrack für den besten Kuss, den ich je von einem Jungen bekommen habe. Zärtlich, sinnlich, einfühlsam streifen seine Lippen über meinen Mund. Langsam, voller Ruhe. Und so unglaublich intensiv, dass es mir den Atem raubt.

Vincents Lippen sind warm. Und weich. Und ich kann und will nicht genug davon bekommen. Immer und immer wieder suchen meine Lippen seine, streichen sanft darüber. Minuten küssen wir uns. Sinnlich. Ich erschaudere und gehe weiter auf Vincents Spiel ein, bis er sich von mir löst und ein Lächeln an seinen Lippen zupft.

»Wow«, entschlüpft es mir.

Jetzt weiß ich, was Vincent meinte. Das vorhin, das war kein Kuss!

Gebannt schaue ich auf diese Lippen, die mich gerade geküsst haben. Die dieses unbeschreibliche Gefühl in mir ausgelöst haben, das wie ein Echo in mir nachhallt.

Vincent räuspert sich. Dann dreht er sich, als wäre nichts gewesen, von mir weg, schaut in die Ferne und lässt mich zurück in dieser Seifenblase, in der ich gefangen bin. Aus der ich niemals wieder auftauchen möchte, denn sie ist schillernd bunt, wunderschön und viel zu phantastisch, als dass sie jemals zerplatzen könnte.

»Tu dir selbst einen Gefallen und erzähl das nicht in der ganzen Hochschule rum.« Vincents Worte durchschneiden die Stille. Sie sind kalt wie Gletscherwasser und tröpfeln in meine Seifenblase, bis er sie mit wenigen Worten zum Zerplatzen bringt: »Es hatte ohnehin nichts zu bedeuten.«

Ich presse meine Lippen fest zusammen, fühle, wie das Glück, das ich gerade noch so tief in mir gefühlt habe, aus mir strömt, wie es sich im Nachthimmel über uns verflüchtigt. Was? Was habe ich falsch gemacht, dass er mich schon wieder von sich stößt?

»Für dich hatte es vielleicht nichts zu bedeuten«, flüstere ich. Ich höre mich grauenhaft an und plötzlich spüre ich, wie die Wut in mich strömt, wie sie mir Kraft gibt und mich daran hindert zu zerbrechen. Verletzt wurde ich schon oft in meinem Leben. Dies ist nur ein weiteres Mal. Ein bedeutungsloses Mal, oder? »Keine Angst, ich bin keines der Mädchen, die ihr Privatleben vor der ganzen Stufe ausbreiten.« Kalt, emotionslos. Das kann ich auch. Vincent und ich – in diesem Punkt sind wir uns nicht ganz unähnlich.

»Wir sollten gehen. Es ist spät«, murmelt Vincent.

Ich nicke resigniert. Hoffentlich ist es noch nicht zu spät, um mein zersplittertes Herz vor diesem Idioten zu retten.

KAPITEL 17

Erkenntnisse

Toni

»Wir haben dich vermisst!« Nia klingt vorwurfsvoll, als ich eintrete. Sie sitzt in einer Art Spagat auf dem Boden und hat es nicht nötig von ihrem Buch aufzublicken, das sie ziemlich zerknickt in Händen hält. Paulina würde bestimmt einen Schreianfall bekommen, wenn sie sehen würde, wie Nia mit dem Buch umgeht. Sie hasst Leserillen. Und alles, was dem ideellen Wert eines Buches Schaden zufügen könnte. Ob Nia sauer auf mich ist, dass ich den Abend mit Vincent verbracht habe? Ich wusste nicht, dass wir jede freie Minute aneinanderkleben müssen, nur weil wir das Zimmer teilen.

»Ich habe mal etwas Zeit für mich gebraucht«, murmle ich und schnappe mir meinen Waschbeutel. Raus hier, ich muss nachdenken, alleine sein. Vincents kalte Worte hallen noch immer in meinem Kopf, schneiden sich in mein Herz und setzen sich in meiner Seele fest. Egal, wie oft ich schon verletzt wurde, es tut immer wieder weh. Abgewiesen zu werden fühlt sich schlimm an.

»Aha«, entgegnet Nia, bevor ich aus dem Zimmer stürme, um ihrem Verhör zu entgehen. Dass mich Vincent geküsst hat, kann ich ihr unmöglich erzählen. Auch nicht, dass er mir direkt danach das Herz gebrochen hat – schließlich wäre das nur Wasser auf ihren Mühlen.

Das kalte Neonlicht im gefliesten Waschraum ist gnadenlos und zeigt ein zutiefst verwirrtes Mädchen, das doch ein breites Grinsen im Gesicht tragen sollte. Schließlich hat mich gerade der Kerl geküsst, der mir seit Wochen nicht mehr aus dem Kopf geht. Und nach diesem wundervollen, einzigartigen Kuss ist es doch irre, dass ich traurig bin.

Aber da sind die Worte, die mich tief verletzt haben. *Nichts zu bedeuten.* Man kann einem Mädchen wohl kaum etwas Schlimmeres sagen. Nicht nach solch einem Kuss!

Bevor ich meine Zähne putze, hadere ich einen Moment. Viel zu kostbar ist das Gefühl, das noch immer auf meinen Lippen klebt. Wie könnte ich es einfach so wegwaschen?

Dennoch schmiere ich nach einem tiefen Seufzer die Zahnpasta auf meine Zahnbürste und beginne die Zähne zu schrubben. Nachdem ich die Abendtoilette erledigt habe, schleiche ich zurück ins Zimmer. Nia ist inzwischen im Bett und liest weiter. Ich schlüpfe in meinen Pyjama und imitiere ein herzhaftes Gähnen. Müde bin ich überhaupt nicht, aber ich habe keine Lust mich mit Nia zu unterhalten.

»Du hast eine Nachricht bekommen«, sagt sie irgendwann. Sie klingt betont gelangweilt, aber aus jeder Silbe springt die Neugier hervor.

Ich zwinge mich dazu nicht gleich nach meinem Smartphone zu greifen und mache es mir zuerst auf dem Bett gemütlich. Ich kann mir schon denken, wer es ist. Aber auf irgendwelche Floskeln kann ich getrost verzichten.

»Willst du nicht schauen, wer es war?«, hakt Nia nach.

Ich schüttle nur den Kopf, spüre aber, wie Tränen gegen meine Netzhaut drücken und ich sie nur schwer zurückhalten kann. Dabei bin ich doch selbst schuld. Nia und Lee haben mich gewarnt. Ich hätte auf die beiden statt auf mein dämliches Herz hören sollen. Warum habe ich ihn nur geküsst? Und warum nur habe ich so intensiv gefühlt, wenn all das nur belanglos war?

Kann ich denn wirklich so blind sein? Blind vor ... nein, *Liebe* ist das ganz sicher nicht. Doch wie heißt dieses Gefühl dann? Dieses Brennen in meiner Brust? Der Schmerz, der es mir fast unmöglich macht, zu atmen?

Plötzlich höre ich es rascheln und Nia tapst zu meinem Bett. Bevor ich reagieren kann, schlüpft sie unter meine Decke und schlingt die Arme um mich. Verdattert schaue ich sie an. Doch ihre Augen sind so warm und mitfühlend, dass augenblicklich meine Dämme brechen und ich mich in ihre Umarmung schmiege. Tränen rinnen über meine Wangen und ich schluchze auf. Aber auch das hilft nicht, damit ich mich besser fühle. Zumindest bin ich nicht allein und wäre ich nicht gerade so traurig, würde ich mich sicher freuen, dass ich endlich eine Freundin habe, mit der ich alles teilen kann. Meine Freude. Und meinen Schmerz.

»Warum tut es so sehr weh?«, flüstere ich. Meine Stimme zittert und ich spüre, wie Nia ihre Arme fester um mich schließt. Rhythmisch streichelt sie mir über den Rücken und ist einfach nur da. Ich bin ihr dankbar, dass sie nicht nachfragt, was mich so verletzt hat. Wer mich verletzt hat. Vielleicht ahnt sie, dass ich mich mit Vincent getroffen habe. Aber vielleicht ist es auch einfach egal, denn ihr geht es offensichtlich nur darum mich zu trösten. Und das rechne ich ihr hoch an.

»Weil dein Herz groß ist. Und weich. Und das macht dich so besonders«, sagt sie irgendwann, als ich meine Frage längst vergessen habe.

Besonders. Mein Leben lang wollte ich nichts anderes als normal sein. Immer stach ich irgendwie aus der Masse heraus. War besonders schräg, besonders schüchtern, besonders anders. Und jetzt, da ich mir so sehr wünsche für einen Menschen etwas Besonderes zu sein, sagt mir dieser, dass ich ihm nichts bedeute. Dass ich ausgerechnet für ihn eben nichts Besonderes bin. Wieder werde ich von Tränen geschüttelt und ich frage mich, ob ich jemals so verletzt worden bin wie gerade von Vincent.

Beziehungen habe ich bisher nur wenige gehabt. Und alle hatten eines gemeinsam: Sie endeten in einer Katastrophe. Aber im Vergleich zu meinem jetzigen Zustand war das alles Pillepalle.

»Willst du reden?«, fragt Nia sanft, als meine Tränen endlich versiegt sind und in unserem kleinen Zimmer nur noch unser Atem zu hören ist. Eng an sie gekuschelt schüttle ich zaghaft den Kopf und hoffe, sie versteht es. Es ist nicht so, dass ich es ihr nicht sagen möchte. Nur würde es mich gerade zerstören Nia von dem Kuss zu erzählen. Es hatte sich doch so echt angefühlt, so, als hätte Vincent dasselbe gespürt wie ich. Da war diese Verbindung zwischen uns. Das konnte ich mir doch unmöglich eingebildet haben.

Schnell presse ich meine Lippen aufeinander, aus Angst, dass ich wieder aufschluchze. Ich bin so unendlich müde und gähne herzhaft. Diesmal ganz in echt.

»Okay, lass uns schlafen, ja? Soll ich hierblieben oder rüber in mein Bett?«

Ich brauche keine Sekunde zu überlegen.

»Hierbleiben!« Auf gar keinen Fall kann ich jetzt allein sein.

Ich versuche meinen Geist zu leeren, wie ich es bei den Meditationsstunden gelernt habe. Aber egal, wie sehr ich mich bemühe – es gelingt mir nicht. Immer und immer wieder taucht Vincent vor meinem inneren Auge auf. Ich weiß, ich sollte wütend auf ihn sein. Bin ich auch. Verletzt. Aber da ist noch etwas. Vielleicht ist es naiv zu glauben, dass er mich nur von sich stoßen will, weil er Angst hat. Mädchen wünschen sich ja oftmals insgeheim einen edlen Ritter zu retten. Das steinerne Herz zu berühren, zu erlösen und seine ewige Liebe zu gewinnen. Aber ist es das?

Ich bin keines dieser Mädchen, die an die große Liebe glauben. Romantik ist mir fremd, was vielleicht daran liegt, dass ich viel zu große Angst davor habe enttäuscht zu werden. Argh, ich hätte besser auf mich und das kleine dumme Ding in meiner Brust aufpassen sollen.

Nias Atem geht regelmäßiger und bald bin ich mir sicher, dass sie eingeschlafen ist. Ein Zustand, den ich so sehr herbeisehne, der sich aber einfach nicht einstellen will. Ich winde mich aus Nias Umarmung, suche mir eine bequemere Position. Aber auch so ist an Schlaf nicht zu denken. Unruhig wälze ich mich hin und her und nehme plötzlich das Vibrieren meines Handys wahr. Normalerweise stelle ich es über Nacht aus. Das muss ich wohl bei all dem Schmerz vergessen haben.

Noch traue ich mich nicht die Nachricht zu lesen, denn wer außer Vincent sollte mir schreiben? Meine Angst, er könnte mich weiter erniedrigen, ist so riesig, dass ich wieder zusammenzucke, als das Smartphone erneut vibriert. Als wollte er mich mit seinem Dauerbeschuss dazu animieren endlich seine Nachrichten zu lesen, hört das Ding gar nicht mehr auf zu wackeln.

Aus Angst, Nia könnte davon aufwachen, angle ich es mir vom Nachttisch. Ich will nur die Vibration ausstellen, rede ich mir ein und bleibe natürlich an dem Chatfenster hängen, das sich beim Einsperren automatisch öffnet.

Inzwischen hat sich einiges angesammelt. Neben ein paar Textnachrichten hat Vincent irgendwann angefangen, mir Sprachnachrichten zu schicken.

Ich schlucke. Will ich das wirklich? Meine Vernunft fleht mich an, den Chat augenblicklich zu schließen. Doch mein Herz hat andere Pläne und so wische ich meine Tränen aus den Augen und scrolle zu seiner ersten Nachricht.

Angst ist ein Arschloch. Sie lässt einen seltsame Dinge tun. Dinge, die man fast augenblicklich bereut. Es tut mir leid, dass ich nicht stärker war.

Ich setze mich auf, achte darauf Nia nicht zu wecken und lese die Nachricht ein zweites und danach noch ein drittes Mal, bevor ich mir erlaube tiefer in Vincents Gedanken abzutauchen.

Toni, ich weiß, dass du sauer bist. Zu Recht. Ich kann nur erahnen, wie sehr ich dich mit meinen Worten und meinem Verhalten verletzt habe. Aber ich würde dich gerne wiedersehen und zumindest versuchen es zu erklären.

Ich schüttle den Kopf. Treffen? Sicher. Nicht!

Okay, streich das mit dem Erklären. Ich raffe es doch selbst nicht, was in mich gefahren ist. Jetzt ist da endlich mal ein Mädchen, das mich berührt. Und was mache ich? Verbocke es mit Karacho. Oh Mann.

Da hat er den Nagel auf den Kopf getroffen. Aber noch bin ich nicht bereit ihm zu verzeihen. Gut, er sieht ein, dass er ein Arschloch war, das macht es jedoch nicht ungeschehen.

Ich scrolle mich weiter durch das Chatfenster, doch danach finde ich nur noch Sprachnachrichten. Noch weiß ich nicht, ob ich dazu in der Lage bin Vincents Stimme zu hören. Er scheint seinen Fehler eingesehen zu haben und die Masse an Nachrichten zeigt, dass es ihm wichtig ist mir seine Sicht der Dinge mitzuteilen. Doch wozu? Ich weiß einfach nicht, wohin uns das Ganze führen soll.

Meinen Kopf voller Gedanken lasse ich mich zurück aufs Kissen sinken.

Statt der Schmerzen fühle ich nun absolutes Chaos in mir. War ich noch bis vor wenigen Minuten fest davon überzeugt, niemals wieder so etwas wie Glück empfinden zu können, keimt in mir leise Hoffnung auf. Noch weiß ich nicht, ob Vincent es ernst meint. Zwar hat er erwähnt, dass ich ihn *berühre*, was das allerdings bedeutet, ist und bleibt mir schleierhaft.

Wieder entsperre ich das Handy, lese die Nachrichten erneut und meine Neugier wächst immer weiter. Was er mir wohl aufgesprochen hat?

Entschlossen wühle ich mich aus dem Bett und suche mithilfe der Handytaschenlampe nach meinen Kopfhörern. Als ich sie endlich in den Händen halte, huscht mein Blick über Nias schlafenden Körper. Eingekringelt wie eine Katze liegt sie in meinem Bett und sieht unglaublich friedlich aus. Ich ziehe die Decke über ihren Rücken und beschließe mich in ihr Bett zu legen. Es kommt mir seltsam vor Vincents Sprachnachrichten abzuhören, während Nia so nah bei mir ist.

Als ich es einigermaßen bequem habe, starte ich die Nachrichten. Aus Angst, der Klang von Vincents Stimme könnte mir ins Herz schneiden, kralle ich meine Finger in Nias Decke und ziehe sie über meine Nasenspitze. Ihr Duft hängt in dem Stoff und dringt mir beruhigend in die Nase.

»Hey!« Es raschelt in dem Voice Memo, dann höre ich Vincent tief einatmen. *»Ich dachte ... na ja, es fällt mir schwer meine Gedanken in Worte zu fassen. Aber ich habe das Gefühl dich zu verlieren, wenn ich nicht zumindest versuche dir zu erklären, wie es zu meiner absolut unentschuldbaren Reaktion kam.«*

Ich presse meine Lippen fest aufeinander, mache mich bereit zu fallen. Eine bodenlose Tiefe erwartet mich. Ich spüre sie schon.

»Ich bin absolut verkorkst, Toni. Keine Ahnung, was mit mir nicht stimmt, aber na ja ... Die Sache mit dem Fühlen habe ich dir ja erzählt. Ich bin inzwischen daran gewöhnt, dass da absolute Taubheit in mir herrscht. An manchen Tagen ist da so etwas wie Genugtuung, wenn ich Songs zusammen mixe. Ich mag es, wenn die Menschen mir zujubeln, wenn sie meinen Namen rufen. Aber letztlich ist mir das auch egal. Ich hatte mich arrangiert mit meinem Leben. Es war okay.« Vincent seufzt und dieses Geräusch schneidet sich tief in meine Seele. Schüttet er mir gerade sein Herz aus? So ganz ohne irgendwelche Floskeln und Plattitüden?

»Erinnerst du dich an den Tag, an dem wir uns das erste Mal gesehen haben? Ich hatte nicht geplant zu dem Vorspiel zu gehen. Und jemanden wie dich dort zu sehen, hatte ich zwei Mal nicht erwartet. Irgendetwas hat mich dorthin gezogen und da ich tierische Kopfschmerzen hatte, habe ich es einfach zugelassen. Tja, und dann warst da du und hast mich einfach umgehauen. Es war das erste Mal seit jenem Abend in New York, dass mich ein Stück berührt hat. Dass ich etwas gefühlt habe. Verstehst du? Plötzlich war da die Hoffnung, dass doch nicht alles so bleibt. Dass ich vielleicht irgendwann mal wieder ganz werde und wie jeder andere Kerl lachen, weinen, lieben kann. Und vielleicht ... ja vielleicht würde ich ja sogar auch mal wieder Klavierspielen können. Du hast mir Hoffnung gegeben, verstehst du?«

Erst als ich blinzle und einen Tränenschleier auf meinen Augen wahrnehme, merke ich, dass ich zu weinen begonnen habe. Leise, ganz leise wische ich die Tränen von meinen Wangen und schließe die Augen. Ich lasse zu, dass mich Vincents Worte berühren. Dass sie durch die dicke Mauer sickern und sich in meinem Herzen breitmachen.

Mit zitternden Fingern klicke ich die nächste Nachricht an.

»Bis heute Abend war ich davon überzeugt, dass es nur deine Art zu spielen ist. Denn jedes Mal, wenn du deine Geige ausgepackt hast, war dieses Gefühl da. Ich wusste doch nicht ... na ja, ich war nicht darauf vorbereitet, dass es mich mit voller Wucht treffen würde, wenn ich ... wenn ich dich küsse. Das war ... Gott, ich kann es gar nicht beschreiben. Jedenfalls hast du nicht nach Sardellen geschmeckt.« Vincent lacht ungläubig auf. *»Die Heftigkeit, mit der ich dich gefühlt habe, dieses helle Ziehen in meiner Brust, das Klopfen ... ich habe nicht damit gerechnet und das hat mich total überfordert. Meine Reaktion war Scheiße und ich könnte mich noch immer ohrfeigen. Es tut mir so sehr leid und ich habe keine Ahnung, was in mich gefahren ist. Und ich weiß auch nicht, ob ich das wiedergutmachen kann. Und wenn ja, wie. Aber ich will es versuchen, wenn du mich lässt.«*

Vincents Stimme klingt plötzlich so sanft und nimmt mir jede Chance weiter sauer auf ihn zu sein. Stattdessen drängt sich die Sehnsucht in den Vordergrund. Die Sehnsucht ihn wiederzusehen, ihn zu riechen, zu spüren. Und vielleicht sogar zu küssen. Ja, ganz bestimmt sogar zu küssen, denn bevor er mir seine aus Worten geformte Klinge in mein Herz gestochen hat, war ich glücklich gewesen. So glücklich wie selten zuvor in meinem Leben.

Kurz huscht mein Blick zu Nia, aber sie schlummert noch immer selig in meinem Bett und so fasse ich mir ein Herz und starte die letzte Nachricht, die in dem Chatfenster auf eine Beantwortung wartet.

»Ich kann verstehen, dass du sauer auf mich bist und dich nicht meldest. Nach meiner Aktion habe ich es auch nicht anders verdient. Aber irgendwie ... mir ist es wichtig, dass wir das auf die Reihe kriegen. Und wenn du mir keine Chance mehr geben möchtest, werde ich das akzeptieren – auch wenn es mir schwerfällt. Aber ich bin dein Scout und wir werden immer wieder aufeinanderprallen. Morgen zum Beispiel kommt Cindy und da werde ich wohl oder übel bei euch vorbeischauen müssen. Ich wollte dir das vorher sagen, nicht, dass du mir dann ins Gesicht springst und die Augen auskratzt.« Wieder dringt dieses bittere Lachen durch die Kopfhörer und mein Herz zieht sich schmerzlich zusammen. *»Es ... Gott, ich hasse es dich darum bitten zu müssen. Aber es wäre wirklich wichtig, wenn das hier ... na ja, das, was da zwischen uns ist oder auch nicht ist ... argh! Ich meine, behalt das einfach für dich, ja?«*

Ich schüttle den Kopf, nicke zeitgleich und habe keine Ahnung, was ich von alldem halten soll. Natürlich verstehe ich seine Worte. Aber Vincent klingt verwirrt. Alles, was ich mit Sicherheit nach all den Nachrichten sagen kann, ist, dass es ihm ganz offensichtlich leidtut mich so mies behandelt zu haben. Nun kann ich einen auf beleidigte Leberwurst machen und ihn zukünftig ignorieren oder aber ich schlucke meine Eitelkeit hinunter und gebe ihm zumindest die Chance seinen Fehler wiedergutzumachen. Eine halbe Ewigkeit starre ich auf das Display, hin- und hergerissen, ob ich diesen Schritt auf ihn zugehen soll. Schließlich gebe ich mir einen Ruck.

Wir treffen uns morgen Abend bei dir. Dann können wir über alles reden. Passt es dir um sieben?

Bevor ich es mir anders überlegen kann, schicke ich die Nachricht ab. Vielleicht ist es ein Fehler, aber ich werde nur herausfinden, was das zwischen uns ist, wenn ich ihm noch einmal gegenübertrete. Wenn ich in seine grünen Augen schaue und einen Blick auf seine Seele erhasche.

Mein Herz bleibt kurz stehen, als das Smartphone wieder vibriert.

Wenn du um sechs kommst, koche ich für uns.

Kurz überlege ich, ob ich ihm schreiben soll, dass ich doch auch in der Schule essen kann. Aber wahrscheinlich würden wir dann die ganze Nacht über texten. An Schlaf ist ohnehin nicht zu denken, aber so einfach will und kann ich es ihm nicht machen. Also schicke ich ihm einfach ein Emoji mit einem ausgestreckten Daumen und schalte anschließend das Handy aus. Das sollte für ihn ein klares Signal sein, dass diese Unterhaltung beendet ist. Vorerst.

KAPITEL 18

Begegnungen

Toni

Schon beim Aufstehen spüre ich das Ziehen in meinem Bauch, die Unruhe. Vor mir liegt ein besonderer Tag. Da ist der Besuch meiner Mentorin, dem ich entgegengefiebert habe und auf den ich mich nun kaum konzentrieren kann. Dabei habe ich mich so darauf gefreut, dass sich ein Tag lang alles um meine Geige drehen wird. Jetzt bin ich aber so unendlich müde, denn geschlafen habe ich natürlich nicht. Und dann sind da noch all die Gedanken, die wie ein Kettenkarussell in meinem Kopf scheppern und sich unaufhörlich drehen. Die Frage, wie ich Vincent heute gegenübertreten soll, konnte ich noch nicht beantworten. In Cindys Beisein kann ich ihn weder anblaffen noch ignorieren noch mich mit ihm aussprechen. Schauspielerisches Talent ist gefragt, doch das ist ja bei mir Mangelware. An den Abend verbiete ich mir gänzlich zu denken, denn ansonsten würde ich wohl komplett durchdrehen.

»Hey, wann kommt denn deine Mentorin?«, will Lee wissen, die ihren blonden Schopf durch den Türspalt in unser Zimmer steckt. Offensichtlich hat sie von meinem gestrigen Tränenausbruch nichts mitbekommen und ich bin Nia unendlich dankbar, dass sie dichthält. Ich pruste lauthals los, da meine Patin einen aufgeklebten Bart trägt.

»Was? Ich wollte mal ausprobieren, wie man sich so als Hipster fühlt. Findest du etwa, das steht mir nicht?« Sie verzieht ihren roten Himbeermund zu einer Schnute. Inzwischen weiß ich, dass Lee zu allerhand Scherzen aufgelegt ist. Die Aufgabe jeden Tag etwas Neues zu tun, nimmt sie verdammt ernst – und löst sie, wie ich finde, sehr kreativ. Ich jedenfalls käme nie auf die Idee mich als Mann zu verkleiden.

»Doch. Du siehst bezaubernd aus.« Ich recke den Daumen. »Keine Ahnung, wann Cindy kommt. Was meinst du, soll ich unten in dem Probenraum, der uns zugeteilt wurde, auf sie warten?«

»Kann nicht schaden. Ich muss jetzt jedenfalls los, mein Name will getanzt werden. Was meinst du, soll ich mich heute Leeroy nennen?«

»Ich fände ja Leeeeegolas passender. Zumindest stimmt schonmal die Haarfarbe und die Zöpfe über den Ohren könnte dir vielleicht Paulina flechten?«

Lee tut, als würde sie ernsthaft überlegen. »Legolas …« Sie bewegt ihre Finger, als wolle sie damit die anthroposophischen Bewegungen nachahmen, die ihr im Tanzunterricht bevorstehen. »Hat was.« Mit einem Zwinkern ist sie verschwunden.

Mein Blick huscht zu meinem Handy. Ich habe mich noch nicht getraut es wieder anzustellen, aus Angst Vincent könnte mir wieder geschrieben haben. Zeitgleich habe ich auch Angst, er könnte nicht geschrieben haben. Argh, ist dieses Chaos in meinen Gedanken denn überhaupt noch normal?

Schnell schnappe ich mir den Geigenkoffer, stecke das Smartphone in die Tasche und mache mich auf die Suche nach dem uns zugeteilten Raum.

»Pass doch auf«, mault eine mir allzu bekannte Stimme. Melissas überheblicher Blick streift mich. »Ach, das neue Spielzeug vom Baby-Boss … War ja klar, dass es nur dieser Trampel sein kann. Alle anderen haben ja auch Augen im Kopf.«

Sie wirft ihre blonden Haare über den Rücken und stolziert an mir vorbei. Mit offenem Mund starre ich der Nichte der Rektorin hinterher und frage mich, warum sie noch nicht längst von der Schule geflogen ist. Ich weiß, ihre Worte sollten mir egal sein, dennoch nervt es mich, dass sie schon wieder einen fiesen Spruch auf Lager hat.

Spielzeug vom Baby-Boss? Woher weiß sie überhaupt, dass ich mich mit Vincent getroffen habe? Und wie kommt sie darauf, dass er mit mir spielt? Ich atme tief durch, versuche mir nicht zu viele Gedanken über dieses Miststück zu machen, das offensichtlich kein anderes Talent hat, als andere Menschen niederzumachen.

Entschlossen, mir den Tag von Melissa nicht versauen zu lassen, umklammere ich den Geigenkasten und quetsche mich wortlos an der Mädels-Gang vorbei ins Treppenhaus, wo schon reges Treiben herrscht. Inzwischen finde auch ich den Weg nach unten zu den Unterrichtsräumen.

***

Noch bin ich allein in dem kleinen Zimmer, das mir für die Zeit mit meiner Mentorin zugewiesen wurde. Es wirkt kahl und es ist etwas kühl hier drin. Für was es damals in Zeiten des Klosters wohl genutzt wurde? Da ich mich nach dem Zusammenprall mit der Oberschnepfe Melissa außer Stande fühle, mein Handy anzuschalten und mich mit Vincent auseinanderzusetzen, packe ich meine Geige aus und stimme sie mithilfe des Stimmgerätes.

Um die Zeit zu überbrücken, spiele ich mich warm. Ich merke, dass meine Finger langsamer sind, erste Folgen der Tatsache, dass ich derzeit viel zu selten spiele. Lee behauptet, dass dieser Effekt gewollt ist. Jeder von uns hat in seiner Jugend fast ausschließlich für sein Talent gelebt. Hat auf vieles verzichtet und nicht nach links und rechts geschaut. Um seine Träume zu verwirklichen, muss man hart arbeiten – Talent hin oder her. Für mich als Geigerin bedeutete das, dass ich bisher täglich mehrere Stunden gespielt habe. Ich bin tief abgetaucht in eine Welt, die aus Noten, Saiten und Kompositionen besteht. Vieles habe ich um mich herum vergessen. Auf vieles habe ich verzichtet.

Ich vertraue einfach darauf, dass die Dozenten hier schon wissen, wie sie ihre Studenten am besten fördern. Aber heute genieße ich jetzt erst einmal die vielen Stunden, in denen ich meine Geige in den Händen halten kann.

Ich klemme das Instrument zwischen Kinn und Schulter. Das kühle Ebenholz an meiner Haut zu spüren ist ein vertrautes Gefühl, das sich wie Nachhausekommen anfühlt. Ich schließe die Augen, lasse den warmen Klang, den der Korpus erzeugt, in mich strömen. Ich nehme die Genugtuung wahr, die Sehnsucht, die langsam schwächer wird, so, als bekäme meine Seele endlich wieder Futter. Verzückt verziehe ich das Gesicht, kann gar nicht aufhören mit dem Bogen in weichen Bewegungen über die Saiten zu streichen. Wie sehr ich diese Bewegung vermisst habe, wie sehr ich die Musik vermisst habe. Nach und nach spiele ich meine Lieblingsstücke, fliege durch die Noten, schwimme mit den Tönen davon, hinaus in die Unendlichkeit und ertrinke in den Melodien, die für mich die Welt bedeuten. Nichts erfüllt mich mit mehr Zufriedenheit als der Klang, den ich mit meinen Händen erzeuge.

Als die letzten Töne von Vittorio Montis »Csárdás« verklingen, werde ich durch ein Klatschen hart in die Realität geschleudert. Ich zucke zusammen, öffne die Augen und sehe Cindy vor mir stehen. In einer weißen Fake-Fur-Jacke, perfekt ungestylten Haaren und einem Leuchten in den auffällig dunkel geschminkten Augen, das mir Gänsehaut verschafft.

»Was hast du denn für eine krasse Technik?«, begrüßt sie mich lachend. »Spiel das noch mal. Das musst du mir unbedingt beibringen.« Sie streift sich die Jacke von den Schultern, pfeffert sie auf einen Stuhl und wedelt anschließend begeistert mit der Hand. Dabei stellt sie sich dicht vor mich.

»Was?«, frage ich verwirrt nach, weil doch eigentlich Cindy mir etwas zeigen soll. Und nicht umgekehrt.

»Na, wie du die schnelle Passage spielst, das sieht so einfach aus.«

Etwas irritiert klemme ich mir wieder die Geige unter mein Kinn und fange an zu spielen. Cindys Blick ist auf die Finger meiner linken Hand geheftet. Doch jetzt, da sie jede meiner Bewegungen mit Adleraugen verfolgt, will mir das, was mir sonst so leicht von den Fingern geht, nicht gelingen. Ich verkrampfe, versuche herauszubekommen, was ich anders als Cindy mache. Anders – in meiner Welt war *anders sein* bislang ein Synonym für *falsch sein*. Ich weiß, ich habe keine ausgefeilte Technik, habe ich nie gehabt, denn ich habe bei keinem Meister gelernt. Meine Lehrer waren nicht schlecht, aber weit davon entfernt Koryphäen zu sein. Sie förderten mich und forderten mich – bis ich besser wurde als sie und sie mich ziehen ließen, weil sie mir nichts mehr beibringen konnten. Da fing ich an mir einiges selbst beizubringen, was man jetzt wohl an meiner *krassen Technik* sieht.

»Okay, Schätzchen, ich sehe, was dein Problem ist.« Ihre Mundwinkel zucken und schon schrumpfe ich zu der kleinen Erbse zusammen, die ich tief in meinem Unterbewusstsein wohl bin.

»Ich weiß, meine Technik.« Es hilft ja nichts. Cindy ist ein Profi und sie erkennt meine Schwäche sofort.

Bestimmt schüttelt Cindy den Kopf und schnalzt mit der Zunge.

»Toni, Toni, Toni! Es ist nicht deine Technik. Sie ist anders, aber sie funktioniert. Da würde ich mir gerne etwas abschauen, wenn das für dich in Ordnung ist.«

Ich nicke völlig überfordert und habe keine Ahnung, was ich sonst für Probleme haben könnte.

»Es ist dein Selbstvertrauen. Das ist unterirdisch. Schau, ich sehe, wie phantastisch du bist, dein Scout sieht es.« Bei der Erwähnung von Vincent beschleunigt sich mein Puls wie von allein. Haben sie etwa über mich gesprochen? Natürlich haben sie das – schließlich muss ja irgendwer Cindy als meine Mentorin angeheuert haben. »Nur du selbst, du traust dich nicht.«

Sie streckt mir ihre Hand entgegen. »Komm.« Einladend nickt sie zur Tür. Aber ich schaue sie nur an, unfähig mich zu bewegen. Was will sie von mir?

»Na komm. Leg deine Geige weg und folge mir.«

Verdattert tue ich, was sie mir sagt und finde mich ein paar Minuten später mitten im nahegelegenen Wald wieder. Cindy wirkt hier wie ein Fremdkörper. Sie sieht wie ein Rockstar aus und sie inmitten der Natur zu sehen ist befremdlich. Auf einer Lichtung bleibt sie stehen und lässt meine Hand los. Sie breitet die Arme aus und dreht sich – schneller, immer schneller. Ihr Lachen hallt zwischen den Bäumen.

»Mach mit!«, fordert sie mich auf. Ich brauche noch ein paar Umdrehungen, bis ich all meine Bedenken hinter mir lasse und es ihr gleichtue. Langsam setze ich einen Fuß neben den anderen, breite meine Arme aus und verkneife mir ein ungläubiges Lachen. Als Kind habe ich das oft gemacht. Warum fällt es mir jetzt so schwer loszulassen? Den Moment zu genießen. Die Kühle des Morgens streift über mein erhitztes Gesicht, das Grün der Blätter verschwimmt zu einer einzigen Masse. Dann drehe und drehe und drehe ich mich. Ich kichere, merke, wie mir schwindelig wird und halte nach ein paar stolpernden Schritten an.

»So. Und jetzt wiederholst du meine Worte: *Ich bin gut! Und ich bin verdammt noch mal genug!*«

Ich schüttle den Kopf und stemme die Hände in die Hüften. Atemlos presse ich ein »Was?« hervor.

»Los, sag es!«, drängt sie mich.

Ich lache und schaue hilfesuchend in der Gegend umher.

»Toni! Du bist gut. Und du bist verdammt noch mal genug!«

Ich zucke mit den Schultern, lache noch einmal ungläubig auf. »Okay. Ich bin gut und ich bin genug«, rattere ich emotionslos runter. Was soll das alles?

»Lauter! Ich kann dich nicht hören!«, brüllt Cindy und hält sich eine Hand hinter ein Ohr. Ihre Stimme wird von den Bäumen verschluckt. Nur ein leises Seufzen der Blätter ist zu hören.

»Ich bin gut und ich bin genug.«

»Und jetzt fühl es! Schrei es raus!«

Missmutig ziehe ich meine Augenbrauen hoch und wiederhole den Satz. Cindy schüttelt genervt den Kopf.

»Du musst es fühlen! Los, ich weiß, dass du es kannst. Tu es. Trau dich! Ich glaube an dich, Toni!« Als wollte sie mich völlig kirre machen, beginnt sie schon wieder sich um die eigene Achse zu drehen.

Ich wiederhole ihre Worte noch ein paar Mal und ernte immer wieder den Rat es lauter auszusprechen. Schließlich brülle ich aus voller Seele: »Ich bin gut. Und ich bin verdammt noch mal genug!«

Cindy hält abrupt inne und klatscht begeistert in die Hände.

»Ich wusste es! Ich wusste, dass du das schaffst. Wie fühlst du dich?«

Ich horche in mich hinein. Mein Herz rast, meine Hände sind verschwitzt. In meinem Kopf summt und surrt es in einem fort. Aber ich fühle mich gut. Ich fühle mich frei.

Schließlich nicke ich nur und lasse es zu, dass sich ein breites Grinsen auf meinem Gesicht ausbreitet.

»Gut. Und da das jetzt geklärt ist, lass uns arbeiten.« Ohne auf eine Reaktion meinerseits zu warten, stakst Cindy in ihren hochhackigen Stiefeln über den Waldboden in die Richtung, in der das Kloster liegt.

***

Wieder zurück in unserem kleinen Probenraum, schnappen wir uns unsere Geigen und spielen, spielen, als gäbe es kein Morgen. Ich lasse alle Erwartungen und all die Ängste, Befürchtungen und Vorgaben hinter mir. Es gibt nur Cindy, unsere Geigen und mich. Nie habe ich mit jemandem gespielt, der sich ebenso in der Musik verliert wie ich. Nie war es leichter mit jemandem gemeinsam Musik zu machen. Meine Wangen glühen. Mein Herz hüpft in einem fort. Ich bin glücklich, glücklich, glücklich und endlich weiß ich, dass ich hier auf der Akademie genau richtig bin. Hier und nirgends anders kann man mir beibringen, wie Kunst funktioniert. Wie ich funktioniere.

»Vincent«, ruft Cindy plötzlich erfreut aus und lässt ihre Geige sinken. Eiligen Schrittes tritt sie auf ihn zu und begrüßt ihn mit Küsschen auf die Wangen.

»Schön, dass du hier bist, Cindy. Wie geht es dir?« Er strahlt die Star-Geigerin an und gibt mir damit Zeit den Schock zu verkraften, dass er tatsächlich hier auftaucht. *Wie soll ich ihn nur begrüßen? Mich verhalten?* Mir wird ganz flau im Bauch und gleichzeitig hüpft mein Magen aufgeregt mit meinem viel zu schnellen Herzschlag um die Wette.

»Wie lange ist es her, dass wir uns gesehen haben?«, überlegt Cindy laut. Vincents Blick huscht zu mir und ein unsicheres Lächeln ziert seine Lippen, als er seine Hand hebt und mir kaum merklich zuwinkt.

»Hey, Toni«, flüstert er fast schon und richtet seine Aufmerksamkeit wieder auf Cindy.

»Argh, ich freue mich so, dass du angerufen hast«, schwärmt meine Mentorin.

»Ich habe sofort an dich gedacht, als Toni zugesagt hatte auf die AcA zu kommen. Du bist einfach das perfekte Match.« Wieder streift mich Vincents Blick. Traut er sich nicht mich direkt anzusehen?

»Die Lady hier hat noch einiges zu lernen. Aber das kriegen wir schon hin, oder, Toni?« Cindy zwinkert mir verschwörerisch zu.

Vincent scheint verwirrt zu sein.

»Okay, ich dachte –«

»Entspann dich, Vince. Tonis Technik ist brillant. Aber ihr Selbstbewusstsein …«, Cindy rauft sich die Haare und lacht auf, »das ist echt unterirdisch!«

Am liebsten würde ich im Erdboden versinken und senke den Blick, in der Hoffnung, dass sich ein Loch auftut.

»Ich arbeite dran«, erwidert Vincent lachend. Er klingt sichtlich erleichtert – etwas, was ich von mir nicht behaupten kann. Es fiele mir leichter, wenn sie sich beklagen würden, dass ich Händels Werke zu heiter spiele. Oder mir die Leichtigkeit für die *Kleine Nachtmusik* fehlt. Aber Selbstvertrauen – wie soll ich das trainieren?

»Gut, vielleicht können wir Toni zusammen davon überzeugen, was sie kann. Wir sind ja ein eingespieltes Team.« Vertraulich legt sie eine Hand auf seinen Unterarm. »Apropos … Wie wär's, hast du mal wieder Lust auf ein gemeinsames Projekt? Vielleicht hat dein Vater ja mal wieder was für uns. Er ist doch noch im Business, oder?«

Das Lächeln auf Vincents Gesicht gefriert. Aber vielleicht glaube ich das auch nur, weil ich um seine Angst weiß. Sein linker Mundwinkel zuckt. Kurz huscht sein Blick zu mir, nur für einen winzigen Augenblick, aber es ist, als wolle er sichergehen, dass ich da bin. Dass ich hinter ihm stehe und ihm den Rücken stärke.

»Ich spiele nicht mehr. Aber mein Vater nimmt dich ganz sicher wieder in sein Ensemble auf, wenn es bei einer Produktion passt. Frag ihn doch gleich selbst. Ich wollte euch gerade zum Essen abholen. Phil will es sich nicht nehmen lassen dich zu treffen, wenn du schon mal im Haus bist.«

Cindy starrt Vincent mit offenem Mund an. »Du spielst nicht mehr?«

»Ja.« Vincent zuckt mit den Schultern. »Was ist, Mädels? Kommt ihr mit? Ich für meinen Teil habe einen Bärenhunger.« Fragend wandert sein Blick zwischen Cindy und mir hin und her. Offensichtlich hat er nicht vor, Cindy weitere Informationen zu geben, was sein Problem betrifft.

»Klar.« Ich ringe nach weiteren Worten, um Vincent in seinem Vorhaben zu unterstützen. »Ich bin schon gespannt, was Mathilda gezaubert hat. Und meine Finger können eine Pause gut gebrauchen. Ich bin das lange Spielen einfach nicht mehr gewohnt«, sage ich um Lockerheit bemüht. Als wäre es beschlossene Sache, gehe ich zu meinem Geigenkoffer, der im Vergleich zu Cindys hippem grauem Rucksack wie ein Relikt längst vergangener Zeiten wirkt. Behutsam lege ich meine Geige und den Bogen hinein. Ich dehne meine Nackenmuskulatur und strecke mich, weil die Haltung anstrengend ist und ich gar nicht gemerkt habe, wie die Zeit verging.

Cindy verstaut ihre Geige ebenfalls und hakt sich bei Vincent unter.

»Du bist jetzt also ein Abtrünniger? Tingelst durch die Edel-Clubs und machst einen auf Popsternchen?«, neckt sie Vincent und die beiden laufen vor. Ich vernehme einen leisen Stich, als ich die beiden so vertraut miteinander sehe.

Nachdem ich die Tür hinter mir geschlossen habe, halte ich etwas Abstand zu den beiden.

Luft – ich brauche dringend Luft, um den Morgen auch nur ansatzweise zu verdauen. Was gäbe ich jetzt darum einfach in mein Zimmer gehen zu können, mich hinzulegen und an die Decke zu starren. Aber da ist Cindy. Und Vincent. Und das Loch in meinem Magen, das lautstark darum bettelt gefüllt zu werden.

***

Die beiden plaudern munter weiter, als ich in der Schlange an der Essensausgabe hinter ihnen anstehe. Sie reden über längst vergangene Zeiten. Über gemeinsame Bekannte, wie ich vermute. Offensichtlich scheint die beiden viel zu verbinden. Ich lasse ihre Unterhaltung durch mich hindurchrauschen, tauche ab und fühle mich leer. Nein voll. Nein leer. Nicht einmal die mehr als seltsame erste Begegnung mit Vincent nach dem katastrophalen Abend gestern berührt mich sonderlich.

Mechanisch lade ich mein Essen aufs Tablett und steuere schon auf den Tisch zu, an dem Lee, Paulina und Nia sitzen und bereits essen.

»Wann machen wir denn weiter?«, frage ich noch kurz Cindy, die vor mir läuft. »Nur, damit ich pünktlich bin.« Ein bisschen schade finde ich es schon, dass mir Vincent meine Mentorin ausspannt. Ich habe so viele Fragen an sie, möchte unendlich viel aus ihrem Leben als Musikerin wissen. Das Essen wäre eine gute Gelegenheit gewesen sie etwas besser kennenzulernen.

Cindy dreht sich zu Vincent um und wartet offenbar auf eine Antwort von ihm.

»Keine Ahnung – das liegt an euch beiden.« Vincents Blick wandert zwischen Cindy und mir hin und her und bleibt schließlich auf mir haften. »Aber du kommst doch wohl mit uns mit, oder? Mein Vater wartet da drüben schon auf uns«, sagt er an mich gerichtet.

Ich folge seinem Blick und sehe Phil de Breune an einem der Tische sitzen, die für gewöhnlich den Lehrern vorbehalten sind. Sie stehen etwas abseits, sind mit Grünpflanzen vom Rest der großen Halle abgetrennt und wirken nobler als die Mensa-Tische, die für uns Studenten gedacht sind.

Panik steigt in mir auf und ich umklammere mein Tablett unwillkürlich fester. Unmöglich kann ich mit Phil de Breune mittagessen. Er ist ein weltberühmter Dirigent. Der Leiter und Gründer der *Academy of Arts*. Er ist Vincents Vater!

»Was ist?« Vincent scheint mein Unbehagen zu spüren. Hätte ich telepathische Kräfte, könnte ich ihm meine Bedenken wortlos mitteilen. So bleibt mir nur, unbeholfen mit den Schultern zu zucken und meine Mundwinkel zu einer seltsamen Grimasse zu verziehen.

»Geh schon mal vor, okay? Wir kommen gleich nach«, höre ich Vincent zu Cindy sagen und tatsächlich lässt sie uns allein. Allein – sofern man das in einer Mensa zur Essenszeit denn sein kann.

»Hey, alles okay?« Seine Stimme ist sanft, fürsorglich. Aber das macht es nur noch schlimmer.

»Ich kann nicht«, flüstere ich schließlich und hefte meinen Blick auf die alten Fliesen, die auch hier im großen Saal im Laufe der Jahrhunderte abgetreten wurden und dennoch nichts von ihrer Schönheit verloren haben.

Vincent lacht leise auf. Ich spüre seine Hand ganz nahe an meinem Rücken.

Seine Fingerkuppen berühren mein schwarzes Shirt kaum merklich und dennoch beschert es mir Gänsehaut.

»Versuch einfach zu vergessen, dass du vielleicht gleich deinem zukünftigen Schwiegervater gegenübertrittst.«

Mein Blick schnellt zu Vincent, in dessen Gesicht ein freches Grinsen sitzt. Zum Lachen ist mir allerdings nicht zumute. Der Duft der Reispfanne auf meinem Teller dringt mir in die Nase und verursacht mir Übelkeit. Oder ist es der Spruch, den Vincent sicher als blöden Scherz gemeint hat? Hat er doch, oder?

»Schätze, da hätte ich auch noch ein Wörtchen mitzureden«, fauche ich und dränge mich mit pochendem Herzen an ihm vorbei, um mich dem zu stellen, was ich ohnehin nicht umgehen kann. Ich hasse es, dass mich Vincent in so etwas hineinmanövriert.

Ich zwinge mir ein Lächeln auf die Lippen, als ich auf den Tisch zusteuere, an dem bereits meine Mentorin und der Direktor nebeneinandersitzen und sich unterhalten, als wären sie beste Freunde. Mein Blick ist dabei auf Phil de Breunes Gesicht getackert. Er ist eine Legende und ich habe im Vorfeld so viel über ihn gelesen, dass ich ihn und seine Liebe zur Kunst sehr verehre. Ihm nun gegenüberzutreten, an einem Tisch mit ihm zu sitzen und mich womöglich sogar mit ihm zu unterhalten, fühlt sich surreal an. Groß, viel zu groß für diesen vom Stimmengewirr der Mensa umtosten Moment.

Als der Direktor Vincent und mich auf sich zusteuern sieht, tupft er sich mit einer Serviette den Mund ab, steht auf und nickt uns mit einem Lächeln auf den Lippen zu.

»Dad, das ist Antonia Langer, unser Geigentalent aus dem ersten Semester und Cindys Protegé«, stellt mich Vincent vor. Ich bin ihm dankbar, dass er seine Aufzählung nicht fortgeführt hat. Das Mädchen zu sein, das Vincent geküsst und das er danach von sich gestoßen hat, verdränge ich nämlich gekonnt in die hinterletzte Ecke meines Bewusstseins. Zumindest versuche ich es.

Ich stelle mein Tablett auf den Tisch und greife nach seiner Hand, die er mir über den Tisch hinweg zu streckt. »Herr de Breune, es ist mir eine Ehre –«

»Bitte, nenn mich doch Phil. Wir in der AcA duzen uns doch alle und sonst fühle ich mich so alt.« Er zwinkert mir zu. Sicher versucht er mir die Anspannung zu nehmen. Erfolglos.

Ich nicke überfordert und schlucke. Der Kloß in meinem Hals macht es mir unmöglich etwas zu sagen. Und so versuche ich einfach herauszufinden, wo mein Platz ist. Cindy sitzt neben Phil und so bleibt mir nur, mich neben Vincent zu setzen. Bei all den unausgesprochenen Fragen ist das nicht gerade mein liebster Platz. Aber was bleibt mir übrig?

»Entschuldigt, ich habe schon mal mit dem Essen begonnen. Wie unhöflich. Aber jetzt noch einmal: Guten Appetit.« Phil zuckt mit den Schultern. »Wir haben gerade über dich gesprochen, Antonia. Cindy ist sehr beeindruckt von deinem Spiel«, startet Phil den Small-Talk.

»Das freut mich«, entgegne ich leise. Vincent hat sich inzwischen neben mich gesetzt. Ich kann seine Nähe spüren, seine Wärme, und das macht es mir noch schwerer mich auf ein Gespräch mit seinem Vater zu konzentrieren.

»Bei wem hast du denn gelernt? Normalerweise haben wir so ein Talent wie dich schon früher auf dem Schirm, aber Vincent meinte, es wäre reiner Zufall gewesen, dass er dich in Amsterdam gefunden hat. Wir haben nur wenige Informationen über dich. Erzähl doch ein bisschen was über deinen Werdegang.« Die blauen Augen mustern mich aufmerksam. Er legt den Kopf etwas schief, als könnte er so noch weiter in meine Seele vordringen.

Ich räuspere mich und lasse die Gabel, die ich gerade zum Mund führen wollte, wieder sinken.

»Oh, ich hatte keine allzu bekannten Lehrer. Meine Eltern leben auf einem Hof im Schwarzwald und da war es nicht so einfach. Ich war erst in der Jugend-Musikschule in Freiburg und habe später Privat-Unterricht bei Roland Männer bekommen.« Meine Kurzausführung klingt in meinen Ohren wie ein kindliches Stottern. Die Werdegänge meiner Kommilitonen sind dagegen wie aus dem Bilderbuch. Schon in jungen Jahren haben sie die beste Ausbildung genossen und sind bereits perfekt geformt auf die AcA gekommen.

»Interessant.« Mir entgeht der Blickwechsel zwischen Cindy und Phil nicht und ich frage mich, was die beiden wortlos austauschen. »Und? Wie gefällt es dir hier auf der Akademie? Hast du dich schon eingewöhnt?«

»Gut. Ja, ich denke schon.« Nervös suche ich mit einem Seitenblick Hilfe bei Vincent. Langsam fühlt sich das Gespräch nach Verhör an. Und als könnte Vincent spüren, dass mir die Fragerei unangenehm wird, richtet er nun das Wort an seinen Vater.

»Cindy würde gerne mal wieder mit dir zusammenarbeiten. Vielleicht hast du ja in der nächsten Saison etwas geplant, wo sie gut reinpasst.«

Augenblicklich fangen Phils Augen zu leuchten an und seine Aufmerksamkeit ist auf meine Mentorin gerichtet. Als wäre ab diesem Moment alles um sie herum vergessen, plaudern die beiden über zukünftige Projekte und tauschen Erinnerungen an vergangene Engagements aus. Erleichtert, dass ich nicht mehr im Fokus stehe, atme ich aus und spüre, wie die Anspannung nach und nach von mir fällt.

Vincent nimmt rege an der Unterhaltung teil, wirft immer mal wieder eine Bemerkung ein und lacht im genau passenden Moment. Ich konzentriere mich indes darauf mein Essen hinunterzuwürgen. Appetit habe ich keinen, aber ich weiß, dass es seltsam aussehen könnte, wenn ich einen vollbeladenen Teller zurückgehen lasse.

»Möchte noch jemand einen Kaffee, Espresso, Cappuccino?« Vincent ist aufgestanden und schon spüre ich die Unruhe wieder in mir aufkeimen. Er wird mich doch nicht hier allein mit seinem Vater sitzen lassen!

»Gerne, einen Espresso«, bestellt Cindy mit so einem zuckersüßen Lächeln auf den Lippen, dass ich glatt eifersüchtig werden könnte. Es fühlt sich seltsam an, dass sich die drei so gut kennen, sich gut verstehen, während ich wie ein Fremdkörper einfach nur danebensitze, unfähig mich in ihr Gespräch einzubringen.

»Espresso«, sagt nun auch Phil und legt das Besteck auf seinen Teller, den er von sich schiebt.

»Was ist mit dir, Toni?«, fragt Vincent sanft. Seine Hand landet auf meiner Schulter, als wollte er mich aus einem Paralleluniversum zurückholen. Die

Geste ist viel zu vertraulich und ich zucke unter seiner Berührung zusammen. Schnell schüttle ich den Kopf.

»Nein, danke!« Mein Blick sucht den seinen. Es fühlt sich seltsam an, dass er da ist. Aber dass er nicht mehr da ist, macht mir noch mehr Angst. Ich sehne das Ende der Pause entgegen. Möchte endlich wieder zu meiner Geige, abtauchen, ganz tief abtauchen in eine Welt, die ich unter Kontrolle habe.

»Ich muss kurz ...«, sage ich schließlich und wedle Richtung Ausgang. Hunger habe ich ohnehin keinen und so stehe ich einfach auf und folge Vincent.

»Hast du Schiss vor meinem Vater?«, fragt er ungläubig mit einem schelmischen Grinsen.

Ich schüttle den Kopf.

»Quatsch. Ich muss auf Toilette«, sage ich lahm und fühle mich ertappt. Dennoch quetsche ich mich an ihm vorbei und steuere auf den Ausgang zu. Erstaunt nehme ich wahr, dass mir Vincent folgt und nicht wie geplant zum Kaffeeautomaten abbiegt.

»Kontrollierst du mich?«, frage ich fassungslos über die Schulter hinweg. Mit ihm allein zu sein ist fast so schlimm, wie mit seinem Vater allein zu sein.

»Quatsch. Ich muss nur auf Toilette«, echot er und grinst mich frech an. Mir fällt nichts Sinniges ein, was ich ihm entgegnen könnte und so quetsche ich mich weiter durch die Schülermassen, die zur Essensausgabe drängen.

Im Flur, in dem die Toiletten liegen, ist deutlich weniger los. Ich atme tief ein. Die Luft ist kühl und eine große Portion Sauerstoff dringt in meine Lungen. Die Gedanken rasen in meinem Kopf. Ich versuche sie zu sortieren, weit komme ich allerdings nicht, da Vincent plötzlich vor mir steht und mich in eine Nische drängt. Überraschung wechselt sich mit Überforderung ab. Ich könnte mich bedrängt fühlen, aber Vincents Nähe macht mir keine Angst. Nur habe ich keine Ahnung, wie ich mit alldem umgehen soll.

»Was soll das?«, presse ich hervor. Der Kloß in meinem Hals und das wilde Ding in meiner Brust, das haltlos pocht, machen es mir verdammt schwer überhaupt etwas zu sagen.

Der Ausdruck in Vincents Gesicht ist ernst. Seine hohen Wangenknochen treten deutlich hervor. Ist er sauer? Warum? Ich schlucke.

»Es macht mich wahnsinnig, dass du mich wie Luft behandelst«, sagt er schließlich.

Ich starre ihn an, ein hysterisches Lachen würgt sich meine Kehle hoch.

»Gott, Vincent! Warum sagst du das? Hast du auch nur ansatzweise eine Ahnung, wie ich mich gerade fühle? Wahnsinnig?! Ich versuche irgendwie unbeschadet durch diesen Eiertanz hindurchzukommen. Du hast doch selbst gesagt, dass niemand wissen soll, dass wir uns treffen ... getroffen haben ... na, du weißt schon. Du bist mein Scout. Und basta.«

»Und basta?« Vincent presst seine Lippen fest aufeinander. Sein Blick ist kalt. Ich erschaudere.

»Ja, Vincent«, sage ich ernst. »Jetzt im Moment bist du einfach nur mein Scout. Ich erinnere mich nicht, dass wir das andere ... öh ... diese Sache ...« Plötzlich komme ich mächtig ins Schleudern. »Wir wollten heute Abend reden und nicht jetzt! Und bis dahin versuche ich ... Ach Scheiße, meinst du ernsthaft, das alles ist einfach für mich?«

Weiter komme ich nicht, denn schon spüre ich Vincents Lippen auf meinen. Nur kurz, wie ein Flügelschlag. Und sanft. Aber diese winzige Berührung lässt all meinen Widerstand zusammenbrechen. Wie paralysiert schaue ich zu ihm auf. In seinem Blick lodert ein Feuer, das auch ich spüre. Tief in meinem Inneren wärmt es mich. Es verbrennt mich. Sekunde um Sekunde.

»Ich würde dir gerne zeigen, dass ich so viel mehr als nur dein Scout sein kann«, raunt Vincent. Er wirkt entschlossen und bevor ich etwas entgegnen kann, löst er sich von mir und verschwindet auf die Herrentoilette. Fassungslos starre ich ihm hinterher. Unwillkürlich berühre ich mit meinen Fingerspitzen die Lippen. Suche nach einem Beweis dafür, dass das gerade geschehen ist.

Plötzlich ist es mir unmöglich auch nur einen Augenblick länger stillzustehen. Ich steuere auf die Damentoiletten zu, schließe mich in einer Kabine ein und lehne mich erschöpft gegen die Tür.

Vincent legt es offensichtlich darauf an, dass ich einen Herzanfall erleide. Minutenlang verharre ich, versuche meinen Herzschlag zu drosseln, die Röte aus meinen Wangen zu wischen und mich so weit zu sammeln, dass ich Phil und Cindy wieder gegenübertreten kann. Und Vincent. Vincent! Am liebsten würde ich einfach in den Probenraum gehen und dort auf Cindy warten. Aber das wäre unhöflich.

Also atme ich tief durch, versuche meine Mundwinkel irgendwie zu bändigen. Sollte ich nicht sauer auf Vincent sein? Das war eine absolut beschissene Aktion gestern Abend. Und nun veranstaltet er so etwas, obwohl ich noch mehr Chaos in meinem Kopf wirklich nicht gebrauchen kann. Ich muss total verwirrt sein, dass ich mich über diesen kleinen, diesen ganz und gar flüchtigen Kuss freue. Aber ich bin mir diesmal ganz sicher: Er war alles andere als bedeutungslos.

Wie ferngesteuert laufe ich zurück zu unserem Tisch, an dem die anderen drei bereits mit ihren Heißgetränken fertig sind. Wie lange ich wohl weg war? Vincents Blick streift mich, als wolle er sichergehen, dass es mir gutgeht.

Kaum sitze ich wieder auf meinem Stuhl und versuche herauszubekommen, über was die anderen sprechen, schließt Phil schon die Unterhaltung.

»Seid mir nicht böse, aber ich muss los. Cindy, es war toll dich wiederzusehen. Wegen des Projektes bleiben wir einfach in Kontakt, ja?« Die beiden verabschieden sich mit einer herzlichen Umarmung und Küsschen auf die Wangen. »Antonia, es war mir eine Freude dich kennenzulernen. Ich schätze, wir werden uns hier noch öfter über den Weg laufen.« Mit einem echten Lächeln streckt er mir seine Hand zur Verabschiedung entgegen. Ich schüttle sie und murmle ein paar Worte des Dankes.

»Okay, dann machen wir beide wohl weiter«, wendet sich meine Mentorin an mich. »Begleitest du uns noch nach unten, Vincent?«

»Als würde ich mir das entgehen lassen, Cindy.« Er zwinkert Cindy an und beide grinsen breit. Ich verkneife es mir mit den Augen zu rollen.

Wir geben die Tabletts in den Servierwägen und lassen uns mit der Menschenmenge nach draußen spülen. Bei dem Trubel bin ich nun doch dankbar, dass uns Vincent begleitet und durch die Flure zu unserem Probenraum lotst.

Vor der Tür umarmen sich Cindy und Vincent herzlich. Und, wie ich finde, einen Tick zu lange. Vielleicht flüstern sie auch etwas, das höre ich schon nicht mehr, da ich bereits ins Innere des Raumes trete, um den beiden Platz für diese innige Abschiedsszene zu geben. Mein Herz bäumt sich auf, als ich ihnen den Rücken zudrehe und vorgebe, etwas in meinem Geigenkasten zu suchen. Beim besten Willen kann und will ich nicht sehen, wie locker die beiden miteinander umgehen.

»Ciao, Toni. Wir sehen uns!«, ruft Vincent in den Raum. Ich hebe nur die Hand als Zeichen, dass ich ihn gehört habe, und vermeide es mich umzudrehen und in diese leuchtenden Augen zu blicken.

Die Tür fällt mit einem leisen Klacken ins Schloss und ich höre, wie Cindy neben mich tritt. Leise summt sie eine mir unbekannte Melodie. Keine Frage, sie ist bester Laune. Das wäre ich auch, wenn ich nicht so unendlich verwirrt wäre.

»Du und Vincent also«, startet sie und ich erstarre in meiner Bewegung. Als ich mir sicher bin, dass mein Herz weiterschlägt – zwar viel zu schnell – drehe ich mich langsam zu ihr um.

»Was?«, frage ich lahm nach.

Cindy lehnt sich mit einem wissenden Lächeln auf ihren rot geschminkten Lippen an einen Tisch und überschlägt die Beine.

»Ich kenne Vincent gut. Sehr gut sogar. Und sein Verhalten gerade lässt nur einen Schluss zu.«

Ich schließe für einen Moment die Augen und schüttle kaum merklich den Kopf. *Scheiße, scheiße, scheiße.*

»Sorry, Cindy, aber –«

»Also jetzt mal rein hypothetisch: Wenn da etwas zwischen dir und Vincent wäre, dann wäre es verdammt wichtig das zu wissen. Ich müsste dir dann nämlich etwas erzählen, das nur wenige Menschen wissen. Und das auch nur, weil es sonst zwischen uns beiden echt seltsam werden könnte.« Sie zieht erwartungsvoll die Augenbrauen hoch.

Genervt verdrehe ich die Augen. »Ja, schon klar. Vincent wird mir wehtun, Vincent geht es immer nur um die Akademie. Vincent meint es nie mit einer ernst … Hab ich etwas vergessen?« Ich lasse den Deckel meines Geigenkoffers zuklappen und stelle mich ihr gegenüber an die Wand. Trotzig verschränke ich die Arme vor meiner Brust. Offensichtlich hat es eh keinen Sinn zu leugnen, dass zwischen Vincent und mir etwas ist. Obwohl wir beide noch nicht wissen, worauf es hinauslaufen wird.

»Klingt, als würden wir von zwei unterschiedlichen Menschen sprechen. Der Vincent, den ich kenne, ist leidenschaftlich. Und er würde eine Frau niemals absichtlich verletzen. Woher ich das denn wissen will, fragst du dich gerade sicher?« Sie legt den Kopf schief und fixiert mich mit ihrem Blick. »Weil ich eine der Frauen war, die er an sich rangelassen hat. Nah, sehr nah sogar, wenn du verstehst, was ich meine. Um genau zu sein, war ich die erste.«

Ich starre sie an. Sekundenlang herrscht in meinem Kopf absolute Leere. Kein Ton, kein Gedanke. Dann scheppert es grauenvoll und mein erster Impuls ist mir die Ohren zuzuhalten. Aber ich weiß, dass das nichts nützen wird. Dieser entsetzliche Lärm ist in meinem Kopf. *Nein. Nein. Nein. Nein. Nein!*

»Du ... und Vincent? Ihr hattet was miteinander? Warum erzählst du mir das?«, hauche ich und kann meine Tränen nur mit Mühe zurückhalten. Warum nur fühlt es sich wie Verrat an?

»Weil ich finde, dass du ein Anrecht darauf hast. Hätte ich gewusst, dass zwischen dir und Vincent etwas läuft, hätte ich nicht zugesagt deine Mentorin zu werden. Es ist nicht so, dass ich es dir nicht gönne, denn das tue ich. Aus vollstem Herzen. Und Vincent auch. Ihr beide, ihr seid wirklich toll und ich kann mir euch gut zusammen vorstellen. Aber ich möchte mit dir arbeiten, möchte aus dir das herausholen, was in dir schlummert. Und das kann ich nur, wenn du mir vertraust.« Sie schlendert zu mir rüber. »Ich weiß, du kannst mir das gerade nicht glauben, aber die Sache mit Vincent und mir liegt Jahre zurück. Er war fünfzehn und ich hatte gerade einmal mein Studium beendet und unter Phil eines meiner ersten Engagements. Wir hatten eine schöne Zeit. Eine verdammt schöne sogar. Aber die liegt in der Vergangenheit, hörst du? Heute sind wir nur Freunde – nicht mehr! Wir hatten in all den Jahren nichts mehr miteinander und an Gelegenheiten hat es wahrlich nicht gemangelt.« Eine Armlänge vor mir bleibt sie stehen. Ein mitleidiges Zucken legt sich um ihre Mundwinkel. »Es tut mir leid, Toni. Wirklich. Aber ich wollte nicht, dass es irgendwie rauskommt. Dann wäre es noch viel seltsamer geworden, als die Situation ohnehin schon ist.«

Ich nicke. Dabei habe ich keine Ahnung, was das alles soll. Was es bedeutet – außer, dass ich mich ziemlich blöd fühle. Benutzt, ausgespuckt, hintergangen. Nun kann ich meine Tränen doch nicht mehr zurückhalten. Ich lasse los, lasse zu, dass mich Cindy so zerstört sieht. Verletzt. Denn das bin ich. Wieder einmal. Was hat sich Vincent nur dabei gedacht, mir die Frau zur Seite zu stellen, die ihm gezeigt hat, was Liebe bedeutet. Das kann nur ein schlechter Scherz sein.

»Ich … ich weiß nicht, was ich sagen soll«, gebe ich Cindy einen ehrlichen Blick in meine Gefühlswelt. »Das mit Vincent … wir sind doch gar nicht zusammen. Aber –«, ich unterbreche mich selbst. Mit Cindy über Vincent zu reden fühlt sich falsch an. Ich habe ihm mein Wort gegeben, dass ich dichthalte. Aber zählt das noch etwas? Nach allem, was ich soeben erfahren habe?

»Wie ich vorhin gesagt habe: Ich kenne Vincent ziemlich gut. Und wenn ich dir eines versichern kann, dann, dass dich Vincent mag. Sehr sogar. Ich kenne diese Blicke, die er dir verstohlen zugeworfen hat. Dieses kaum wahrnehmbare Lächeln. Und ich weiß, wie er sich verhält, wenn er sich zu jemandem hingezogen fühlt. Also, woran liegt es, wenn nicht an ihm?«

Cindy lässt sich einfach so auf dem Boden nieder und klopft neben sich, um mir zu bedeuten, dass ich mich zu ihr setzen soll. Kurz hadere ich. Doch dann schiebe ich all meine Bedenken beiseite. Aus Angst, ich könnte platzen, wenn ich nicht sofort mit jemandem über all die Dinge spreche, die ich einfach nicht sortiert bekomme.

Also setze ich mich zu ihr. Die Fliesen sind kalt, aber außer ein paar unbequemen Holzstühlen und den zusammengeschobenen Tischen gibt es keine Alternativen.

»Ich –«, ich schüttle den Kopf, unsicher, ob ich Cindy wirklich trauen kann. Aber sie lächelt mich so warmherzig an, dass ich meine Bedenken einfach beiseiteschiebe und mit ihr über den Kerl spreche, den sie so gut kennt. Und den ich einfach nicht verstehe. »Ich kann Vincent einfach nicht greifen. Er ist wie ein riesengroßes Fragezeichen. Alles, was er von sich preisgibt, sind

Fragmente, kleine Puzzleteile, die ich mühsam zusammenzusetzen versuche. Und wenn ich denke, ich habe ihn endlich verstanden, wechselt er wieder die Richtung. Ich meine, im einen Moment küsst er mich, wie es noch nie ein anderer Mann zuvor getan hat, und im nächsten Augenblick behauptet er, es hätte nichts zu bedeuten gehabt.« Ich atme tief ein, da die Wiederholung seiner Worte wieder tief in mein Herz schneidet.

»Vincent ist es nicht gewohnt, Menschen nahe an sich ranzulassen. Er war sein Leben lang allein. Du musst Geduld mit ihm haben.«

»Geduld«, spucke ich aus. »Wie soll ich geduldig sein, wenn er mich immer wieder von sich stößt? Immer, wenn ich meine eigene Angst beiseiteschiebe, kommt wieder ein neuer Hammer. Wie das mit dir zum Beispiel.« Ich ziehe einen Mundwinkel hoch und schaue die dunkelhäutige Frau an. Sie ist so wunderschön, dass ich mich augenblicklich frage, was Vincent von einer wie mir will. Er kann Frauen von Cindys Kaliber haben. Schön, erfolgreich, witzig, ganz und gar außergewöhnlich. Unwillkürlich schaue ich an mir herunter und sehe meine eintönigen schwarzen Klamotten, meine roten Haare, die ich meistens zusammenbinde, damit sie nicht allzu sehr auffallen. Ich seufze, seufze aus tiefstem Herzen.

»Toni?«, fragt Cindy sanft und legt ihre Hand auf meinen Unterarm. Der Blick, den sie mir zuwirft, ist so warmherzig, dass ich fast vergesse, warum ich gerade so traurig bin.

»Mhm?«

»Erinnerst du dich noch an heute Morgen?«

Ich nicke automatisch, muss aber ehrlicherweise nachdenken, da seither so unendlich viel passiert ist.

»Du bist gut. Und du bist verdammt noch mal genug! Und wenn du Vincent willst, dann schnapp ihn dir.«

Verzweiflung steigt in mir hoch.

»Aber selbst wenn ich alles beiseiteschieben würde. Wie kann ich mir sicher sein, dass er mich nicht gleich wieder verletzt?«

»Oh, das kannst du nicht. Vielleicht endet alles in einer großen Katastrophe, aber wenn du es nicht probierst, wirst du es nie wissen.« Sie legt den

Kopf schief. »Ich bin mir wirklich sicher, dass er dich will. Nur brauchen manche Männer ab und zu einen klitzekleinen Schubs.« Sie zwinkert mir verschwörerisch zu. »Und jetzt lass uns spielen. Ich weiß nicht, wie es dir geht, aber ich kann am besten beim Geigespielen über all das nachdenken, was so haltlos in meinem Kopf herumwirbelt.«

Ich nicke und stehe schon auf. Als wir beide uns gegenüberstehen, lächelt mich Cindy sanft an und breitet ihre Arme aus.

»Ist alles okay zwischen uns?«

Ich nicke und das Lächeln, das sich auf meine Lippen legt, fühlt sich sogar echt an.

KAPITEL 19

Küssen erlaubt

Vincent

Gerade als ich die Pizza in den Ofen schiebe, klingelt es. Damit erübrigt sich auch die Frage, ob ich noch Kerzen aufstellen soll. Wahrscheinlich wäre das ohnehin zu viel gewesen. Schnell wasche ich mir die Hände, die von der Tomatensoße und dem Teig noch verklebt sind, trockne sie ab und eile zur Tür.

Mein Herz rast von dem kleinen Sprint, als hätte ich den Zieleinlauf meines Lebens hinter mich gebracht. Kurz schnappe ich nach Luft, versuche die Nervosität, die sich in mir breitmachen will, beiseitezuschieben.

Noch habe ich keine Ahnung, wie ich Toni begegnen soll. Dieser bescheuerte Kuss heute Mittag vor den Toiletten. Warum hatte ich nicht an mich halten können? Warum konnte ich nicht auf ihre Forderung hören? Reden! Sie wollte doch erst mit mir reden und ich verkacke es.

Ich kann echt von Glück reden, dass sie überhaupt hier aufgekreuzt ist. Sicher war ich mir nach meiner Aktion nämlich nicht.

An diesem Gedanken halte ich mich fest, während ich mir ein einladendes Lächeln auf die Lippen zwinge und die Tür öffne.

Noch bevor ich einen Blick in Tonis wunderschönes Gesicht werfen kann, spüre ich ihre Hände in meinem Nacken und ihre Lippen auf meinen. Warm und leidenschaftlich bewegen sie sich, drängen sich an mich und fordern mich auf, mich auf das Spiel einzulassen. Ihre Zungenspitze stößt neckend an meine Lippen, bittet um Einlass und so küssen wir uns zum ersten Mal ganz intensiv und innig. Hatte ich gestern Abend noch Schiss vor dem Kribbeln in meinem Bauch und der Gänsehaut, die sich über meinen ganzen Körper zieht, genieße ich heute die Wucht der Gefühle mit all meinen Sinnen. Es fühlt sich phantastisch an. Groß. So viel größer, als ich es mir jemals hätte ausmalen können.

Tonis Duft, vielleicht ein zartes Parfum oder ein blumiges Shampoo, dringt mir in die Nase und macht mich ganz kirre. Unwillkürlich vergrabe ich eine Hand in ihrem Nacken und nehme erfreut wahr, dass sie ihre Haare offen trägt. Sanft presse ich mich an sie, lasse nicht zu, dass sie sich gleich wieder von mir löst. Ich will mehr. Ich will sie.

Sekunden verrinnen, Momente der Ewigkeit. Wir küssen uns mit einer Ruhe, die tief ist, intensiv und sich so anders anfühlt als gestern. Passierte da der Kuss aus einer Laune heraus, ist es jetzt, als hätten wir beide eine Entscheidung getroffen. Füreinander.

»Das nenne ich mal eine Begrüßung«, raune ich schließlich. Mit allem hätte ich gerechnet. Mit Vorwürfen, schnippischem Gezicke oder auch einer unterkühlten Distanz. Aber nicht damit, dass Toni mich einfach so überrumpelt und küsst. Wow!

Doch Toni scheint selbst überrascht zu sein, schlägt sich die Hände vors Gesicht und ich kann die Röte, die ihr in die Wangen steigt, nur noch erahnen.

»Oh Gott, das habe ich jetzt nicht wirklich getan, oder?« Fassungslos schüttelt sie den Kopf.

Ich lache auf, streichle ihr zaghaft über die Haare und versuche diese peinliche Situation irgendwie angenehmer zu machen. Für uns beide.

»Du weißt, ich steh drauf, wenn du über dich hinauswächst.« Ein Grinsen huscht über meine Lippen, weil es absolut niedlich ist, wie sie sich schämt so aufs Ganze gegangen zu sein. Dabei hat es mir gefallen. Sehr sogar!

»Aber doch nicht so!«, jammert sie und lässt langsam die Hände sinken. Mit einem ziemlich zerknitterten Gesichtsausdruck schielt sie zu mir hoch. »Es tut mir leid!«

»Oh, das fände ich allerdings verdammt schade.« Ich trete einen Schritt auf sie zu, lege zaghaft meine Finger auf ihre Wange und versuche sie mit einem Lächeln zu mir zu locken. »Es sollte dir nicht leidtun mich zu küssen. Im Gegenteil. Wir hätten das schon viel früher tun sollen.«

Ich könnte mich jetzt zu ihr beugen und sie erneut küssen. Ihre Bedenken einfach beiseite wischen. Aber ich spüre, dass meine Worte sie nicht besonders beruhigen, also beschließe ich einen Gang runterzuschalten und sie erst einmal ankommen zu lassen. Ich lasse meine Hand wieder sinken, trete einen Schritt beiseite und halte ihr die Tür auf.

»Komm doch erst mal rein.«

Dankbar, dass ich nicht weiter darauf herumreite, streift sie sich die Schuhe ab und hängt ihren Parka an die Garderobe.

»Die Pizza habe ich gerade erst in den Ofen geschoben. Ich hoffe, du magst Pizza?«

Vielleicht taut sie etwas auf, wenn ich so tue, als sei es das Normalste der Welt, dass sie hier ist. Dass wir uns küssen und berühren. Dabei ist das überhaupt nichts Selbstverständliches – es ist absolut atemberaubend und so intensiv, dass ich nicht genug davon bekommen kann. Aber wie ich an Tonis Reaktion sehe, muss ich behutsam vorgehen.

»Wer bitteschön mag keine Pizza?« Ihr Lächeln ist schüchtern. Und absolut süß. Ich nicke in Richtung Küche und laufe schon los.

»Wer bitteschön mag Sardellen?«, kontere ich und entlocke ihr damit ein weiteres Lächeln. Da liegt wohl noch ganz schön viel Arbeit vor uns, bis wir wieder unbeschwert miteinander umgehen können.

»Salat?«, frage ich Toni und öffne die Tür des Kühlschranks, um Chicorée und Tomaten herauszuholen.

Sie nickt. »Kann ich dir helfen?«

»Klar.« Schon werfe ich ihr den Salat zu, den sie im letzten Moment unter Kichern auffängt.

»Hey!«

»Hier.« Ich lege ein Schneidebrett auf den Küchenblock und ein Messer daneben. Während sie den Salat schneidet und die kleinen Streifen in ein Sieb füllt, rühre ich das Dressing an. Es fühlt sich gut an so alltägliche Sachen zu tun. Seite an Seite mit dem Mädchen, das mir immer mehr ans

Herz wächst. Jetzt müssen wir nur noch das mit dem Unterhalten hinbekommen.

»Und? Wie war dein Tag mit Cindy? Konnte sie dir noch etwas Neues beibringen?«, starte ich ein vermeintlich unverfängliches Thema und werfe einen kurzen Blick in den Backofen.

»Der Nachmittag war jedenfalls sehr aufschlussreich. Wir haben geredet. Über dich.«

Ich schnelle herum. Habe ich mich gerade verhört? Toni hält allerdings in ihrer Arbeit inne, schiebt das Schneidebrett von sich und legt das Messer darauf. Fast ist es, als wollte sie selbst sichergehen, dass sie damit keinen Unfug anstellt.

Ich schlucke.

»Über mich? Oha, jetzt wird es interessant. Was habt ihr denn so geredet?« Mein Herz leistet schon wieder Schwerstarbeit. Ich sollte ganz entspannt sein, schließlich habe ich nichts zu verbergen. Aber etwas an Tonis Tonfall lässt mich aufhorchen und ganz aufmerksam sein.

»Na ja, genau genommen haben wir über dich und Cindy gesprochen. Sie hat mir das mit euch erzählt.« Meine Augenbrauen schnellen verwundert in die Höhe, unsicher, wie ich damit umgehen soll. Toni scheint meine Reaktion genau zu beobachten und so halte ich ihrem Blick stand. Sie wirkt ruhig, gefasst und doch höre ich aus ihren Worten etwas heraus. Unverständnis vielleicht? Oder Argwohn?

»Okay«, sage ich in Ermangelung einer anderen Antwort und räuspere mich schließlich. Das hatte ich tatsächlich nicht mehr auf dem Schirm. Es ist nicht so, dass ich mein erstes Mal mit Cindy vergessen hätte. Auch nicht die unzähligen Male danach. Aber damals war ich ein anderer Mensch. Ich war verdammt jung und Cindy wunderschön. Durch die viele Reiserei hatte ich wenig Gelegenheit, Kontakt zu Gleichaltrigen zu knüpfen. Mein Vater wollte mich oft in einem Internat anmelden. Gescheitert ist das allerdings immer daran, dass mir keine Schule eine bessere musikalische Ausbildung ermöglichen konnte als die hochkarätigen Musiker in Vaters Orchestergraben. Blieb also Privatunterricht in den besten Konzerthäusern Europas – und die spärliche Auswahl an Frauen, die man in einem Berufs-Orchester so finden konnte. Wie sonst hätte ich Erfahrungen sammeln sollen?

»Ich frage mich, ob du vorhattest mir das irgendwann selbst zu erzählen.« Sie lässt es wie eine Frage klingen, auf die sie eine Antwort erwartet.

Kurz überlege ich, entscheide mich dann aber für die Wahrheit.

»Für mich spielt das keine Rolle –«

»Oh bitte, sag jetzt nicht, dass es nichts zu bedeuten hatte. Sonst muss und werde ich tatsächlich die Flucht ergreifen.« Ihre Augen funkeln wütend, ihre Lippen presst sie zu einem Strich zusammen. Ich ziehe die Augenbrauen hoch und atme tief ein. Wenn sie so weitermacht und ständig ihre Laune von *himmelhochjauchzend* zu *sauer auf die ganze Menschheit* wechselt, werde ich wohl ein Schleudertrauma erleiden. Gerade noch hing diese wundervolle Stimmung nach dem Kuss über uns. Und jetzt stehe ich am Pranger?

»Warum bist du hier, Toni? Ganz offensichtlich habe ich ein Talent, dich immer und immer wieder zu verletzen, obwohl ich das gar nicht will.« Ich strecke meine Hand nach ihrer aus. Zuckt sie zurück, ist es ein klares Signal, dass sie hier ist, um einen Schlussstrich zu ziehen, bevor wir über die Startlinie gestolpert sind. Doch da ist noch der Kuss, den ich nicht einordnen kann. Der eine so ganz und gar andere Sprache gesprochen hat und mich extrem verwirrt. Was spielt Toni nur für ein Spiel?

Tonis Finger fühlen sich kühl an. Und weich. Und im ersten Moment sprintet mein Puls in die Höhe, weil sie es tatsächlich zulässt, dass ich sie berühre. Nur ganz leicht fahre ich darüber, so, als wäre es ein Versehen.

Nachdenklich schaut sie auf die Hände, unsere Hände, nimmt sich Zeit für die Antwort. Ich atme flach, möchte sie nicht drängen, sie nicht stören. Und doch pocht die Frage hinter meinen Schläfen. *Warum?*

Dann blickt sie auf. Mir direkt in die Augen.

»Ich möchte herausfinden, was das zwischen uns ist.« Der Ausdruck in ihrem zarten Gesicht ist ernst. Ihre grauen Augen nehmen mich gefangen. Kein Lächeln. Keine Regung. »So, wie ich das sehe, habe ich genau zwei Möglichkeiten. Entweder ich mache es wie immer, schaue zurück, lege den Fokus auf das, was war und was ich nicht mehr ändern kann, und lasse mich von all dem entmutigen, was über dich gesagt wird.« Sie legt den Kopf schief. Vielleicht bilde ich es mir nur ein, aber ihre Gesichtszüge scheinen weicher zu werden und ein Lächeln huscht über ihren Mund. »Oder ich mache endlich mal etwas Neues. Schaue nach vorne und gebe meiner Zukunft die Chance strahlend schön und bunt zu werden. Als du mich gestern geküsst hast, war ich für einen winzigen Augenblick so glücklich wie noch nie in meinem Leben. Ich habe mich lebendig gefühlt, verstehst du? Irgendwie vollständig. Und zum ersten Mal dachte ich wirklich, dass mich jemand mag. Also so ehrlich mag. Vielleicht ist es ja verrückt und ich falle gehörig auf die Schnauze. Aber vielleicht habe ich ja auch Glück.« Tonis Stimme bricht, verliert sich in meiner Küche wie eine dünne Nebelschwade. Zurück bleibt dieses Mädchen, das mir einen Blick in ihr Innerstes gewährt. »Ich bin hier, weil ich dich darum bitten möchte ehrlich zu mir zu sein. Ich … na ja, ich bin nicht sonderlich gut darin irgendwelche Spielchen zu enttarnen. Dass ich selten meine Gefühle zeige, bedeutet aber nicht, dass ich keine habe. Und ich möchte nicht verletzt werden. Nicht schon wieder. Kriegst du das hin?«

Ich nicke. Weil ich meiner Stimme nicht traue. Und weil ich verdammt noch mal nicht weiß, wie ich all die Gedanken und Gefühle in Worte fassen soll.

»Toni«, flüstere ich schließlich, lege meine Hand auf ihre und hebe sie ein paar Millimeter hoch, bis ich ihre Finger in meinen halten kann. Unentschlossen drehe ich sie, streiche über ihre Handfläche und ziehe schließlich einen Mundwinkel hoch. »Ich möchte dir nichts versprechen, was ich vielleicht nicht halten kann. Eines ist klar: Ich möchte dich nicht verletzen. Wirklich nicht. Und so etwas wie gestern wird nicht mehr passieren. Aber wir alle machen Fehler und erkennen das meistens erst danach. Nur was ist die Alternative? Mit angezogener Handbremse durchs Lebens gehen und nichts mehr riskieren?«

Toni streckt sich zu mir hoch und schneidet meine wirren Gedanken einfach ab. Ihre Lippen löschen jeden Zweifel aus, das mit uns könnte keine gute Idee sein.

»Jetzt habe ich Hunger«, sagt Toni leise und schenkt mir einen lodernden

Blick. Hunger habe ich auch, wenn ich dieses Mädchen so anschaue, aber sicher nicht auf Pizza.

»Wir könnten mit dem Salat starten«, biete ich dennoch an und dränge meine Gedanken ins Abseits. *Langsam und behutsam,* ermahne ich mich und beginne schon die Teller auf der Theke zu verteilen und Besteck aus der Schublade zu kramen. »Was willst du trinken?«

Unschlüssig zieht Toni die Schultern hoch. »Ich nehme einfach das, was du nimmst.«

»Oh, gefährlich! Woher weißt du, dass ich nicht literweise Hochprozentiges in mich reinschütte und dir gleich ’nen Whiskey zum Essen reiche?«

Toni lacht und diesmal hört es sich echt an, lockerer, und das gibt mir Hoffnung, dass wir heute noch zu der gewohnten Unbeschwertheit zurückfinden können.

»Heute setze ich auf volles Risiko. Solltest du bereits gemerkt haben«, neckt sie mich. Ich schmunzle zufrieden. Nein, eigentlich ist es dieses dümmliche Grinsen, das ich einfach nicht in den Griff kriege. Ich laufe zum Kühlschrank und hole uns zwei Bier.

Toni beginnt bereits den Salat auf die Teller zu verteilen. Es freut mich, dass sie keine Scheu hat mit anzupacken. Das macht es gleich etwas lockerer. Kurz verharre ich in dem Anblick, setze mich dann aber doch schnell zu ihr auf einen der Barhocker. Bislang habe ich kaum Gäste in meinem Haus gehabt – von den Semesteranfangspartys mal abgesehen. Wenn, dann waren wir im Wohnzimmer und haben uns nicht mit Essen beschäftigt, sondern Filme geschaut.

»Weißt du, was Lee heute wieder gebracht hat?«, plaudert Toni mit einem amüsierten Zug um die Mundwinkel. Ich schüttle den Kopf und pikse ein Salatblatt auf meine Gabel. Hunger habe ich seltsamerweise keinen. All die Gefühle, die so ungebremst durch mich durchrauschen, nehmen wohl meine ganze Energie in Anspruch. »Sie hat heute den ganzen Tag nur Lyrics zitiert. Auf jede Frage hat sie eine passende Songzeile als Antwort gefunden. Zugegeben, es kam öfter mal *Yeah Yeah Yeah*! Und das eine oder andere Mal hat es auch keinen Sinn ergeben, aber es war lustig.«

»Kann ich mir vorstellen. Lee bringt oft so schräge Sachen«, erinnere ich mich.

»Hast du sie mit Bart gesehen?«, will Toni wissen.

»Nein, das will ich mir noch nicht einmal vorstellen.«

»Hach, ich wünschte, ich wäre so kreativ«, schwärmt Toni.

Missmutig ziehe ich meine Augenbrauen hoch und werfe ihr einen warnenden Blick zu.

»Was? Ich mache immer so langweilige Sachen bei dieser Ersten-Mal-Challenge. Steine in einen Teich werfen. Mit geflochtenen Haaren ins Bett gehen oder den Schlafanzug verkehrt herum anziehen.« Demonstrativ gähnt sie und zuckt anschließend hilflos mit den Schultern.

»Kreativität ist manchmal laut und bunt oder leise und kontrastreich«, starte ich meine Erklärung. »Sie hat viele Facetten und jede einzelne davon ist einzigartig und wunderschön. Der Sinn der Aufgabe liegt aber auch nicht darin sich gegenseitig zu überbieten. Man muss nicht immer noch ausgefallenere Ideen entwickeln. Höher, schneller, weiter ... das überlassen wir den ganzen Wirtschaftsbossen. Uns geht es um tiefe Erfahrungen, darum, dass ihr euren Horizont erweitert, Dinge wahrnehmt, die ihr sonst nie gesehen hättet. Raus aus den alten, eingefahrenen Mustern –«

»Stopp!«, unterbricht mich Toni lachend. »Ich hab's kapiert. Aber meinst du, wir könnten für einen Abend mal die AcA vergessen? Nur du. Und ich. Im Hier und Jetzt? Ich glaube, damit haben wir erst mal genug zu tun.« Sie lächelt mich zaghaft an, als hätte sie Angst, ich könnte ihr widersprechen. Aber wieso sollte ich? Es gibt tausend Dinge, die mich an Toni interessieren. Die Akademie dabei auszublenden wird ein Leichtes sein.

Also lächle ich, schiebe den Teller von mir und stehe auf.

»Komm«, sage ich euphorisch und strecke ihr die Hand entgegen.

»Was?«, hakt sie argwöhnisch nach. »Was hast du vor?«

»Etwas, was ich schon immer einmal tun wollte.« Ich lache, weil ihr entsetzter Gesichtsausdruck göttlich ist. Den Backofen schalte ich einfach aus und ziehe Toni hinter mir in den Flur, die Treppe nach oben.

Ich kann Tonis Verwunderung spüren, als ich sie durch eine kleine Tür am Ende der Empore ziehe, von der eine weitere Treppe aufs Dach führt. Viel zu selten halte ich mich auf der Dachterrasse auf, aber für das, was ich vorhabe, ist sie perfekt.

Ich stoße die Terrassentür auf, durch die augenblicklich kühle Luft schlägt. Es ist bereits dunkel und die Dachterrasse wird nur durch ein paar Lichtobjekte beleuchtet, die an schönen Tagen ein angenehmes Ambiente zaubern würden. Doch heute gießt es, wie im Wetterbericht angekündigt, in Strömen.

»Was hast du vor?«, fragt Toni erneut und stemmt sich gegen mich, als ich nach draußen trete. »Hey, es regnet!«

»Ich weiß.« Ich lasse ihre Hand los und trete in Socken auf die nassen Holzdielen, die ich vor ein paar Jahren habe verlegen lassen, in der verrückten Annahme, ich würde die lauen Sommerabende hier oben verbringen. Der Ort ist eine Oase, ein idealer Rückzugsort, wenn es einem zu viel wird. Ringsherum stehen Bäume, die die Blicke der anderen Akademie-Angestellten abschirmen. Warum war ich nicht schon öfter hier?

»Komm!«, versuche ich wieder mein Glück und lächle sie einladend an. Die kalten Regentropfen prasseln auf meinen Kopf und es dauert nicht lange, bis meine Haare klatschnass sind und mein Kapuzenpulli der nassen Flut nicht mehr standhalten kann.

»Sehr verrückt, Vincent, hier eine Lungenentzündung zu riskieren. Und für was noch mal?«, spottet sie und verschränkt die Arme vor ihrer Brust.

»Jetzt komm schon, Toni. Schalt einfach deinen Kopf aus. Das macht Spaß!«

Zerknirscht verzieht sie den Mund, während ich weiter im Regen stehe und die Kälte in mich dringen spüre. Wie kleine Nadelstiche prasseln die Tropfen auf meine Haut. Aber das stört mich nicht. So fühlt sich Leben an.

»Ich hole meine Schuhe und die Jacke«, hadert Toni. Ich schüttle den Kopf.

»Dann ist es nur halb so lustig.« Entschlossen mit ihr diesen Moment zu teilen, stürze ich auf sie zu und halte ihr eine Hand in bester Turniertanzmanier entgegen. »Darf ich bitten?«

Toni lacht und schüttelt gleichzeitig den Kopf. »Ich dachte, wir würden etwas Verrücktes tun, etwas Kreatives, das du schon immer mal machen wolltest. Aber tanzen im Regen? Ernsthaft? Das machen doch viele, das ist nichts Neues, nichts Außergewöhnliches.«

Trotz ihrer Widerworte ergreift sie meine Hand. Mit einem Ruck ziehe ich sie an mich, in den Regen, hinein ins Leben. Sie quietscht auf, als ihre Füße im Nassen landen und sich die Socken mit Wasser vollsaugen. Unwillkürlich zieht sie die Schultern hoch und schließt die Augen. Ich schaue sie einfach nur an. Betrachte sie, während der Regen über ihre sonst kaum zu bändigenden Haare fließt und sie bald schon lang und seidig glänzend über ihren Schultern liegen. Das Shirt, das ihr vorhin noch weit um die schlanke Figur geflattert ist, schmiegt sich eng an ihren Körper, betont ihre Rundungen und lässt mich schwer schlucken. Schnell schaue ich weg und ziehe sie eng an mich.

Als wollte ich sie vor dem Wasser schützen, lege ich meine Arme um sie. Ihr Geruch vermischt sich mit dem Regen. Ich küsse zaghaft ihre Haare, möchte sie berühren, sie spüren.

»Nicht tanzen, Toni. Ich wollte schon immer mal ein Mädchen im Regen küssen.«

KAPITEL 20

Mehr

Toni

Mit Drogen habe ich nicht sonderlich viel Erfahrung. Aber mir reinstes Heroin in die Venen zu drücken, kann sich nicht besser anfühlen, als Vincent zu küssen. Niemals war ich lebendiger, nie glücklicher als in dem Moment, in dem sich Vincents Lippen mit meinen vereinen. Selbst das kühle Wasser, das mir über das ganze Gesicht läuft, stört mich nicht. Im Gegenteil. Alles an und in mir prickelt. Mir ist unendlich heiß. Und unendlich kalt.

Immer und immer wieder streifen Vincents sanfte Lippen über meinen Mund, seine Zunge berührt die meine und gemeinsam tanzen wir zu einer Melodie, die klar und friedlich tief in mir hallt. Ich lasse mich fallen, gebe mich dem Kuss mit meinem Körper und meiner Seele hin. Sauge Vincents Nähe auf und hoffe so sehr, dass dieser Moment für ewig währt. *Mehr. Mehr. Mehr!* Ich will noch so viel mehr.

»Lass uns reingehen. Sonst behältst du mit der Lungenentzündung noch recht«, raunt Vincent irgendwann. Seine Stimme hört sich ganz anders an. Belegt und unsicher. Ich öffne die Augen, langsam, ganz langsam, aus Furcht, die Magie zwischen uns könnte dadurch für immer kaputtgehen. Doch Vincent ist noch da. Er schaut mich mit einem Ausdruck in den Augen an, der mich unwillkürlich die Luft anhalten lässt. Seine dunklen Wimpern sehen durch den Regen aus wie die kleinen Zacken eines Sternes. Sein Blick ist glühend. So offen. Lebendig.

Ich nicke schwach und lasse meine Arme, die eng um seinen Nacken lagen, sinken. Als der wärmende Körperkontakt abreißt, spüre ich plötzlich die Kälte. Gänsehaut rieselt mir über den Rücken und ich schüttle mich kurz. Aber Vincent ist schon da, legt seinen Arm um meine Schultern und so stolpern wir eng umschlungen und pitschepatschenass die Treppe nach unten.

»Du kannst ins Badezimmer, wenn du magst, und heiß duschen. Ich bring dir was Trockenes zum Anziehen, ja?«

Keine Ahnung, wie Vincent nach diesem Kuss dazu in der Lage ist, ganz pragmatische Dinge zu durchdenken. Ich nicke einfach nur und verweile in Gedanken noch ein paar weitere Momente auf Vincents Dachterrasse. Ich hatte verdammt noch mal recht behalten: Zwischen Vincent und mir ist etwas. Etwas, von dem ich nach dem Abend endlich bereit zu glauben bin, dass es großartig werden könnte.

Bevor mich Vincent in sein Badezimmer schiebt, küsst er mich noch einmal. Es ist, als fiele es ihm ebenso schwer sich von mir zu lösen. Zu spüren, dass ihm meine Nähe genauso gefällt wie mir seine, fühlt sich richtig gut an.

»Bin gleich wieder da. Badetücher sind dort hinten im Schrank. Bedien dich einfach, ja?«

Mit einem breiten Lächeln auf den Lippen eilt er in das Zimmer daneben. Ich schaue ihm hinterher. Seine Jeans klebt ihm an den Beinen und betont seinen ansehnlichen Hintern. Das Sweatshirt tropft und bildet gemeinsam mit seinen nassen Socken eine feuchte Spur auf dem Holzboden.

Ich ziehe mich ins Badezimmer zurück. Es ist wie alles in diesem ultramodernen Gebäude geschmackvoll eingerichtet. Weiße Fliesen, ein Waschtisch aus dunklem Nussbaum und farblich abgestimmte Gästetücher. Im Spiegel sehe ich ein blasses Mädchen, an dessen Kopf nasse Haare in dünnen Strähnen herunterhängen. Aber mir gefällt, was ich sehe, weil dieses Lächeln so ungewohnt ist und mir, wie ich finde, echt gut steht. Meine Finger wandern zu meinen Lippen, die durch die ungewohnten Küsse warm pochen und etwas geschwollen aussehen. Zaghaft fahre ich darüber, versuche mir das Gefühl ins Gedächtnis zu rufen, das mich wie ein Tsunami überspült hat, als Vincents Lippen sie berührt haben.

»Hier. Du musst leider mit meinen Klamotten vorliebnehmen, was anderes habe ich nicht. Aber wenn du mir deine Sachen gibst, schmeiß ich sie schnell in den Trockner.«

Als hätte Vincent Angst, ich könnte mich bereits aus den nassen Klamotten geschält haben, hat er seinen Kopf abgewendet und streckt mir nur seine Hand mit einem Bündel Kleidung entgegen. Süß. Und sehr rücksichtsvoll. Andere hätten die Situation sicher ausgenutzt.

Kurz überlege ich, ob ich es mir nicht sogar wünschen würde, dass Vincent die Chance ergreift und mich mit sich unter die Dusche zieht. Aber nein. Im Moment überfordert es mich voll und ganz, dass wir uns geküsst haben. Wieder und wieder. Das Kribbeln in meinem Magen ist auch so kaum auszuhalten. Und doch ist es so schön, dass ich einfach nicht aufhören kann.

Ich trete einen Schritt näher, nehme ihm die Sachen ab und lasse es mir nicht nehmen, dabei seine Hand zu berühren, als sei es ein Versehen.

»Danke«, murmle ich und bleibe unschlüssig stehen. Ich kann ihm ja wohl kaum die Tür vor der Nase zuknallen. Oder?

Schließlich räuspert er sich.

»Wenn du mich suchst, ich bin dann unten, ja?«

»Okay.«

Irgendwie fühlt es sich jetzt seltsam an. Ungewohnt. Und weit davon entfernt unbeschwert zu sein.

Dennoch schließe ich die Tür und versuche mich aus den Klamotten zu schälen, die kalt und nass wie eine zweite Haut an mir kleben.

***

Nach einer ausgiebigen heißen Dusche habe ich endlich wieder ein Gefühl in den Zehen. Ich rubble mich mit einem Handtuch trocken. Mein Blick huscht über die wenigen Toilettenartikel, die neben dem Waschbecken stehen. Ich schraube das Aftershave auf und schnuppere daran. Hätte ich mein Smartphone hier oben, würde ich ganz sicher ein Foto machen, um mir in Zeiten größter Sehnsucht genau diesen Duft besorgen zu können. So bleibt mir nur, mir den Namen zu merken. Und darauf zu hoffen, dass ich ihn niemals brauchen werde.

Als ich meine Haare in das Handtuch gewickelt habe, schlüpfe ich wieder in meine Unterwäsche, die glücklicherweise einigermaßen trocken geblieben ist. Beim Blick auf den Stapel Klamotten, den Vincent mir gebracht hat, hüpft mein Herz. Unwillkürlich vergrabe ich meine Nase in dem weichen Stoff, schließe die Augen und lasse den Duft tief in mich strömen. Schade, dass er mir keine bereits getragenen Sachen gegeben hat. Zu gerne hätte ich ein Shirt, das nach Vincent riecht. Ich würde es ihm sicher niemals wieder zurückgeben.

Schnell ziehe ich die Jogginghose an, die mir mindestens um zwei Größen zu groß ist. Dabei ist Vincent nur einen knappen Kopf größer als ich. Ich schlage den Bund der Hose um und lasse sie locker auf meine Hüfte rutschen. Dann ziehe ich das Shirt und den Kapuzenpulli über und nehme mit einem Grinsen wahr, dass mir Vincent tatsächlich nur schwarze Sachen rausgesucht hat. Ob das Absicht ist? Ich habe ihn noch nie komplett in Schwarz gesehen.

Barfuß tapse ich die glatte Holztreppe nach unten. Vincent ist sicher in der Küche. Es ist seltsam mich hier so frei zu bewegen, als wäre ich öfter hier und nicht nur ein x-beliebiger Gast.

»Hey«, mache ich mich bemerkbar und wurstle meine nassen Haare zu einem Dutt zusammen. Morgen werden sie grauenvoll aussehen, wenn ich sie so zerzaust trocknen lasse. Aber ohne Bürste habe ich keine Chance meine Haare zu entwirren.

»Willst du auch noch Pizza? Ich dachte, wir könnten einen Film schauen und oben essen?«

Vincent hat bereits zwei Teller vollgeladen und schaut mich erwartungsvoll an. Sein Blick huscht über meinen Körper. Offensichtlich gefällt es ihm mich in seinen Sachen zu sehen. Kokett, als wäre ich ein Supermodel, präsentiere ich ihm die Boyfriend-Kollektion aus seinem Kleiderschrank in einer laufstegreifen Pose.

Er räuspert sich, kommt auf mich zu und drückt mir einen viel zu schnellen Kuss auf die Lippen.

»Steht dir.« Seine Augenbrauen hüpfen. »Kannst du was zu trinken mitnehmen?«

Bevor wir es uns im Wohnzimmer gemütlich machen, stellt Vincent den Wäschetrockner mit meinen Sachen an. Ich hätte auch einfach seine Klamotten anbehalten, aber er lässt sich nicht davon abbringen.

Ich gehe nach oben und warte im Wohnzimmer auf ihn. Vor ein paar Tagen haben wir hier schon einmal Filme geschaut. Ich sollte mit der Umgebung vertraut sein, aber jetzt, wo Vincent und ich alleine sind, fühle ich mich doch etwas befangen. Unentschlossen bleibe ich mit den beiden Bierflaschen in der Hand stehen.

»Hey, keine falsche Scheu. Mach's dir gemütlich.« Vincent stellt etwas auf dem kleinen Beistelltisch ab und tritt hinter mich. Sein Atem kitzelt. Sanfte Küsse landen in meinem Nacken. »Bist du immer so schüchtern?«

Ich ziehe die Schultern hoch. »Du ... du machst mich nervös«, gebe ich zu und lege meinen Kopf schief, um ihm mehr Raum für die Liebkosungen zu geben, die sich ungewohnt und doch wunderschön anfühlen. Seine Hände legen sich sanft auf meine Taille und ziehen mich an seinen Körper.

»Kann ich nur zurückgeben«, murmelt er und seufzt. »Ich habe keine Ahnung, was du für Filme magst.«

»Nichts mit Zombies«, entgegne ich schnell in Erinnerung an den letzten Filmeabend hier.

»Ich könnte dich vor den Biestern beschützen.« Seine Hände wandern über meine Taille vor zu meinem Bauch. Wie in Zeitlupe suchen sie den Weg unter den dicken Pulli, der mir plötzlich viel zu warm ist. Regungslos bleibe ich stehen, lasse es zu, dass er mich berührt. Seine Finger brennen auf meiner nackten Haut wie Lava. Unwillkürlich spanne ich meinen Bauch an, atme flach und traue mich nicht mich zu bewegen.

»So? Könntest du das?«, frage ich atemlos. Weil ich das Gefühl habe irgendetwas sagen zu müssen. Und weil ich dieses elektrifizierende Schweigen zwischen uns nicht mehr aushalte. Bevor ich von meiner eigenen Lust übermannt werde, drehe ich mich um und bringe so etwas Distanz zwischen uns. »Was hast du sonst noch im Angebot? Irgendetwas, wo kein Blut fließt, vielleicht?« Im Grunde ist es völlig nebensächlich, für welchen Film wir uns entscheiden. Wir werden davon wahrscheinlich ohnehin nicht sonderlich viel mitbekommen.

Mit einem einladenden Nicken in Richtung der riesigen Sofalandschaft gibt mir Vincent zu verstehen, dass ich mich setzen soll. Etwas ungeschickt fläze ich mich mit den Flaschen in der Hand auf eine Ecke. Vincent nimmt die beiden Teller mit Pizza vom Beistelltisch und stellt sie in unsere Griffweite. Mit der Fernbedienung in der Hand kommt er neben mich, nimmt mir eine der Flaschen ab und prostet mir zu.

Nach einigem Hin und Her entscheidet er sich für eine amerikanische Netflix-Serie und holt sich mit einem fragenden Blick mein Okay ab. Ich nicke einfach, nehme mir einen Teller und genehmige mir einen Bissen Pizza. Erst jetzt merke ich, wie hungrig ich tatsächlich bin.

Irgendwo habe ich mal gelesen, dass Liebe hungrig macht. Bei dem Gedanken schießt mir Röte in die Wangen. Ist es nicht viel zu früh, um von so einem großen Gefühl zu sprechen? Noch ist doch das, was sich zwischen Vincent und mir entwickelt, ein zartes Pflänzlein. Und doch ist da die leise Ahnung, dass es etwas Großes werden könnte. Etwas Bedeutendes, das diese Bezeichnung verdient. *Liebe.*

Immer und immer wieder huscht mein Blick zu Vincent, während der Film über den riesigen Bildschirm flimmert. Aber ich finde es viel schöner Vincent dabei zu beobachten, wie sich seine Mundwinkel heben und ein zauberhaftes Lächeln formen. Wie er zwinkert und seine Gesichtszüge sich immer weiter entspannen. Er wirkt in sich ruhend, glücklich, zufrieden. Wenn sich unsere Blicke kreuzen, wird sein Lächeln noch einen winzigen Tick größer. Und wärmer.

Irgendwann stellen wir die Teller beiseite und die Flaschen auf den Boden. Vincent breitet einladend seine Arme aus und zieht mich eine gemütliche Umarmung. Ich kuschle mich eng an ihn, schließe die Augen und erlaube mir für einen Moment in dieser Geborgenheit zu versinken. Leben. So fühlt es sich also an.

Bald ist der Film vergessen. Wir küssen uns. Sanft und zärtlich. Fordernd und leidenschaftlich. Wir lernen uns kennen. Auf so viele unterschiedliche Arten. Vincents Finger sind dabei mutiger als meine eigenen. Sie begeben sich auf Wanderschaft, finden ihren Weg unter den Pulli und auf meine nackte Haut. Dabei entlocken sie mir das eine oder andere genüssliche Seufzen, obwohl Vincent wirklich nicht aufs Ganze geht und man seine Berührungen fast schon als unschuldig bezeichnen könnte.

»Ich sollte langsam mal zurück ins Kloster«, jammere ich, als mir bewusst wird, wie spät es inzwischen ist. Ich möchte noch nicht los, möchte viel lieber weiter die Zeit vergessen und bei Vincent bleiben. Aber da ist Nia, die sicher auf mich wartet, und da ist die Uni, die in ein paar Stunden pünktlich startet. Zum Glück ist morgen lauffrei.

»Du könntest auch einfach hierbleiben«, schlägt Vincent vor und hat offensichtlich nicht vor, mich so schnell gehen zu lassen. Ich halte in meiner Bewegung inne, löse mich ein Stück und schaue ihn entsetzt an. Lees Worte hallen in meinem Kopf. *Er will nur das eine.*

Nein. Nein!

»Hab ich was Falsches gesagt?« Vincent klingt verwundert. Ich zucke mit den Schultern und kann es nicht verhindern, dass ich mich etwas blöd fühle. Habe ich ernsthaft erwartet, ein Kerl wie Vincent gibt sich mit ein bisschen Rumknutschen zufrieden?

»Hey«, sagt er sanft und zieht mich wieder zu sich. »Ich tu dir nichts. Nichts, was du nicht auch möchtest. Aber das hier ...« Er wedelt mit einer Hand zwischen uns herum. »Das ist ... ich will nicht, dass der Abend zu Ende geht. Morgen früh muss ich nach Österreich und dann sehen wir uns ewig nicht. Und –«

Weiter kommt er nicht, denn die Aussicht darauf, ihn so lange nicht zu sehen, passt mir überhaupt nicht. Ich stürze mich auf ihn, hole mir einen Vorrat an Küssen, denn ohne den werde ich die Zeit ganz sicher nicht überstehen.

»Ich kann hier nicht übernachten«, erinnere ich mich selbst an meinen Vorsatz. »Nia.«

»Sie würde niemandem etwas sagen«, murmelt Vincent und küsst mich weiter. Seine Finger streichen warm und weich über meine Haut. Dann steht er plötzlich auf. Ein tiefes Seufzen dringt aus seiner Kehle, als er aus dem Zimmer läuft. »Ich schau mal, ob deine Klamotten trocken sind.«

Im ersten Moment bin ich überrascht von diesem schnellen Sinneswechsel. Gerade noch will er mich nicht gehen lassen. Und plötzlich ist er derjenige, der die Notbremse zieht. Denn wäre er nicht aufgestanden – wer weiß, ob ich den Moment zu verschwinden nicht verpasst hätte.

Mit einem breiten Lächeln auf den Lippen schlage ich mir die Hände vor die Augen und schüttle ungläubig den Kopf. Ist das heute tatsächlich passiert? Habe ich den ganzen Abend Vincent geküsst? Den Vincent, der mir gestern noch schroff versichert hat, dass all das zwischen uns nichts zu bedeuten habe?

»Hier!« Eine Ladung warmer Kleidung landet auf meinem Oberkörper, sodass ich erschrocken zusammenzucke. Ich reiße die Hände von meinem Gesicht und sehe Vincent, der frech grinsend vor mir steht.

»Hey!«, maule ich und stürze mich auf ihn. Weit komme ich jedoch nicht, denn schon umfassen Vincents lange Finger meine Handgelenke und er drückt mich zurück in die Polster. Mein Herz klopft wie wild, als er sich wie eine Raubkatze über mich beugt. Sein Blick ist hungrig, seine Körpersprache bedrohlich und doch fühle ich mich nicht unbehaglich. Ich vertraue Vincent. Sekunden sehen wir uns einfach nur an. Mein Brustkorb hebt und senkt sich in einem angestrengten Rhythmus. Mein Körper glüht und ich beuge mich zu ihm, um ihm den nächsten Kuss zu stehlen. Mit einer Zärtlichkeit, die ich ihm in diesem elektrifizierten Zustand nicht zugetraut hätte, streifen Vincents Lippen über meinen Mund. Ich sauge seine Zärtlichkeit auf, versinke darin und alles, was ich denke, ist: *Ich will mehr!* Und gerade, als ich bereit bin all meine Vorsätze beiseite zu schieben, löst er sich von mir, als hätte er sich verbrannt.

»Komm, ich bring dich rüber ins Kloster«, raunt er schließlich heiser und ich brauche einen Moment, bevor ich kapiere, dass er damit keine schmutzige Einladung oder eine zweideutige Anmerkung gemacht hat.

Als wolle er seine Worte unterstreichen, wendet er sich von mir ab und setzt sich neben mich. Wie er sich mit einem Blick, der in die Ferne gerichtet ist, die Haare aus dem Gesicht streift, erinnert er mich an einen Filmstar.

»Wird es immer so sein?«, frage ich aus einem inneren Drang heraus.

»Was meinst du?«

»Wirst du immer für ein paar Tage verschwinden, wenn es gerade am schönsten ist?«

Vincent lächelt sanft, er streckt seine Hand aus und streicht zärtlich über meine Wange. Ich schmiege mich in seine Berührung, sauge das Gefühl auf, das so neu und unbekannt ist, das ich aber von jetzt an jeden Tag spüren möchte.

»Ich sagte dir doch, dass ich viel unterwegs bin. Aber es gibt WhatsApp, FaceTime, Telefon ... wir können –«

»Das ist nicht dasselbe«, unterbreche ich ihn trotzig.

»Ich kann dir auch einen Brief schreiben«, bietet er mit einem wehmütigen Grinsen an.

»Komm her«, bitte ich ihn und strecke die Hände nach ihm aus. Er lässt mich nicht betteln. Und nachdem wir uns noch einmal ausgiebig geküsst haben, sammle ich meine Sachen zusammen und schließlich schlendern wir eng umschlungen durch den Wald, zurück zum Stiftsgebäude. Worte finde ich nicht, um auch nur annähernd das auszudrücken, was in mir pulsiert. Vielleicht wären sie auch unpassend und würden diese wohltuende Stille zwischen uns zerstören.

»Ich vermisse dich jetzt schon«, flüstert Vincent vor dem Eingangstor und zieht mich noch näher an sich. »Verrückt.«

»Verrückt nach dir«, ergänze ich und küsse ihn. »Wo fährst du eigentlich hin?«

»Das Wochenende werde ich in Linz verbringen. Ich habe einen Gig und wollte ein paar Freunde besuchen. Und danach ... mal sehen, wo es mich hin verschlägt.«

»Vielleicht hierher?«, versuche ich mein Glück und lächle ihn herausfordernd an.

»Vielleicht hierher.« Vincents Lächeln ist so liebevoll, dass meine Schmetterlinge wieder wild in meinem Magen herumflattern. »Und jetzt verschwinde. Ich mag Abschiede nicht.«

Er zwinkert mir zu, löst seine Arme und schiebt mich durch das Eingangstor. Missmutig schaue ich über meine Schulter und stolpere vorwärts. Mit jedem Schritt, den ich mich von ihm entferne, spüre ich die Leere in mich zurückkehren.

Leise kämpfe ich mich durch das Wirrwarr aus Fluren, die Treppen hinauf in den Mädchentrakt. Ich fühle mich leicht. Und doch fällt mir jeder Schritt entsetzlich schwer, denn er trennt mich immer weiter von Vincent.

Der Flur, in dem mein Zimmer liegt, ist nur schwach beleuchtet. Es ist spät und für gewöhnlich schlafen alle um diese Uhrzeit. Nur aus Lees und Paulinas Zimmer dringt aus dem Spalt unter der Zimmertür ein sanftes Licht. Sicher ist Paulina wieder in einer ihrer Geschichten gefangen und findet kein Ende beim Schreiben.

Leise drücke ich die Klinke der nächsten Tür und schleiche auf Zehenspitzen ins Innere, um Nia nicht zu wecken. Doch noch bevor ich die Tür schließen kann, knipst sie ihre Nachttischlampe an und schaut mich erleichtert an.

»Oh, Gott sei Dank! Geht es dir gut?« Sie springt aus dem Bett, hechtet auf mich zu und schlingt die Arme um meinen Hals. Ich drücke sie kurz an mich.

»Mir geht es gut.« Bei der Untertreibung des Jahrhunderts schießt mir die Röte ins Gesicht und ich habe Mühe, das verräterische Grinsen im Zaum zu halten. Schnell wende ich mich ab und ziehe mich in meine Hälfte des Zimmers zurück. Die inzwischen trockenen Klamotten lege ich auf mein Bett und schnappe mir meinen Kulturbeutel.

»Moment, junge Dame!«, hält mich allerdings Nia zurück. »Du kannst mich nicht mit so einer Floskel abspeisen. Mensch! Nach deinem Down gestern habe ich mir tierische Sorgen um dich gemacht. Ich dachte, du wärst in den Wald gegangen, weil du – wie du sagtest – einfach mal deine Ruhe haben wolltest. Ich hab alles abgesucht!« Sie atmet tief ein. »Vertraust du mir so wenig, um mir zu sagen, dass du bei Vincent bist?«

Ungläubig lausche ich ihren Worten. Sie hat sich Sorgen gemacht?

»Oh Nia! Shit. Das wollte ich nicht. Es ist nur … na ja, ich wollte noch mal mit Vincent reden. Wegen gestern. Und … es tut mir leid.« Ich ziehe das kleine Energiebündel noch einmal in eine Umarmung. »Nicht böse sein!«

»Und? Wie war es bei deinem Scout?«

Ob sie Vincents Beruf absichtlich ins Spiel bringt, um mir in Erinnerung zu rufen, was sie mir die ganze Zeit schon predigt? Ich versuche diese Spitze einfach zu ignorieren. Und doch erinnert sie mich an etwas.

»Du Nia, dass ich heute bei Vincent war … bitte behalt das für dich, ja? Auch Lee –«

»Sag mal, spinnst du?«, geht sie mich schon wieder an. Beleidigt verschränkt sie die Arme vor ihrer Brust. »Ich würde niemals jemandem etwas verraten. Nicht Lee, nicht Paulina. Und sonst auch niemandem. Das ist ja wohl selbstverständlich.« Sie setzt sich auf ihr Bett und verzieht ihr Gesicht zu einer schmollenden Fratze. Keine Frage, das Mädchen hatte auch schon mal bessere Laune.

»Danke, Nia!«, sage ich einfach nur und halte meinen Kulturbeutel hoch. »Ich mach mich mal bereit für die Nacht.«

Mit einem Cocktail an Gefühlen liege ich kurz darauf in meinem Bett und habe keine Ahnung, ob ich lachen oder weinen soll. Vincent und ich haben uns geküsst. Und wenn ich nicht ganz falsch liege, ist Vincent ebenso … halt, darf ich *verknallt* sagen? Jedenfalls scheint ihm der heutige Abend auch ganz gut gefallen zu haben. Das beweisen nicht nur meine geschwollenen Lippen, die er nicht müde wurde zu küssen. Sondern auch die liebevollen Nachrichten, die er mir vorhin noch geschrieben hat.

Ob ich morgen Muskelkater vom Dauergrinsen haben werde? Ich bin rundum glücklich – wäre da nicht die Tatsache, dass ich Vincent erst einmal nicht wiedersehen kann. Wie lange? Weiß ich nicht. Weiß er selbst nicht. Und das fühlt sich echt doof an.

KAPITEL 21

So weit weg

Vincent

Ich hebe den Blick von meinem Display, als ich Schritte auf dem Steinboden im Kreuzgang höre. In meinem Versteck im Schatten einer Säule warte ich gespannt darauf, ob es Toni ist, der ich gerade eine Nachricht geschickt habe, dass sie sich kurz aus dem Unterricht davonstehlen soll.

Als sich tatsächlich ein roter Haarschopf auf dem Flur entlang schiebt, zögere ich nicht lange, strecke meine Hand aus und ziehe Toni an mich. Sie ist offenbar zu geschockt, um laut aufzuschreien und schaut mich nur panisch an. Erst als sie mich erkennt, werden ihre Gesichtszüge weich, ein Lächeln legt sich auf ihre Lippen. Die Lippen, die ich schon ohne Begrüßungsfloskel sehnsuchtsvoll küsse.

»Hey!«, sagt sie erfreut, als ich mich von ihr löse und ihre Nase stupse. Ein bisschen peinlich ist es mir schon, dass ich ihr hinterherlaufe. Aber als ich den Motor startete, um nach Österreich aufzubrechen, fühlte es sich gänzlich falsch an davon zu fahren, ohne sie noch einmal gesehen zu haben, ohne sie erneut geküsst zu haben. Das Leben ist zu kurz, um sich diese kleinen Wünsche zu versagen. Also stehe ich jetzt hier und hole mir, was ich mir seit dem Aufwachen so gierig ersehne.

Viel geschlafen habe ich nicht. Immer und immer wieder habe ich mich gefragt, ob das, was ich hier tue, gut ist. Gut für mich. Und für Toni. Und immer und immer wieder bin ich an den Punkt gekommen mir einzugestehen, dass es keine Antwort auf diese Frage gibt. Nicht jetzt. Das, was sich zwischen uns entwickelt, ist so überwältigend, dass ich kaum in der Lage bin klar zu denken.

Vielleicht wünsche ich es mir auch nur so sehr, dass ich wieder normal werde und etwas fühle. Vielleicht ist aber das, was sich seit dem Kuss auf der Lichtung in meinem Inneren abspielt, ja nur so eine Phase, die wieder vergeht. Und möglicherweise hat all das auch gar nichts mit Toni zu tun.

Eines weiß ich jedoch sicher: Mir reichen ein paar *Vielleichts* nicht aus, um das aufs Spiel zu setzen, was zwischen Toni und mir vielleicht möglich sein könnte.

Ich möchte herausfinden, was das zwischen uns ist. Tonis Worte sind so treffend. Auch für mich. Und deshalb habe ich beschlossen mich darauf einzulassen. Mir zu erlauben für einen Moment loszulassen, glücklich zu sein. Leben im Hier und Jetzt – das fühlt sich wirklich fantastisch an.

»Ich wollte dich noch mal sehen«, gebe ich zu und streiche mit meinem Daumen über Tonis Lippen, die wirklich süß schmecken und so verdammt gut küssen können.

»Fährst du jetzt?« Toni schaut zu mir hoch. Mit einem traurigen Zug um ihren Mund und einem wehmütigen Ausdruck in ihren Augen.

Ich nicke.

»Du könntest mir etwas mitbringen.«

Ich lache. »Was hättest du denn gerne? Schokolade? Spannung? Spaß? Und was zum Spielen?«

»Nein. Da ist Palmöl drin. Ich bin mir sicher, du findest etwas, das mir gefällt. Und falls nicht: Komm einfach bald wieder. Und dann ...« Toni hält mitten im Satz inne. Sie beißt sich auf die Unterlippe, als wolle sie nicht, dass die restlichen Worte herauspurzeln.

Mein Herz pocht schon wieder verräterisch schnell. Ich sollte endlich gehen und mir damit die Chance geben, mich endlich wieder wie ein normaler Mensch zu fühlen. Wobei. Will ich das denn?

»Und dann?«, nehme ich den Faden auf, wohlwissend, dass ich voll auf ihr Spiel einsteige.

»Das sehen wir dann.« Unschuldig lächelt sie mich an, drückt mir einen viel zu schnellen Kuss auf die Lippen und dreht sich um. »Bis bald, Vincent!«, ruft sie mir über die Schulter zu und lässt mich mit meinem Kopfkino einfach stehen. Ihr Kichern entlockt mir ein Lächeln. An diese freche, selbstbewusste Toni könnte ich mich glatt gewöhnen.

Nachdem Toni aus meinem Blickfeld verschwunden ist, gehe ich zurück zu meinem Tesla. Rund sechs Stunden Fahrt liegen vor mir. Zeit, in der ich nachdenken kann. Über das Leben. Die Zukunft. Über Toni und mich.

***

In Linz angekommen checke ich im Hotel ein, mache mich kurz frisch und schlendere anschließend durch die Gassen. Ich mag die entspannte Atmosphäre, die vielen Shops, die ein kreatives Angebot haben und nicht zu den üblichen Ketten gehören. Neugierig linse ich in die Läden und überlege, ob ich Toni doch etwas mitbringen soll. Da ich ihren Geschmack aber noch nicht gut genug kenne, entscheide ich mich dagegen.

Ein Blick auf meine Uhr verrät mir, dass ich mich langsam zu meiner Verabredung aufmachen sollte.

»Ich nehme den Linsenauflauf mit dem Ziegenkäsedip. Und dazu ein Radler mit Kräuterlimo«, gebe ich meine Bestellung auf. Ich habe mich mit Pepe im *Gelben Krokodil*, einem Szene-Lokal, in dem es außergewöhnlich gutes Essen gibt, verabredet und lasse mich von ihm auf den neuesten Stand bringen. Er war es, der mich damals aufgefangen hatte, als am Klavier gar nichts mehr ging. Mit ihm an meiner Seite hatte ich das Gefühl, dass es nicht das Ende des Lebens war, dass es weitergehen würde, wie auch immer dieses Weiter aussehen mochte.

Vielleicht sollte ich ihn einfach öfter besuchen, ich mag die Art, wie er der Welt begegnet. Immer mit einem Lächeln und einem lustigen Spruch auf den Lippen. Für ihn ist das Leben ein buntes Abenteuer – wie seine Bilder.

»Sara ist schwanger«, sagt mein ehemaliger Kommilitone unvermittelt. In seinem Gesicht spiegelt sich Stolz und erwartungsvoll grinst er mich an.

»Schwanger? Wow, Glückwunsch!« Ich schlinge die Arme um den zukünftigen Papa Pepe und klopfe ihm auf den Rücken. Er war im Kunstzug und seine Bilder hängen zwischenzeitlich sogar in Museen in New York und Tokyo, wie ich mitbekommen habe. Er hat es weit gebracht in seinen jungen

Jahren, woran die AcA nicht ganz unbeteiligt ist. Kurz huscht die Frage durch meine Gedanken, wo ich wohl heute stehen würde, wenn ich nicht so leer und ausgebrannt wäre.

»Danke.« Er nickt und es ist ihm anzumerken, wie sehr er sich auf Familienzuwachs freut.

»Wie geht es Sara?«, frage ich lahm, da ich keine Ahnung habe, was man bei so einer Neuigkeit sagt. *Kinder.* Ich habe mir noch nie Gedanken über eine Familie gemacht. Da ich selbst nie eine wirkliche Familie hatte, kam mir der Gedanke gar nicht, irgendwann einmal selbst eine haben zu wollen. Ich weiß ja gar nicht, wie das geht. Für einen da sein, Verantwortung übernehmen. Familienleben.

»Sie wäre gerne mitgekommen, hat aber noch irgendeinen Arzttermin. Aber es geht ihr gut und von Tag zu Tag wird sie runder. Bald platzt sie bestimmt.« Pepe lacht und er hört sich dabei glücklich an. Ein Zustand, den ich gerade durchaus nachfühlen kann.

Der Kellner kommt mit unseren Getränken und wir prosten uns zu.

»Und was gibt es bei dir Neues, Mister DJ? Du tingelst ja ganz schön durch Europa mit deiner Musik, wie man sieht.« Pepe lächelt breit und entblößt eine Reihe makellos weißer Zähne. Mit seinen blonden Haaren und der karamellfarbenen Haut war Pepe schon damals ein Mädchenschwarm auf der Akademie. Sein Charme und sein ansprechendes Äußeres dürften ihm einige Türen bei Kuratorinnen und Galeristinnen geöffnet haben. Damals hatte er es wirklich raus Frauen für sich zu gewinnen und nutzte es ganz gut aus, dass die Mädels auf ihn abfuhren. Bis er eines Tages Sara kennenlernte. Sie hat einen Coffeetruck im Kulturquartier und bäckt, wie ich durch Pepes Schwärmerei weiß, die besten veganen Brownies der Welt.

»Diese ganze DJ-Sache ist schon irgendwie schräg, oder? Da oben zu stehen und die Leute unter dir tanzen zu deiner Musik, das ist schon mega. Irre, wie man die Menschen in der Hand hat, ihre Stimmung drehen und anheizen kann durch ein paar Töne.« Mit meinen Gedanken bin ich noch immer in Lieberose und wäre das Engagement nicht, wäre ich vielleicht sogar schwach geworden und einfach bei Toni in der Akademie geblieben.

»Aber?«, hakt Pepe nach. Sein Blick durchbohrt mich.

»Na ja, was tue ich schon? Im Grunde ist es wie Kochen oder Backen. Ich nehme ein paar Zutaten, schmeiße sie in eine Schüssel und rühre das Ganze zusammen.« Nüchtern betrachtet ist es eine einfache Sache Musik zu mischen. Dabei ist mir schon klar, dass es darauf ankommt, wie gut alles harmoniert. Es braucht Feingefühl, um die Menschen für ein paar Stunden aus ihrem Alltag zu reißen. Und offensichtlich gelingt es mir ganz gut mein Publikum auf eine Reise mitzunehmen, auf der sie alles um sich herum vergessen und einfach nur tanzen. Dennoch: »Irgendwie fühlt sich all das nicht echt an.«

Pepe legt den Kopf schief und kneift die Augen etwas zusammen. Nachdenklich schaut er mich an.

»Und was fühlt sich für dich echt an, wenn dich der Erfolg schon nicht kickt?«

Ich überlege. Plötzlich taucht da Toni in meinem Kopf auf und entlockt mir ein verräterisches Grinsen. Schnell versuche ich es wegzuwischen, aber Pepe ist nicht blöd.

»Ja?«, setzt er noch einmal nach und beugt sich über den Tisch. Wie immer ist in meinem Lieblingsrestaurant in Linz verdammt viel los. Ich mag die Atmosphäre, weil sich ganz unterschiedliches Publikum hier tummelt. Und weil es hier immer etwas zu entdecken gibt. Neu seit meinem letzten Besuch sind die moosbewachsenen Wände an den Eingängen.

»Ach, ich hab da jemanden kennengelernt.«

»Jetzt wird es interessant.« Ein breites Grinsen erscheint auf seinem Gesicht. Er zückt sein Handy und entsperrt es.

»Was tust du?«, hake ich fassungslos nach. Ich will ihm von Toni erzählen. Von dem Chaos, das in mir herrscht. Und er will ernsthaft auf seinem dämlichen Smartphone herumtippen?

»Ich nehme das auf und stelle es später ins Netz. Wenn das nicht weltbewegende Neuigkeiten sind, was dann?« Er räuspert sich und mit bester Reporterstimme fährt er fort: »Die Hoffnung stirbt zuletzt: Vincent de Breune, Sohn des Dirigenten Phil de Breune, Wunderkind am Piano und inzwischen weltberühmter DJ mit unzähligen Charthits, hat eine junge Frau kennengelernt. Ob er uns mehr über dieses Wesen, das sich den Stockfisch geangelt hat, verrät, erfahren Sie hier in Kürze. Ihr Pepe Neuhäuser, live aus dem Gelben Krokodil in Linz.«

Ich knuffe ihm gegen den Oberarm, kann aber nicht verhindern, dass ich lachen muss. Das war schon damals so. Pepe war einer der wenigen, dem mein Sonderstatus als Sohn des Direktors einfach egal gewesen ist. Er liebte es mich hochzunehmen – auf eine angenehme Art.

»Und? Ist es was Ernstes? Wirst du sie an dich ranlassen?«, feixt mein Kumpel.

»Was meinst du damit? Ranlassen ... Wir hatten noch keinen Sex, wenn es dir darum geht. Toni ist erst siebzehn, ich will nicht –«

»Nicht Sex, du Trottel! Ich spreche von dem anderen Teil, der dich ausmacht. Du hältst doch immer alle auf Abstand. Ja nicht zu viel preisgeben, immer alles schön mit dir selbst ausmachen. Das war schon immer so. So richtig kennt dich doch keiner. Und manchmal glaube ich, dass du dich selbst nicht besonders gut kennst. Oder weißt du, was dich so richtig, richtig glücklich macht?«

Ich kneife die Augenbrauen zusammen, will ihm sagen, dass ich das sehr wohl weiß. Das Klavierspielen ... Doch da erkenne ich selbst, dass das gelogen ist.

»Ich glaube, Toni könnte der Mensch sein, der mich glücklich macht«, überlege ich laut. In ihrer Nähe fühle ich mich wohl. Da kann ich den Druck vergessen, den ich mir noch immer Tag für Tag mache, obwohl ich weiß, dass es nichts bringt, immer und immer wieder darüber nachzudenken, warum ich nicht spielen kann.

»Das ist ein erster, ein wichtiger Schritt. Und vielleicht kann sie dir helfen dich selbst zu finden. Denn im Leben geht es nicht darum sich von einer Person abhängig zu machen. Die Königsdisziplin liegt darin, das Glück in dir selbst zu finden. Dann und nur dann kannst du Menschen, die du liebst, so glücklich machen, wie sie es verdienen.«

»Du solltest echt unter die Philosophen gehen«, stöhne ich. »Wärst du nicht so verdammt erfolgreich mit deiner Kunst, würde ich glatt behaupten, du hast deinen Beruf verfehlt. Erzähl, wie läuft es mit deinen Bildern? Du hast es ins Met geschafft, habe ich gehört«, wechsle ich schnell das Thema und lege den Fokus wieder auf Pepes Karriere.

Er schüttelt den Kopf.

»Nix da, so schnell lasse ich mich nicht ablenken. Keine Chance, Bruder. Jetzt erzählst du mir erst einmal von Toni. Wer ist sie, was macht sie? Und was stimmt mit ihr nicht, dass sie ein Auge auf dich geworfen hat?«

Es tut gut über Toni zu sprechen. All die Gedanken und Gefühle in meinem Kopf, die sich wie ein schier unlösbarer Knoten in meinem Kopf zusammengeballt haben, entwirren sich nach und nach. Pepe ist ein guter Zuhörer und je länger ich über diese mir unbekannten Gefühle spreche, desto unsicherer werde ich mir, ob das mit Toni und mir so eine gute Idee ist. Ich mag sie, sehr sogar, aber da ist auch dieser Druck in meinem Bauch, wenn ich an die Zukunft denke. Und je später der Abend, desto sicherer ist sich Pepe, dass ich unter Bindungsangst leide.

Ich dachte immer, Angst fühlt sich anders an. Gewaltiger, stärker. Aber vielleicht habe ich ja tatsächlich ein Problem damit es zuzulassen, dass sich andere Menschen an mich binden. Allein – das war ich mein Leben lang. Aber irgendwie habe ich davon die Schnauze gehörig voll.

Irgendwann, als wir unser Essen bis auf den letzten Krümel verputzt haben und das *Gelbe Krokodil* dank der ganzen Feierabendbesucher zum Bersten voll ist, verabschieden wir uns. Ich nehme mir fest vor Pepe öfter anzurufen und den Kontakt mit ihm nicht wieder über Wochen oder gar Monate abreißen zu lassen.

Als Pepe gegangen ist, setze ich mich auf den großen Platz des Kulturquartiers, um mir eine Abendveranstaltung über die Linzer-App herauszusuchen. Talente schlummern in jeder Stadt und ich mag die Kulturszene in Österreich. Es ist, als seien die Menschen hier mutiger darin, Konventionen beiseitezuschieben und Neues zu wagen.

Der Blick auf mein Handy schenkt mir ein Lächeln, da sich Toni gemeldet hat. Es ist schön zu wissen, dass es da jemanden gibt, der an mich denkt, der mich vermisst. Sehnsucht – ein Gefühl, das ich seit meiner frühesten Kindheit kenne. Damals, als meine Mutter starb, kannte ich den Namen für dieses Ziehen in meiner Brust nicht. Es war immer da, all die Jahre hat es unstillbar in mir geschlummert, war mal stärker, mal weniger stark und nie konnte ich auch nur ansatzweise etwas finden, was dieses Gefühl betäubt hat. Klavier zu spielen hat mir geholfen. Dann war ich glücklich – auch mit diesem wehmütigen Gefühl in meinem Herzen.

Bevor ich ewig tippe, klicke ich auf Tonis Nummer. Ich möchte sie hören, lieber noch sehen, fühlen, berühren. Es tutet und allein die Aussicht darauf gleich mit ihr zu quatschen, lässt mich ganz unruhig werden.

»Toni«, seufze ich, als sie endlich abnimmt. »Hey, wie läuft's?«

»Äh, gut.« Sie klingt verwirrt. »Und bei dir?«

»Es ist schön deine Stimme zu hören«, sage ich und setze mich auf einen Holzkubus auf dem Platz. Um mich herum fahren einige Kids mit ihren Rollern und üben irgendwelche Kunststücke.

»Wie war deine Fahrt?«, will sie wissen.

»War okay.« Das breite Lächeln, das mir im Gesicht klebt, macht es mir schwer zu sprechen. Nein, es ist das Ungewohnte, das Neue. Ich bin nervös und habe keine verdammte Ahnung, was ich eigentlich sagen möchte, dabei habe ich den ganzen Tag auf diesen Moment gewartet. Ich wollte ihr so viel erzählen. Alles weg. Einzig der Wunsch ihre Stimme zu hören und ihr auf diese Weise zumindest etwas nahe zu sein, brennt lichterloh in mir. »Was machst du gerade?«

»Ich?«, quietscht Toni atemlos. Ob sie ähnlich durch den Wind ist wie ich? »Ach, ich hänge hier mit ein paar sexy Typen ab. Bisschen chillen, du weißt schon.«

Ich lache auf und gehe in Gedanken die derzeitigen Studenten der AcA durch. Auf welchen Typ Mann sie wohl steht?

»Cool. Richte Grüße aus!« Auf diese Vorlage werde ich ganz sicher nicht eingehen. »Und? Läutet ihr das Wochenende im Bunker ein?«

»Mhm, ich glaube, da läuft heute miese Musik. Wird Zeit, dass mal wieder ein gescheiter DJ hier auflegt. Aber die verirren sich so selten nach Lieberose.« Sie seufzt. »Keine Ahnung, ob wir schon an dem Punkt sind, dass es okay ist, wenn ich so etwas sage. Aber ich vermisse dich. Ganz schrecklich!«

Ich schließe die Augen. Ich habe diese Worte schon öfter gehört. Mädchen sind schnell dabei von irgendwelchen Gefühlen zu sprechen. Aber aus Tonis Mund ergeben sie zum ersten Mal Sinn, denn mir geht es ganz genauso.

»Vincent?«

Ich atme tief ein.

»Ich vermisse dich auch, Toni. Verrückt, dabei habe ich dich doch heute Morgen erst gesehen«, erinnere ich mich selbst an die Absurdität meines ganz und gar ungewohnten Zustands.

»Total verrückt.« Toni seufzt. »Genau das, was ich ja ohnehin sein wollte. Also, alles gut. Erzähl, was hast du heute gemacht? Was hast du noch vor? Ich will alles wissen.«

Toni klingt irgendwie aufgedreht. Sie bemüht sich um eine Normalität, zu der ich nicht in der Lage bin. Irgendwie fühlt es sich albern an, dass mich ein anderer Mensch so aus dem Konzept bringen kann. Albern und auf eine ganz eigene Art wunderschön.

»Am liebsten würde ich jetzt sofort wieder ins Auto steigen und zu dir fahren«, gebe ich zu und lege mich auf die Holzplanken. Der Himmel über mir sieht bedrohlich aus. Wolken ziehen sich zu düsteren Bergen zusammen.

»Mhm, um ehrlich zu sein, hätte ich da nichts dagegen. Kommst du?«

Ich schüttle den Kopf, weil ich ernsthaft meine Optionen durchdenke. Morgen habe ich erst am Abend einen Gig. Aber ich wollte die Zeit nutzen, um alte Kontakte zu pflegen, bei dem einen oder anderen vorbeizuschauen und abzuchecken, ob ich einen meiner Absolventen hier unterbringen kann. Ich weiß, es gehört nicht zu meinem Job als Scout die ersten Engagements einzutüten. Aber wenn sich ein Talent in seiner Studienzeit bewährt hat, spricht ja nichts dagegen ihn weiter zu protegieren.

»Argh, Toni! Ich kann nicht. Wäre ich nicht gerade über 500 Kilometer gefahren, ich würde es tun. Wirklich. Aber …«

»Lieberose liegt echt am Arsch der Welt«, mault Toni.

»Aber es ist ein schöner Arsch.« Ich grinse und hoffe, Toni hat Humor.

Sie kichert.

»Schickst du mir noch ein Foto?«, bittet sie mich. »Ich habe keins.«

»Echt jetzt, Toni? Hast du eine Ahnung, wie sehr ich Fotos von mir hasse? Im Speziellen Selfies. Nee, das geht echt nicht.«

»Du Spielverderber!« Sie holt tief Luft, als wäre sie wirklich entsetzt. »Los, rück schon raus. Tut nicht weh und ich verspreche dir hoch und heilig, dass ich es niemandem zeige.«

Ich seufze. Ein Foto von Toni wäre allerdings auch nicht schlecht. Von meinen Recherchen in der Scoutingphase weiß ich, dass sie keine Social Media Accounts hat. Zumindest habe ich nichts von ihr gefunden, wo ich Bilder herunterladen könnte. Und auch sonst ist sie im Netz schlichtweg nicht vertreten.

»Nur im Tausch«, entgegne ich daher wagemutig. »Und du schickst mir zuerst deins. Wenn ich damit zufrieden bin, dann revanchier ich mich.«

»Argh, halt die Klappe, Vincent, und entspann dich mal. Da ist nichts dabei, wenn man sich Fotos schickt.« Sie lacht. Und das hört sich wirklich niedlich an. »Habe ich zumindest gehört.«

»So?«, necke ich sie. »Ich dachte, du wüsstest das aus jahrelanger Erfahrung.«

Plötzlich sprintet mein Herz los. Ich habe keine Ahnung, wie viel Erfahrung Toni tatsächlich hat. Sie ist noch so jung. Aber bedeutet das zwangsläufig, dass sie unerfahren ist?

»Bei uns im Schwarzwald schickt man sich noch Briefe. Und Rauchzeichen. Und Eulenpost.« Wieder erklingt dieses erfrischende Lachen. Wie gerne würde ich jetzt das Strahlen in ihren Augen sehen. Mir gefällt es, dass sie mich neckt. Ich mag ihren Humor, ich mag Toni. Sehr sogar.

»Bist du für Eulenpost nicht schon ein bisschen zu alt? Ich dachte, man bekommt mit elf Post aus Hogwarts. Oder eben nie.«

»Ich habe Post aus der Akademie bekommen. Das entschädigt für so ziemlich alles.«

Die nächste Stunde plaudern wir einfach und nach und nach stellt sich eine Normalität ein, die weit davon entfernt ist langweilig zu sein. Im Gegenteil, es fühlt sich vertraut an mit Toni herumzualbern. Ich könnte das noch ewig tun, in den Himmel schauen und mit Toni quatschen. Doch irgendwann fangen die dunklen Wolken an sich zu entladen und zwingen mich dazu Richtung Hotel aufzubrechen.

»Mein Akku macht die Grätsche und hier pisst es in Strömen«, sage ich schweren Herzens, als die Regentropfen in meinen Kragen rieseln und ich erschauere.

»Armer Vincent. Ich dachte, du magst Regen?«

»Na ja, hier ist weit und breit kein Mädchen, das ich gerne küssen würde.«

Toni räuspert sich. »Na ja, irgendwie hatte ich ja gehofft, dass du nicht jedes Mädchen küsst, das dir gerade vor die Füße stolpert. Du weißt schon, Gerüchte und so.«

Ich klatsche mir mit der flachen Hand an die Stirn. Mann!

»Sorry, ich wollte nur ’nen blöden Witz reißen. Ging wohl voll in die Hose.« Ich schüttle den Kopf. »Hey, Toni. Das ist echt nur blödes Gerede. Du kennst mich besser. Und ich hoffe wirklich, du weißt, dass du mir vertrauen kannst.«

In der Leitung bleibt es einige Sekunden still und ich habe schon Angst, dass mein schwächelnder Akku einfach schlappgemacht und damit die Leitung gekappt hat. Doch dann vernehme ich einen tiefen Atemzug.

»Okay.« Es ist ein leises Statement. Aber sie klingt überzeugt. Erleichtert atme ich aus und merke erst da, dass ich die Luft angehalten habe. »Ich sollte jetzt auch langsam Schluss machen. Die letzten Nächte wollte mich so ein Kerl nicht schlafen lassen und ich bin ehrlich saumüde.« Wie aufs Stichwort gähnt sie und da merke ich, dass mir die letzten Nächte ebenfalls in den Knochen sitzen und ich eine Mütze Schlaf verdammt gut gebrauchen könnte. Schließlich habe ich morgen eine Nachtschicht vor mir und sollte der Menge so richtig einheizen. Fürs Gähnen werde ich wohl nicht bezahlt.

»Schlaf schön, Toni. Und halte dich von den heißen Typen fern.«

»Welche heißen Typen?«, fragt Toni verständnislos.

»Die, mit denen du doch so gerne abhängst.« Ich lache leise und kann mir ihr verwundertes Gesicht bildlich vorstellen. Vielleicht bekommen ihre Wangen gerade diesen Rosaton, den ich verdammt anziehend finde.

»Gute Nacht, Vincent.« Toni übergeht die Enttarnung ihrer neckisch gemeinten Aussage zu Beginn unseres Telefonats einfach. Dann legt sie auf. Ich hätte erwartet, dass mich die Stille erdrückt. Aber das Gespräch mit Toni hat mir Kraft gegeben. Ja, ich vermisse sie. Aber zu wissen, dass es ihr genauso geht, macht es gleich so viel erträglicher.

KAPITEL 22

Sonne, Feuer und ein Video

♪

Toni

Die Sonne kitzelt mich an der Nase. Es ist einer der ersten Frühlingstage hier in Lieberose, die mich an Zuhause erinnern. Ich schiebe die Ärmel meines dünnen T-Shirts über die Schultern, sodass auch meine Oberarme ein paar Sonnenstrahlen abbekommen. Lange kann ich das mit meiner sensiblen Haut nicht machen. Sonst wird sie krebsrot statt sommerbraun. Aber ich liebe die Wärme auf meiner Haut, das leichte Darüberstreifen des lauen Windes.

»Wochenende – wie sehr ich es liebe«, seufzt Nia neben mehr und streckt sich auf dem Leintuch, das wir zur Picknickdecke umfunktioniert haben, genüsslich aus.

»Mmmh«, pflichte ich ihr bei. Es könnte perfekt sein – wäre da nur nicht die Sehnsucht nach Vincent, die kaum auszuhalten ist. Ich weiß selbst, dass es übertrieben ist jetzt schon rumzujammern. Schließlich habe ich ihn erst gestern Morgen noch gesehen. Keine 48 Stunden ist das her und ich benehme mich jetzt schon wie ein liebestoller Teenie.

»Wir gehen nachher noch an den See, grillen, Party machen. Kommst du mit oder hast du andere Pläne?« Aus den Augenwinkeln sehe ich, dass mich Nia aufmerksam beobachtet.

»Ich komme mit«, sage ich schnell und seufze. Mit Nias Freunden abzuhängen ist schon okay. Langsam lerne ich alle kennen und sie sind wirklich sehr nett. Oft sind Lee und Paulina dabei und inzwischen spricht unsere Mutistin auch das eine oder andere Wort mit mir. Aber wenn ich es mir aussuchen könnte, würde ich viel lieber jede einzelne Sekunde mit Vincent verbringen.

»Ist alles okay bei dir und …« Sie räuspert sich und blickt sich um. Offensichtlich will sie sichergehen, dass niemand lauscht.

»Vincent ist unterwegs«, gebe ich ihr knapp Auskunft und presse die Lippen fest aufeinander. Ich sollte doch glücklich sein, verdammt noch mal! Aber nicht zu wissen, wann ich Vincent wiedersehen werde, bringt mich um. Heute Morgen habe ich auch noch erfahren, dass mich Cindy für das nächste Wochenende nach Wien eingeladen hat, wo sie derzeit an der Staatsoper ein Engagement hat. Es ist nichts Ungewöhnliches, dass die Mentoren ihre Protegés zu sich holen, um mit ihnen intensiv zu arbeiten. Und unter normalen Umständen wäre ich auch aufgeregt, glücklich und dankbar für diese Möglichkeit. Ich war noch nie in Wien und stelle es mir traumhaft vor auf den Spuren von Sissi und Kaiser Franz Joseph zu wandeln. Die Stadt muss ein unglaubliches Flair haben. Aber Cindy zu besuchen bedeutet, Vincent in dieser Zeit nicht zu sehen und da er nicht absehen kann, wann er zurück nach Lieberose kommt … nein, ich will gar nicht darüber nachdenken, dass es eine kleine Ewigkeit dauern könnte, bis ich wieder seine Lippen schmecken, seine Finger auf meiner Haut spüren kann. Ich vermisse seinen Atem, der sanft über meine Haut streift, die Blicke, die er mir zuwirft, als wollte er jede noch so kleine Bewegung von mir einfangen und für immer abspeichern. Am meisten vermisse ich allerdings, wie ich mich in seiner Gegenwart fühle. Frei und vollständig. Geborgen und … nein, es ist noch zu früh von *geliebt* zu sprechen.

»Seid ihr jetzt zusammen? So richtig, meine ich?« Nia dreht sich zu mir um, stützt ihren Kopf auf ihrer Hand ab und schaut mich erwartungsvoll an. »Los, sag schon. Ich muss das wissen, sonst platze ich!«

Ich lache auf, schüttle den Kopf und habe keine Ahnung, was ich sagen soll. So gerne will ich mit jemandem über meine Gefühle zu Vincent sprechen. Aber Vincent hat mich doch gebeten es für mich zu behalten. Gilt das auch für Nia?

»Ich habe keine verdammte Ahnung«, sage ich vage und seufze. Meinen

Unterarm lege ich über meine Augen, schirme damit das gleißende Licht ab. »Wir haben uns geküsst. Und telefonieren. Und texten den ganzen Tag. Es fühlt sich nach so viel mehr an, aber einen offiziellen Stempel haben wir dem, was zwischen uns ist, nicht aufgedrückt.« Ich erinnere mich an Vincents Worte, daran, dass er mir auf so viele verschiedene Arten gesagt hat, dass er mich mag. Dass er mich vermisst. Aber reicht das?

»Ah«, sagt Nia nur. Ich löse meinen Unterarm und schaue irritiert zu ihr. Entschuldigend zuckt sie mit den Schultern. »Ich freue mich für dich. Nein, für euch. Ihr habt es beide verdient glücklich zu sein. Weißt du, als wir neulich alle zusammen bei Vincent Filme geschaut haben, habe ich schon mitbekommen, wie er dich ansieht. Vielleicht ist Vincent ja gar nicht so ein Windhund, wie alle immer behaupten. Vielleicht hat er bislang einfach nur noch nicht die Richtige getroffen.«

»Und du glaubst, ich könnte das sein? Die Richtige?« Spöttisch lache ich auf und schüttle den Kopf, verbiete mir diese Möglichkeit in Betracht zu ziehen. »Wer nach den Sternen greift, darf sich nicht wundern, wenn er nur Luft zu fassen bekommt.«

Doch Nia hält meinem Blick stand, zieht herausfordernd die Augenbrauen hoch und grinst mich schließlich an.

»Nur wer nach den Sternen greift, beginnt zu fliegen«, kontert Nia. »Komm, wir schauen mal, was Elio so macht.« Sie steht auf, noch bevor sie den Satz zu Ende gesprochen hat. Offensichtlich kann das Energiebündel nicht weiter herumgammeln und irgendwelchen Gedanken nachhängen. Seufzend rapple ich mich hoch. Vielleicht ist Ablenkung gerade das, was ich brauche.

Nia hakt sich bei mir unter, während wir durch den Klostergarten schlendern. Viele der Studenten, die das Wochenende auf der AcA verbringen, nutzen wie wir das gute Wetter und treffen sich in Grüppchen auf den Freiflächen. Überall ist Lachen zu hören, Stimmengemurmel, Musik, die aus irgendwelchen Lautsprechern dringt. Ich sauge die entspannte Atmosphäre auf, lasse das wohlige Gefühl in mich strömen und beschließe, das Beste aus diesem Wochenende zu machen. Jemanden zu vermissen, ist nicht schlimm. Es zeigt doch nur, wie wichtig dieser Jemand für mich ist.

Nia gibt sich sichtlich Mühe, mich auf andere Gedanken zu bringen. Wir besuchen Elio, der uns zu den Baby-Kätzchen mitnimmt, die seit Kurzem im Geräteschuppen wohnen und von den Angestellten liebevoll umsorgt werden. Bei Mathilda stibitzen wir ein paar Köstlichkeiten und lassen uns nach Strich und Faden verwöhnen. Wir kichern und lachen und rennen wie kleine Mädchen über den Campus und so zieht der Rest des Nachmittags an mir vorbei.

Am Abend hat sie mich endlich so weit, dass ich kaum noch an Vincent denke. Ich fühle mich wohl und es ist vielleicht das erste Mal, seit ich hier bin, dass es sich ganz und gar richtig anfühlt. Habe ich endlich meinen Platz gefunden? An dem ich ich selbst sein kann? Einen Platz, wo ich dazugehöre? Es ist nicht nur Vincent, der mir zeigt, dass ich völlig in Ordnung bin. Da sind auch meine Freunde, Nia, Lee und Paulina, bei denen ich sein kann, wie ich bin. Hundert Prozent Toni. So, wie es Vincent von Anfang an versprochen hat.

Am Abend machen wir uns auf den Weg zum See. Ich hake mich bei Nia unter und vertraue darauf, dass das kleine Grüppchen weiß, wo wir hin müssen.

Dick in eine Fleecejacke eingekuschelt schaue ich in das lodernde Feuer, das ein paar Jungs aus den oberen Semestern geschürt haben. Funken tanzen im lauen Abendwind, das Holz knackt unter der Hitze. Levin hat seine Gitarre ausgepackt und stimmt mit Leonas und Nika einen Evergreen nach dem anderen an. Einige der Anwesenden habe ich schon früher kennengelernt, die anderen sind mir fremd. Aber das macht mir nichts aus. Ich lasse mich fallen, gebe mich der Schönheit des Momentes hin. Immer wieder huscht die Erinnerung an die Küsse, die ich mit Vincent getauscht habe, durch meinen Kopf. Aber sie wärmen mich, dämpfen die Sehnsucht, die ich tief in mir spüre.

Lee und Nia unterhalten sich über einen Film, den sie neulich geschaut haben. Ich schätze, dass ich an diesem Abend bei Vincent war und ihn daher verpasst habe. So schwelge ich weiter in Erinnerungen, statt mich an der Unterhaltung zu beteiligen. Schaue ins Feuer und genieße die Musik.

Irgendwann spüre ich das Smartphone in meiner Hosentasche vibrieren.

Sicher eine Nachricht von Vincent. Mit einem breiten Grinsen im Gesicht ziehe ich das Handy hervor und entsperre es.

Ein verschwommenes Bild taucht in unserem inzwischen ziemlich vollgestopften Chat auf. Nein, kein Bild, es ist ein Video. Es braucht eine Weile, bis es hier mitten in der Pampa heruntergeladen ist. Schließlich klicke ich es an, Blitze huschen über den Bildschirm, eine wabernde Menge wirft die Hände die Luft. Was schickt mir Vincent da?

Siehst du? Die Leute lieben deinen Song!

Erst da checke ich, dass ich die Lautsprecher ausgeschaltet habe. Wieder klicke ich das Video an und höre endlich Musik zu den zappelnden Menschen. Augenblicklich wird mir flau im Magen, als ich mein von mir selbst komponiertes Stück höre, das Vincent geschickt mit einem rockigen Beat unterlegt hat. Gebannt starre ich auf das kleine Kästchen in meinen Händen, das mich nach Linz katapultiert. Gänsehaut rieselt meine Wirbelsäule hinunter und gleichzeitig ist mir unendlich heiß.

»Was hast du da?«, fragt Lee und sie und Nia beugen sich zu mir, um einen Blick auf mein Handy zu erhaschen. »Cool! Der Song ist stark.«

»Ist das von –« Nia hält plötzlich inne und wirft mir einen fragenden Blick zu. Mechanisch nicke ich. Jede Note kenne ich. Sie kommt tief aus meinem Herzen und erfüllt mich mit so intensiven Gefühlen, dass ich nach Luft schnappe. Menschen dabei zu beobachten, wie sie dazu tanzen, ja, wie gut ihnen mein Lied offensichtlich gefällt, ist atemberaubend. Und doch trifft mich das völlig unvorbereitet.

»Cool. Darf ich's noch mal sehen?«, fragt Lee und nimmt mir das Telefon ab. »Das ist von Vincent? Warum schickt dir Vincent Videos von seinem Auftritt?« Mit offenem Mund hebt sie den Blick und schaut mich vorwurfsvoll an.

»Weil Toni die Geige gespielt hat, du Schaf.« Nia lacht und klatscht sich die flache Hand an die Stirn. »Ich hab auch schon mal in einem seiner Videos getanzt. Ist doch nichts Besonderes.« Nia zuckt mit den Schultern. Im ersten Moment weiß ich nicht, ob Nia das nur sagt, um Lees Fragerei zu unterbrechen. Oder aber, dass sie mir doch eins reinwürgen will. *Nichts Besonderes.* Nia kann nicht wissen, dass sich diese Worte tief in mein Herz eingegraben haben.

Schnell wische ich den Gedanken beiseite. Ich will nicht zulassen, dass sich so ein völlig unnötiges Gefühl zwischen uns drängt. Sie ist meine Freundin und will mir nicht wehtun. Nicht mit Absicht.

Ich nehme Lee das Handy wieder ab und beschließe gar nicht weiter darauf einzugehen. Stattdessen schreibe ich eine Nachricht an Vincent.

Ich wusste nicht, dass es schon fertig ist. Wow! Es klingt echt fantastisch. Die Leute dazu tanzen zu sehen ist echt schräg.

Es dauert nicht lange, da kommt auch schon die Antwort. Kurz blicke ich mich um, um sicherzugehen, dass niemand in der Nähe ist, der Verdacht schöpfen könnte.

Gewöhn dich besser dran. So, wie die Meute abgeht, werde ich die Tage mal das Label anhauen und fragen, was für dich dabei rausspringt, wenn wir den Song auf meine nächste Platte pressen.

Ich halte unwillkürlich den Atem an. Meint Vincent das ernst? Es wäre das erste Mal, dass ich mit Musik Geld verdiene. Bis heute hat meine Leidenschaft ein kleines Vermögen verschlungen.

»Das Lied ist wirklich toll. Darf ich es vielleicht noch einmal hören?« Die Stimme, die mich aus meiner aufgeregten Begeisterung reißt, ist zart und mir alles andere als vertraut, denn Paulina redet viel zu selten. Dabei ist sie so klug und wortgewandt und würde unsere Gemeinschaft sehr bereichern, wenn sie uns öfter an ihren Gedanken teilhaben lassen würde. Wir wissen, dass sie sich das nicht selbst ausgewählt hat und tun deshalb so, als wäre es ganz normal. Aber manchmal wünsche ich mir sehr, dass sie endlich alles beiseiteschieben und sich anderen Menschen gegenüber öffnen würde.

»Klar.« Ich rücke beiseite, sodass sie sich neben mich auf den Baumstumpf setzen kann, und starte das Video erneut. Wieder hüpft mein Herz. Zu wissen, dass Vincent dieses Video für mich aufgenommen hat, ist aufregend. Er hätte mir ja auch einfach in einem Nebensatz davon erzählen können. Doch stattdessen hat er diesen Moment festgehalten, damit ich ihn miterleben kann. Nicht live, aber dafür kann ich ihn mir immer und immer wieder anschauen.

»Es berührt mich. Vielleicht schreibe ich einmal ein Gedicht dazu. Nur, wenn ich darf, natürlich. Darf ich?«

Ich starre sie an, da es so ungewohnt ist, dass Paulina in ganzen Sätzen spricht. Ohne Not. Ohne Zwang. Sie unterhält sich. Mit mir.

»Das ...«, ich räuspere mich. »Das wäre wirklich toll, Paulina.«

Ein zartes Lächeln huscht über ihr blasses Gesicht. Auf ihrer Haut liegen Schatten, die das tanzende Feuer mit seiner Wärme auf die Zuschauer wirft. Wenn man sich mal die Mühe macht Paulina wirklich anzuschauen, sie zu sehen mit all ihrer Schönheit, ist sie ein außergewöhnlich ausdrucksstarker Mensch. Sie ist hübsch, aber nicht diese perfekte, glatte Schönheit, die so austauschbar ist, dass einem schon beim ersten Blick langweilig wird. Paulinas Schönheit erkennt man wohl erst auf den zweiten Blick, denn sie weiß sich zu gut hinter einer Mauer aus Schüchternheit zu verstecken.

Das Handy vibriert und ich schaue schnell auf das Display meines Smartphones. Auf dem Sperrbildschirm poppt das Bild auf, das mir Vincent neulich geschickt hat, und schnell nehme ich das Handy an mich.

»Ich muss da kurz rangehen«, entschuldige ich mich bei Paulina, stehe auf und trete ein paar Meter ins Dunkle. Augenblicklich greift die Kälte der Nacht um sich und überzieht meinen Körper mit Gänsehaut.

»Hey«, wispere ich und hoffe, die anderen beachten mich nicht. Weiter wegzulaufen traue ich mich nicht, aus Angst, ich könnte nicht mehr zurückfinden.

»Toni.«

Meinen Namen habe ich noch nie gemocht, nicht einmal meinen Spitznamen, den mir mein Großvater verpasst hat. Ihn aber aus Vincents Mund zu hören gefällt mir. Sehr sogar.

»Danke, dass du mir das Video geschickt hast.« Seit sich Vincent gemeldet hat, sind meine Mundwinkel zu diesem verräterischen Grinsen festgetackert. Wird das nun für immer so sein? So zuckerwattesüß und prinzessinnenrosa? Das passt doch gar nicht zu mir. *Toni*. Das steht für *schwarz*. Für *abgeklärt*.

»Du hättest dabei sein müssen. Es war echt irre. Ich bin immer noch wie im Rausch«, gesteht Vincent und wenn ich genau hinhöre, hat er recht. Er klingt sehr aufgedreht. Von seiner sonst so ruhigen, ausgeglichenen Art ist gerade wenig zu vernehmen. *Als wäre die Musik seine Droge,* schießt es mir durch den Kopf. Noch so eine Gemeinsamkeit.

»Hauptsache, du hattest Spaß«, sage ich leise und lächle sanft. Noch mehr würde ich mich darüber freuen, wenn er dieses Gefühl beim Klavierspielen empfinden könnte. Aber vielleicht ist nun das Auflegen seine neue Passion. Dennoch wünsche ich mir so sehr ihn einmal spielen zu hören.

»Apropos Spaß. Was hast du denn nächstes Wochenende vor?«

Meine Laune sinkt bei seiner Frage ins Bodenlose. Dabei sollte ich mich doch freuen. Hey, ich werde Wien sehen. Werde Tag und Nacht mit meiner Mentorin Geigespielen. Vielleicht nimmt sie mich ja auch einmal mit in die Staatsoper.

»Cindy hat mich nach Wien eingeladen«, sage ich und seufze.

»Das klingt doch toll. Du wirst bestimmt eine super Zeit haben«, übergeht Vincent einfach meine schlechte Stimmung. Selbst der empathieloseste Troll müsste merken, wie wenig Lust ich auf die Reise habe. Er scheint wirklich stoned zu sein, sonst würde er sicher nachhaken, warum ich mich nicht freue.

»Und du? Wirst du in Lieberose sein?« Ich schüttle den Kopf. Seit wann bin ich so masochistisch veranlagt, ihn auch noch direkt zu fragen, was ich verpasse.

»Mhm, vielleicht werde ich das hübscheste Mädchen treffen, das ich derzeit kenne. Ein Mädchen, das mich gleichermaßen zum Nachdenken, aber auch zum Lachen bringt. Ja, ich denke, das könnte mir gefallen.«

»Jaja, streu nur noch Salz in meine Wunden«, bricht es schließlich aus mir heraus. »Ich finde es doch so schon furchtbar schlimm, dass ich ausgerechnet das nächste Wochenende unterwegs bin. Du hast keine Ahnung, wie sehr ich dich vermisse.« Schnell beiße ich mir auf die Lippen. Ich will nicht, dass mich Vincent als anhängliche Klette wahrnimmt. Das bin ich nicht. Zumindest war ich das nie, bis ich auf Vincent getroffen bin. Seit er in meine kleine Welt getreten ist, erkenne ich mich manchmal selbst nicht wieder.

»Doch, ich glaube, ich habe eine verdammt gute Ahnung, denn mir geht es ganz genauso.«

Ich atme ein. Ganz tief. Und lasse seine Worte in mein Herz. Vielleicht ist es ja das erste Mal, dass mir jemand sagt, wie sehr er mich vermisst. Auf jeden Fall ist es das erste Mal, dass ich davon überzeugt bin, dass es auch stimmt. Die Erkenntnis schmerzt und freut mich gleichermaßen. Und da ich Vincent gerade nicht umarmen kann, fühle ich mich seltsam allein.

Bevor ich sentimental werden kann, presse ich die Lippen fest aufeinander und blinzle das, was gegen meine Lider drückt, schnell weg.

»Lee läuft heute schon den ganzen Tag in ihrem Pyjama rum. Verrückt, die Kleine«, lenke ich schnell ab und hoffe, der Themenwechsel gibt mir genügend Freiraum, um meine Gefühle wieder in den Griff zu bekommen.

»Ja, sie ist echt ein klitzekleines bisschen verrückt«, sagt Vincent sanft. »Aber lass uns nicht über Lee sprechen. Erzähl mir von deinem Tag. Was hast du heute gemacht?«

Ich atme noch einmal tief ein, berichte ihm von Nias und meinem kleinen Picknick, beschreibe ihm die Kätzchen, die ich streicheln durfte und nach und nach lösen sich die Fesseln um meine Brust. Ich gerate regelrecht ins Plaudern und erst als mein schwächelnder Akku piepst und mir damit nur noch wenig Zeit bleibt, um mich zu verabschieden, stoppe ich meinen Redefluss.

»Träum was Schönes, ja?«, sagt Vincent.

»Mhm, mal sehen.«

»Vielleicht von deinem ersten Erfolg in der Öffentlichkeit? Ich bin wirklich stolz auf dich, Toni.«

»Danke.« Das fühlt sich seltsam an. In welche Rolle ist Vincent gerade geschlüpft? In die des Scouts? Des DJs? Des … fast hätte ich Freund gesagt, aber darüber haben wir noch gar nicht gesprochen. Aber einen Beziehungsstatus am Telefon zu definieren geht auch nicht. Verdammt, warum ist Vincent nur so weit weg?

»Ich lege jetzt auf.«

»Nein«, jammere ich sofort und ignoriere das Fiepen meines Handys, das nach Strom bettelt.

Vincent lacht. Aber er klingt nicht verärgert oder gar genervt. »Ich muss langsam wieder in den Club. Mein Zeug zusammenpacken und so.«

»Okay«, gebe ich mich geschlagen. »Danke für das Video.«

»Danke für das nette Gespräch.«

»Gerne.«

»Schlaf gut.«

»Du auch.«

»Ich lege jetzt wirklich auf.«

»Noch nicht.«

»Dann leg du auf.«

»Ich kann das nicht.« Ich kichere und genieße es albern zu sein. So, wie ich alles genieße, was ich mit Vincent zusammen mache.

»Das merke ich. Dann muss ich das wohl wieder tun.«

»Tust du ja eh nicht.«

»Du wirst schon sehen.«

»Dann mach halt«, fordere ich ihn heraus und rechne nicht damit, dass er im nächsten Moment auflegt. Das langgezogene Tuten belehrt mich allerdings eines Besseren.

Obwohl ich ihn noch gerne unendlich lange gehört hätte, ist mein Grinsen so breit, dass es fast schon wehtut. Unmöglich kann ich so zu den anderen zurück. Sie würden sofort wissen, dass ich bis über beide Ohren verknallt bin.

Pling. Schon flattert eine Nachricht in mein Postfach.

Du bist auf deine ganz eigene, ganz wundervolle Art einfach sonderbar, Toni! Ich bin so froh, dass ich dich gefunden habe. Schlaf schön.

KAPITEL 23

Eine Reise

Toni

Wie ich die letzte Woche hinter mich gebracht habe, ist mir schleierhaft. Ich habe die Tage bis zu meinem Abflug gezählt. Und werde nun die Tage zählen, die ich in Wien verbringe, denn jeder Strich bringt mich näher an das Wiedersehen mit Vincent. Irgendwie irre, dass ich das tue, weiß ich doch immer noch nicht genau, wann er wieder in Lieberose sein wird. Seine Antworten auf diese Fragen sind vage. Und ihn auf ein Datum festzunageln habe ich mich bisher nicht getraut.

Als ich in Wien aus dem Flugzeug steige, finde ich für meine Nervosität keine Bezeichnung mehr. Gefühlt bin ich schon eine Ewigkeit unterwegs und bei den vielen Zwischenstationen, die ich schon allein auf dem Weg zum Berliner Flughafen einlegen musste, grenzt es bei meiner Orientierungslosigkeit an ein Wunder, dass ich nun tatsächlich im Taxi zu Cindys Wohnung sitze.

Meine Nase ist schon ganz platt, weil ich sie gegen die Fensterscheibe drücke, um ja nichts von den herrschaftlichen Bauten zu verpassen. Darüber habe ich fast vergessen Cindy Bescheid zu geben, dass ich schon im Taxi sitze.

Schnell zücke ich mein Handy und schalte den Flugmodus aus. Bevor ich Cindys Nummer anklicken kann, trudeln ein paar Nachrichten ein.

Ich öffne den Messenger und grinse breit, da sie von Vincent sind.

Ich wünsche dir ein paar außergewöhnlich schöne Tage in Wien, der lebenswertesten Stadt der Welt.

Lebenswert. Das wäre sie ganz sicher für mich, wenn Vincent jetzt hier bei mir wäre. Allein das wenige, das ich bisher auf meiner Fahrt vom Flughafen zu Cindys Adresse gesehen habe, beeindruckt mich schwer. Die herrschaftlichen Bauten erzählen von Jahrhunderte alten Geschichten. Ihre Fassaden sind herausgeputzt, als wollten sie dem Zahn der Zeit trotzen und allen Besuchern entgegenrufen: Hier, schau mich an, wie wunderschön ich bin. Alles riecht hier förmlich nach Kunst. In jeder Façon.

Ich starre von der vorbeirauschenden Häuserfront wieder auf mein Handy, weiß aber einfach nicht, was ich ihm schreiben soll. Er fühlt sich so fern an, obwohl wir uns so oft schreiben, telefonieren, uns Fotos schicken. Aber die Kilometer, die zwischen uns liegen, haben auch eine Distanz zwischen uns gebracht. Vielleicht ist das ja ganz normal in Fernbeziehungen. Vielleicht liegt es aber auch daran, dass das, was zwischen Vincent und mir wächst, noch so frisch und damit auch zerbrechlich ist.

In den letzten Tagen schleicht sich immer öfter die Furcht in meine Gedanken, dass Vincent mich nicht mehr will, wenn wir uns endlich wiedersehen. Dass die Zeit doch zu lange war und er vergessen hat, wie unglaublich es sich angefühlt hat, als wir uns geküsst haben.

> Du wirst es nicht glauben. Ich bin tatsächlich in Wien gelandet. Wien und nicht Dubrovnik oder Shanghai. Hoffe, der Taxifahrer kennt sich hier aus, dann bin ich bald bei Cindy.

Ich schaue auf die Worte, finde darin aber nichts, was uns verbindet. Meinen fehlenden Orientierungssinn fand er zumindest bislang ganz lustig. Dennoch fühlt es sich falsch an, weil da noch so viele Worte in mir sind, die ich ihm gerne sagen würde. Die ich aber nicht aufs Papier – beziehungsweise ins Handy getippt – bekomme. Resigniert lasse ich meinen Kopf an die Rückenlehne sinken. Es ist wie mit dem kreativen Schreiben in meinem Kurs beim Hengst. Ich fühle, was ich ausdrücken möchte. Es auf meiner Geige zu spielen, wäre kein Problem. In Worte zu fassen, was in mir brodelt, fällt mir aber unglaublich schwer.

Unwillkürlich zuckt meine Hand zu dem Geigenkoffer, der neben mir auf der abgewetzten Lederbank liegt. Plötzlich merke ich, dass ich leise summe. Eine Melodie, die mir ganz ohne zu überlegen über die Lippen gekommen ist. Als sie mir bewusst wird, muss ich mir eingestehen, dass sie wirklich schön ist und die Stimmung dieser Fahrt, die Zerrissenheit zwischen Vorfreude, Sehnsucht und Angst gut einfängt. Wie gerne würde ich jetzt die Noten festhalten, sie aufschreiben und für immer auf Papier konservieren. Aber bei meinem Glück würde das Taxi in dem Moment halten, in dem ich etwas zu schreiben aus meinem Rucksack gekramt habe.

Also versuche ich die Melodie in Dauerschleife in meinen Gedanken abzuspielen und tatsächlich keine Minute später drosselt das Fahrzeug die Geschwindigkeit, setzt den Blinker und hält schließlich an.

»23 Euro macht das«, gibt der Fahrer ungefragt Auskunft. Ich krame meine Geldbörse hervor und strecke ihm einen Fünfziger entgegen.

»Fünfundzwanzig bitte. Und ich brauche bitte eine Quittung.«

Während der Fahrer das Rückgeld und den Beleg zusammensucht, zücke ich doch noch einmal mein Handy.

Du fehlst mir.

Bevor ich einen Rückzieher machen kann, schicke ich das Eingeständnis an Vincent ab. Vielleicht kann das meine trockenen Worte von vorhin wiedergutmachen. Er soll nicht denken, dass er mir egal ist. Aber über Gefühle zu sprechen, sie gar aufzuschreiben, liegt mir nicht. In meiner Familie haben wir uns nie gesagt, wie unsagbar lieb wir uns haben. Eine kurze Umarmung an Geburtstagen oder bei einem besonders guten Zeugnis war das höchste der Gefühle. Ansonsten hatten meine Eltern einfach genug mit dem Hof zu tun.

Der Fahrer lädt meine Reisetasche aus und verabschiedet sich. Dann stehe ich alleine vor dem Haus, das die Nummer trägt, die Cindy mir am Telefon genannt hat. Es sieht ein bisschen aus, als stamme es aus einem Märchen. Die hohen, weiß umrahmten Bogenfenster blicken mir wie Augen entgegen.

Sie schimmern dunkel und auch ein bisschen furchteinflößend, weil im Haus kein Licht brennt. *Kunststück,* beruhige ich mich. Hier draußen startet der Frühsommer gerade durch, die Sonne steht hoch am Himmel. Niemand würde bei diesem Wetter künstliches Licht anschalten, nur damit die Fenster freundlicher wirken.

Ich schultere die Tasche und den Rucksack und laufe mit dem Geigenkasten in der Hand auf das Zuckergusshaus zu. Mit einem tiefen Atemzug versuche ich mich zu beruhigen. Warum bin ich schon wieder so nervös? Es ist nur Cindy, der ich gleich gegenübertrete. Ein langes Wochenende voller intensiver Trainingseinheiten liegt vor uns. Geigespielen so viel und so lange ich will. Wie sehr habe ich mich danach gesehnt! Und jetzt grummelt es in meinem Magen? Ernsthaft?

Ich schüttle die Gedanken an Vincent ab, zwinge mir ein Lächeln auf die Lippen und drücke den Klingelknopf. Sie selbst wohnt hier nur zur Zwischenmiete. Die Wohnung gehört einem Freund, der gerade ein Engagement in Sidney hat.

Cindy hat ihre Heimat inzwischen in London gefunden – wobei sie dort nur ein kleines Zimmer ihr Eigen nennt. Offensichtlich ist sie der Meinung, dass es nicht allzu viel bringt, sich häuslich niederzulassen, wenn man alle paar Monate an einem anderen Haus anheuert. Das Leben eines Profi-Musikers scheint anstrengend zu sein. Und oft auch einsam.

Es dauert nicht lange, bis der Türöffner surrt. Zeitgleich raschelt es in der Gegensprechanlage.

»Zweiter Stock, Liebes!« Cindy klingt etwas gehetzt. Bin ich etwa zu früh? Ich quetsche mich mit meinem Gepäck durch die schwere, alte Holztür und laufe die abgewetzten Treppenstufen nach oben. Ein bisschen erinnert mich das Treppenhaus an das Reichsmuseum in Amsterdam, als mir damals Vincent die tanzenden Lampenschirme gezeigt hat. Damals. Wer hätte schon gedacht, dass diese eine Begegnung mein Leben für immer verändern würde?

In dem Moment, als ich die letzte Treppenstufe keuchend erklimme, geht die Tür auf. Cindy kommt mir in ihrer weißen Plüschjacke und auf hochhackigen Schuhen entgegengestakst. Wieder sieht sie aus wie ein Filmstar, die Augen dunkel umrahmt, den Mund in einem Zartrosa geschminkt. Sie zieht mich in eine Umarmung. Und erst da sehe ich noch jemanden, der lässig in der Tür lehnt und mich mit einem frechen Grinsen betraut. Vincent.

Für einen Moment erstarre ich. Was macht Vincent hier? Bei Cindy? Bei der Frau, die ihn entjungfert hat? War er etwa die ganze Zeit bei ihr, während ich vor Sehnsucht beinahe vergangen wäre?

»Hey, Toni«, raunt er mir zu, als mich Cindy endlich loslässt. Hilfe! Wie soll ich reagieren? Ich habe keine Ahnung, wie ich ihm begegnen soll. Mein Herz ist verwirrt, mein Verstand kaum in der Lage einen klaren Gedanken zu fassen.

»Vincent«, sage ich daher nur. »Was machst du hier?«

»Jetzt komm erst mal rein«, beschließt Cindy hektisch und unterbricht das Wiedersehen, das ich mir gänzlich anders vorgestellt habe. Doch Vincent lässt sich nicht aus der Ruhe bringen. Er legt den Kopf schief, lächelt mich sanft an und streckt seine Hände nach mir aus.

»Hey, Überraschung gelungen?« Seine Stimme ist zärtlich, liebevoll, sein Blick offen und das Lächeln so wunderschön, dass ich mich frage, ob man das schauspielern kann. Ist dieses drückende, nagende und gänzlich grauenhafte Gefühl in meiner Herzgegend etwa unbegründet? Eifersucht – noch nie habe ich dieses fiese Rumoren in mir gespürt. Warum jetzt?

»Ist das Taxi schon wieder weg?«, will Cindy vom Inneren der Wohnung aus wissen.

»Glaub schon«, rufe ich rein.

»Mist.«

Es klackert und dann steht meine Mentorin bepackt mit einer zur Jacke passenden Handtasche in der einen Hand und einem Trolley in der anderen in der Wohnungstür.

Vincent presst sie einen schnellen Kuss auf den Mund, mich nimmt sie noch einmal in den Arm und drückt mich fest an sich. Ich spüre, wie ich steif bleibe, ihre zärtliche Geste nicht erwidern kann. Viel zu laut pocht die Frage in meinem Kopf, was Vincent hier bei ihr zu suchen hat. Und warum sie ihn verdammt noch mal küsst. Auf den Mund!

»Also, habt viel Spaß, ihr beiden. Und Vincent, zieh einfach die Tür zu und schmeiß den Schlüssel in den Briefkasten, ja?«

Ungläubig starre ich Cindy hinterher, wie sie rekordverdächtig die Treppenstufen hinuntersprintet, das Handy ans Ohr gedrückt, um sich wohl ein neues Taxi zu ordern.

»Okay«, versuche ich meine Gedanken zu sortieren. Erfolglos. »Was ist hier los?« Ich ziehe die Augenbrauen zusammen und schaue zu Vincent hoch. Er lächelt, Aufregung ist ihm ins Gesicht geschrieben.

Wie in Zeitlupe hebt Vincent die Hand, streicht über meine Wange, leicht, ganz vorsichtig. Seine Berührung brennt auf meiner Haut und doch fühlt sie sich wunderschön an.

Mir entgeht nicht, dass er auf meine Lippen starrt.

»Ich dachte, uns würde eine kleine gemeinsame Auszeit ganz guttun.«

Wie in Zeitlupe beugt er sich zu mir, schließt die Augen und sein Mund berührt meine Lippen. Nur ganz kurz.

Tränen sammeln sich hinter meinen Lidern. Ich kann die ganze Zeit nur daran denken, dass Cindy vor noch nicht einmal einer Minute diese Lippen berührt hat. Dass sie ihn geküsst hat. Zwar nur ganz kurz, aber diese Berührung war für meinen Geschmack viel zu intim.

Schnell drehe ich den Kopf weg, verhindere, dass Vincent seinen Kuss fortführen kann. Ich höre sein leises Seufzen. Offensichtlich hat er sich unser Wiedersehen auch ganz anders vorgestellt.

»Was ist los, Toni? Freust du dich nicht?«

Vincent greift nach dem Träger meiner Reisetasche. Ich lasse es zu, dass er sie mir abnimmt, und dränge mich an ihm vorbei in die Wohnung.

Mich begrüßt der typische Altbaucharme. Meterhohe Decken, die mit Stuck verziert sind, der alte Holzdielenboden knarzt bei jedem Schritt. Es scheint eine große, schöne und helle Wohnung zu sein, aber das interessiert mich gerade herzlich wenig.

Entschlossen drehe ich mich zu Vincent um, der hinter uns die Tür schließt.

Ich umklammere meine Geige, halte sie wie ein Bollwerk vor meiner Brust umklammert. Als könnte sie mich vor dem Schmerz schützen, der mich gleich treffen wird.

»Warum bist du hier?«, wiederhole ich meine Frage.

»Toni«, seufzt Vincent. Seine Mundwinkel zucken unsicher. »Ich hab grad keinen blassen Schimmer, was los ist. Ich wollte dir eine Freude machen. Dir Wien zeigen, ein paar Tage mit dir verbringen. Es sollte eine Überraschung sein. Tut mir leid, wenn du lieber deine Zeit mit Cindy verbracht hättest.«

»Ganz offensichtlich verbringst du lieber deine Zeit mit Cindy«, spucke ich aus und hebe herausfordernd das Kinn.

»Ah, daher weht der Wind.« Mit einem frechen Grinsen auf den Lippen tritt er einen Schritt auf mich zu. Ich unterdrücke den Drang vor ihm zurückzuweichen. Er soll nicht denken, ich hätte Angst vor ihm. »Du bist eifersüchtig.«

»Was würdest du an meiner Stelle denn denken? Sie hat dich geküsst!«

Vincent schüttelt den Kopf.

»Das hatte –«

»Nichts zu bedeuten. Schon klar.« Wie sehr ich diese Formulierung inzwischen hasse. Merkt er denn nicht, wie sehr mich sein Verhalten verletzt?

Vincent seufzt.

»Okay, ich hab's verstanden. Die Überraschung ist in die Hose gegangen. Dabei habe ich mich so sehr darauf gefreut dich wiederzusehen, Toni. Ich hab dich vermisst, weißt du? Dich – nicht Cindy. Und ich wollte ein paar Tage mit dir zusammen sein. Ganz allein. Ohne die ganzen Leute aus der AcA, die gleich wieder blöde Gerüchte in die Welt setzen. Deshalb sind wir hier. Cindy ist nur das Alibi. Ich dachte, es wäre eine passende Gelegenheit, da sie ohnehin das Wochenende über bei ihrem Freund in London ist. Offensichtlich falsch gedacht.« Enttäuscht hebt er die Schultern. »Willst du jetzt erst einmal deine Sachen ablegen oder soll ich dir gleich einen Rückflug buchen?«

Unentschlossen schaue ich ihn an. Ich möchte ihm so gerne glauben, aber da ist noch immer dieses hässliche Gefühl, das an meinem Herzen und offensichtlich an meinem Verstand nagt.

Diese Unsicherheit wird mich noch umbringen. Herrje, warum nur fällt es mir so schwer anderen zu vertrauen? Vincent wollte mir eine Freude machen. Und Cindy hat mir selbst versichert, dass das, was zwischen ihr und Vincent war, seit Jahren vorüber ist. Vielleicht interpretiere ich in die Situation zu viel hinein. Ja, ganz sicher sogar.

Also atme ich tief durch, senke den Blick und fühle mich einfach nur mies.

Schließlich lasse ich meinen Rucksack von der Schulter gleiten und stelle ihn mitsamt dem Geigenkasten auf den Boden.

»Es tut mir leid«, murmle ich schließlich, als ich mir sicher bin, dass ich meiner Stimme trauen kann. »Ich wusste nicht –«

»Nein, mir tut es leid«, sagt Vincent entschieden und zieht mich zaghaft in eine Umarmung. Kurz sträubt sich mein Körper, doch mein Herz will so unbedingt, dass alles wieder gut ist. Also lasse ich es zu, schmiege mich eng an Vincent, der seine Arme fest um mich schließt, als hätte er Angst, ich könnte im nächsten Moment meine Meinung ändern.

Mein Kopf liegt auf seiner Brust. Ich höre sein Herz schlagen – etwas zu schnell, wie mir scheint –, schließe die Augen und atme seinen unvergleichlichen Duft ein. Die Nähe hilft, all die Gefühle zu sortieren.

Als ich annährend glaube, meinen emotionalen Zusammenbruch überstanden zu haben, löse ich mich einige Zentimeter von Vincent. Ich schaue zu ihm hoch, ertrinke in diesen grünen Augen, die mich aufmerksam und mit einem traurigen Ausdruck anschauen.

»Ich schätze, das mit dem Vertrauen sollte ich noch üben«, gestehe ich ihm und ziehe entschuldigend einen Mundwinkel zu einem schiefen Lächeln hoch.

»Ich schätze, das mit den Überraschungen sollte ich ebenfalls üben.«

Vincent beugt sich zu mir, legt seine Stirn an meine und Sekunden verharren wir in dieser Haltung, sagen kein Wort, sondern sind einfach nur da. Zusammen.

»Ich habe dich wirklich vermisst, Toni«, murmelt Vincent irgendwann und das Seufzen, das seinen Worten folgt, gibt so viel von dem Schmerz und der Sehnsucht wieder, die ich selbst in den letzten Tagen empfunden habe.

Unsere Lippen treffen sich und berühren sich erst zaghaft, dann immer fordernder und es ist, als wollten wir mit diesem einen Kuss all das aufholen, was wir in der vergangenen Woche nicht haben konnten. In meinem Kopf herrscht pures Chaos, als Vincents Zungenspitze meine Lippen teilt, als er mich erforscht und zu einem Spiel auffordert, auf das ich nur zu gerne eingehe. Immer und immer weiter küssen wir uns, finden kein Ende und taumeln schließlich eng aneinander gepresst in ein Zimmer, das nur Vincent kennt, weil ich noch immer meine Augen geschlossen halte. Aus Angst, ich könnte aufwachen aus diesem Traum, der mir so unwirklich erscheint. Und doch immer realer wird. Vincent und ich!

»Und? Hast du dich entschieden? Hierbleiben oder zurück nach Lieberose fliegen?«, neckt mich Vincent, nachdem er sich mit einem glücklichen Lächeln auf den Lippen von mir löst. Er scheint sich seiner Sache ziemlich sicher zu sein.

»Kommt drauf an, was du mir hier noch so zu bieten hast.« Ich ziehe herausfordernd die Augenbrauen hoch. Vincent beginnt augenblicklich mich durchzukitzeln und ich quietsche und lache und heiße die Unbeschwertheit, die sich zwischen uns einstellt, willkommen. Ja, ich möchte ein Wochenende mit Vincent hier in Wien verbringen, möchte jede Sekunde nutzen, die wir gemeinsam verbringen können. Möchte mit ihm lachen, ihn küssen und spüren und ... Plötzlich halte ich inne, als mir die Möglichkeiten bewusst werden, die dieser kleine Trip für uns bereithält.

»Was ist?«, hakt Vincent sofort nach, der ganz offensichtlich nach unserem misslungenen Start verdammt wachsam ist.

Ich schüttle einfach nur den Kopf und lächle ihn an. Selbst wenn Vincent geplant hat hier mit mir Sex zu haben, ist nichts Verwerfliches dran. Ich mag ihn. Und wenn sich die Situation ergibt, warum nicht?

»Ich habe keine Kondome dabei«, platzt es aus mir heraus. Und erst als Vincent schallend lacht, wird mir klar, dass ich meinen Gedanken gerade laut ausgesprochen habe. Blut schießt in meinen Kopf und lässt mich wahrscheinlich röter als jede Wärmelampe aufleuchten.

»Gott, Toni! Du glaubst doch hoffentlich nicht, dass ich das hier alles nur arrangiert habe, um dich ins Bett zu kriegen.« Vincent schüttelt tadelnd den Kopf, aber scheint nicht sauer zu sein. Dennoch ist mir mein Ausspruch unendlich peinlich. Ich kichere, um meine Unsicherheit zu überspielen.

»Es ist …«, ich ringe nach passenden Worten, »so so so verdammt peinlich! Bitte, entschuldige, aber manchmal gehen meine Gedanken mit mir durch.«

Vincent streckt seine Arme nach mir aus und ich lasse es zu, dass er mich zu sich zieht. Sanft streicht er über meine Wangen, haucht mir einen zärtlichen Kuss auf die Lippen.

»Natürlich möchte ich gerne mit dir schlafen. Ich bin auch nur ein Mann und du bist wunderschön, faszinierend, und, auch wenn du es vielleicht nicht hören willst, verdammt heiß. Aber ich schwöre, dass das nicht der Grund ist, warum wir hier sind. Ich hatte keinerlei Hintergedanken und für mich ist es absolut in Ordnung, wenn wir uns alle Zeit der Welt lassen, denn ich habe nicht vor dich in naher Zukunft wieder gehen zu lassen. Es wird also noch unendlich viele Gelegenheiten geben, ja?«

Über Sex habe ich noch nie gerne geredet. Vielleicht bin ich ja so prüde, weil meine Eltern wenig Wert auf Körperlichkeiten gelegt haben. Zumindest nicht außerhalb ihres Schlafzimmers – was darin geschah, habe ich zum Glück nie mitbekommen. Wieder werde ich rot und nicke einfach. Wie gerne hätte ich jetzt einen lockeren Spruch auf den Lippen, etwas, das mich nicht wie ein kleines Schulmädchen dastehen lässt, sondern wie ein sexy Girl, mit dem man viel Spaß haben kann. Stattdessen bleibe ich stumm, starre Vincent an, der so verständnisvoll ist, der so schöne Worte findet, wo ich im gedanklichen Chaos versinke.

Unwillkürlich fange ich an die Melodie zu summen, die mir im Taxi in den Kopf geschossen ist. Nur ganz leise, so als wollte ich mich selbst damit beruhigen. Doch Vincent legt schon den Kopf schief und lauscht.

Ich verstumme augenblicklich.

»Mach weiter«, ermutigt er mich. »Hast du das neu geschrieben?«

»Das war vorhin im Taxi plötzlich in meinem Kopf und es lässt mich nicht mehr los.«

Vincent löst sich von mir, dreht sich suchend um und setzt sich schließlich auf eine braune Ledercouch. Ich werfe zum ersten Mal einen Blick in den Raum, in den mich Vincent geführt hat. An den Wänden stehen unzählige Bücherregale, die schier überquellen vor Literaturschätzen. Der Blick durch die riesigen Fenster, die mir von außen so düster vorgekommen sind, wird durch zarte weiße, durchscheinende Gardinen abgesoftet. Vincent sitzt auf der Couch, hat sich von irgendwoher Stift und Papier geangelt und schaut mich erwartungsvoll an.

»Lass uns das Stück aufschreiben. Es ist großartig.« Vincent klopft auf das Leder neben sich und nickt einladend. »Komm.«

Mein Herz pocht wie wild. Ob das an Vincent liegt oder daran, dass wir gerade ein Lied für immer festhalten, eines, das sich so echt und intensiv anfühlt?

Immer und immer wieder wiederhole ich die Passage, Vincent kritzelt die Noten wild auf das Papier und ab und zu korrigiere ich seine Notizen. Wir diskutieren über mögliche Abwandlungen, summen das Stück im Duett und merken gar nicht, wie die Zeit vergeht.

»Wir sollten langsam was essen, Toni«, holt mich Vincent aus unserem gemeinsamen Paralleluniversum zurück. Im Wohnzimmer ist es inzwischen recht schummrig geworden. Dass die Sonne bereits untergeht, habe ich bis zu diesem Moment nicht wahrgenommen. Ebenso das Knurren in meinem Magen, das deutlich zeigt, dass ich seit dem Frühstück nichts mehr gegessen habe.

Etwas wehmütig schaue ich auf das Papier. Es macht Spaß mit Vincent zu komponieren und zu gerne hätte ich weiter gemacht, hätte neue Strophen erfunden und das Lied zu Ende gebracht. Ich brenne darauf es auf der Geige zu spielen. Und vielleicht könnte ich ja Vincent dazu überreden, ein paar Akkorde auf dem Klavier anzuschlagen. Dieses Stück als Duett zu hören muss der Himmel auf Erden sein.

»Okay«, gebe ich mich geschlagen und lege meine Hand auf den knurrenden Bauch, um ihn zu beruhigen. Vincent streckt mir schon seine entgegen. »Was hast du vor?«, frage ich nach, da ich diesen Ausdruck in seinem Gesicht bereits kenne.

»Ich entführe dich auf den Prater. Es sei denn, du hasst Achterbahnfahren und hast etwas gegen Fast Food. Dann würde ich dich in ein schickes Lokal ausführen und dir ein paar österreichische Köstlichkeiten näherbringen. Also, nach was ist der werten Lady?«

Das kleine Mädchen in mir erwacht. Prater. Da denke ich sofort an Riesenrad, Kettenkarussell und Zuckerwatte. An gebrannte Mandeln, Geisterbahn und blinkende Lichter. Viel zu selten haben mich meine Eltern auf den Jahrmarkt mitgenommen. Und später, als Jugendliche, war die Angst zu groß, ich könnte mich verletzen.

»Ist das gefährlich?«, überlege ich laut und ernte erneut ein Lachen von Vincent.

»Leben, Toni! Genieß doch einfach mal das Leben. Ohne Sicherheitsgurt und Rettungsweste. Dir kann überall etwas geschehen und statistisch gesehen passieren die meisten Unfälle ohnehin im Haushalt.«

Davon habe ich auch schon gehört. Dennoch ist die Angst, meinen Händen könnte etwas zustoßen, so riesig, dass ich sie kaum beiseiteschieben kann.

Ich überlege kurz, aber an Vincents Seite fühle ich mich sicher. Er würde nicht zulassen, dass mir etwas passiert.

»Dann gehe ich auf Risiko, wähle die fettigen Bratwürste und begleite dich auf den Prater. Aber nur, wenn du mit mir Kettenkarussell fährst«, bettle ich. Ich liebe es durch die Luft zu schweben, die Beine im Himmel zu spüren, den Wind in den Haaren. Im Kreis drehen, schneller, immer schneller. Das fühlt sich fast wie fliegen an. Zumindest erinnere ich mich daran, dass ich als kleines Mädchen einmal mit Opa auf einem Jahrmarkt war und gar nicht genug davon bekommen konnte im Wellenflug mitzufahren.

»Dann hoffe ich, du hast keine Höhenangst.« Er zwinkert mir zu. »Lass uns losgehen.«

Ich verabschiede mich noch einmal auf die Toilette, um mich frisch zu machen, krame mir eine dünne Jacke aus der Reisetasche und bin bereit für das, was der Abend zu bieten hat.

KAPITEL 24

Höhenflug

♪

Vincent

Der Prater empfängt uns mit der üblichen Schlagermusik, blinkenden bunten Lichtern und dem Geruch von sündhaften Köstlichkeiten. Ich freue mich, dass Toni die gleiche Begeisterung verspürt wie ich. In meiner Kindheit war ich nicht allzu oft auf dem Rummel – umso mehr genieße ich jetzt die Möglichkeit hierher zu kommen, wann immer ich in Wien bin. Ich mag das Ambiente, das bunte Flair.

Ich schlinge meine Arme fest um Tonis Hüfte, bestaune mit ihr gemeinsam die Auslagen der Süßigkeitenstände und stehle mir, wann immer sich die Gelegenheit dazu bietet, einen Kuss von diesen süßen Lippen, auf denen ein glückliches Dauerlächeln liegt.

Ihre Entzückung ist wirklich niedlich und ich frage mich nicht zum ersten Mal, ob sie durch die Musik tatsächlich ihre halbe Jugend verpasst hat. Bislang dachte ich, dass meine Kindheit im Orchestergraben nicht sonderlich aufregend gewesen ist. Im Vergleich zu Toni habe ich allerdings die Welt gesehen, habe die außergewöhnlichsten Orte besucht, Menschen kennengelernt und Musik nicht nur selbst gespielt, sondern auch in ihrer wundervollsten Form von den herausragendsten Künstlern gehört.

Von Minute zu Minute wächst in mir der Wunsch, Toni all die bunten und schillernden Facetten zu zeigen, die das Leben so lebenswert machen. Da ist die Musik, klar. Aber es gibt noch so viel mehr im Leben. Und zum allerersten Mal kommt mir der Gedanke, dass diese Blockade, die ich seit jenem Abend in New York verspüre, gar keine Strafe, sondern vielleicht sogar eine Chance ist.

Sonst wäre ich nie für die Akademie herumgereist und hätte all die wundervollen Events besucht, um neue Talents aufzuspüren. In den Clubs wäre mein Name völlig unbekannt und meine Songs würden in keinem Radio laufen. Nie habe ich zuvor einfach auf einer Wiese gelegen und stundenlang in den Himmel gestarrt. Oder Filme geschaut, bis ich darüber eingeschlafen bin. Und wahrscheinlich hätte ich es mir niemals erlaubt, meine Liebe, die bis zu diesem Zeitpunkt meinem Instrument gehörte, mit jemand anderem zu teilen. Mit einem Menschen, der es so sehr verdient hat, geliebt zu werden.

»Hast du Hunger?«, frage ich Toni, locke sie in die Gegenwart. Ins Hier und Jetzt, zu mir. Sie lächelt aufgeregt. Und nickt. Fast ist es, als sei sie auf Droge. Bislang ist sie immer so zurückhaltend gewesen, in sich gekehrt, abwartend. Und jetzt scheint sie sich in dieser Wunderwelt selbst zu vergessen.

Ich erspare mir die Frage, nach was ihr gerade der Sinn steht, eine Antwort würde ich ohnehin nicht bekommen. Also ziehe ich sie zu einem Lángos-Stand und bestelle uns eine kleine Auswahl an Leckereien und zwei Coke.

Dankbar nimmt mir Toni ein Lángos ab und setzt sich auf eine Bank in der Nähe, die einen Blick auf eines der Fahrgeschäfte freigibt. Allein beim Zuschauen wird mir schon schlecht. Die Waggons rotieren in alle erdenklichen Richtungen und ich hoffe inständig, Toni möchte so eine Kotzmaschine nicht fahren. Niemals würde ich es über mich bringen ihr einen Wunsch abzuschlagen – außer so einem. Vielleicht.

»Ich bin dir noch eine Runde Kettenkarussell schuldig«, lenke ich daher ihre Aufmerksamkeit gleich ab.

»Mhm«, nuschelt sie und beißt hungrig in ihr Essen. »Am Eingang gab es eines. Sollen wir dorthin gehen?«

Ein breites Grinsen erscheint auf meinem Gesicht. Ich springe auf und strecke ihr die Hand hin.

»Komm mit, ich weiß etwas Besseres.« Viel Zeit zum Essen lasse ich ihr nicht, aber sie nickt schon eifrig und folgt mir tatendurstig. Die Aussicht darauf gleich etwas Adrenalin durch ihre Venen zu jagen, scheint sie ihren Hunger vergessen zu lassen.

Mit offenem Mund starrt sie auf den Prater-Tower, eine Fahrattraktion, die die Besucher in schwindelnde Höhe bringt. Das Kettenkarussell der Superlative entlockt ihr ein leises, aber nicht minder beeindrucktes *Wow*.

Schnell kaufe ich zwei Fahrkarten und ziehe sie zum Eingang. Um diese Uhrzeit ist nicht allzu viel los. Dabei ist der Prater-Tower zu jeder Tages- und Nachtzeit ein unvergleichliches Erlebnis. Von hier oben hat man einen atemberaubenden Blick über Wien.

Toni lehnt sich an mich, während wir darauf warten, dass die vorherigen Fahrgäste aussteigen. Ich vertreibe mir die Zeit damit kleine Küsse auf Tonis Ohrläppchen zu hauchen. Offensichtlich gefallen ihr diese Zärtlichkeiten, denn sie reckt ihren Hals und gibt mir damit mehr Freiraum für mein Vorhaben. Meine Hände lege ich auf ihren flachen Bauch. Noch traue ich mich nicht meine Finger unter ihrem Hoodie zu vergraben, dabei brenne ich darauf sie endlich zu berühren. Aber ich habe keine verdammte Ahnung, wie viel Erfahrung Toni für ihre jungen Jahre hat. Wenn ich danach gehe, wie gut sie küsst, dürfte sie schon mit einigen Kerlen zusammen gewesen sein. Andererseits wirkt sie oft unsicher und so verdammt jung. Das richtige Tempo zu finden fällt mir nicht leicht. Ich will mehr. Und das am liebsten sofort. Andererseits weiß ich auch, dass Toni kein Mädchen für eine Nacht ist. Dafür ist das, was gerade zwischen uns wächst, zu kostbar. In ihrer Nähe fühle ich mich rundum wohl. Und ich habe nicht vor das in naher Zukunft aufzugeben.

»Los geht's«, sage ich, als sich das Drehkreuz freischaltet, und schiebe Toni zu einem Doppelsitz. Ich bin in den letzten Jahren schon öfter in Wien gewesen, habe auch den Prater besucht, weil es dazu gehört. Aber heute ist tatsächlich das erste Mal, dass ich auch etwas fahre. Solche Dinge tut man einfach nicht allein. Ich zumindest nicht, denn es fühlt sich doch gleich viel besser an, wenn man seine Freude teilen kann.

»Jetzt bin ich gespannt«, sagt Toni, schnallt sich den Sicherheitsgurt um die Taille und verschränkt ihre Finger mit meinen. Unsere Hände liegen auf ihrem Oberschenkel und ich kann die angenehme Wärme, die ihre Haut durch den Stoff abstrahlt, spüren. »Wie hoch fährt das Ding?«

»Keine Ahnung. Hoch?!«

Toni kichert und legt ihren Kopf in den Nacken, als die Fahrt startet. Wir drehen uns und wie in einer endlosen Spirale werden wir nach oben gezogen. Der Wind zurrt bereits an meinen Haaren und ich bin froh, dass ich mir auf Tonis Anraten vorhin noch einen Pulli über das T-Shirt gezogen habe.

Ich löse meine Hand aus Tonis und lege den Arm um ihre Schultern. Ganz gleich werden wir den höchsten Punkt erreicht haben und ich zwinge mich dazu nicht auf den Boden zu schauen. Höhenangst habe ich für gewöhnlich nicht. Aber ich hatte auch noch nie so viel Luft unter meinen Füßen. Was, wenn es mich doch eiskalt erwischt? Vor Toni möchte ich auf keinen Fall als Waschlappen dastehen.

Toni jauchzt indes, wirft ihre Arme in die Höhe und schlenkert mit den Beinen.

»Wie fliegen«, ruft sie. »Nur schöner!«

Ich lache, weil sie so unbeschwert wirklich süß ist. Ich mag es, wenn sie albern wird und sich nicht jedes Wort und jede Bewegung vorher schon überlegt.

»Bist du denn schon mal geflogen?«, nehme ich den Faden auf und ziehe sie eng an mich. Dem Drang, ihr einen Kuss auf die Haare zu geben, kann ich einfach nicht widerstehen. Und ja, ich muss zugeben, dass dieses Gefühl, das die Fahrt im höchsten Kettenkarussell Österreichs in mir auslöst, schon echt was kann. Das Kribbeln in meiner Magengegend kommt jedenfalls nicht nur daher, dass ich neben einem wunderschönen Mädchen sitze.

Tonis rote Haare wirbeln um uns herum. Sie versucht sie immer wieder hinter ihre Ohren zu klemmen, aber der Fahrtwind macht ihr einen Strich durch ihr Vorhaben. Mich stört es nicht. Im Gegenteil. Ich mag ihre Haare sehr.

Ich zeige Toni, soweit mir das bei der Geschwindigkeit möglich ist, die wichtigsten Sehenswürdigkeiten Wiens, die hell erleuchtet und trotz der Dämmerung gut auszumachen sind. Wieder einmal spüre ich meine tiefe Liebe zu dieser Stadt in jeder Faser und ich brenne darauf Toni alles zu zeigen. Ihr all die Ecken näherzubringen, die vor Kreativität sprühen.

Viel zu schnell ist die Fahrt vorüber und Toni folgt mir mit einem glücklichen Grinsen auf den Lippen zum Ausgang.

Eng umschlungen lassen wir uns über den Prater treiben.

»Als Kind habe ich davon geträumt fliegen zu können. Meine Eltern hatten nie viel Zeit für mich. Und in dem Tal, in dem ich aufgewachsen bin, gab es nicht viel, außer Wiesen, Bäume und einen kleinen Bach. Ich bin auf meinen Lieblingsbaum geklettert und habe mein Glück versucht«, plappert Toni ungewöhnlich gesprächig. Sie lacht, ihre grauen Augen strahlen amüsiert.

»Und? Hattest du Glück? Wie weit bist du geflogen?«

»Ich würde sagen, so zwei oder drei Meter waren das schon. Nur leider bin ich nicht weich in den Wolken gelandet, sondern ziemlich hart auf dem Rasen. Meine Mutter hat furchtbar mit mir geschimpft, weil ich mir das Bein gebrochen hatte und somit den ganzen Sommer auf der Bank vor unserem Haus verbringen musste. Das war der Sommer, in dem mein Opa mir die Geige geschenkt hat.«

Ich lausche ihren Worten und mir wird klar, dass ich kaum etwas von Toni weiß.

»Erzähl weiter«, ermutige ich sie, als sie ihre Erzählung stoppt. »Ich will mehr von dir wissen!«

Plötzlich wird Toni wieder ernst.

»Manchmal habe ich das Gefühl, du weißt mehr von mir als jeder andere Mensch auf der Welt. Woher wusstest du, dass ich ständig eine Melodie im Kopf habe? Dass ich Gefühle höre?«

Schnell drücke ich ihr einen Kuss auf die Haare.

»Das wusste ich gar nicht«, starte ich. »Allerdings hatte ich da so eine Ahnung, dass bei dir Synästhesie im Spiel sein könnte.«

»Synä- was?« Sie schüttelt den Kopf und kaut noch immer auf dem Wort herum, das eine besondere Art der Wahrnehmung bezeichnet. Manche können Farben schmecken. Bei anderen sind andere Sinne miteinander vernetzt.

»Viele kreativ Hochbegabte haben eine besondere Art der Wahrnehmung«, versuche ich ihr zu erklären. »In deinem Hirn sind einfach die Sinne anders miteinander verknüpft.«

»Anders ...«, überlegt sie. »Ist das schlimm?«

Ich lache auf und schüttle den Kopf.

»Findest du es schlimm, dass du Musik im Ohr hast?«

Entschlossen schüttelt sie den Kopf, dann hält sie inne und zuckt mit den Schultern.

»Ich glaube, mir würde etwas fehlen, wenn es nicht so wäre. Aber manchmal ist es echt schwer anders zu sein.«

»Sieh es so, durch deine Besonderheit bist du mir aufgefallen. Und wärst du wie alle anderen, wären wir heute nicht hier. Zumindest nicht gemeinsam.«

»Mhm. Das wäre allerdings tragisch«, neckt sie mich und pikst mir in die Seite. Lange kann ich ihre Aufmerksamkeit allerdings nicht fesseln, denn schon zieht sie mich zu dem Kassenhaus eines weiteren Fahrgeschäfts. »Das will ich fahren.«

Bevor ich mir auch nur anschauen kann, was sich Toni ausgeguckt hat, drückt sie mir schon eine Plastikkarte in die Hand und zieht mich zum Eingang. *Boomerang* steht auf der Karte, die uns ein brummiger Mann abnimmt, bevor er uns den Weg in einen bereitstehenden Wagen weist.

Als mein Blick den vor uns liegenden Schienen folgt, wird mir augenblicklich schlecht.

»Loopings?«, frage ich entsetzt und drehe meinen Kopf in Tonis Richtung.

»Loopings!«, bestätigt Toni freudestrahlend und lässt ihre Augenbrauen hüpfen. »Hast du Angst?«

»Quatsch!« Das ist glatt gelogen, aber ich kann Toni unmöglich sagen, dass ich, was Achterbahnen betrifft, eher ein Softie bin. Ich spüre schon, wie mein Herz zu rasen beginnt, noch bevor sich die Sicherheitsbügel schließen und sich ein flaues Gefühl in meinem Magen ausbreitet. »Bitte erinnere mich dran, dass ich dir nicht immer blind folgen sollte«, sage ich schließlich und greife nach ihrer Hand. »Falls wir hier jemals wieder lebend rauskommen, versteht sich.«

Toni lacht, führt meine Hand, mit der ich mich viel zu fest an sie kralle, an ihren Mund und haucht ein paar Küsse darauf. Aber selbst auf diese Zärtlichkeiten kann ich mich nicht konzentrieren. Ich habe Angst.

»Ich pass auf dich auf, ja?«, neckt sie mich und in dem Moment ertönt ein jaulendes Geräusch und gibt den Startschuss. Der Wagen bewegt sich rückwärts und wird eine steile Start-rampe hochgezogen, sodass wir fast den Boden sehen können.

»Oh! Mein! Gott!«, stoße ich aus und kralle mich mit einer Hand an den Sitz, mit der anderen an Toni. Wir schießen in einer Höllengeschwindigkeit vorwärts und schon wenige Wimpernschläge später weiß ich nicht mehr, wo oben und wo unten ist. Alles dreht sich – im Besonderen mein Magen. Mir ist schlecht und ich kann mein Glück kaum fassen, als wir eine Rampe nach oben fahren und der Wagen endlich zum Stehen kommt. »Geschafft«, stoße ich erleichtert aus und will Toni gerade einen Vortrag darüber halten, dass sie mich niemals wieder in so eine Maschine bekommt, da schnellen wir schon wieder los – diesmal in die entgegengesetzte Richtung. Ich höre Tonis Lachen nur wie durch einen Nebel, als mir klar wird, dass wir den gerade überstandenen Parcours noch einmal rückwärtsfahren. Es geht viel zu schnell, um mir darüber Gedanken zu machen, ob es vielleicht sogar besser ist nicht zu sehen, was als Nächstes auf mich zukommt. Zudem muss ich mich verdammt darauf konzentrieren, die Lángos, die wir vorhin gegessen haben, nicht in einem Schwall von mir zu geben. Mir ist schlecht. Und das werde ich Toni nicht verzeihen. Niemals.

»Du bist kreidebleich«, foppt mich Toni, als wir mit einem Ruck zum Stehen kommen und sich die Sicherheitsbügel lösen. »Geht's dir nicht gut?« Ich zittere am ganzen Körper und habe keine Ahnung, wie ich mit diesen weichen Knien aufstehen soll, ohne vor Toni und dem Rest der Welt wie das absolute Weichei dazustehen. »Ich könnte jetzt was Süßes vertragen. Bist du dabei?«

Ich schüttle den Kopf und drücke ihr einen schnellen Kuss auf die Lippen. »Du bist süß genug. Mehr vertrage ich heute nicht mehr.«

Einen tiefen Atemzug später hieve ich mich aus dem Wagen und halte mich noch kurz daran fest, um auszutesten, ob ich auch frei stehen kann. Kann ich offensichtlich und so strecke ich meine Hand nach Toni aus und verschränke meine mit ihren Fingern, damit auch alle anderen ohne Zweifel sehen können: Wir gehören zusammen.

»Magst du Achterbahnfahren nicht?«, fragt Toni, als wir weiter über den Prater schlendern und ich diesmal sicherheitshalber besser im Auge behalte, wohin sie mich zieht. Noch einmal werde ich nicht in so eine Todesmaschine steigen. Nicht einmal Toni zuliebe.

»Schätze, mir fehlt die Übung. Loops hatten bislang eine ganz andere Bedeutung für mich«, witzle ich. »Die Achterbahnfahrten im Orchestergraben sind jedenfalls nicht so schwindelerregend.«

Ich bin froh, dass Toni die nächste Achterbahn links liegen lässt. Die Gassenhauer, die lautstark durch die Lautsprecher dringen, schmerzen in meinem Kopf.

»Wie war das denn? Als Sohn von Phil de Breune aufzuwachsen stelle ich mir irgendwie extrem interessant vor.« Tonis Daumen kreist über meinen Handrücken. Vielleicht will sie mich beruhigen. Vielleicht ist das auch nur eine unbewusste Bewegung. Eine Bewegung, die ich extrem intensiv wahrnehme und die es mir erschwert klar zu denken.

Ich seufze, denke an meine Kindheit zurück und versuche, das Für und Wider in Worte zu packen.

»Musikalisch gesehen war es ein Sechser im Lotto. Und ich musste nicht zur Schule gehen –«

»Bislang klingt es nur und absolut nach Himmel!«, schwärmt Toni. »Ich hätte alles darum gegeben, um nicht in die Schule zu müssen.«

»Na ja, ich hatte dafür Privatunterricht«, werfe ich ein. »Das war auch kein Zuckerschlecken.« Ich erinnere mich an die eine oder andere weißhaarige Hauslehrerin, die mich getriezt hat. Untertauchen in der Masse war da natürlich nicht möglich.

»Aber du hattest keine fiesen Mitschüler.« Ihr Kommentar geht fast im hämmernden Beat eines Fahrgeschäftes unter, an dem wir vorüberlaufen. Aber die Anspannung, die urplötzlich in ihrem Körper ist, macht mich aufmerksam.

»Als ich dich in Amsterdam getroffen habe, da wusste ich gleich, wie großartig du bist. Irgendwie tue ich mir schwer zu glauben, dass in deiner Schule so wenige gesehen haben, was für ein ganz besonderer Mensch du bist. Mich hast du jedenfalls vom ersten Moment an umgehauen.« Ich löse meine Hand aus ihrer, schlinge meinen Arm um ihre Schultern und ziehe sie ganz fest an mich. Sie soll spüren, dass ich da bin. Für sie. Dass ich sie von nun an beschützen werde vor all den blöden Menschen, die Angst davor haben, wenn jemand anders ist. Wenn jemand nicht im Strom mitschwimmt.

»Du bist süß«, sagt sie wenig überzeugt und seufzt. Ich schätze, da habe ich noch jede Menge Arbeit vor mir, bis ich ihr unterirdisches Selbstbewusstsein aufpoliert habe. Aber vor Herausforderungen schrecke ich nicht zurück.

»Apropos süß ... du wolltest noch etwas essen«, erinnere ich sie. Ihr Blick schnellt zu mir, wandert über meinen Körper und plötzlich vernehme ich ein schelmisches Blitzen in ihren Augen.

»Mhm, meinen Nachtisch nehme ich wohl lieber zuhause.«

Ob Toni bewusst ist, dass in meinem Kopfkino jetzt ganz andere Sachen ablaufen und kein Platz für Schokolade und Co. ist? Jedenfalls bin ich neugierig genug auf das, was sie vorhat, um ihren Vorschlag anzunehmen.

»Okay«, sage ich schulterzuckend und ziehe sie zu einem Süßigkeitenstand, an dem ich eine ganze Tüte voll Schaumküsse kaufe. Wer weiß, wozu die Dinger gut sind. Ein gutes Alibi, dass ich in Tonis Worte nichts Zweideutiges hineininterpretiere, sind sie allemal.

Eng umschlungen machen wir uns auf den Heimweg. Die Nacht ist klar und noch immer ziemlich warm. Langsam bereitet sich der Sommer vor, um mit Vollgas durchzustarten. Ich mag den Sommer, die lauen Nächte. Die Unbeschwertheit der Leute, das Lachen. Es ist die Zeit der Paare, der Liebe, und wenn ich es nicht ganz versaue, werde ich diesen Sommer auch mit einem Mädchen verbringen. Es ist das erste Mal, dass mir ein Mädchen nicht lästig ist. Dass ich mehr will als ein paar heiße Nächte. Die Frage ist nur, ob es Toni genauso geht.

***

»Hereinspaziert«, sage ich großmütig, als wir vor Cindys Haus stehen und ich Toni die Tür aufhalte. Sie deutet einen Knicks an und läuft an mir vorbei. Ich trete dicht hinter sie, umschlinge sie so fest, dass die Tüte mit den Süßigkeiten raschelt.

»Vorsicht, die Schaumdinger zerdrücken doch«, ermahnt mich Toni und kichert.

»Das ist doch egal.« Jetzt, da wir wieder allein sind und die Gedanken in meinem Kopf einfach nicht stoppen wollen, will ich zumindest austesten, wie weit Toni gehen wird.

Ich stolpere hinter ihr die Treppe hoch und krame schon den Schlüssel raus. Vor der Tür küsse ich Toni. Fordernd, leidenschaftlich und dränge sie an die Wand. Gefangen in meinen Armen gibt sie sich meinen Zärtlichkeiten hin. Sie spielt mein Spiel perfekt mit, vergräbt ihre Hände in meinen Haaren und lässt mich kaum zu Atem kommen.

Blind und noch immer Toni küssend suche ich das Schlüsselloch und schaffe es nach einer gefühlten Ewigkeit den Schlüssel ins Loch zu stecken und aufzuschließen. Eilig ziehe ich Toni ins Innere der Wohnung, lasse die Tüte mit dem Süßkram unachtsam auf den Boden fallen und presse Toni mit meinem Körper an die Innenseite der Tür. Meine Hände kann ich nicht länger zügeln. Ungeduldig zerre ich an ihrer Jacke, streife sie über ihre Schultern, bis sie nach unten rutscht. Die warme Haut unter ihrem Shirt begrüßt mich. Leises Seufzen mischt sich unter unsere Küsse und ich bin mir nicht sicher, ob die Töne von Toni oder mir stammen. Aber das ist auch egal.

In mir herrscht das pure Chaos. Es ist, als würde ich überkochen. Mehr, mehr, immer mehr wirbelt mir im Kopf herum. Da sind so viele Dinge. Töne. Gedanken. So viele Gefühle. Alle so stark, so intensiv, dass sie mir den Atem rauben.

Ich versuche mich auf den Kuss zu konzentrieren, auf Toni, deren Finger sich schon an meiner Gürtelschnalle zu schaffen machen. Ich stöhne auf, ringe nach Atem und schiebe Toni schließlich von mir.

»Stopp, Toni! Es ist …« Ich raufe mir die Haare, versuche zu mir zu kommen. Gar nicht so einfach, wenn der gesamte Blutvorrat gerade woanders versammelt ist. Erschrocken schaut mich Toni an, Panik steht ihr ins Gesicht geschrieben und ich ahne schon, dass sie glaubt, ich hätte etwas gegen sie.

Schließlich atme ich tief und lautstark aus und suche ihren Blick. »Das hier, das überfordert mich gerade. Es ist … na ja, es fühlt sich an, als würde eine Planierraupe über mich fahren.«

»Charmant«, schnaubt Toni und versucht sich an mir vorbeizuschieben. Ich folge ihr, lasse nicht zu, dass sie wieder dichtmacht.

»Nein, Toni. Nicht du! All die Gefühle, die gerade über mich schwappen, sind einfach too much. Die letzten Monate, nein, Jahre habe ich … Keine Ahnung, wie ich das erklären soll. Es war wie eine Art Vakuum. Ich war einfach leer, verstehst du? Und jetzt … Unsere ersten Male sind so kostbar, Toni. Ich will nicht mit Schallgeschwindigkeit da durchrasen, nur, weil wir beide irgendwie vom anderen erwarten, dass wir den nächsten Schritt gehen. Lass uns …« Ich schüttle den Kopf, kann es selbst kaum glauben, dass ich das sage, aber in diesem Augenblick ist es das Einzige, das sich ganz und gar richtig anfühlt. »Lass es uns einfach etwas langsamer angehen, ja?«

Ich strecke meine Hand nach Toni aus, will sie berühren, zu mir ziehen und wieder spüren. Nah bei mir. Doch was, wenn sie mein Zögern als Korb versteht? Ich will es doch nur richtigmachen. Und wenn ich mir die zitternde Toni so anschaue, scheint sie auch noch nicht bereit zu sein weiterzugehen. Wir haben Zeit. Wir haben doch noch so viel Zeit!

»Ich fühl mich mies«, gibt sie schließlich mit gesenktem Kopf zu und lässt sich in meine Arme ziehen. Der Duft ihrer Haare dringt mir in die Nase und schon fühle ich mich etwas besser.

»Das war kein Korb, Toni. Ich …« Meine Stimme klingt rau und ich räuspere mich. »Ich glaube, ich …« Verdammt, warum ist es so schwer es auszusprechen? »Ich glaube, ich habe mich in dich verliebt.« Ein Mundwinkel hebt sich zu einem schiefen Lächeln. »Übrigens wieder so ein erstes Mal, dass ich das einem Mädchen sage.«

Jetzt, wo es ausgesprochen ist, fühlt es sich eigentlich gar nicht schlecht an. Fast schon gut, wäre da nicht diese irre Angst, Toni könnte gleich loslachen.

»Und warum tust du dann das hier?«, fragt sie leise nach. »Bestimmt meinetwegen. Ich wollte nicht –«

»Was?«, unterbreche ich sie. »Wie meinst du das?«

»Na ja. Du weißt schon … weil du denkst, ich hätte so wenig Erfahrung und so«, druckst sie rum. Ihre Wangen sind rot, die Unterhaltung ist ihr offensichtlich verdammt peinlich. Ich streiche mit den Fingern über ihr Gesicht und hebe schließlich ihr Kinn an, damit sie mich ansehen muss. Widerwillig kommt sie meiner stummen Bitte nach.

»Hast du denn so wenig Erfahrung?«, versuche ich die Stimmung etwas zu lockern und lasse meine Stimme absichtlich neckend klingen.

»Na ja, im Vergleich zu dir …« Missmutig zieht sie einen Mundwinkel hoch.

»Ach, Toni. Wir wissen so wenig voneinander. Ich habe keine Ahnung, was du schon alles erlebt hast, ob du schon einmal einen Freund hattest, mit einem Kerl geschlafen hast. Und du … na ja, ich fände es schön dir erst einmal zeigen zu können, wer ich bin. Du hast so viel über mich gehört. Lass uns doch das Wochenende einfach nutzen uns kennenzulernen, ja?«

Mein Herz pocht noch immer viel zu schnell. Aber ich will es so unbedingt, dass Toni mich sieht, wie ich bin. Dass sie mich mag und endlich diese beschissenen Gerüchte beiseiteschiebt, die sie ja ganz offensichtlich doch irgendwie glaubt.

»Okay.«

Es ist ein leises Flüstern, das sich in meinem Mund verfängt, kurz bevor Tonis Lippen auf meine treffen. Der folgende Kuss ist so ehrlich, so sanft, dass ich mich kaum traue mich zu bewegen.

Als sich Toni von mir löst, blickt sie direkt zu mir hoch. Neugierig schaut sie mich an, der traurige, verletzte Ausdruck, der darin vorhin kurz aufgeblitzt ist, ist verschwunden. Erleichtert atme ich aus. Und bin dennoch mächtig nervös.

»Du bist also verliebt in mich?«, neckt mich Toni und grinst frech.

»Als ob du das noch nicht gemerkt hättest.« Ich stupse ihre Nase mit meinem Zeigefinger, schnappe mir ihre Hand und ziehe sie ins Wohnzimmer. Irgendwie fühlt es sich jetzt seltsam an mit Toni allein in dieser Wohnung zu sein. Es wäre so einfach gewesen sie ins Bett zu kriegen.

Ihr stattdessen offenbart zu haben, was gerade in mir vorgeht, lässt mich nackt und ungeschützt vor ihr dastehen. Ein Zustand, den ich bislang immer vermieden habe.

Toni streift sich die Sneakers von den Füßen und macht es sich auf dem Sofa gemütlich. Schon streckt sie die Hände nach mir aus, bedeutet mir zu ihr zu kommen und ich lasse mich mit einem leisen Seufzen neben sie auf die Couch plumpsen. Dann starten wir also das Kennenlernen.

KAPITEL 25

Gewitterwolken

Toni

Verträumt schaue ich zu Vincent hoch. Die warme Frühsommersomme küsst seine Haut und lässt sie noch brauner erscheinen als sonst. Ich mag diesen Hautton, den ich zwischen Karamell und Olivenölbraun ansiedeln würde.

Nachdem wir gestern Abend so verdammt viel geklärt haben, konnte ich heute endlich meine Befangenheit ablegen. Zu wissen, wie Vincent zu mir steht, hilft mir aus mir herauszukommen. Während mir Vincent diese unglaublich eindrucksvolle Metropole zeigt und wir auf den Spuren von Kaiserin Sissi durch die Innere Stadt schlendern, haben wir die Gelegenheit uns weiter kennenzulernen. Dabei finde ich heraus, dass Vincent Kaffee mag. Und Marzipan nicht leiden kann. Dass sich winzige Grübchen auf seinen Wangen bilden, wenn er von etwas besonders begeistert ist und voller Inbrunst davon erzählt. Wehmütig werde ich, als er mir vom frühen Tod seiner Mutter erzählt und wie schwer die Jahre danach waren. Immer auf Reisen, ohne Freunde. Kein Wunder, dass er Zuflucht in der Musik gefunden hat. Sie konnte ihm die Wärme und Geborgenheit schenken, die er so schmerzlich vermisst hat. Sie war immer da – egal wohin sein Vater ihn auch mitnahm.

»Wir sollten uns langsam mal auf den Weg machen«, sagt Vincent und schaut auf seine Armbanduhr. Ich blinzle etwas benommen. Vincent streicht mir ein paar Haare aus der Stirn und bedeutet mir aufzustehen. Dabei liege ich gerade so bequem, den Kopf auf Vincents Schoß gebettet.

»Wohin?« Ich rapple mich umständlich hoch und trinke einen Schluck aus meiner Wasserflasche. Hatten wir das Programm für heute Abend schon durchgesprochen? Ich erinnere mich nicht und dachte, wir lassen uns einfach treiben. So, wie wir es den ganzen Tag über getan haben.

»Das wird eine Überraschung. Komm!«

Er streckt mir schon seine Hand entgegen und zieht mich auf die Beine. Eng umschlungen verlassen wir das Museumsquartier, wo wir eine Pause gemacht haben. Meine Füße schmerzen. Ich bin es nicht gewohnt so viel herumzulaufen und fürchte mich schon vor dem Muskelkater morgen.

Eine alte Ring-Straßenbahn bringt uns um die Altstadt herum zu Cindys Haus und wir nutzen die kurze Auszeit in der Wohnung, um uns frisch zu machen. Noch immer hat Vincent nicht verraten, was er vorhat.

»Sagst du mir wenigstens, was ich anziehen soll?«, versuche ich mein Glück, als er schon wieder nervös auf die Uhr schaut und mich zur Eile antreibt. »Nicht, dass du mich schick ausführen willst und ich stapfe mit Turnschuhen ins Theater.« Kurz huschen meine Gedanken zu dem schwarzen Kleid, das ich eingepackt habe, falls Cindy mich zu einem Konzert in die Staatsoper mitnehmen wollte. Aber für einen Besuch in einem Szenelokal oder gar ins Kino wäre das absolut overdressed. Ich hasse die Aussicht darauf falsch angezogen zu sein.

Vincent lacht schelmisch.

»Schwarz passt immer«, neckt er mich und zwinkert mir zu. »Du bist also immer perfekt angezogen.«

Ich seufze und fahre mir durch die Haare. Ob ich sie besser hochstecken sollte? Geübt nehme ich die Mähne zusammen und will schon einen Haargummi darumbinden, da hält Vincent meine Hände fest.

»Nicht.« Entschuldigend grinst er. »Du trägst sie so selten offen, dabei mag ich das ganz besonders.«

In meinem Magen kribbelt es. Schon den ganzen Tag über lässt er kleine Komplimente fallen. Sagt mir, was er an mir mag. Dabei hat er aber noch nie fallen lassen, dass er mich auch hübsch findet.

Um meine Verlegenheit zu überspielen, verwuschle ich meine Locken zu einer wilden Mähne und verziehe meine Lippen zu einem Kussmund. »So?«

Vincent lacht, drückt mir einen Kuss auf die Lippen und schnappt sich meine Hand.

»Perfekt!«

Ich greife mir noch schnell meine Jacke und schon stolpern wir wieder die Treppenstufen nach unten.

»Erzählst du mir jetzt, wo es hingeht?«, frage ich Vincent in der völlig überfüllten U-Bahn. Wo kommen all die jungen Leute her? Den ganzen Tag habe ich in der Stadt hauptsächlich Touristen gesehen, Asiaten, Familien oder auch Rentnergruppen. *Vielleicht kommt die Bahn von der Uni und alle sind auf dem Nachhauseweg,* überlege ich.

»Warum, dachtest du, bist du hier?«

Ich verdrehe die Augen, weil Vincent schon wieder in Rätseln spricht.

»Musik«, sage ich einsilbig. Erst da fällt mir auf, dass wir heute nicht ein Wort über die Kunst gesprochen haben, die uns am meisten verbindet. Es gab keine Geige, kein Klavier. Kein Chopin oder Mozart. Es ist lange her, dass sich mein Leben nicht ausschließlich um Noten gedreht hat. Plötzlich pocht mein Herz viel zu schnell. Sollte ich ein schlechtes Gewissen haben, dass ich die Zeit vergeudet habe? Dass ich lieber mit Vincent diese mir unbekannte Stadt erobert habe, Spaß hatte und gelacht habe, anstatt Etüden zu üben. Dass ich in den Himmel geschaut und die Zeit an der Seite eines wundervollen Menschen genossen habe, statt mich um meine Zukunft als Musikerin zu kümmern.

»Was ist?«, fragt Vincent sanft, dem mein plötzlicher Stimmungsumschwung wohl nicht entgangen ist. Beruhigend zieht er mit dem Daumen Kreise auf meinem Handrücken.

»Nichts.«

Vincent straft mich mit einem genervten Blick ab, der mir wohl sagen soll, dass er nicht blöd ist.

»Na ja, ich sollte wohl besser die Zeit nutzen, jetzt, wo ich mal Geigespielen könnte«, murmle ich. Und schon als ich die Sätze sage, spüre ich, wie ich innerlich zu bocken beginne. Nein, verdammt noch mal. Mein ganzes Leben habe ich der Musik gewidmet. Ist es da zu viel verlangt, wenn ich mir auch einmal eine Auszeit gönne? Wenn ich mein Leben lebe, so wie es auch Vincent inzwischen tut?

»Du könntest dich auch einfach mal etwas entspannen«, schlägt Vincent vor. »Spaß haben, Musik auch mal genießen. Warst du schon mal auf einem Konzert?«

Ich nicke eifrig und erinnere mich an die Abende im Freiburger Konzerthaus, zu denen mich meine Mutter mitgenommen hat. Immer kurz vor Weihnachten durfte ich mir eine Veranstaltung auswählen. Mal gingen wir ins Weihnachtsoratorium, mal zum Freiburger Bach-Chor.

»Vielleicht hat dein Vater ja auch schon in Freiburg gastiert und ich habe ihn gesehen.«

»Nein, so ein Konzert meine ich nicht. Heute lassen wir die Klassik Klassik sein und tun das, was junge Leute für gewöhnlich an einem Samstagabend so tun. Auf der Donauinsel ist ein großes Rock-Festival. Ich dachte, das könnte dir gefallen.«

Rock-Festival? Meine Mundwinkel schnellen nach oben, als mir klar wird, dass ich das absolut perfekte Outfit dafür trage: Schwarze Jeans, schwarzes T-Shirt, schwarze Sneaker.

Aufregung macht sich in mir breit und ich schaue Vincent erwartungsvoll an. Es fühlt sich gut an sich einfach mal treiben zu lassen, die Zeit zu genießen.

Wir lassen uns im Strom der Menschenmassen aus der U-Bahn spülen und pilgern gemeinsam mit vielen anderen auf das Festivalgelände. Es ist das erste Mal, dass ich in so einer großen Masse untertauche, dass ich nichts anderes mache als Gleichaltrige – und das fühlt sich eigentlich ganz gut an.

Eng an Vincent gekuschelt schaue ich mich auf dem Gelände um, versuche mir einen Überblick zu verschaffen. Überall stehen Essens- und Getränkestände, es gibt mehrere Bühnen und Hinweisschilder, wo die Dixie-Toiletten zu finden sind. Die Klänge einer mir unbekannten Band lassen einige Leute tanzen. Es wird gelacht, gequatscht und gekichert. Manche trinken Bier aus Plastikbechern. Andere essen Pizza und andere Leckereien.

»Wir müssen hier entlang«, weist mir Vincent den Weg, als hätte er einen ganz konkreten Plan. Ich folge ihm, frage nicht nach, da es im Grunde egal ist. Ich weiß ohnehin nicht, wer auf welcher Bühne spielt.

»Kenne ich die Bands, die hier auftreten?«

»Mhm, gute Frage. Es sind eher Nachwuchsbands, die heute hier performen. Die großen Headliner sind erst morgen dran. Aber wenn es dir gefällt, können wir morgen noch einmal wiederkommen«, schlägt Vincent vor.

Ich nicke und folge ihm in ein kleines Zelt, in dem gerade eine Horde Schüler ein paar Songs zum Besten geben. Die Jungs sind gar nicht schlecht, haben ihr Publikum gut im Griff, denn überall um uns herum wird getanzt und gebannt der Musik gelauscht. Ihre Melodien sind eingängig und dennoch etwas eigenwillig. Vor allem sind sie weit davon entfernt langweiliger Mainstream zu sein und das gefällt mir ausgesprochen gut.

Ich blinzle zu Vincent hoch, der sich hinter mich gestellt hat, die Hände auf meine Hüften gelegt und sich zum Takt der Musik wiegt. Ich lasse mich fallen, steige ein in diese kleinen Bewegungen, die dem Gefühl alles loszulassen und sich im Tanz zu verlieren, ganz nahe kommen. Vincents und mein Körper berühren sich. So, als wären wir wirklich zusammen. Immer vertrauter wird mir seine Nähe, sein Körper, der so perfekt zu meinem passt. Ich lehne mich an ihn, lasse es zu, dass wir miteinander verschmelzen und Wärme durch mich hindurchströmt, die angenehmer ist als alles, was ich bisher gefühlt habe.

Als der Sänger einen gefühlvollen Song ins Mikro schmettert, überzieht sich mein Rücken mit Gänsehaut. Seine Stimme hat ein gewaltiges Timbre, das ich von dem smarten Kerl nicht erwartet hätte. Voll und doch so sanft singt er von einem Mädchen, das ihn berührt, aber das ihn einfach nicht beachten will.

»Wow«, sage ich, als Vincent seinen Kopf zu mir runterbeugt. »Der hat ja eine Hammer-Stimme!«

Auf Vincents Gesicht breitet sich so etwas wie Stolz aus. Seine Augenbrauen schnellen kurz in die Höhe und er grinst vielsagend.

»Ich weiß. Wegen Maxi sind wir hier.«

Vincents Blick gleitet wieder zur Bühne, doch ich bleibe noch immer an seinen Lippen hängen und versuche zu verarbeiten, was er gerade gesagt hat.

»Du willst den Sänger scouten? Deshalb hast du mich hierhergebracht?«, hake ich ungläubig nach. Nias Worte hallen in meinem Kopf: *Alles, was Vincent tut, tut er für die Akademie.* Was, wenn das zwischen uns auch nicht echt ist? Wenn er sich nur auf mich einlässt, damit ich auf der AcA performe?

»Na ja, nicht nur. Aber irgendwie musste ich den Trip hierher ja begründen. Schließlich bezahlt die AcA das alles für uns. Warum also nicht das Angenehme mit dem Nützlichen verbinden?« Er haucht mir einen schnellen Kuss auf die Lippen, als sei damit das Thema für ihn erledigt. Ich brauche einen Moment länger. Irgendwie fühlt es sich seltsam an, dass Vincent das alles arrangiert hat. Dass er arbeitet, während er mich ausführt. Noch will ich Nias Worte nicht glauben. Aber ein kleiner Stachel namens Zweifel dringt doch ein paar Millimeter in mein Herz vor.

Unentschlossen schaue ich auf die Bühne. Lasse mich von der Musik einfangen, die mich wirklich berührt. Ich drehe mich zur Seite, blicke ins Publikum, das fasziniert der Stimme lauscht, auf die es Vincent offensichtlich abgesehen hat. Minuten vergehen, Minuten, in denen mein Unbehagen von den satten Klängen des Beats davongetragen wird.

Schließlich zucke ich mit den Schultern. Vielleicht hat Vincent ja recht und ich sollte kein Drama daraus machen. Die gemeinsame Zeit hier in Wien ist unbezahlbar. Ich genieße jede Sekunde, die wir hier verbracht haben, auch das Konzert, zu dem er mich nicht ganz uneigennützig geschleppt hat. Macht es denn einen Unterschied, ob Vincent den Sänger vorher schon auf dem Schirm hatte?

Ich drehe mich zu ihm, stelle mich auf die Zehenspitzen und strecke mich hoch, bis ich seine Lippen berühren kann. Als er mich mit voller Hingabe küsst, so als würde er alles um uns herum vergessen, ist es mir auch egal, ob er all das geplant hat. Wir sind hier, zusammen. Und es fühlt sich einfach unglaublich an. Das ist alles, was zählt.

Ich schmecke seine Lippen, seine Zunge neckt mich und spielt mit mir, bis ich auf meinem gesamten Körper Gänsehaut spüre. Wir wiegen uns zum

Takt, lassen uns fallen in eine Zwischenwelt, in der nur wir Platz haben. Untermalt von den rockigen Tönen erforschen wir uns und es dauert nicht lange, bis Vincents Hände einen Weg unter mein Shirt gefunden haben und zärtlich meine nackte Haut liebkosen. Er streicht über meinen Rücken, meine Taille und immer wieder fährt einer seiner Finger an meinem Hosenbund entlang. Ganz so, als wollte er immer wieder ein klitzekleines bisschen an dieser selbstgesetzten Grenze rütteln.

Zu lächeln, während man küsst, fühlt sich seltsam an. Seltsam und wunderschön zugleich. Ich mag es mit Vincent Zeit zu verbringen, nicht verstecken zu müssen, dass ich seine Nähe genieße. Wie soll das nur funktionieren, wenn wir wieder in Lieberose sind? Wenn Vincent und ich wieder Scout und Talent sind und uns nicht berühren dürfen. Wenn wir wieder funktionieren müssen. Ich werde die Zeit vermissen, in der wir ganz normal sein können. In der wir immer *können* und niemals *müssen*.

Unwillkürlich seufze ich. Vincent beobachtet mich aufmerksam und lächelt mich an, als wollte er sagen: Hey, genieße das Jetzt und denke nicht an das Morgen. Und genau das will ich auch tun. Nur sind da immer diese wirren Gedanken, die mich ablenken.

»Willst du was trinken?«, fragt Vincent, als die Band unter tosendem Beifall die Bühne verlässt und Musik aus der Konserve über uns schwappt. Nach dem, was die Jungs abgeliefert haben, fühlt es sich ein bisschen nach einer kalten Dusche an. Mit Karacho wird man in die Realität geschleudert.

»Ich verdurste«, gestehe ich Vincent und ziehe ihn zu einer kleinen Bar am hinteren Ende des Zeltes. Wir haben Glück, denn die meisten Besucher strömen direkt nach draußen.

Vincent bestellt uns Wasser und je einen Longdrink. Ich staune nicht schlecht, als der Barkeeper zwei Gläser mit einer rot-orangenen Flüssigkeit vor uns abstellt. Aperol Spritz zählt nicht gerade zu den Getränken, zu denen ich für gewöhnlich greife. Meistens bin ich zu geizig, um für so wenig Trinken so viel Geld auszugeben.

»Wow«, bringe ich meine Begeisterung zum Ausdruck. Ich bin es nicht gewohnt, dass jemand für mich wie selbstverständlich bezahlt. Hier in Wien habe ich noch keinen Cent ausgegeben. Mein schlechtes Gewissen versuche ich damit zu beruhigen, dass Vincent als Scout der AcA sicher nicht ganz schlecht verdient. Und als DJ wird er auch nicht gerade am Hungertuch nagen. Mehr Geld als ich hat er ganz sicher.

»Auf dein erstes Rockkonzert!« Vincent hebt sein Glas und wir stoßen kichernd an. Der erste Schluck schmeckt bitter und ich verziehe das Gesicht. Aber dann breitet sich ein anderer Geschmack in meinem Mund aus, einer, den ich gar nicht so übel finde. Also trinke ich weiter, bis es in meinem Magen kribbelt und sich eine angenehme Wärme darin ausbreitet.

»Es war so so so so toll!«, schwärme ich und finde gar keine passenden Worte, die dieses Erlebnis beschreiben könnten.

»Ach ja? Das höre ich gerne«, raunt jemand hinter mir mit einer dunklen Stimme. Ich schnelle herum und sehe direkt in die strahlend blauen Augen des Leadsängers der *Majestics*. Seine Mundwinkel zucken amüsiert. Ich merke, wie ich schon wieder rot werde. Ein cooler Spruch wäre jetzt angebracht, aber wie immer bleibe ich stumm.

»Hey, Maxi!« Vincent und der Sänger begrüßen sich mit Handschlag. Es scheint nicht ihre erste Begegnung zu sein.

»Vince! Hast du heute Verstärkung mitgebracht?« Sein Blick wandert über meinen Körper und ich schlinge unwillkürlich die Arme um meine Mitte. »Scheint, als hättest du die Argumente heute auf deiner Seite.«

»Maxi, das ist Toni. Meine Freundin.« Breit grinsend stellt er sich näher an mich und als wollte er seine Worte unterstreichen, verflechtet er seine Finger mit meinen.

»Verstehe«, enttäuscht verzieht er das Gesicht, zwinkert mir aber dennoch zu, als wollte er mir zu verstehen geben, dass er nur einen Scherz gemacht hat.

Ich wiederum versuche zu verdauen, dass mich Vincent gerade als seine Freundin vorgestellt hat. *Freundin*. Das gefällt mir. *Damit ist die Frage nach unserem Beziehungsstatus wohl geklärt.* Meine Mundwinkel wandern nach oben.

»Sie studiert auch auf der *Academy of Arts* – und falls du mir nicht glaubst, kann dich ja Toni vielleicht überzeugen, dass du bei uns in den besten Händen wärst.«

»Okay, du kommst also gleich zur Sache.« Maxi krallt sich einen der Hocker und bestellt sich beim Barkeeper ein Bier.

»Wir können auch ewig rumeiern. Aber mal ernsthaft. Du machst nächsten Sommer deine Matura und schaust dich doch schon nach Hochschulen um. Wir kennen uns jetzt schon eine ganze Weile, Maxi. Du hast was drauf, das weißt du. Nun geht es darum jemanden zu finden, der dir Türen öffnet, durch die du durchgehen kannst. Hier bin ich.«

Vincent macht eine ausladende Handbewegung und zeigt an sich herunter. Wie anders seine Ansprache doch ist, so viel abgeklärter als damals bei mir. Ich erinnere mich an mein Kribbeln im Bauch, an die Neugier darauf, was sich hinter diesem fast schon mystischen Ort verbergen mag, an dem man sein kann, wie man ist.

Doch Maxi lässt sich von Vincents Worten nicht beeindrucken, sondern wendet sich direkt an mich.

»Toni, also. Dann erzähl doch mal ... Warum sollte ich auf diese Akademie kommen?«

Vincent seufzt, drückt mir einen eiligen Kuss auf die Wange und löst seine Hand aus meiner.

»So schnell ist man überflüssig. Dann lass ich euch mal allein.«

Panisch drehe ich mich zu Vincent.

»Du kannst mich hier nicht einfach so stehen lassen«, zische ich.

»Warum nicht? Ich habe Maxi schon tausendfach versucht zu überzeugen, dass Lieberose perfekt für ihn wäre. Nun bist du dran.«

Schief grinsend stupst er meine Nase, nimmt sein Glas, dreht sich um und lässt sich von der Menge davon schieben. Völlig überfordert schaue ich ihm hinterher. Das hat er jetzt nicht ernsthaft getan, oder? Er kann mich doch nicht einfach so mit einem Fremden alleine lassen.

Auf diesen Schock genehmige ich mir noch einen großen Schluck Aperol.

»Er scheint große Stücke auf dich zu halten, wenn er dir die Verhandlungen überlässt«, neckt mich Maxi, der ganz offensichtlich merkt, wie seltsam ich mich fühle. »Erzähl mal, wie ist das so, wenn man sich den Sohn des Direktors geangelt hat.«

Ich verschlucke mich fast an dem Getränk, das mir langsam, aber sicher zu Kopf steigt. Unsicher zucke ich mit den Schultern. Was hat sich Vincent dabei gedacht, mich als seine Freundin vorzustellen.

»Es ist großartig. Aber ich schätze, wir sind nicht hier, um über mein Liebesleben zu quatschen. Also, was willst du wissen?« Ich recke das Kinn und schaue ihn herausfordernd an. Maxis Augenbrauen heben sich amüsiert. Er scheint wirklich bester Laune zu sein und lässt sich durch meine schroffe Antwort nicht sonderlich beeindrucken.

»Warum hast du dich für die Akademie entschieden?«

Ich überlege einen kurzen Moment. Maxi zu beichten, dass ich keine Auswahl hatte, wird ihn sicherlich nicht überzeugen.

»Ich habe einen Ort gesucht, an dem ich sein kann, wie ich bin.«

»Und wie bist du?«

»Anders«, kommt meine prompte Antwort. »Na ja, ich dachte, ich sei anders, bis ich auf die Akademie kam.«

»Sprich, das ist ein Auffangbecken für Freaks?« Maxi stöhnt theatralisch und schüttelt den Kopf.

Ich denke an Lee und ihre seltsamen Aktionen. An Nia, die so erfrischend anders ist. An Paulina. Und ich möchte Maxi augenblicklich eine reinhauen. Meine Freunde als *Freaks* zu bezeichnen ist nicht nett.

»Na ja, für Arschlöcher ist jedenfalls kein Platz an unserer Hochschule.« Ich stemme herausfordernd meine Hände in die Hüfte und funkle ihn an.

Maxi lacht auf und klopft mir auf die Schulter.

»Entspann dich, ich versuche einfach nur rauszubekommen, was das für eine Uni ist. Vincent traue ich nicht über den Weg. Es ist sein Job, die Akademie in den höchsten Tönen zu loben.«

»Vincent ist zu tausend Prozent von der Idee überzeugt«, pflichte ich ihm bei.

»Und du?« Sein Blick ist stechend und ich spüre, wie ich darunter zusammenschrumpfe. Dabei habe ich doch gar nichts zu verlieren.

»Ich hatte anfangs meine Schwierigkeiten damit. Eigentlich wollte ich nur Geigespielen und stattdessen schreibe ich irgendwelche Texte, male Bilder und übe mich in Achtsamkeit.«

»Klingt ... äh ...« Maxi sucht offensichtlich nach einem passenden Wort. »Lernst du auch was?«

»Ich lerne viel über mich, ja. Täglich stoße ich an eine neue Grenze, finde heraus, wo ich gut bin und wo ich mich selbst blockiere. Das ist manchmal echt frustrierend und es gibt Tage, da will ich alles hinschmeißen, weil ich denke, dass ich nichts kann.«

Einem Fremden einen Blick in meine Ängste und Bedenken zu geben, ist seltsam. Aber Maxi will ganz sicher keine platten Lobeshymnen auf die AcA hören. Die könnte er von Vincent bekommen.

»Du wärst aber nicht dort, wenn du kein besonderes Talent hättest«, beruhigt mich Maxi. Dennoch wirkt er plötzlich nachdenklich. Er nippt an seinem Bier und schaut sich in dem Zelt um, in dem es noch immer brechend voll ist. Mit seiner Größe hat er sicher einen guten Überblick, während ich nur Schultern und Köpfe sehe. Wo ist Vincent? Wie soll ich ihn bei diesem Trubel jemals wiederfinden?

»Würdest du dich wieder für die Akademie entscheiden?«

Es klingt nach der alles entscheidenden Frage. Eine Frage, die ich mich selbst nie getraut habe mir zu stellen, aus Angst, ich könnte sie mit *Nein* beantworten. Ich denke an meine Zweifel und Ängste. An all die Stunden, in denen ich mich unzulänglich gefühlt habe. Aber da sind auch die Momente, die ich mit Cindy verbringen durfte. Die Begegnungen mit Vincent. Nia. Lee.

»Ja! Ja, ich würde mich wieder für die *Academy of Arts* entscheiden.«

Ich grinse ihn breit an, denn diese Erkenntnis überstrahlt selbst die Tage in Wien. Es ist wundervoll zu erkennen, dass man sich auf dem richtigen Weg befindet, so unwegsam er manchmal erscheinen mag. »Nimm es mir nicht übel, aber ich mach mich mal auf die Suche nach Vincent, ja?«

»Alles klar, Toni. Danke für deine ehrlichen Worte.«

Sein Lächeln ist echt und in diesem Moment weiß ich, dass ich ihn überzeugt habe.

»Bis nächstes Jahr in Lieberose, nehme ich an.«

»Erzähl Vincent nichts davon. Ich will ihn noch ein bisschen zappeln lassen. Dass er sich so um mich bemüht, gefällt mir zu gut.« Maxi lacht noch einmal auf, schlingt seine Arme kurz um mich und verschwindet dann tänzelnd in der Menge.

Ich schaue ihm hinterher, freue mich darüber, dass ich ihn überzeugen konnte, und trinke den Rest meines Aperitifs. Als ich den ersten Schritt laufe, spüre ich, dass ich ganz schön wackelig unterwegs bin. Ich kichere. Vielleicht hätte ich langsamer trinken sollen. Ein bisschen frische Luft wird mit guttun.

»Hoppala«, raunt eine vertraute Stimme in mein Ohr und schlingt die Arme von hinten um mich.

»Vincent! Wo kommst du denn her?«

»Hast du ernsthaft geglaubt, ich lass dich hier mit dem Möchtegern-Casanova allein? Danke für deine Überzeugungsarbeit. Ich wusste, wenn es jemand schafft, dann du.«

Als hätte er in den letzten Minuten schmerzlich darauf gewartet mich wieder zu küssen, presst er sehnsüchtig seine Lippen auf meine. Ich lasse mich bereitwillig von ihm küssen, genieße die Tatsache, dass wir uns selbst vor Maxi nicht verstecken müssen. *Oh Shit!* Ich schiebe Vincent von mir.

»Wir haben ein Problem.«

Vincent zieht fragend die Augenbrauen zusammen und legt den Kopf schief.

»Maxi. Du hast ihm gesagt, dass wir zusammen sind.«

»Ja. Und? Das sind wir doch, oder?« Der Groschen scheint bei Vincent noch nicht gefallen sein.

»Was ist mit deiner Bitte, das mit uns geheim zu halten? Wenn er auf die AcA kommt –«

»Bis er auf die Aca kommt«, unterbricht mich Vincent, »vergeht mindestens noch ein Jahr. Wer weiß, was bis dahin ist.«

Augenblicklich bekommt meine gute Laune einen Knick. Daran kann auch das Prickeln und Gluckern in meinem Magen nichts ändern, das der Alkohol ausgelöst hat.

»Du meinst, falls wir bis dahin überhaupt noch zusammen sind«, murmle ich meine Bedenken. Es schmerzt, dass Vincent diese Möglichkeit so selbstverständlich in Betracht zieht.

»Nein, ich meine damit, dass ich für meinen Teil in einem Jahr ganz sicher nicht mehr Versteckenspielen werde«, versichert mir Vincent und küsst mich sanft. »Bis dahin wird jeder wissen, wie vernarrt ich in dich bin.«

»Warum dann das Ganze? Warum müssen wir das zwischen uns geheim halten?« Endlich traue ich mich diese Frage zu stellen, die so lichterloh in mir brennt. Ich bin zwar niemand, der seine Gefühle offen zur Schau trägt. Heimlichtuerei liegt mir allerdings genauso wenig.

Vincents Kopf sackt in den Nacken.

»Mein Vater.«

Ich sehe, wie sein Adamsapfel schwer hüpft, als er schluckt. »Es ist kompliziert.«

»Ist es das nicht immer? Komm, lass uns rausgehen und du erzählst es mir, ja?«

Eng umschlungen verlassen wir das Zelt. Erst als wir ins Freie treten, merke ich, was für eine Bullenhitze im Zelt geherrscht hat. Ich fröstle und ziehe mir schnell meine Jacke über, die ich während des Konzerts umgebunden hatte.

»Du wolltest mir von deinem Vater berichten«, hake ich schließlich nach, da Vincent verträumt über das Festivalgelände schlendert und nicht daran zu denken scheint, mir von sich aus zu erzählen, was ihn bedrückt.

»Falsch. Du wolltest, dass ich dir von ihm erzähle.«

»Kommt das nicht aufs Gleiche raus?«

»Nicht ganz, aber gut. Dass meine Mom gestorben ist, als ich vier war, weißt du, oder?«

Ich nicke und suche nach Worten, um ihm zu sagen, wie sehr mir das leidtut, aber alles hört sich nach einer billigen Floskel an. Also bleibe ich lieber still.

»Mein Vater hat nur noch mich. Und ich nur ihn. Das macht alles echt –«, Vincent ringt nach dem richtigen Ausdruck.

»Kompliziert?«, helfe ich aus.

Er nickt. »Er will immer nur das Beste, das ist mir klar. Und er und ich, wir sind auch echt ein gutes Team. Aber der ganze Druck ist manchmal kaum auszuhalten, verstehst du? Mit dieser ganzen Musiksache habe ich ihn extrem enttäuscht. Ich möchte nicht –« Wieder hält er inne und schaut hilfesuchend zu mir. »Das mit dir, das würde ich einfach gerne nur für mich haben. Vielleicht klingt das seltsam, aber wenn mein Vater von uns beiden erfährt, dann wird er schon wieder Pläne machen. Und ich hasse es, wenn ich nicht meinen eigenen Weg gehen kann.«

Ich nicke, habe aber wohl nur ansatzweise verstanden, was das alles zu bedeuten hat.

»Pläne ... von welchen Plänen sprichst du?«, hake ich daher nach.

»Na ja, keine Ahnung, was ihm da einfällt. Er ist immer für eine Überraschung gut. Aber ich glaube kaum, dass er sonderlich begeistert sein würde, dass ich eine Schülerin der AcA date.«

»Verstehe.« Tue ich zwar nicht. Aber was ich weiß, ist, dass es schmerzt, dass mich mein Freund vor seinem Vater geheim hält. Als sei ich nicht gut genug für den erlauchten Kreis. Aber das kann ich Vincent ja unmöglich an den Kopf werfen.

»Aber weißt du was? Wenn wir zurück in Lieberose sind, werde ich dich ihm vorstellen.«

»Das hast du doch schon«, wiegle ich ab. Er soll sich nicht gedrängt fühlen.

»Nein, ich meine als meine Freundin.«

Als würde ihn der Gedanke besonders kicken, schlingt er überschwänglich die Arme um meinen Nacken und zieht mich eng an sich. Leidenschaft strömt durch seinen Kuss, der intensiver ist als all die Küsse davor. Er schmeckt nach einem Versprechen und macht mich unglaublich glücklich. Vielleicht ist es kindisch, aber die Aussicht darauf, dass sich Vincent zu mir bekennt, bedeutet mir viel. In diesem Moment bedeutet es mir alles.

Als sich Vincent nach einer gefühlten Ewigkeit von mir löst, kichere ich glücklich.

»Ich glaube, ich brauche noch etwas zu trinken«, sage ich euphorisch und ziehe Vincent zu einem Getränkestand. Diesmal bin ich es, die uns eine weitere Runde Aperol spendiert.

Berauscht von der Leichtigkeit des Augenblicks und einer Menge an Alkohol, die ich nicht gewohnt bin, genießen wir den Abend auf der Donauinsel. Wir sitzen eng umschlungen im Gras, schauen den tiefhängenden dunklen Wolken zu, die sich über uns zusammenbrauen und weiterziehen. Wir küssen uns zum Beat der Musik, die wie niemals endende Wellen über uns schwappt. Und nie war ich glücklicher als in diesen Stunden.

»Wir sollten langsam los.« Vincents Stimme ist ganz rau, sein Blick glasig. Ich streiche mit dem Zeigefinger über seine Lippen, die etwas geschwollen wirken. Ein Regentropfen landet auf seiner Wange, den ich schnell wegwische. Wehmütig lasse ich mir von ihm aufhelfen. Ich will nicht, dass der Abend endet.

Ich schaue in den Himmel, der dunkel und bedrohlich wirkt. Wind peitscht mir die offenen Haare ins Gesicht und ich verkrieche mich schutzsuchend in Vincents Armen.

Andere scheinen das nahende Gewitter ebenfalls zum Anlass zu nehmen, das Festivalgelände zu verlassen. Wir strömen mit der Masse Richtung Ausgang, doch vor der U-Bahn-Station geht nichts mehr.

Vincent zückt sein Handy und schließlich zieht er mich an dem Treppenabgang vorbei.

»Was hast du vor? Mir tun die Füße weh. Ich will nicht laufen«, maule ich und stolpere neben ihm her. Heute bin ich so viel gelaufen wie sonst in einer ganzen Woche nicht. Ich spüre den Alkohol, der mich langsam müde macht. Demonstrativ gähne ich.

»Wir nehmen einen E-Scooter. Dann schaffen wir es vielleicht vor dem Gewitter zurück in die Stadt. Es ist nicht weit.« Mit dem Blick aufs Handy lotst mich Vincent zu einem Kickroller, der auf der anderen Seite der U-Bahn-Station steht.

Mit ein paar Klicks entsperrt Vincent das Teil und bedeutet mir, dass ich mich vor ihn stellen soll.

»Nee, da kriegst du mich nicht drauf. Ich bin noch nie mit so einem Ding gefahren.« Hysterisch lache ich auf und schüttle den Kopf, bis mir schwindelig ist. In der Ferne höre ich Donnergrollen. Dumpf und bedrohlich rollt das Geräusch über uns und kündigt das nahende Gewitter an.

»Aber ich. Los, komm. Das macht Spaß.« Vincent schnappt sich meine Hand und zieht mich zu sich. »Vertrau mir, ja? Einfach hier festhalten. Den Rest mach ich.«

Mein Herz pocht wie wild. Ich erinnere mich daran, wie sehr mir die Achterbahnfahrten auf dem Prater gefallen haben, die Geschwindigkeit, der Nervenkitzel, und gebe mich geschlagen. Vincent ist bei mir. Er passt auf mich auf.

Wind schlägt mir ins Gesicht, als wir etwas ruckelig losfahren. Ein paar Regentropfen landen auf meinem Kopf. Ich kralle mich am Lenker fest, versuche mich so auf das schmale Trittbrett zu stellen, dass ich guten Halt habe. Vincents warmer Atem kitzelt mich im Nacken und ich fange unwillkürlich zu kichern an. Er legt seinen Kopf auf meiner Schulter ab, seine Wange an meine gepresst. Immer wieder haucht er kleine Küsse darauf und schaut dann wieder auf den Gehweg, über den wir in rasanter Geschwindigkeit rasen. Geschickt weicht er ein paar Passanten aus. Ich schließe die Augen, genieße die Nähe, die Wärme. Und in einem Anflug von unbekümmerter Glückseligkeit löse ich meine Hände vom Lenker, strecke sie zum Himmel und lache. Ich bin frei, so unendlich frei.

»Toni! Nicht!«, ruft Vincent aufgeregt. Dann höre ich einen scheppernden Knall und alles wird schwarz.

KAPITEL 26

Klartext

Vincent

Wie paralysiert schaue ich auf das Display meines Smartphones. Meine Augen schmerzen. Von der Müdigkeit, dem grellen Krankenhauslicht. Und den Tränen, die immer wieder gegen meine Lider drücken. Es ist lange her, dass ich in einem Krankenhaus war. Damals, als meine Mutter bei diesem Autounfall ums Leben kam, habe ich auch die Nacht in der Notaufnahme verbracht. Die Erinnerungen sind verblasst, geblieben ist ein diffuses Gefühl, das auch jetzt in mir wabert.

Ich habe jedes Zeitgefühl verloren. Verloren. Verloren sitze ich in diesem sterilen Flur, nehme kaum noch wahr, wie unbequem die Plastikstühle sind. Um mich herum wird es hektischer. Ich hebe den Blick, hoffe darauf, dass mir endlich jemand sagt, was mit Toni ist. Seit wir beide mit dem Krankenwagen hierhergebracht wurden, habe ich sie nicht mehr gesehen.

Wie lange sie wohl noch bewusstlos war? Auch ohne, dass mir die Ärzte eine Diagnose verraten, weiß ich, dass Tonis linke Hand etwas abbekommen hat. Der dumpfe Knacks hallt noch immer in meinen Ohren und ich will mir gar nicht ausmalen, was das zu bedeuten hat.

Schon seit Stunden wird Toni operiert. Das hat mir eine mitleidig lächelnde Schwester gesteckt, obwohl sie mir eigentlich gar nichts sagen dürfte, da Toni und ich nicht verwandt sind. Ich selbst bin mit dem Schrecken und ein paar Prellungen davongekommen, würde aber ohne mit der Wimper zu zucken sofort mit Toni tauschen. Verdammt! Warum habe ich nicht besser auf sie aufgepasst? Und wie konnte ich nur auf die Schnapsidee kommen, auf der nassen Fahrbahn einen Roller zu nehmen? Mir ist doch bewusst gewesen, dass Toni getrunken hatte und offensichtlich nichts verträgt. Ein Moment der Unachtsamkeit und schon konnte ich das Wackeln nicht mehr ausgleichen. Dabei war ich so glücklich. So verdammt glücklich!

Hilflos schüttle ich den Kopf. Nein. Nein. Nein. Nein! Das habe ich nicht gewollt. Das Seufzen, das aus meiner Kehle dringt und an den nackten Wänden der Notaufnahme anklagend widerhallt, lässt mich erschaudern.

Ich stehe auf, laufe ein paar Schritte. Die Schmerzen in meiner Hüfte, mit der ich hart auf den Asphalt geprallt bin, ignoriere ich. Dann drehe ich rastlos wieder um, laufe zurück und setze mich. Dieses Warten macht mich verrückt!

Entschlossen klicke ich die Nummer meines Vaters an. Ich werde nicht um dieses Telefonat herumkommen. Warum sollte ich es also nicht jetzt gleich erledigen? Das schlechte Gewissen droht mich ohnehin zu ersticken. Da kann ich auch gleich noch eine Ladung obendrauf bekommen.

Das Tuten dröhnt in meinen Ohren wie Donnerschläge. Zwei, drei, vier Mal ertönt das Klingeln. Dann höre ich es in der Leitung rascheln.

»Vincent? Was ist los? Warum rufst du mitten in der Nacht an? Bist du in Ordnung?« Mein Vater klingt besorgt. Und müde. Ich schaue auf meine Armbanduhr und erst da wird mir klar, dass es noch mitten in der Nacht ist.

»Mir geht es gut«, sage ich und spüre, wie sich schon mein Herz zusammenzieht. »Aber Toni … wir hatten einen Unfall. Ich fürchte, ihr Handgelenk ist gebrochen.«

»Toni? Von wem redest du?«

»Toni! Herrgott, Dad! Ich hab sie dir doch neulich vorgestellt. Die Geigerin!« War mein Vater schon immer so ignorant? Oder liegt es daran, dass ich ihn aus dem Schlaf gerissen habe?

»Ah, diese Toni. Aber ich verstehe nicht. Sie ist doch gerade in Wien bei Cindy, wie kann sie –«

»Ja, wir sind in Wien«, sage ich knapp. »Wir waren heute Abend auf einem Festival. Ein Talent ist dort aufgetreten und ich habe Toni mitgenommen«, versuche ich mich rauszureden. Dabei fühle ich mich einfach nur schrecklich, weil ich ihn schon wieder anlüge.

»Verstehe. Ist Cindy bei dir? Gib sie mir mal bitte.«

Ich schließe die Augen und schüttle matt den Kopf.

»Cindy ist nicht hier«, rücke ich schließlich mit der Sprache raus.

»Okay. Sie soll mich morgen früh gleich anrufen. Dann kann ich auch schon alles mit der Versicherung klären. Das läuft natürlich über die Akademie.«

»Du verstehst nicht: Cindy. Ist. Nicht. Hier!«, presse ich zwischen zusammengebissenen Zähnen hervor. »Sie ist in London.«

»London? Aber warum ist Toni dann in Wien? Ich dachte, Cindy –«

»Das war nur ein Vorwand, Dad. Ich habe Toni nach Wien eingeladen und vorgegeben, sie trifft sich mit Cindy. Ich wollte mit ihr allein sein.« Unwillkürlich halte ich die Luft an. Jetzt, wo die Wahrheit ausgesprochen ist, fühle ich mich besser. Aber ich habe auch Angst vor dem nahenden Donnerwetter. Seine Wut habe ich verdient, das ist mir klar. Und ich werde sie erhobenen Hauptes annehmen. Schon richte ich mich auf, bereit für die anklagenden Worte, die gleich durch die Leitung prasseln werden. Doch dort herrscht nur ohrenbetäubende Stille.

»Dieses Mädchen bringt nur Ärger«, zischt er schließlich. »Ich hatte von Anfang an ein seltsames Gefühl bei ihr.«

»Toni hat nichts damit zu tun. Sie wusste noch nicht einmal, dass ich auch in Wien bin«, verteidige ich sie.

»Ich werde ihre Eltern verständigen«, wechselt mein Vater das Thema. »Selbstverständlich wird sie die beste medizinische Versorgung bekommen. Ich werde gleich ein paar Spezialisten kontaktieren, die sich mit den Bedürfnissen von Musikern auskennen. Wenn es nur ihr Handgelenk ist, wird das ihre Karriere kaum tangieren. Mit einem guten Physiotherapeuten sollte die Angelegenheit schnell bereinigt sein.« Er klingt distanziert. Und maßlos enttäuscht von mir. Ich sacke in mich zusammen. Mein Kopf schmerzt und hämmert von dem Sturz und Müdigkeit und Sorge zollen ihren Tribut.

Wenigstens übernimmt mein Vater die Verantwortung für mich und mein dämliches Handeln, wo ich wieder einmal nur dasitze und in Selbstmitleid versinke. Dennoch lindern seine Worte und die Aussicht darauf, dass sich

Dads Mediziner um Tonis Hand kümmern werden, ein bisschen die Angst davor, sie könnte durch diesen Unfall nie mehr wieder Geigespielen. Nicht auszudenken, was das für sie bedeuten würde. Ich weiß, wie es sich anfühlt, wenn man das, was man so sehr liebt, einfach nicht mehr tun kann. Das will ich Toni unter allen Umständen ersparen.

»Danke, Dad«, murmle ich mit belegter Stimme.

»Du wirst augenblicklich nach Lieberose zurückkommen«, sagt er streng. »Nächstes Wochenende findet die Charity Gala in Berlin statt. Wie vereinbart wirst du mit Melissa die Akademie dort repräsentieren. Haben wir uns verstanden?«

Ich rolle mit den Augen. Selten spricht er in diesem Tonfall mit mir. Aber wenn er es tut, weiß ich, dass Widerworte zwecklos sind.

»Ja«, antworte ich daher knapp und schüttle den Kopf. Resigniert stütze ich meine Ellenbogen auf den Knien ab und vergrabe den Kopf in den Händen. Ich bin der Sohn des Akademieleiters und das gehört zum Deal dazu.

»Und dieses Mädchen wirst du dir ganz schnell aus dem Kopf schlagen.«

Was? Das meint er nicht ernst, oder? Nie hat er sich dermaßen in meine Angelegenheiten eingemischt. Und auch jetzt werde ich nicht zulassen, dass er mir vorschreibt, mit wem ich mich treffe.

»Ich überlege, ob ich wieder an der AcA anfange zu studieren«, sage ich aus einem Impuls heraus. Mein Herz trommelt wie wild gegen meine Brust und ich schnappe nach Luft. Was soll das? Warum sage ich so etwas? Augenblicklich spüre ich wieder diesen Knoten in meinem Magen, den Druck auf meiner Brust. Meine Hände werden schweißnass und ich habe keine Ahnung, ob das nun ein gutes oder ein schlechtes Zeichen ist.

»Aha«, ist alles, was mein Vater verlauten lässt. Er scheint ebenso überrumpelt von meiner Idee zu sein wie ich selbst. »Das ist … äh … das wäre großartig, Junge.«

Wäre es das? Jetzt, wo die Worte ausgesprochen sind, klingt es gar nicht mehr so unmöglich. Etwas, worüber es sich vielleicht tatsächlich nachzudenken lohnt.

»Spielst du denn wieder?« Plötzlich hat die Stimme meines Vaters seine

Schärfe verloren. Zurück bleibt dieser wohlwollende väterliche Ton, den er für gewöhnlich für mich übrighat. Ich starre auf die Wand mir gegenüber, versuche zu erspüren, ob ich das tatsächlich will. Aber es fühlt sich gut an. Machbar.

»Noch nicht. Aber –« Ich halte inne. Tonis Gesicht blitzt vor meinem inneren Auge auf. Ihr zuversichtliches Lächeln. Ihr Vertrauen in mich und plötzlich weiß ich, dass ich es schaffen werde. Mit ihrer Hilfe. »Ich werde mit Melissa auf diese beschissene Gala gehen. Weil ich es dir versprochen habe. Aber das ist das letzte Mal, dass ich mich auf diesen Deal einlasse. Ich gehöre jetzt zu Toni. Mein Platz ist an ihrer Seite. Nicht an Melissas. Ob dir das passt oder nicht, Dad.«

Ich springe auf meine Beine. Zu sitzen fühlt sich so falsch an, zu passiv, wo ich doch gerade dabei bin mein Leben endlich wieder selbst in die Hand zu nehmen.

»Hast du dir den Kopf gestoßen, Junge? Vielleicht willst du dich erst mal etwas erholen. Der Unfall scheint dich ganz schön durcheinanderzubringen. Vielleicht willst du –«

»Ich muss jetzt Schluss machen, Dad.« Bevor er mir weiter ins Gewissen reden kann, lege ich einfach auf. Ich atme ein paar Mal tief ein und trotz der Müdigkeit, trotz der Angst um Toni breitet sich ein glückliches Lächeln auf meinem Gesicht aus. In mir wächst die Zuversicht, dass alles gut werden wird. Ich werde kämpfen. Für Toni. Für mich. Und für eine Zukunft, in die wir gemeinsam treten werden. Hand in Hand.

KAPITEL 27

Schatten und Licht

Toni

Das Donnergrollen in meinem Kopf klingt bedrohlich. Und das Seltsame ist, dass es gar nicht mehr aufhört. Normalerweise schießen doch zwischendurch Blitze durch den Himmel. Oder etwa nicht?

Meine Lider sind schwer. So unendlich schwer und es kostet mich Kraft sie zu heben. Gleißendes Licht blendet mich und schnell schließe ich meine Augen wieder. War das der Blitz des Gewitters? Vorsichtig unternehme ich einen weiteren Versuch, doch das Licht ist noch immer da. Hell und schmerzend bohrt es sich in meinen Kopf. Wo bin ich?

Ich brauche einen Moment, um mich zu orientieren. Neben mir stehen Geräte, Monitore, weiße Wände schließen mich in einem mir unbekannten Raum ein. Ich spüre, wie sich mein Herzschlag beschleunigt. Etwas neben mir fängt augenblicklich wild zu piepsen an. Dann sehe ich einen Haarschopf, der mir seltsam bekannt vorkommt. Vincent. Er ist da. Sein Kopf liegt auf dem weißen Laken und er schläft. Zaghaft strecke ich meine rechte Hand aus. Sie fühlt sich schwer und ungelenk an. Ein dumpfer Schmerz schießt mir in die Schulter und ich zucke kurz zusammen. Der Wunsch Vincent zu berühren ist allerdings stärker und so beiße ich die Zähne zusammen und streiche durch seine dunklen Haare. Erst zaghaft, dann entschlossener. Es tut so gut ihn zu spüren.

Endlich werde ich ruhiger. Und da merke ich, wie sich Vincent unter meinen Berührungen bewegt. Langsam hebt er seinen Kopf und schaut mich an. Er sieht müde aus. Unter seinen sonst so intensiv strahlenden Augen liegen dunkle Schatten. Bartstoppeln verteilen sich über seine Wangen und sein Kinn. Ich strecke meine Finger aus, um darüber zu fahren, aber Vincent fängt sie mit seiner Hand ein. Er führt sie zu seinem Mund und haucht winzige Küsse auf meine Knöchel.

»Wie geht es dir, Toni?«

Warum klingt er so ernst. So traurig?

Ich versuche seine Frage daher ehrlich zu beantworten, höre in mich rein und erst da merke ich, wie dumpf sich alles anfühlt, betäubt. So, als bestünde mein Körper aus einer riesigen Wattewolke. Ich schaue an mir herunter. Offensichtlich liege ich in einem fremden Bett. Habe ein seltsames Nachthemd an, das ich nicht kenne. Mein Blick gleitet weiter nach unten und dann halte ich den Atem an. Gebannt starre ich auf meinen linken Arm, der verbunden und bewegungslos auf dem weißen Laken liegt, als gehöre er nicht zu mir. Mein Mund öffnet sich zu einem tonlosen Schrei.

»Was ist passiert?«, presse ich heiser hervor und suche Vincents Blick. Doch er schaut nur zu Boden, streicht abwesend über meine andere Hand.

»Wir sind E-Scooter gefahren. Es hat gewittert und die Straße war nass. Du … Nein.« Er räuspert sich. »Wir hatten einen Unfall. Du hast dir dabei das Handgelenk gebrochen.«

Seine Stimme klingt seltsam beherrscht. Er presst seine Lippen fest aufeinander. Dann hebt er den Blick und der Ausdruck, der sich darin spiegelt, bricht mir beinahe das Herz.

»Es tut mir so unendlich leid, Toni!« Seine Worte flattern durch den Raum, als wollten sie auch die hinterletzte Ecke erreichen. »Es ist … Ich hätte besser aufpassen müssen.«

»Schhhhh«, rede ich beruhigend auf ihn ein und versuche noch immer zu verstehen, was geschehen ist. Mein Mund ist staubtrocken und ich versuche zu schlucken. Doch das tut so weh, dass ich husten muss.

Vincent springt auf und versucht panisch irgendetwas zu unternehmen, aber offensichtlich scheint er Hemmungen zu haben mich zu berühren.

»Trinken«, würge ich hervor und in dem Moment öffnet sich die Tür und ein Mann mit silbergrauen Haaren und einem weißen Kittel kommt herein.

»Du bist ja wach. Gut.« Er stellt sich neben das Bett und streckt mir seine Hand entgegen. »Ich bin Dr. Arthur, dein behandelnder Arzt.«

Ich nicke überfordert und schnappe weiter nach Luft. Irgendwoher wird mir ein Becher gereicht. Ungelenk versuche ich mich aufzusetzen, was mir mit einem schmerzenden und einem ruhiggestellten Arm gänzlich misslingt. Wie von Zauberhand fährt das Rückenteil meines Bettes hoch, sodass ich ein paar Sekunden später nahezu aufrecht sitze. Ich führe die Schnabeltasse an meinen Mund. Meine Lippen fühlen sich spröde an.

»Trink bitte nur in kleinen Schlucken«, sagt die Schwester neben mir streng.

Gierig trinke ich etwas. Dabei ist es mir egal, dass der Tee oder was auch immer das sein soll, widerlich schmeckt. Als das wenige Trinken leer ist, schüttle ich frustriert den Becher.

»Kann ich noch mehr haben?«

Die Schwester schüttelt den Kopf. »Später.«

Bevor ich protestieren kann, beginnt Dr. Arthur seine Untersuchung.

Seine Hand, die nacheinander meine Lider anhebt und mit einer kleinen Lampe in meine Augen leuchtet, ist angenehm kühl.

Eine Schwester steckt mir ein Thermometer ins Ohr und trägt mit einem kritischen Blick auf die Monitore irgendwelche Werte in eine Akte ein.

»Was ist passiert?«, traue ich mich schließlich zu fragen. »Warum bin ich hier? Und was ist mit meiner Hand?«

In meinem Kopf ist nichts als zähe, klebrige Watte, die es mir sauschwer macht, einen klaren Gedanken zu fassen. Dass ich im Krankenhaus bin, habe ich inzwischen gecheckt. An einen Unfall kann ich mich zwar nicht erinnern, aber vielleicht ist das ja besser so.

»Nach deinem Unfall warst du einige Zeit bewusstlos. Wir gehen also von einem mittleren Schädel-Hirn-Trauma aus, das wir hier weiter beobachten. In den nächsten Tagen können vermehrt Kopfschmerzen, Schwindel und auch Übelkeit auftreten. Gegen die Schmerzen werden wir dir Medikamente geben, ansonsten ist absolute Bettruhe angesagt. Und deine Hand … du hast dir eine distale Radiusfraktur zugezogen, ein handgelenksnaher Bruch der Speiche. Die Wucht des Aufpralls muss allerdings ziemlich heftig gewesen sein, die Knochen haben sich verschoben und wir mussten operieren. Die Knochenenden sind nun mit Platten verschraubt, sodass sie wieder zusammenwachsen können.«

Ich blicke mich im Raum um, suche Vincent. Die Worte, die wie Gewehrsalven auf mich einprasseln, wirbeln in meinem Kopf herum. Verstanden habe ich sie nicht. Das hört sich nicht gut an, oder? Was hat das zu bedeuten? Ich versuche in mich reinzuhören, versuche auszumachen, ob mein Arm schmerzt. Ich kann ein dumpfes Pochen ausmachen, einen Druck. Aber das alles ist so fern, als würde es nicht zu mir gehören.

»Wir haben dir starke Schmerzmittel verabreicht. Im Moment dürftest du nichts spüren. Wenn sich das ändert, rufst du über den Notfallknopf einfach eine Schwester und sie erhöht die Dosis.« Er nickt zu einem Beutel Flüssigkeit, der neben mir an einem Ständer hängt. Ich folge mit den Augen dem Schlauch, der in einer Nadel endet, die in meinem Arm steckt und mit weißen Pflastern auf meiner Haut aufgeklebt ist.

»Wann ...«, ich schlucke und versuche meine Stimme in den Griff zu bekommen, die sich dünn und weinerlich anhört. »Wann kann ich wieder Geigespielen?«

Meine Augen suchen den Blick des Arztes. Er wirkt abgeklärt, aber für einen winzigen Augenblick glaube ich darin so etwas wie Mitleid zu erkennen. Dann räuspert er sich.

»Momentan stellt sich nicht die Frage nach dem Wann. Es ist zu früh, um mit Sicherheit sagen zu können, ob du wieder spielen kannst.«

Wieder fängt der Monitor neben mir an wie wild zu piepsen. Mein Körper scheint die Worte, die der Doktor so trocken ausgespuckt hat, erfasst zu haben. Ganz im Gegensatz zu meinem Verstand. Was? Was will er damit sagen? Ich verstehe es nicht. Ob ich wieder Geigespielen kann? Natürlich kann ich das! Es gab doch nie etwas anderes für mich. Das kann sich doch nicht durch einen unachtsamen Augenblick geändert haben!

»Wir tun unser Bestes, Antonia. Dein Körper braucht aber Ruhe. Ich komme am Ende meiner Schicht noch einmal bei dir vorbei. Bis dahin versuch ein bisschen zu schlafen.«

Bevor der Arzt verschwindet, legt er seine Hand auf meine Schulter und lässt sie dort wie einen schweren Stein sekundenlang liegen. Ich schlucke. Und starre ins Leere, um zu realisieren, was der Doktor mir gerade gesagt hat.

Nein! Er muss sich irren. Ich schüttle den Kopf, schaue auf meine Hand, die regungslos auf dem gestärkten Laken liegt, ruhiggestellt in unschuldigem Weiß. Mit einer schier unbändigen Kraft versuche ich meine Finger zu bewegen, die Finger, die die Saiten auf meiner Geige greifen und ihr in rasanter Geschwindigkeit die Töne entlocken, die ich so sehr liebe. Es gelingt mir nicht.

Die Tür geht erneut auf und Vincent schiebt sich verstohlen herein. Sein Lächeln ist sanft, aber auch abwartend.

»Wo warst du?«, frage ich heiser und atme ein paar Mal tief ein, weil ich mich so zittrig fühle. Nie habe ich mich mehr nach seiner tröstlichen Nähe gesehnt. Ich strecke meine Hand nach ihm aus.

»Ich dürfte gar nicht hier sein«, gesteht er mit einem schiefen Grinsen. »Schwester Inge macht eine Ausnahme. Junges Glück und so.« Er zwinkert und kommt zu mir. Zaghaft streichelt er über meine gesunde Hand und haucht einen Kuss darauf.

Er zieht sich einen Stuhl neben das Bett und setzt sich darauf. Eine bleierne Stille legt sich über uns, droht uns zu ersticken. Weiß Vincent, wie es um meine Hand steht?

Ich konzentriere mich darauf weiter zu atmen. Es ist anstrengend genügend Luft in meine Lungen zu pumpen. Einatmen. Ausatmen. Ich versuche die Worte, die der Arzt gesagt hat, aus meinem Kopf zu verdrängen. Einatmen. Ausatmen. Was, wenn er recht behält? Einatmen.

»Hey, alles wird gut.«

Ich atme geräuschvoll aus und funkle Vincent für diese nichtssagende Floskel an.

»Du hast den Arzt gerade nicht gehört, oder? Ich werde vielleicht niemals wieder spielen können.« Ungläubig versuche ich die Worte, die ich gerade ausgesprochen habe, wieder einzufangen. Es ist seltsam sie im Raum zu wissen. Aus meinem Mund, so als hätte ich sie bereits akzeptiert. Aber dem ist nicht so.

»Das werde ich nicht zulassen«, sagt Vincent sanft und streicht rhythmisch über meinen Handrücken. Mein Blick schnellt zu ihm. Natürlich! Vincent könnte es nicht ertragen, wenn ich nicht mehr spiele. Er liebt meine Musik. Vielleicht sogar mehr als mich selbst. Was, wenn er mich verlässt, wenn ich nicht mehr gesund werde?

»Darum geht es dir?« Die Worte schmecken bitter und ich würge. Plötzlich ist mir übel. Der Nebel lichtet sich ganz langsam. Dann zieht er wieder zu und verschleiert meine Gedanken. Ich versuche die zähe Masse in eine sinnvolle Reihenfolge zu bringen.

»Was?«, fragt er nach. »Natürlich geht es mir darum.«

»Ihm geht es bei allem und immer nur um die AcA«, murmle ich Nias Warnung, die plötzlich so viel Sinn ergibt.

»Was?«, wiederholt er sich selbst, als wäre eine Schallplatte hängengeblieben. »Ich komme grad nicht mit, Toni. Was läuft hier gerade ab? Ich biete dir Hilfe an und versuche dir Hoffnung zu geben und du blockst mich völlig ab? Klär mich auf: Was willst du von mir hören? Dass es mir leidtut, weil ich nicht besser aufgepasst habe? Ja, das tut es. Mehr, als du wahrscheinlich ahnst. Und vermutlich werde ich das bis an mein Lebensende täglich noch dutzende Mal wiederholen, weil ich ein verdammt schlechtes Gewissen habe, hörst du? Aber ich versuche es wieder gut zu machen.« Vincent wirkt tatsächlich verwirrt. Sind das die Schmerzmittel, die mich gerade so durcheinanderbringen? Die mich nicht klar sehen lassen? Was wird hier gespielt?

Ich schüttle den Kopf, lege den rechten Arm über meine Augen. Ich möchte das nicht, möchte das alles nicht. Vielleicht, wenn ich mich ganz arg anstrenge, wache ich aus diesem Albtraum auf.

»Hey, gib nicht auf. Du wirst wieder spielen. Mein Vater meinte, das wäre nicht so schlimm. Er kennt eine Menge Spezialisten und wenn es irgendwelche Komplikationen gibt, kommt die AcA für die Kosten auf.«

Ich reiße den Arm von meinem Gesicht und suche seinen Blick. Erschrocken weicht er vor mir zurück.

»Dein Vater? Ach klar, ich bin ja auch nichts wert, wenn ich nicht spielen kann«, zische ich. »Deshalb bist du doch hier, oder? Damit ich nicht aufgebe und ich irgendwann wieder für dich spielen kann. Für die AcA. Um nichts anderes geht es hier, oder?«

Vincent schüttelt den Kopf und seufzt. Enttäuschung liegt in seinem Blick. Und Sorge.

»Nein, Toni, hier geht es um dich«, sagt er ganz ruhig. »Um uns. Ich liebe dich, egal ob du Musik machst oder nicht. Ob du ein, zwei oder vier Arme hast. Das interessiert mich nicht. Aber ich weiß auch, wie es ist, wenn man das, was einen zutiefst erfüllt, nicht mehr ausüben kann. Es macht einen kaputt. Jeden Tag ein winziges Stück mehr. Ich will nicht, dass es dir auch so geht. Deshalb möchte ich dir helfen.« Kampfbereit presst er die Lippen aufeinander und schaut mich herausfordernd an.

»Du hast … hast du gesagt, dass du mich liebst?« Vielleicht habe ich das ja auch nur geträumt. Oder mir gewünscht. Oder eingebildet. Oder ich halluziniere. Ich schließe die Augen. In meinem Kopf herrscht Chaos, ein noch viel größeres Chaos, als darin ohnehin immer ist.

Vincents Atem streift über mein Gesicht. Dann spüre ich seine Lippen, warm und zärtlich berühren sie meinen Mund. Unaufhörlich haucht Vincent Küsse auf meine spröden Lippen. Mit jeder Berührung lichtet sich das Durcheinander, die Bedeutung seiner Worte sickert in mein Bewusstsein, legt sich über diesen Nebel, der mir das Denken so schwer macht. Und auf einmal ist der Zweifel weg.

Ich lege meinen Arm um seinen Nacken, lasse nicht zu, dass dieser Augenblick endet. Küsse ihn, küsse ihn so leidenschaftlich, wie es mir gerade möglich ist. Wenn mir alles genommen wird, Vincent lasse ich nicht gehen. Vincent gehört zu mir. Wir beide – ein Ganzes.

»Das gefällt mir«, sagt Vincent, steht von dem Stuhl auf und legt sich zu mir aufs Bett. Ich denke an Schwester Inge, die große Augen machen wird, wenn sie Vincent bei mir im Bett erwischt, und kichere. Und dann küssen wir uns wieder. Und wieder.

»Ich habe noch etwas für dich. Als Motivation sozusagen«, sagt Vincent irgendwann und streichelt mir zärtlich über meine geröteten Wangen. Ich bin unendlich müde und mir ist schwindelig. Aber das werde ich Vincent nicht sagen, denn ich habe noch lange nicht genug.

»Als Motivation?«, hake ich nach und kann nun ein Gähnen doch nicht unterdrücken.

»Vor dir liegt ein harter Weg. Aber wenn du mich lässt, wirst du ihn nicht alleine gehen.«

»Aha«, sage ich und habe wieder Schwierigkeiten seinen Worten zu folgen. Umständlich zieht Vincent ein zerknittertes Blatt aus seiner Hosentasche und faltet es auf, sodass ich darauf schauen kann. Ich greife nach dem Papier, lasse meinen Blick über die Noten gleiten. In meinem Kopf breitet sich eine bittersüße Melodie aus, die mir seltsam bekannt vorkommt und die sich mit einem Lied verwebt, das seit zwei Tagen in Dauerschleife in meinen Gedanken hallt.

»Ist das ...« Die Frage lasse ich in der Luft hängen.

»Das Stück, das du am Freitag komponiert hast, würde sich als Duett gut machen. Das hier könnte die Klavier-Stimme sein. Wenn du das möchtest, spiele ich es mit dir.«

Unwillkürlich halte ich die Luft an, starre Vincent verblüfft an. Unfähig meine Verwunderung in Worte zu packen bleibe ich stumm.

»Ich habe vorhin meinem Vater gesagt, dass ich wieder an der AcA anfangen werde zu studieren. Und dass ich mit dir zusammen sein werde.«

Noch immer bin ich wie erstarrt.

»Du ... du willst wieder anfangen zu –«

»Wir beide werden gemeinsam diesen Weg gehen. Du wirst wieder Geigespielen. Und ich ... oh Gott, ich habe keine Ahnung, wie ich das schaffen soll, aber ich werde wieder Klavierspielen.«

»Meinetwegen?«, frage ich panisch. *Nein, nein, nein, nein, nein!* So eine Entscheidung sollte man niemals einem anderen Menschen zuliebe fällen. Es ist ja nicht so, dass Vincent nicht wollte. Er konnte nicht. Und nichts konnte ihn dazu bewegen daran zu arbeiten.

»Weißt du, manchmal braucht man einfach nur Zeit. Und ein Ziel, für das es sich zu kämpfen lohnt. Tja, und wie es aussieht, bin ich nun endlich bereit dazu mein Leben wieder in die Hand zu nehmen und mir das zurückzuerobern, was mir so sehr fehlt.«

Erwartungsvoll strahlt er mich an. Mein Herz pocht wie wild. Mein Blick schnellt zu meiner gebrochenen Hand. Dann wieder zu dem Stück, das Vincent in dieser Nacht komponiert haben muss. Bilder breiten sich in meinem Kopf aus. Vincent und ich, wie wir gemeinsam Musik machen. Etwas, das ich mir schon so lange wünsche. Und mir wird klar, dass wir gemeinsam jedes Hindernis überwinden können. Wir müssen nur fest daran glauben und hart arbeiten. Dann werden Träume wahr.

EPILOG

Mein Debüt

Toni

Nervös zupfe ich an meinem schwarzen glänzenden Satinkleid. Es fühlt sich ungewohnt an mit High Heels herumzustehen und darauf zu warten, dass ich endlich auf die Bühne darf. Es ist das erste Mal, dass ich vor so einem großen Publikum spiele. Mein Debüt hatte ich mir immer gänzlich anders ausgemalt. In einem barocken Gebäude mit samtbezogenen Sesseln. Ich in einem edlen Kleid mit hochgesteckten Haaren. Doch wie so vieles in meinem Leben wird auch mein Start in das Leben einer Profimusikerin anders aussehen als bei den meisten anderen.

Ich werfe vom Seiteneingang einen Blick auf die Bühne. Unzählige Laser und Spots erzeugen eine atmosphärische Lichtershow, die Cindys virtuose Performance perfekt untermalt. Ich rechne es meiner Mentorin hoch an, dass sie mir die Chance gibt in ihrer Show aufzutreten.

Über sechs Monate ist es nun her, dass ich diesen Unfall hatte. Sechs Monate voller Schmerzen, Tränen und Rückschläge. Sechs Monate, in denen ich mich Note um Note zurückgekämpft habe. Cindy und Vincent haben mir beigestanden, haben mich motiviert und angetrieben und nie zugelassen, dass ich aufgebe. Dieser Auftritt nun soll das Ende dieser manchmal düsteren Zeit sein. Und der Anfang von etwas Neuem. Etwas Großem.

»Bist du bereit?« Vincent tritt hinter mich und schlingt seine Arme um meinen Bauch. Sein Atem kitzelt in meinem Nacken. Ich kann gar nicht genug davon bekommen ihn im Smoking zu sehen. Mit diesen verwuschelten Haaren und der nicht ganz korrekt sitzenden Fliege sieht er einfach zum dass er die Welt um sich herum ausblendet. In diesem kleinen Paralleluniversum gibt es nur ihn und seine Musik. Und seit ein paar wenigen Wochen auch mich. Denn wenn sich unsere Blicke und die Töne unserer Instrumente miteinander verweben, wenn wir aus dem Du und Ich ein Wir machen, dann passiert etwas ganz und gar Wundervolles. Dann wird unsere Liebe auch für andere sichtbar. Unsere Liebe zur Musik. Und die Liebe, die wir so intensiv füreinander empfinden.

Ich stelle mich auf den Platz, den wir in den Proben mit einem kleinen Stück Klebeband markiert haben. Hebe die Geige und fixiere sie mit meinem Kinn. Kurz schließe ich die Augen und atme tief ein, um diesen Moment auszukosten. Um ihn zu spüren. Ein Lächeln liegt auf meinen Lippen. Diesmal hat es nichts Gezwungenes an sich. Es ist echt, denn ich bin glücklich.

Dann hebe ich meinen Blick, ertrinke in der Wärme, die Vincent ausstrahlt. Er ist hier, hier bei mir, und gemeinsam werden wir auch diesen nächsten Schritt gehen, diesen für meine Karriere so wichtigen.

Wir schauen uns an, sekundenlang, bis wir wie auf ein stilles Zeichen hin anfangen zu spielen. Erst leise, sanft, wie ein zaghaftes Wiedersehen. Dann werden die Töne lauter, weicher, sie umschlingen sich, ergänzen sich und sind bald nicht mehr auseinanderzuhalten. Vincent und ich – zusammen ergeben wir ein Ganzes. In der Musik. Und im Leben. Unserem gemeinsamen Leben.

ENDE

DANKSAGUNG

Eine Geschichte zu schreiben ist ein Abenteuer und es begleiten mich viele Menschen auf dem Weg zu einem fertigen Buch. Aber bevor ich dich auf diese kleine Reise mitnehme und dir die Menschen vorstelle, die mich während meiner Arbeit an der *Academy of Arts* unterstützt haben, möchte ich mich bei dir, liebe_r Leser_in bedanken: Danke, dass du mit mir und Toni nach Lieberose gereist bist. Dass du dich der Kunst geöffnet und der Klassik eine Chance gegeben hast. Ich hoffe sehr, du hast die Zeit auf der Akademie genossen und freust dich vielleicht schon auf ein Wiedersehen? Wenn du meine Geschichte bis hierher gelesen hast, würde ich mich sehr über deine Meinung freuen. Rezensionen helfen anderen Menschen, auf meine Geschichten aufmerksam zu werden. Aber auch persönliche Nachrichten motivieren mich, weiter hart an meinen Geschichten zu arbeiten. Danke, dass du mir hilfst, meinen Traum zu leben!

Ein besonders großer Dank geht an das wundervolle Impress-Team und dort vor allem an meine beiden Lektorinnen Wencke und Nicole, die sich der AcA mit vollem Herzblut widmen. Eure Begeisterung motiviert mich sehr! Danke, dass ihr an mich und meine Geschichte glaubt!

Danke, liebe Pia, dass du meinen Text feingeschliffen hast und auch dann die Geduld nicht verloren hast, wenn ich an den Tücken der Technik verzweifelt bin.

Kim, ohne dich würde es die Geschichte wahrscheinlich noch immer nicht geben, denn erst durch dich und deinen liebevollen Tritt in den Allerwertesten habe ich mich erst getraut, meine Geschichten bei Impress vorzustellen.

Danke Tatjana, dass du mir die ganze Zeit den Rücken gestärkt hast, für mich da warst und immer ein offenes Ohr für mich hattest – ich schätze dich und deine Anmerkungen zu meinen Geschichten wirklich sehr!

Meine Lieblings-Andi, du hast von Anfang an und immer an mich geglaubt – selbst dann, wenn ich es nicht getan habe. Ohne dich hätte ich schon lange aufgegeben! Danke, dass du mir ab und an den Kopf zurechtrückst! Hab dich lieb!

Meine lieben Autoren-Freundinnen Pea, Tanja und Karina. Es tut so gut, euch an meiner Seite zu wissen. Der Austausch mit euch ist so wertvoll und ich liebe unsere Chats wirklich sehr. Danke, dass ihr immer für mich da seid.

Ein großes Dankeschön geht an meine Testleserinnen Katharina, Gabriela, Daniela, Jessie, Juliana und Lisa. Mit eurer Liebe und Begeisterung und euren Anmerkungen habt ihr meine Geschichte noch besser gemacht – ich schätze eure Meinung sehr!

Meiner Blogger-Crew, die mich mit so viel Begeisterung und tollen Aktionen unterstützt, danke ich sehr. Durch euch finden meine Geschichten noch mehr Leserherzen und ich liebe es sehr, mit euch über meine Geschichten zu sprechen und sie durch eure Augen zu sehen. Danke für alles!

Und last but noch least danke ich meinen Freunden, meiner Familie, meinem Partner und meinem Sohn. Es ist nicht immer einfach, Verständnis dafür zu haben, wenn ich untertauche und wochen- oder gar monatelang mehr in meinen Geschichten lebe als in der realen Welt. Dass ihr mich dennoch meinen Traum leben lasst, weiß ich sehr zu schätzen! Danke!

Music meets Love

Rockstar undercover

Wenn dein Herz aus dem Takt kommt

Rockstar-Romance zum Dahinschmelzen

Sophie Fawn
Rhythm and Love: Luna und David
Softcover
ISBN 978-3-551-30152-9

Verena Bachmann
Step by Step. Herzschlag im Dreivierteltakt
Softcover
ISBN 978-3-551-30172-7

Teresa Sporrer
Liebe ist wie ein Rocksong
Softcover
ISBN 978-3-551-30178-9

www.impress-books.de

Bandboys in Love ...

Jennifer Wolf
No Return 1:
Geheime Gefühle
Softcover
ISBN 978-3-551-30100-0

Sie sind die angesagtesten Jungs der gesamten Vereinigten Staaten. Wo auch immer sich die Boyband WrongTurn hinbewegt, folgen ihnen Mädchenkreischen, Liebesbotschaften und nicht selten sogar Heiratsanträge. Teil einer solchen Band zu sein, ist nicht immer leicht, aber das ist es nicht, was den 19-jährigen Songwriter Tony in letzter Zeit aus der Bahn wirft. Denn Tony ist verliebt. In einen Jungen. Und niemand auf der Welt darf es erfahren. Nicht seine Fans, nicht die strenge Bandmanagerin oder die ihnen auf Schritt und Tritt folgenden Reporter und schon gar nicht seine erzkatholischen Eltern. Aber vor allem nicht sein bester Freund und Bandleader Andrew ...

www.impress-books.de

im.
pre
ss

Impress
Die Macht der Gefühle

Impress
Ein Imprint der CARLSEN Verlag GmbH
Mai 2020

Lektorat: Pia Praska
Umschlagbild: shutterstock.com / © Alenavlad / © Africa Studio
Umschlaggestaltung: formlabor
Satz und Umsetzung: readbox publishing, Dortmund
Druck und Bindung: CPI Books GmbH, Birkach
ISBN 978-3-551-30255-7
Printed in Germany
www.carlsen.de/impress

Alle Bücher im Internet: www.carlsen.de